マイタの物語

フィクションのエル・ドラード

マイタの物語

マリオ・バルガス・ジョサ

寺尾隆吉 訳

Colección Eldorado

水声社

本書は、寺尾隆吉の編集による
〈フィクションのエル・ドラード〉の
一冊として刊行された。

マイタの物語　★　目次

ペルー地図

コロンビア
エクアドル
トゥンベス
ロレート
ピウラ
アマゾナス
ランバイエケ
カハマルカ
サン・
マルティン
ブラジル
ラ・リベルタード
ペルー
アンカシュ
ワヌコ
ウカヤリ
パスコ
フニン
リマ
マードレ・デ・ディオス
ワンカベリカ
クスコ
アプリマク
イカ
アヤクーチョ
プーノ
ボリビア
アレキパ
モケグア
タクナ
チリ

マイタの物語

1

まだ夜の湿気が空気に残り、滑りやすくなった歩道が輝くうちにバランコ海岸通りへジョギングに出ると、心地よく一日の始まりを迎えることができる。午前十時より前に頭上から市街へ陽光が注ぐことはなく、夏でも灰色がかった空の下、靄が立ち込めてすべての輪郭がぼやけ、カモメの横顔も、崖の縁すれすれを横切って飛ぶカツオドリの姿もはっきりとは見えない。湯気を立てる深緑の海にも鉛色が差し、泡立つ荒波の列が等間隔を保ったまま浜辺へ打ち寄せてくる。波に翻弄される小さな釣り船が見えることもあり、一陣の突風で雲が晴れれば、遠方にラ・プンタの埠頭や土色のサン・ロレンソ島とフロントン島が現れることもある。自然と鳥に視線を集中しているかぎり、そこには美しい景色が広がっている。ところが、人間の手が入ると、途端に醜悪に染まり始める。

猿真似の猿真似でしかない醜悪な家並は、恐怖に怯えて、柵と壁と警報器とサーチライトの間で窒息しかかっている。テレビのアンテナが木立の幻のように聳えている。海岸通りの縁に溜まって崖下へ散らばっていくゴミの山も醜悪そのものだ。街で最も美しい景色の広がるこの場所が、なぜゴミ捨て場と化しているのだろうか？それは怠惰の産物としか呼びようがない。家主たちは、目と鼻の先にゴミを捨てる使用人たちを見ても咎めもしない。自分たちの使用人がゴミの投棄をやめたところで、どうせ隣家の使用人やバランコ公園の庭師たちがゴミを捨てていくし、ゴミ収集車の乗員でさえ、本来なら市のゴミ集積場まで運ぶべきところを、崖の斜面めがけて積荷をぶちまけていくことがあり、私もジョギングの最中に何度もそんな光景を目にしたことがある。ハゲタカやゴキブリやネズミがたかり、悪臭が立ち込めても、人々は見て見ぬふりを貫き、次第に膨れ上がっていくゴミの山を横目に毎朝ジョギングを続けてきた私も、ハエの群を掻き分けるようにして残飯を漁る野良犬の姿にすっかり慣れてしまった。ここ数年は、野良犬に混ざって、浮浪少年や浮浪老人、浮浪女を見かけることも多くなり、誰もが食べ物、売り物、着る物を探して必死にゴミを引っ掻き回している。かつてはスラム街や中心部でしか見られなかったこんな惨めな光景が今や市内の全域に広がり、かつては高級住宅街だったミラフローレスやバランコ、サン・イシドロなどの地区も例外ではなくなった。リマで生きていくとなれば、貧困と不衛生を受け流せないかぎり、発狂するか自殺するかしか選択肢はない。

だが、マイタがこれを受け流せなかったことは間違いない。サレジオ学院の授業を終えて、私と彼の住むマグダレーナ地区へ向かうバスに乗り込む前、マイタは決まってドン・メダルド——マリア・アウシリアドーラ教会の入り口で音の外れたヴァイオリンを構えるぼろ服の盲人——のもとへ駆け寄り、軽食として休憩時間に神父から配られたチーズ入りのパンを差し出すのだった。さらに、毎週月曜日には、日曜日に貰う小遣いから一レアル取っておいて、これもまた盲人に捧げた。初聖体を間近に控えたある日のこと、何気ない会話のうちに、マイタはいきなりこんなことを言ってルイス神父を仰天させた。《神父様、なぜ世界には貧しい人と豊かな人がいるのですか？　私たちは皆神の子ではないのですか？》当時からマイタの口をついて出てくる言葉といえば、貧民、盲人、身体障害者、孤児、浮浪狂人ばかりであり、サレジオ学院を離れてずいぶん経った頃に、サン・マルティン広場のカフェで彼と最後に会った時も、また同じ話題を持ち出してこんな問いを向けてきた。《リマの物乞いはものすごい数にのぼる。いったい何万人になるんだろうね?》あの有名なハンガー・ストライキに突入する以前から、我々クラスメートの多くは彼が司祭になるのだと思い込んでいた。当時は貧民に心を砕く者といえば聖職志望者であり、革命家など思いもよらなかった。誰もが宗教についてはよく知っていたが、政治はもちろん、革命について知る者はいなかった。マイタはチリ毛の小太りで歯並びが悪く、扁平足で、二時十分前を刻む歩き方が特徴的だった。いつも半ズボン姿なのに、寒いのか、授業中も緑の水玉模様の上着とショールを羽織ったままだった。いつも貧民のことばかり考えているうえ、自分からミサの手伝いをして熱心にお祈りと十字を捧げ、大のサッカー下手、しかもマイタという名のせいで、彼は学校中でからかわれていたが、《鼻クソ喰らえ》と罵っていつも素知らぬ顔だった。

裕福な家庭の出身ではなかったが、学内で際立って貧しいというわけでもなかった。サレジオ学院はサンタ・マリア学院やラ・インマクラーダ学院のように白人の学校ではなく、中の下ぐらい、普通の会社員や公務員、軍人や平凡な専門職従事者、手工業者や熟練労働者の子弟まで混じっていたから、公立校の生徒とほとんど区別はつかなかった。多数派はチョロであり、ムラートやサンボ、中国系や日系二世、肌の白いメスティソやインディオも多かった。だが、褐色の肌に張り出した頬骨、低い鼻に直毛という生徒がサレジオ学院には多かったにもかかわらず、私が覚えているかぎり、完全にインディオの名前を持っていたのはマイタだけだった。それを除けば、彼の容姿にとりたててインディオ的な特徴はなく、緑がかった薄い色の肌、巻き毛、顔つき、どこをとっても平均的ペルー人、つまり混血の姿をしていた。彼の家は、マグダレーナ教区教会から少し入ったところにあるあばら家で、庭のない、塗装の剝げたその家へ一カ月間も私が足繁く通うことになったのは、誕生日プレゼントに『モンテ・クリスト伯』をもらってからというもの、二人ともこの小説にのめり込み、毎日午後仲良く読書に励むことになったからだ。マイタの母は産婦人科の看護婦で、自宅で病人に注射を打つこともあった。ドアを開けてマイタを出迎える彼女の姿をバスの窓からよく目にした。グレーの髪をした体格のいい女性であり、何を急いでいるのか、息子には素っ気ないキスしかしなかった。父親の姿を見たことはなく、そもそもいなかったのだろうが、マイタによれば、いつもあちこち引っ張りだこで出張を繰り返す技師（当時の花形的職業）だという。

　ジョギングを終える。サラサール公園と自宅の往復二十分がちょうどいい。おまけに、ジョギングの間、自分が走っていることも忘れ、サレジオ学院時代の授業やマイタの大真面目な顔、よろよろした歩き方や笛のような声を鮮明に思い出した。呼吸を整え、新聞をめくり、朝食をとり、シャワーを浴びて仕事に取り掛かる間も、まだマイタはそこにいて、彼の姿が見え、声が聞こえ、まだしばらく消えないだろう。

　中等三年次に母親を亡くすと、マイタは代母でもあった叔母の家に身を寄せた。叔母のことは好きだったらしく、クリスマスや守護聖人の日にプレゼントをもらったとか、映画に連れて行ってもらったとか、よくそんな話をしていた。マイタが独り立ちしてからもドニャ・ホセファと付き合いを続けていたところを見れば、実際に二人の関係は良好だったのだろう。その後激動の人生を送ったにもかかわらず、何年もの間マイタは定期的に叔母のもとを訪れており、バジェホスと最初に出会ったのも叔母の家だった。

　あのパーティーから四半世紀経った今、ドニャ・ホセファ・アリスエニョはどんな姿になっているだろう？自宅に電話をかけ、不審に思う彼女を説き伏せて面会の約束を取りつけたあの日から、ずっと同じ問いが私の頭をめぐっている。レプブリカ大通りとアンガモス大通りの角、スルキージョ地区の入り口で乗合バスを降りながら、まだ同じことを考えている。私には馴染みの地区だ。少年時代には、友人たちと夜パーティーに来たこともあるし、エル・トリウンフォでビールを飲むこともあれば、靴の修理や服の丈詰に来ることもあり、プリマベラ館やレオンシオ・プラド館、マクシミル館といった汗臭い窮屈な映画館でカウボーイものを観ることもあった。リマで昔からほとんど変わらない数少ない地域の一つだ。路地に仕立屋や靴屋が並び、職人が手作業で植字をこなす印刷所があり、市営の駐車場、洞窟のような雑貨屋、狭苦しいバー、倉庫、安物を売る商店がひしめくかと思えば、角には浮浪者の集団がたむろし、車やトラックやアイスクリーム売りの三輪自動車を掻き分けるようにして路上でボールを蹴る少年がいる。歩道に人が群がり、平屋か二階建ての家が並び、脂の浮いた水たまりも飢えた犬も昔と変わっていないような気がする。だが、かつてはならず者と娼婦の巣窟にすぎなかったこの界隈も、今やマリファナやコカインに侵食されている。今では、ラ・ビクトリアやリマック、エル・ポルベニールといった地区よりも、さらにはスラム街よりも活発な麻薬取引がここで行われている。夜ともなれば、癩《らい》病に冒されたような街角や薄汚い長屋、そしてみすぼらしい飲み屋が「隙間」に様変わりし、マリフアナやコカインが「パック」で売買されるばかりか、あばら家に紛れて、原料の精製を行う粗末な工場まで見つかることがある。マイタの人生を変えたパーティーが開かれたあの時代には、まだそんなことはなかった。マリフアナを吸う者などリマには少なかったし、コカインといえば、ボヘミアンか高級ナイトクラブの客の特権であり、酔いを覚ましてまだ馬鹿騒ぎを続ける時ぐらいしか使われなかった。麻薬が実入りのいい商売となって街中に広がる日が来ようとは、誰も夢にも思わなかった。とはいえ、ゴンサレス・プラダ通りとの交差点へ向かってダンテ通りを進む私の目にそんなものは映らない。今レプブリカ大通りから車が勢いよく駆け抜けていく大通りを一九五八年当時は路面電車が走り、マイタが叔母の家へ行くことになっていたあの日の夜、大型バスか乗合バスのどちらかに乗ってやってきた彼は、きっとこの同じ道を辿ったことだろう。あまりの疲労に思考は停止し、こめかみを貫く軽い唸りに耐えながら、早く冷水に両足を浸したい、そんな思いに苛まれていたことだろう。肉体的、精神的疲労にはこれが一番。冷たい水の感覚が足の裏、甲、指へと広がるにつれて、疲労も落胆も不機嫌も吹っ飛び、たちまち気分が高揚してくる。夜明けとともに歩き始めた彼は、ウニオン広場に陣取り、バスや路面電車から降りてアルゼンチン大通りの工場へ向かう労働者に『労働者の声』を触れ回った後、まずステンシルペーパーを、次にインドシナのフランス帝国主義に関するダニエル・ゲランの雑誌記事の翻訳原稿を手に、セピータ通りのアパートとコチャルカ街のブエノスアイレス広場を二往復した。コチャルカの小さな印刷所（代金先払いのモグリ印刷所だが、まともに新聞を印刷できた）では、何時間も立ちっぱなしで植字の作業を手伝いながらゲラを直し、本来ならバスを二本乗り継ぐべきところを一本だけでリマック地区まで辿り着くと、今度はフランシスコ・ピサロ大通りに面した部屋で、サン・マルコス大学と工科大学の学生とともに、毎週水曜定例の勉強会で熱弁をふるった。その後も息つく暇もなく、おまけに、朝から口にしたものといえば、モケグア通りの大学食堂（入学時に交付された学生証を定期的に偽造し、いつでも大学食堂に出入りできるようにしていた）で食べた御飯とミネストローネだけで、胃は悲鳴を上げていたというのに、ソリート通りのガレージでＰＯＲ（Ｔ）中央委員会の会合に顔を出し、煙草の煙にまみれて二時間以上も論戦を戦わせた。こんな一日の後でパーティーへ行きたい者がいるはずもない。おまけに彼は根っからのパーティー嫌いなのだ。すでに膝は震え、踏みしめるたびに足の裏が焼けるようだった。だが、行かないわけにもいかない。国にいない時や、投獄を受けている時以外は、必ず顔を出してきたのだ。今後も、疲れていようがいまいが、足がぼろぼろになっていようがいまいが、数分でいいからとにかく顔だけは出して、叔母に親愛の情を伝えるぐらいのことはしなければならない。家は大音響に包まれていた。ドアはすぐに開き、あら、よく来てくれたわね。

「こんにちは、叔母さん」マイタは言った。「お誕生日おめでとう」

「ホセファ・アリスエニョさんですか？」

「ええ、そうです、どうぞ中へ」

すでに七十を越えているはずだが、まだ若々しく、とてもそうは見えない。皺もなく、小麦色の髪にほとんど白髪は見えない。太目ではあるが体型は崩れておらず、ふくよかな腰の上に赤いベルトで薄紫色のドレスを締めつけている。部屋は広いが薄暗く、様々な形の椅子、大きな鏡、ミシン、テレビ、テーブル、造花のバラを差した花瓶が置かれているほか、奇跡を起こす神と聖マルティン・デ・ポレスの絵と、数枚の写真が壁に飾られている。この家のパーティーでマイタはバジェホスと知り合ったのですね？

「そう、ここです」部屋をぐるりと見渡しながらアリスエニョ夫人は頷く。新聞の積まれた揺り椅子を示しながら、「はっきり覚えています。ずっと喋りっぱなしでした」

それほど人が多かったわけではないが、煙草の煙が立ち込め、声とグラスの当たる音を掻き分けるようにして、レコードプレーヤーの音量いっぱいにワルツの「イドロ」が流れていた。すでに踊り始めた男女があり、他の者たちも、手を叩き、歌を口ずさみながら拍子を取っていた。いつもながらマイタは落ち着かず、いつへマをやらかすかと気が気でなかった。社交の場で屈託なく振る舞うことが彼にはできない。テーブルや椅子は隅に寄せられて踊りのスペースが確保され、ギターを抱える者もいた。予想された客、見知らぬ客。従姉妹たち、その恋人、近所の住人、以前にも誕生日パーティーで見たことのある親戚、友人。だが、お喋りな痩せっぽち男はそれまで一度も見たことがなかった。

「家族の友人ではありませんでした」アリスエニョ夫人は言う。「長女ソイリータの友人の恋人だったか親戚だったか、とにかく彼女に連れられてやってきて、正体は不明でした」

だが、すぐにわかったとおり、男は気さくで踊りがうまく、酒も強いうえ、口達者で話も面白かった。疲れていたマイタは、従姉妹に挨拶だけすると、ハムサンドとビールを手に、座る場所を探した。空いている椅子は一つだけで、その横では、痩せっぽちの男が立ったまましきりに何か喋りながら、三人組、従姉妹同士のソイリータとアリシア、それに寝室用のスリッパを履いた老人の気を引いていた。マイタは人目につかぬようこっそりその脇に腰掛け、頃合を見計らって失礼しようと考えていた。

「いつも長居はしませんでした」ポケットに入れたハンカチを探しながらアリスエニョ夫人は言う。「パーティーが好きではなかったのです。変わり者でしたからね、小さい頃から。いつも真面目なカタブツです。あの子の母がよく言ってました、《生まれつきの老人よ》って。姉のことです。マイタが生まれたのが姉の不幸の始まりで、妊娠が発覚するや恋人に逃げられたのです。それっきり何の連絡もありませんでした。父親がいないからマイタはあんなふうになったんでしょうかね。誕生日だけは義理で訪ねてきました。姉が亡くなった時に、私があの子を引き受けたんです。ソイリータとアリシア、娘が二人いるだけで、私は男の子を授かりませんでしたしね。娘は二人ともベネズエラにいて、結婚して子供もいます。暮らしは悪くないようです。私自身、再婚してもよかったのですが、娘たちに反対されて、とうとう寡婦のままです。後悔しています。だって、このとおりいつも一人ぼっちで、いつ泥棒に入られてもおかしくありません。娘たちは毎月仕送りしてくれます。それがなければ、今頃すっかりおまんま食い上げでしょうね」

話しながら彼女は、ほとんど好奇心を取り繕うこともなくじろじろこちらを詮索している。マイタの声に似てその声はかすれ、タマルのような形の手を動かしながら、悲しげに潤む目に時折微笑みを浮かべている。物価の高騰と強盗の多発――《このあたりじゃ、一度も盗みに遭ったことのない女なんて誰もいません》――について愚痴を並べ、銃撃戦になって多くの命が奪われた融資銀行襲撃事件の話題を持ち出した後、どうやら金回りのいいらしいベネズエラに移住しなかったことを悔やみ始める。

「サレジオ学院では、マイタは聖職者になるのだと誰もが思っていました」私は言う。

「姉もそう思っていました」鼻をかみながら彼女は頷く。「私も同じです。教会の前を通れば必ず十字を切り、日曜日ごとに聖体を受けていましたからね。聖人そのものです。まさかあんなふうになるとは。共産主義者ですよ。当時は、敬虔な信者が共産主義者になるなんて考えられませんでしたものね。まあ、今では司祭のなかにも共産主義者は多いと聞きますが。あのドアから入ってきた日のことはよく覚えています」

彼は教科書を脇に抱えて叔母のほうへ歩み寄り、殴り合いでも始めるように拳をしっかり握りしめて、あらかじめ準備してきた言葉、一晩中まんじりともせぬまま考え抜いた末の決断を淀みなく伝えた。

「叔母さん、僕たち食べ過ぎだよ。もっと貧しい人のことを考えないと。彼らが何を食べているか知ってる？今日から僕は、昼はスープ一杯、夜はパン一つ、それだけしか食べない。目の悪いドン・メダルドと同じ」

「そんな気紛れを起こしたせいで、入院することになったんですよ」ドニャ・ホセファは思い起こす。気紛れは何カ月も続き、マイタは痩せ細っていったが、いったいなぜなのかクラスの誰にも説明がつかず、ロアイサ病院に担ぎ込まれた日になってようやく、ジョヴァンニ神父が称賛を込めて皆に事実を告げたのだった。《ずっと食料を断つことで、貧しい人々の気持ちを理解しよう、人間として、キリスト教徒として連帯感を示そうとしたんだ》学校へ事情の説明に来た叔母の話に驚愕して神父は呟いた。話を聞いて我々は混乱し、注射と強壮剤でなんとか回復して授業へ戻ってきた時も、冷やかしの言葉すらかけられなかった。《この子はきっとすごいことをやってくれるだろう》ジョヴァンニ神父は言った。確かにすごいことをやってのけはしましたが、だいぶ意味が違ったようですね、神父様。

「あの夜、ここまでのこのこやってきたのが運の尽きですよ」アリスエニョ夫人は溜め息を漏らす。「あの夜ここへ来ていなければ、バジェホスと知り合うこともなかったし、あんなことにならずに済んだんです。ご存知のとおり、あのバジェホスという男は山師です。マイタは、顔だけ出して私に挨拶したら、さっさと帰るつもりでした。それがあの日は、最後まで居座って、そこの隅でずっとバジェホスと話し込んでいました。もう二十五年も前のことですが、今でも昨日のことのようにはっきり覚えています。革命がああだ、革命がこうだ、一晩中そんな話です」

革命？　マイタは男のほうを見た。男の声だろうか、それとも、スリッパの老人の声だろうか？

「ええ、そうです、明日にでも始まりますよ」右手に握っていたコップを持ち上げながら痩せっぽちの男は繰り返した。「その気さえあれば、明日にでも社会主義革命を起こすことができます。本当ですよ、セニョール」

マイタはもう一度あくびを漏らし、体に疼きを感じて姿勢を正した。痩せっぽち男は、数分前までオットーとフリッツの冗談や《我らが国民の星、フロンタード》の最終戦について話していた時とまったく同じ、屈託のない調子で社会主義革命という言葉を口にした。疲れていたにもかかわらず、マイタは話に耳を傾けた。今キューバで起こっていることは、その気になればこのペルーでも起こりうることに較べれば何でもない。アンデス地域が動き始めれば、国中が震撼する。アプラ派だろうか？　アカカブだろうか？　叔母のパーティーに共産主義者が紛れ込んでいるはずはない。この家で政治談議など前代未聞だ。

「キューバでは何が起こっているの？」従姉のソイリータが訊いた。

「あのフィデル・カストロとやら、バティスタを倒すまでは髭を剃らないだとさ」痩せっぽちの男は笑った。「七月二十六日運動の連中が世界に向けて何をしているか、知らないのか？　ニューヨークの自由の女神に旗を掛けたんだぜ。バティスタはもう余命わずかさ」

「バティスタって誰？」従妹のアリシアが訊いた。

「暴君さ」語気を強めて痩せっぽちの男が言った。「キューバの独裁者だよ。それでも、ここで始まることに較べればたいしたことはない。地理的条件が違うからね。革命にとってはまさに天の恵みさ。インディオが蜂起すれば、ペルー全体が活火山になる」

「ねえ、そんなことより、踊りましょう」従姉のソイリータが言った。「今日はパーティーなんだから。もっと陽気な曲をかけるわ」

「革命はそんなに簡単じゃねえ。少なくともわしは乗らんな」老人が話すしわがれ声をマイタは聞いた。「三〇年にトルヒージョでアプラ派の反乱が起こった時には、聖職者がずいぶん殺された。アプラの連中は兵営へ踏み込んで、かなりの士官を処刑した。サンチェス・セロが飛行機や戦車を動員して一網打尽にした後、チャンチャン遺跡でアプラ派を千人も銃殺することになった」

「その場にいらっしゃったんですか？」痩せっぽちの男は活気づいて目を見開いた。マイタは思った。《この男には革命もサッカーの試合も同じだ》

「わしは散髪屋をやっていて、ワヌコにいた」スリッパの老人が言った。「虐殺の銃声があそこまで聞こえたよ。

ワヌコにいたわずかばかりのアプラ派は、長官に追い詰められて降参した。それが女好きでタチの悪い軍人でな、バドゥラケ大佐といった」

すぐに従妹のアリシアも踊り始め、話し相手が老人一人になって、痩せっぽちの男は落胆した様子だった。その時マイタの姿に目をとめて、コップを差し出した。乾杯、兄さん。

「乾杯」マイタがコップを合わせながら言った。

「バジェホスと言います」相手の手を握りながら痩せっぽちの男は言った。

「マイタです」

「話に夢中になるあまり、連れの女をとられちゃって」笑いながらバジェホスが指差したのは前髪を垂らした娘であり、アリシアとソイリータの遠い従兄ペポーテが、「君は遠く」を踊りながら彼女に顔を近づけていた。「もう少し近寄れば、アルシのビンタが飛ぶかも」

細い体と髭のない顔、そしてほとんど丸坊主の髪のせいで、十八か十九に見えるが、それほど若くはないのだろうとマイタは思った。物腰も自信に満ちた話し方も、若者には似つかわしくない。大きな白い歯が色黒の顔を陽気に見せている。ジャケットにネクタイをしめ、おまけにポケットからスカーフをのぞかせているのはこの男ぐらいだ。いつも笑みを浮かべ、表情豊かで飾り気がない。インカの箱を取り出すと、一本マイタにすすめ、火を点けてくれた。

「三〇年のアプラ革命が成功していれば事情は違っただろうね」鼻と口から同時に煙を吐き出しながら彼は言った。「これほど不正や不平等がまかり通ることもなかっただろうし。切るべきクビを切って、ペルーは生まれ変わっていたかもしれない。僕はアプラ派じゃないけど、カエサルの物はカエサルに、というやつだね。僕は社会主義者、軍人と社会主義は両立しないと言われるけどね」

「軍人？」マイタはびっくりした。

「少尉」バジェホスは頷いた。「去年からチョリージョスに赴任してるよ」

話が繋がる。バジェホスの髪型と自信に満ちた物腰はここに起因するのだ。有無を言わせぬ雰囲気とでも言うのだろうか。だが、軍人がこんな発言をするとは驚きだった。

「歴史に残るパーティーですね」ホセファ夫人が言う。「マイタがバジェホスと出会い、おまけに甥のペポーテがアルシと知り合ったのですから。あの娘に惚れたおかげで、自堕落な生活をやめて心を入れ替えたんです。ちゃんと仕事を探して、アルシと結婚して、これまたベネズエラへ行きました。別居中だという話も聞きましたが、単なる噂であればいいのですが。ああ、わかりますか。ええ、マイタです。もうずいぶん前ですが」

輪郭のぼやけた黄色っぽい写真に写る彼は四十歳ぐらいだろうか。どこの広場かわからないが、とにかく薄暗い場所で行商カメラマンに撮ってもらったインスタント写真だ。マフラーを肩に垂らし、光に目をくすぐられているのか、あるいは、通行人がたくさんいる公共の場所でポーズを取るのが恥ずかしいのか、どこか居心地の悪そうな表情をして立っている。右手にはアタッシュケースか小包かファイルのようなものを持ち、写りの悪い写真なのに、みすぼらしい格好をしていることがわかる。だぶだぶのズボン、弛んだジャケット、襟の大きすぎるシャツ、おかしな結び方で垂れ下がったネクタイ。当時は革命家もネクタイを着用していたのだ。髪は伸び放題、顔は私の記憶と少し違ってやや丸みのある仏頂面で、痙攣しそうなほど真剣な表情をしている。写真から伝わってくる印象といえば、すべてに疲れ切った男、そんな感じだろう。睡眠不足か歩き過ぎ、あるいはもっと根深い何か、すなわち、老いとは言わぬまでも、来るところまで来た人生の疲労感。マイタのように、打ち砕かれた幻想、挫折、過ち、対立、政治的背信、困窮生活、栄養不足、投獄、取り調べ、地下活動、そしてあらゆる種類の失敗を繰り返し、成功と名のつくものと無縁に生きてきた者は、若くして老け込んでしまうのかもしれない。だが、それでいて疲労と緊張の色濃い顔には、どんな逆境にあってもめげない密かな誠実さが滲み出ており、彼と再会するたびに、その若々しい純真さに驚きを新たにしたものだった。ペルーであれ、どんな世界の果てであれ、何か不正があれば強く憤慨し、世界を変えることこそ即刻実現すべき喫緊の課題であるという正義の信念を深めていく。確かに見事な写真であり、あの日の夜、バジェホスが初めて会ったマイタの全貌をしっかりと捉えていた。

「私が一枚撮るよう言ったんです」棚に写真を戻しながらドニャ・ホセファが言う。「記念にね。あっちの写真ですか？　みんな親戚です、かなり遠い親戚も混ざっていますが。もうほとんど皆亡くなっています。マイタとは親しかったんですか？」

「昔はよく会いました」私は言う。「その後も何度か会いましたが、ごくたまにですね」

私に向けられたドニャ・ホセファ・アリスエニョの眼差しを見ていると、彼女の勘繰りが伝わってくる。疑念を払って安心させてやりたいが、マイタについて何を書きたいのか、自分でもまだ彼女と同じくらいわからないのだから、何も言うことができない。

「それで、彼の何をお書きになるつもりなのですか？」分厚い唇を舐めながら彼女は呟く。「彼の生涯ですか？」

「いえ、生涯というわけではありません」これ以上相手を混乱させないための言い回しを考えながら答える。「彼の生涯を出発点にしたいだけです。伝記ではなく小説ですね。彼の生きた時代や環境、当時の出来事をもとに、自由に物語を作ってみたいんです」

「しかし、なぜ彼なのです？」アリスエニョ夫人は活気づく。「もっと有名な人がいくらでもいるでしょう。詩人のハビエル・エラウとか。それに、MIRの連中、デ・ラ・プエンテとかロバトンとか、いつも話題にのぼる人がいるじゃありませんか。なぜマイタのことなんか。もう誰も覚えていないというのに」

確かに、なぜだろう？　時代を刻む一連の人物の先陣を切ったからだろうか？　最も不条理な人物だからだろうか？　最も悲劇的な人物だからだろうか？　不条理と悲劇のせいで先駆的人物に見えるからだろうか？　あるいは単に、彼の人柄と履歴が私にとってどうしようもなく感動的で、政治的、倫理的含意を越えて、その向こうにペルーの不幸が透けて見えるからだろうか?

「つまり、あんたは革命を信じていないということか」バジェホスはわざと驚いて見せた。「ペルーはいつまで経っても変わらない、あんたもそう信じているわけだ」

マイタは顔に笑みを浮かべて否定した。

「ペルーは変わるだろうし、革命も起こるだろう」忍耐力を振り絞るようにして言った。「だが、時間が必要だ。君の言うほど簡単じゃない」

「それが実は簡単なんだ。僕にははっきりわかる」バジェホスの顔は汗で光っており、目が言葉と同じように燃え盛っていた。「山岳地帯の地理がわかっていて、モーゼル銃の撃ち方を知っていれば、あとはインディオが蜂起するだけで事は簡単に始まる」

「インディオの蜂起」マイタは溜め息をついた。「宝くじかサッカーくじを当てるのと似たような話だな」

実のところ、叔母の誕生日がこれほど楽しいとは思いもよらぬことだった。最初こそ、《こいつは食わせ物で油断ならない、俺の正体を知っていて、言質を取ろうとしているにちがいない》と思ったが、少し話すうちに、まったくそんなことはないとわかった。羽のはえた天使というやつで、まだ現状がわかっていないのだ。それでも、からかってやろうなどとは思わない。まるでゲームかスポーツのように、ちょっと頭をひねって努力すれば達成できることのように革命を語っているが、それも悪い気はしない。自信と能天気に溢れた青年で、たとえ馬鹿話でも一晩中聞いていたい気すらする。すでに眠気は吹っ飛び、三杯目のビールに入った。ペポーテはずっとアルシと踊っているが——アグスティン・ララのショッティッシュ「マドリード」を皆が唱和していた——、少尉は気にする様子もない。椅子をマイタのそばへ引き寄せて馬乗りのように座ると、肝の据わった重装備の男を五十人集めてカセレスのゲリラ作戦にしたがって行動すれば、アンデス山脈という導火線に火を点けることなど造作もない、そんな話を始めた。《息子であってもおかしくない歳の若者だ》マイタは思った。《しかも男振りが

いい。女にもてるだろう》

「で、あんたは何をしているの?」バジェホスは言った。

いつも答えは決まっていたが、この質問をされるとどうにも気詰まりだった。事実でも嘘でもあるその答えが、その時はいつにもましてわざとらしく響いた。

「ジャーナリズム」こう答えながらもマイタは、《お前がさっきから場違いな論法でまくしたてているアレだよ、革命さ》と言ってやったらこの少尉はどんな顔をするだろう、そう思ってみずにはいられなかった。

「どの新聞?」

「フランス・プレス通信で翻訳をやってる」

「それじゃ、おフランス語ができるわけか」バジェホスは顔をしかめた。「どこで勉強したの?」

「独学ですよ、辞書と、くじで当てた語学書で勉強したんです」ドニャ・ホセファが答える。「信じられないかもしれませんが、私はちゃんとこの目で見ました。部屋にこもって、何時間もぶつぶつ単語を繰り返してました。スルキージョの司祭に雑誌を借りていたようです。《だんだんわかってきたよ、叔母さん、もう少しだ》、なんて言ってました。最後にはちゃんと読めるようになって、何日もぶっ続けでフランス語の本を読んでました。本当ですよ」

「ええ、そうでしょう」私は言う。「独学で学んだとしても不思議はありません。こうと決めたらやりぬく男でしたからね。マイタほど意志の強い男は滅多にいません」

「弁護士か、そんな専門的な職に就くことだってできたでしょうに」ドニャ・ホセファは嘆く。「サン・マルコス大学に一発で合格したんですよ。しかも好成績で。まだ十七か十八だったというのに。二十四か五で卒業できたはずです。ああ、なんてもったいない! しかも、政治のためにすべてを捨てるなんて。罰が当たります」

「大学にはほとんど行かなかったようですね」

「数カ月か、一年ぐらいで刑務所行きになりましたから」ドニャ・ホセファは言う。「あれがケチのつき始めです。この家には帰らなくなって、一人暮らしを始めました。そこからは転落の一途です。甥御さんはどうしたの？　逃亡中よ。マイタはどちらに？　刑務所よ。やっと釈放ですか？　ええ、でもまた追われてるわ。何度警察にここを引っ掻き回されたか、失礼な言葉で震えるほど罵られたか、数え始めたらきりがありません。五十回は下らないでしょう。あの頭があれば、自分が裁く立場になれたはずなのに。人生と呼べる人生じゃありませんわ」

「そんなことはありませんよ」優しい口調で私は言う。「確かに辛い人生かもしれませんが、一本筋の通った激動の人生です。平凡な人生よりはましでしょう。事務所で毎日同じ仕事をこなしながら老いていくマイタなんて、想像もできませんよ」

「それはそうかもしれません」納得した様子ではないが、相手の顔を立てるためだけにドニャ・ホセファは頷く。「小さい頃から、他の子とは違う人生を歩むことになるのは予想できました。子供のくせに、世界には飢えに苦しむ人がいるからと言って食事を拒むなんて、聞いたこともない話です。私には信じられませんでした。スープだけ飲んで、他は残すんですよ。夜はパンだけ。ソイリータもアリシアも私も、いつもバカにしてました、《ずるい子ね、どこで隠れて飲み食いしてるんだい》ってね。ところが、蓋を開けてみれば、本当にそれしか食べてなかったんですから。子供の時からそんなふうだったのですから、あんな大人になるのも当然かもしれませんね」

「ブリジット・バルドーの『裸で御免なさい』は見た？」バジェホスが話題を変えた。「僕は昨日見たんだけど、ものすごい長い脚が画面からはみ出るほどさ。一度でいいからパリへ行って、本物のブリジット・バルドーを拝みたいもんだね」

「そろそろ話はやめて、一緒に踊ってちょうだい」アルシがペポーテの腕を逃れ、力ずくでバジェホスを椅子から立ち上がらせようとした。「あの暑苦しい男に一晩中つきまとわれちゃかなわないわ。ほら、マンボよ」「マンボ！」歌うように少尉は言った。「マンボはいかすぜ！」

その一分後には駒のようにクルクル回っていた。リズムに乗って手を動かし、ステップを踏んで歌いながら踊るうちに、他のカップルも俄かに活気づき、輪になり、縦並びになり、相手を変え、誰もが陽気に踊った。すぐに部屋は熱気に包まれた。マイタは立ち上がり、椅子を壁に寄せて踊りのスペースを広げた。いつかバジェホスのように踊れるようになるだろうか？　ならないだろう。自分と較べれば、ペポーテだってエース級だろう。思い返せば、やむなくアデライダと踊らねばならない事態になると、どれほど簡単な曲であれ、いつも自分がクロマニヨン人になったような気がして何とも不快だった。運動神経が鈍いというわけではなく、女性と体を近づけていると、気後れというのか、気恥ずかしさというのか、生理的な拒否反応が起こって体が動かなくなるのだ。だから、従姉妹のアリシアかソイリータに無理やり引っ張り出されないかぎり踊らないことにしていたが、今やいつどちらかに声を掛けられても不思議ではなかった。レフ・ダヴィドヴィチは踊れたのだろうか？　きっとそうだろう。ナターリャ・セドーヴァによれば、革命を除けばごく普通の男だったというではないか。優しい父、情の深い夫、庭いじりが趣味で、ウサギへの餌やりが大好き。ごく普通の男だというのなら、ダンスも好きだろう。自分のように、ダンスを滑稽なもの、軽薄なもの、時間の無駄、目標からの逸脱などと思ったりはすまい。《お前は普通の男じゃない、よく覚えておけ》マイタは思った。マンボが終わり、拍手が起こった。換気のために通りへ向けて窓が開かれ、幾つものカップルの向こう側にマイタが見たのは、鎧戸に押しつけられた顔と窓敷居に集まった野次馬たちであり、男たちがパーティーに集まった女たちをじろじろ眺めていた。ここで叔母が口を挟み、チキンスープがあるので手伝いが必要だと言った。アルシが台所へ駆けつけた。バジェホスは汗だくのまま再びマイタの横に座り、煙草を差し出した。

「本当はね、僕はここにいてはいけないんだ」嘲るようにウィンクして彼は言った。「ハウハ在住で、看守をしているから、無許可で動いてはいけないんだけど、隙さえあればこっそり脱け出してる。ハウハに行ったことは？」

「山間部の他の地域には行ったことがあるけど」マイタは言った。「ハウハにはまだ行ってない」

「ペルー最初の首都さ！」おどけたようにバジェホスは言った。「ハウハ！　ハウハ！　行ったことないなんて恥ずかしいぜ！　ペルー人ならみんな一度はハウハへ行くべきだ」

立て続けに彼はマイタに向かってインディヘニスモの演説をぶち始めた。本物のペルーは、海岸部ではなく、インディオとコンドルとアンデスの頂に囲まれた山間部にある、ここリマは、スペイン人に創設されて以来、ペルーに背を向けてヨーロッパやアメリカばかり見つめてきた怠惰な外国かぶれの町で、非国民的と言ってもいい。マイタが何度も聞き、何度も読んできた常套句だったが、この少尉の口から発せられると違った響きを帯びた。煙で輪を作りながら、笑みを浮かべてさりげない調子で喋っている。自然な力のこもった話し方のおかげで内容豊かに聞こえるのだ。この青年に哀愁のようなものを感じ、すでに絶滅した何かを見ているような印象を受けるのはなぜだろう？《健全なのだ》マイタは思った。《型に嵌められていない。生きる喜びを政治に奪われていないのだ。政治に首を突っ込んだことがないのだろう。だから無責任に思いついたまま何でも話すんだ。》この少尉は、計算もしていなければ真意を隠すこともなく、使い古された修辞に頼ることもない。まだ思春期を抜けておらず、政治といえば、感情や義憤、反抗や理想主義、夢や寛容や神秘でしかないのだ。そうだ、まだそんなものが残っているのだ、マイタ。お前にだって――夢にも思わなかった、ちくしょうめ――まだこの青年のような感情が残っているだろう。よく聞くがいい。不正がはびこっている、一人の億万長者が何百万人分の財産を持っていて、金持ちの飼い犬のほうが山間部のインディオたちよりいいものを食っている、こんな不平等は根絶せねばならない、民衆を焚きつけ、大農園を占拠し、兵営を襲撃し、本来民衆の味方であるべき軍隊に反乱を促し、ゼネストを組織し、徹底的に社会を改革し、平等な世界を実現せねばならない。なんと羨ましい。こんな細身の若い男、陽気で饒舌な色男が、目に見えぬ翼を広げ、誠実さと勇気と無私の心と度胸だけで革命を起こそうとしている。革命とは、長い忍耐と際限ない単調な仕事の繰り返し、恐ろしいほどの不潔、そしてありとあらゆる窮乏と屈辱なのに……。この青年には永久にそれが理解できないのかもしれない。そこにチキンスープが現れ、湯気の立つ皿をアルシから手渡されると、その匂いにマイタは食欲をそそられた。

「誕生日ごとに、大変な労力と出費ですよ」ドニャ・ホセファは振り返る。「ずいぶん先まで支払いのツケが残りました。コップや花瓶が割れ、椅子が壊れます。翌朝の家は、戦場か地震の後ですよ。でも、すでに地区では年中行事になっていて、毎年骨を折るしかありませんでした。年に一度、多くの親戚や友人が顔を合わせる場でしたからね。みんなの期待に応えるためということもありました。このスルキージョでは、私の誕生日が独立記念日やクリスマスも同然でしたから。今ではすっかり変わってしまって、もうパーティーなんかする気にはなりませんね。アリシアと旦那がベネズエラへ発った年が最後になりました。今じゃ、誕生日を迎えても、テレビを見て寝るだけです」

ハッピー・バースデイを歌いに来て、料理の腕を褒めちぎっていく親戚や友人たちが再び椅子や部屋の隅々、窓辺などに現れてくれないかと願いでもするように、彼女は人のいない部屋を悲しい目で見回し、溜め息を漏らす。確かに七十の女だ。マイタの残したメモや記事を誰か保管している親戚はおられませんか？ 不信感が甦る。「親戚？」しかめ面をして彼女は呟く。「マイタの親戚なんて私だけですが、ここにはマッチ箱一つ持ち込むことはありませんでした。追われる身になれば、真っ先に警察が捜索に来るのはここですからね。それに、あの子が物書きとかそんな真似事をしていたなんて初耳です」

間違いなく彼は記事を書いていたし、自ら協力していた、いや、彼自身が編集していたと言ったほうがいい新聞もどき――紙束も同然――に寄せた記事のいくつかを私も読んだことがあるが、国立図書館はもちろん、私的コレクションをしらみ潰しに探しても、それがまったく出てこない。とはいえ、『労働者の声』その他の刊行物についてドニャ・ホセファが何も知らないのは当然だし、ペルー国民の大半、とりわけマイタが読者として想定していた大衆はそんなものを見たこともないだろう。それに、確かにドニャ・ホセファの言うとおりで、マイタは物書きやその真似事をしていたわけではない。だが、たとえ本人は嫌がったとしても、彼は間違いなく知識人ではあった。最後に彼とサン・マルティン広場で話した時に、辛辣な調子で知識人を槍玉にあげていたことを今でもよく覚えている。マイタによれば、知識人などたいした役には立たない。

「少なくとも、この国の知識人は」彼は説明を加えた。「すぐに飼い馴らされるし、確たる信念に欠けている。青年会議とか平和会議とか、そんなイベントに招待されただけで信念を曲げてしまう。ヤンキーの奨学金や文化の自由についての総会などに魂を売るか、さもなくばスターリン主義に懐柔されて軟弱者になるか、そのどちらかだ」

この言葉と鋭い語気に驚いたらしく、バジェホスが口の手前でスプーンを止めたままじっと自分を見つめていることにマイタは気づいた。当惑して、多少警戒心を抱いたらしい。いけないな、マイタ、これは失敗だ。知識人の話になると、なぜか不機嫌になって癇癪を爆発させてしまう。レフ・ダヴィドヴィチだって知識人だったじゃないか。天才的知識人だったし、ウラジーミル・イリイチだって同じだ。そして二人とも正真正銘の革命家だった。ペルーでは知識人といえば例外なく反動主義者かスターリン主義者で、トロツキー派は誰もいないから、その怨念を知識人にぶつけているだけではないのか？

「私が言いたいのは、革命を起こすとなれば知識人はあてにできないということだ」ワラチャの曲「地黒のトマサ」に負けまいとして声を張り上げながらマイタは相手に話を合わせようとした。「いずれにせよ、彼らに先陣を切ることはできない。まず労働者、次に農民、知識人はしんがりにつくだけだ」

「それじゃ、キューバの山にこもったフィデル・カストロと七月二十六日運動の連中は知識人でないとでも？」バジェホスは反論した。

「知識人かもしれない」マイタは認めた。「だが、あの革命はまだ機が熟していない。それに、社会主義革命ではなく、プチブル革命だ。両者の差は大きい」

少尉は相手を見ながら考え込んだ。

「とにかく、あんたはそんなことをいつも考えてるんだね」彼は落ち着きと笑みを取り戻し、スプーンがスープと口の間を往復した。「革命の話も退屈じゃないみたいだし」

「退屈どころか」マイタは微笑んだ。「おおいに興味がある」

彼、かつての学友マイタは、決して「飼い馴らされる」ことがなかった。この長い年月の間に、彼と短く言葉を交わすことが何度かあったが、曖昧な印象しか残っていないなかで、最も鮮明に残っているのが、人柄と服装と仕草から滲み出るつましさだった。カフェでの座り方、メニューの見方、ウェイターへの注文の仕方、煙草のもらい方、すべてがどこか禁欲的なのだ。たとえ譫言のような内容だと思われても、そして、まったく支持が得られなくとも、彼の政治的発言が権威のオーラに包まれるのはそのせいだろう。マイタと最後に会ったのは、彼がパーティーでバジェホスと知り合う数週間前のことだが、その時すでに彼は四十を越え、政治に手を染めてから少なくとも二十年は経っていたはずだ。彼の私生活をどれほど詮索しても、宿敵たちですら、自分の都合で政治を利用した証拠の一つとして摑むことはできまい。それどころか、彼のキャリアを辿ってみれば、過たぬ直感に導かれるようにして、いつも悪い方へ悪い方へと道を進み、自ら進んで難題とトラブルに巻き込まれてきたことがわかる。《自分で自分の首を絞める男さ》ある時共通の友人が私にこんなことを言ったことがある。《自殺者というより自殺マニア》彼は続けた。《少しずつ自分の墓穴を掘っていくような奴だ》この奇抜な発言が思いもよらず私の頭に閃くとともに、マイタの口から発せられた知識人への呪詛で確かに聞き覚えのあるあの動詞がまた耳に響いてくる。

「何がおかしい？」

「飼い馴らす、という動詞さ。どこで聞いたんだい？」

「咄嗟に出ただけかもしれない」マイタは微笑んだ。「別のもっといい表現があるかもしれないな、妥協するとか、手懐けられるとか。でも、意味はわかるだろう。少しずつ妥協を重ねるうちに、道徳心を失ってしまう。旅費、奨学金、その他、虚栄心をくすぐるものすべて。帝国主義は巧みにそんな罠を仕掛けてくる。スターリン主義だって同じだ。労働者や農民はその手には乗らないが、知識人は目の前に甘い汁を差し出されるとすぐに飛びつく。そして後から理屈をこねて、自分のさもしい行為を正当化する」

《そうした愚かな手合い》は信じることのすべてを証明し、証明できることのすべてを信じるという悪魔のような能力を身につけているから、ペスト腺腫の流行を前に中立を説いたりしかねない、そんなアーサー・ケストラーの言葉を私は思わず口にした。ケストラーのように有名なＣＩＡのスパイの言葉を引用するなどもってのほかだと言われそうな気がしたが、意外にもマイタはこんなことを言った。

「ケストラー？　ああ、スターリン主義の心理的テロリズムを彼ほど見事に描いた作家は他にいないな」

「おいおい、そんなこと言っていると、行き着く先はワシントンや自由競争の世界だぞ」私はからかった。

「とんでもない」彼は言った。「行き着く先は永久革命とレフ・ダヴィドヴィチ、トロツキーと言ったほうがいいかな」

「その、トロツキーって誰なんだい？」バジェホスが言った。

「革命家さ」マイタが答えた。「すでに故人だが。偉大な思想家だよ」

「ペルー人？」少尉はおずおずと訊ねた。

「ロシア人だ」マイタは言った。「メキシコで亡くなった」

「いい加減に政治の話をやめないとここから叩き出すわよ」ソイリータが言った。「ほら、来なさい、あんたまだ一曲も踊ってないでしょう。ほら、このワルツを一緒に踊って」

「踊って、踊って」ペポーテの腕に抱かれたままアルシが助けでも求めるように言った。

「いったい誰と?」バジェホスは言った。「相手をとられたっていうのに」

「私と踊って」彼を引きずり出すようにしてアリシアが言った。

マイタは部屋の中央まで引きずられ、ソイリータが格調高く口ずさむ「ルーシー・スミス」のリズムに体の動きを合わせようと頑張った。なんとか笑顔で唱和しようと思ったものの、筋肉は強張り、少尉の前で醜態を晒すのが恥ずかしくて仕方がなかった。あれからこの部屋がそれほど変わったわけではあるまい。経年劣化があるとはいえ、家具もあの夜と同じだろう。人や煙、ビールの臭いや汗まみれの顔、大音量の音楽、そんなもので溢れ返ったこの部屋を想像するのは容易だし、造花のバラを差した花瓶の脇に固まって集団から離れた男二人が、革命というマイタの気をひく唯一のテーマをめぐって夜明けまで議論を重ねる様子すら思い描くことができる。パーティーの光景――顔、仕草、服装、道具類――が目に浮かぶようだ。だが、その数時間に、マイタと若き少尉の内側でいったい何が起こったのだろう? 最初の瞬間から二人は親近感を抱き、お互いの類似点、共通の話題を直感的に見出したのだろうか? 恋愛以上に、友情にこそ一目惚れがあるのかもしれない。それとも、二人の関係は最初から政治的絆だけで、共通の目標に向かって同盟を結んだだけなのだろうか? いずれにせよ、ここで二人は出会い、両者にとって人生最大となる事件が――人でごった返すパーティーの最中にそんなことなど知る由もなかったが――始まったのだ。

「何かお書きになるとしても、私の名前は出さないでください」ドニャ・ホセファ・アリスエニョは言う。「少なくとも、名前、それから住所は絶対に伏せてください。もう大昔のことですが、この国では何があるかわかりませんから。それではまたいつか」

「またいつか会いたいね」バジェホスは言った。「いつか話の続きがしたいよ。あんたには感謝してる、本当にいろいろ教えてもらったからね」

「それではまたいつか、セニョーラ」手を差し出し、時間を取ってくれたことに感謝する。

歩いてバランコへ戻る。ミラフローレス地区を横切るうちに、知らぬ間にパーティーのイメージが消え、十四か十五のマイタが貧者と同じ気持ちを味わうために始めたハンガー・ストライキのことが頭に浮かぶ。叔母といろいろ話したが、今最も鮮明に頭に残っているのは、三カ月もの間食べ続けた昼食のスープと夜のパン一切れ、そのイメージだ。子供じみてはいるが預言に満ちたこのイメージが他を消し去ってしまう。

「それじゃ、また」マイタは頷いた。「もちろん、いずれ話の続きをしようじゃないか」

2

開発振興センターの本部はミラフローレス地区のパルド大通りにある屋敷で、着々と新しいビルへの建て替えが進むなか、レンガと木材を組み合わせた建物と周りを囲む庭、そして木陰と葉のささめきと雀のはしゃぎ声をもたらすこんもりしたイチジクの木立という、昔ながらの様式を守る最後の建造物の一つだったが、かつては通りを支配したそんな家も、今では高層ビルに挟まれて小人同然に縮み上がっている。モイセス──「モイセス・バルビ・レイバ先生」と入り口の秘書が言い直す──の趣味らしく、家はコロニアル調の家具で溢れ、四〇年代に流行った新副王時代風とでも呼ぶべき様式──斜め格子のついたバルコニー、セビージャ風の中庭、モーロ風のアーチ、タイル張りの泉などが特徴で、それなりに美しい──を模倣したこの建物によく馴染んでいる。屋内は明るく、手入れの行き届いた庭に面した部屋は常時使われているらしい。危険物を持ち込んでいないか入り口でチェックした二人のガードマンが、銃を首から下げたまま玄関ホールをうろついている。モイセスが現れるのを待つ間、蛍光灯付きのガラスケースに並べられたセンターの最新刊行物を眺める。経済、統計、社会学、政治、歴史などに関する研究書であり、印刷は鮮明で、先史時代の海鳥をあしらった図柄が表紙についている。モイセス・バルビ・レイバは開発振興センターの屋台骨を支える存在であり、優れた編成力と気さくな人柄、そして高い事務処理能力を発揮して、このセンターを国内屈指の活動量を誇る文化機関に仕立て上げた。その旺盛な意欲と折り紙つきの楽観主義もさることながら、モイセスが秀でていたのは組み合わせの才であり、アンチヘーゲル的知性とでもいうのか、対立する勢力を和解させ、リマの聖人マルティン・デ・ポレスよろしく、犬と野鼠と猫に同じ釜の飯を食わせることができる。モイセスの折衷主義的手腕により、センターは、資本主義陣営からも社会主義陣営からも、そして保守系の政府・財団からも革新系の政府・財団からも助成金や奨学金、融資を受け、ワシントンからもモスクワからも、ボンからもハバナからも、パリからも北京からも味方だと思われている。もちろん大間違いだ。開発振興センターはモイセス・バルビ・レイバの私物も同然であり、彼が生きているかぎり誰の手に渡ることもないだろうし、また、この国に彼の代わりを務められる者などいないから、彼がいなくなればセンターそのものがなくなってしまうことだろう。

マイタと付き合っていた頃のモイセスは地下革命家だったが、今では進歩主義的知識人になっている。彼の老獪さは、センターが栄え、センターとともに彼自身の羽振りがよくなっても、左翼シンパというイメージを崩さないどころか強化してきたあたりにもうかがえよう。激しいイデオロギー的対立があっても、モイセスは分け隔てなく両者と友好な関係を築き、ここ二十年の間、ペルー政治がどう変わろうとも政府と対立することはなかったが、それでいて特定の政権に肩入れすることもない。バランスのとり方、匙加減、距離感がいつも絶妙で、一方向に進み過ぎることがあると、反対方向への言説を弄してその埋め合わせをする。カクテルパーティーの場で、多国籍企業による資源の強奪や、帝国主義の文化的侵略に脅かされる第三世界の文化などという話をしていれば、それはその年他のどこよりも多くアメリカ合衆国からセンターに活動資金が寄せられたという意味であり、展示会やコンサートの場で、ソ連のアフガニスタン侵攻を憂慮し、ポーランドにおける連帯への弾圧に心を痛めていれば、それは東側諸国から援助を得たからだ。こうして口先ばかりの意見表明と詭弁を弄しながら、モイセスは自らのイデオロギー的独立、そして自らトップを務めるセンターの独立を誇示する。本を読むレベルのペルー人政治家――その数は決して多くない――は誰もが彼を諮問役の知識人と見なし、センターが直接自分に協力してくれるものと思い込むが、確かに広い意味ではそれもあながち間違いではない。如才のないモイセスと接するうちに、誰もがこのセンターと友好的な関係を保っておくほうが自分に好都合だと感じるようになる。実際に好都合なことは多く、右派はセンターと接触することによって改革派、社会民主主義者、ほとんど社会主義者まで気取ることができ、左派は穏健派、慎重派を装うのみならず、ある種の専門家的雰囲気、知的空気を纏うことができる。さらには、軍人が文民を、聖職者が平信徒を、ブルジョアがプロレタリアートや農民を気取ることさえできるようになる。

成功者となったモイセスは激しい妬《ねた》み嫉《そね》みを受け、彼の悪口を並べる者は数知れなかったが、とりわけ愚弄の対象となったのは、彼の乗り回すワインレッドのキャデラックだった。当然と言えば当然なのか、なかでもとりわけ口汚く罵っていたのは、センターのおかげで――つまりモイセスのおかげで――食い扶持や衣装代、原稿依頼や出版、学会への出張や奨学金、セミナーや講演会をせしめ、進歩主義者の肩書を得た連中だ。そうした話は彼の耳にも届いているが、気にする様子はなく、気にしているとしてもそんな素振りは見せない。成功者としての人生を歩み、しかも自分のイメージを傷つけることなくここまで来られたのは、今後も決して変わることのなさそうな彼の哲学のおかげだろう。モイセス・バルビ・レイバに敵はいるかもしれないが、モイセス・バルビ・レイバ自身はいかなる生身の人間の敵にもならず、帝国主義、大土地所有制度、軍国主義、オリガーキー、CIAといった抽象的怪物――彼にとっての味方（すなわち残りの人類すべて）と同様、こうしたものの存在も彼の目論見に供する――を敵にするだけなのだ。屈強の過激派だった三十年前のマイタなら、これこそ「飼い馴らされた」革命家知識人の典型だと言うだろうし、おそらくそのとおりだろう。だが、この悪魔に睨まれた国でありとあらゆる裏取引と偽装を重ねざるをえなかったとはいえ、モイセス・バルビ・レイバの尽力によって、何十人という知識人が、挫折と陰謀で腐りきった大学業界で朽ち果てることなく職務を果たし、また、世界各地の同業者と緊密に連絡を取りながら海外渡航や専門的研究を続けることができた。この事実はマイタも評価するだろうか？　たとえ「飼い馴らされた」とはいえ、彼一人で、本来なら教育省や文化庁、ペルー各地の大学が行うべきでありながら誰も行ってこなかったことを成し遂げた、この事実を評価するだろうか？　おそらくまったく評価しないだろう。マイタにとって最重要課題、真実を見る目と活動する意志を備えた者が従事すべき唯一の任務とは、革命闘争であり、それ以外のすべては無意味なのだ。

「ごきげんよう」モイセスは私に手を差し出す。

「ごきげんよう、同志」マイタは答えた。

マイタが二番目に到着するのは異例のことで、中央委員会が開かれるごとに、POR（T）の本部となっていたソリートス通りのガレージを開けるのはいつも彼の役目だった。委員会のメンバー七人全員が合鍵を持っており、寝る場所がないとなれば、彼らの誰でもこのガレージに寝泊まりすることができたほか、別の作業をしに来る者もいた。大学生メンバーの二人、アナトリオ同志とメダルド同志はここで試験勉強をすることもあった。

「今日は俺のほうが早かったな」メダルド同志は驚きを隠さなかった。「奇跡だ」

「パーティーに呼ばれて夜更かししたからな」

「お前がパーティーに？」メダルド同志は笑った。「それも奇跡だ」

「結構面白かった」マイタは言った。「妙な勘繰りはやめろよ。これから委員会で報告するつもりだ」

ガレージの外からではここで怪しげな活動が行われているとは想像もつかないだろうが、ひとたび中へ入ると、マルクス、レーニン、トロツキーの髭面をあしらったポスターが壁に掛かっており、これは、モンテビデオでトロツキー派の集会に参加したハシント同志が持ち帰った品だった。壁際には、『労働者の声』やビラ、声明文、ストへの呼びかけ、糾弾状などが一度も日の目を見ぬまま山積みにされている。底の抜けた椅子が二脚と、搾乳か交霊術にでも使われそうな三つ足のスツールがあり、積み重ねて毛布で覆ったマットレスも必要に応じて椅子代わりに使われた。レンガと板を組み合わせた棚には、漆喰の塵に覆われた本が物憂げに並び、隅には車輪の外れたオート三輪の残骸があった。POR（T）の本部といっても狭いもので、委員の三分の一だけで定足数に達したように見えるほどだった。

「マイタ？」モイセスは揺り椅子に深く腰掛けて私を見つめる。

「マイタ」私は言う。「覚えているだろう？」

彼は落ち着きを取り戻してまた微笑む。

「もちろん、忘れるもんか。しかし、面白いな。今頃ペルーでマイタのことなんか覚えている奴がいるのか」

「滅多にいない。だから、覚えている数少ない者たちの記憶を搾り取るしかない」

モイセスはまめなタイプで、誰に対しても協力的だから、力になってくれるのは間違いないが、かつてはマイタと頻繁に顔を合わせ、おそらく二人が親友だったことを考えれば、少々荒っぽく心理的予防線を振り払わなければ話をする気にならないのはやむをえまい。装丁の立派な本と羊皮紙装の古代ペルー地図、性行為の土偶を飾るガラスケースに囲まれたこのオフィスで、マイタ同志の話など持ち出されては迷惑だろうか？　かつてマイタと分かち合った夢や活動について話そうとすると、どこか場違いな思いに囚われるのだろうか？　そうかもしれない。マイタと政治活動をともにしたことのない私にとってさえ彼の思い出は不快なのだから、開発振興センターの所長ともなれば……。

「いい奴だった」慎重に話し出しながらこちらを見つめ、マイタについて私がどう思っているのかこっそり探ろうとしているのかもしれない。「私欲のない理想主義者だが、一途すぎて現実が見えない。少なくともハウハのあの惨劇に関しては、私にやましい思いはない。無茶な話だと言って、思いとどまらせようとしたんだ。もちろん、言い出したら聞かない奴だから、時間の無駄だったがね」

「彼が政治に手を染めたきっかけを知りたいんだ」私は言う。「高校の最後か、サン・マルコスに入った年に、アプラを支持したという以外は、よくわからない。その後は……」

「その後もいろいろさ、実のところ」モイセスが言う。「アプラ、共産党、分離主義、トロツキー派、ありとあらゆるセクトと派閥を渡り歩いた。知らないセクトは一つもないぐらいだったんじゃないかな。今はもっと増えているけどね。このセンターでも、ペルー左翼の政党や団体、同盟、会派、戦線の系譜を調べているけど、全部でいったいいくつになると思う？　三十以上だよ」

机を軽く叩いて何か考え込むような様子になる。

「だが、一つ認めねばなるまい」突然真面目な顔になって彼は付け加える。「日和見主義でセクトを変えたことは一度もなかった。情緒不安定、狂気、いろいろあったかもしれないが、まったく私利私欲のない男だった。もっと言えば、自虐的なタイプだった。異端児であり、生粋の反逆児だった。何かに首を突っ込むと、すぐに異論を唱え、最後には離脱を画策する。何にでも反対、自分でも止められないんだ。哀れな同志さ、マイタは！　辛い人生だね」

「開会します」ハシント同志が言った。ＰＯＲ（Ｔ）の総書記で、五人の出席者のうち最長老だった。パジャルディ同志とカルロス同志の二人が来ていなかったが、三十分待った後、そのまま開会することにした。ハシント同志がかすれた声で三週間前に開かれた前回の総括を行った。用心のため議事録を残すことはなかったが、総書記が主たる議題をメモ帳に記録しており、目を細めてそれを見ながら話を続けた。ハシント同志はいくつになるのだろう？　六十か、それ以上だろう。背の高いがっしりした体のチョロで、額にかかる髪とスポーツ選手のような雰囲気のせいで若く見えるが、パリから戻ったシュルレアリストたちが——ウェストファーレン、アブリル・デ・ビベロ、モーロ——ペルーにトロツキーの思想を持ち込んだ一九四〇年代初頭にはすでに、詩人ラファエル・メンデス・ドリッチ邸で開かれていた会合に参加していたという、この組織の最古参だった。ハシントは、PORの前身で、一九四六年に結成されたペルー最初のトロツキー派組織「マルクス主義労働者団」の創始メンバーの一人であり、肥料生産のフェルティサ株式会社では、アプラ派やアカカブと敵対する少数派だったにもかかわらず、組合の執行部に入った。別のグループへ移ることなく、そのままこちらに残ったのはいったいなぜだろう？　マイタにとっては嬉しいことだが、その理由は不明だった。トロツキー派の古株たち、すなわち、ハシント同志と同世代のメンバーは、皆PORについたのに、彼だけはPOR（T）に残った。若者に肩入れするためだろうか？　きっとそうだろう。マイタには、パブロ主義と反パブロ主義をめぐってトロツキー主義者たちが世界中で展開する議論にハシント同志が興味を持っているとは思えなかった。

「『労働者の声』」総書記は言った。「これが喫緊の問題です」

「左翼的幼稚、矛盾の魔力、どう呼べばいいだろうね」モイセスは言う。「極左の病だね。より革命的に、より左へ、より過激に……。いつもマイタはそう振る舞っていた。ほんのひよっこだった我々二人がアプラ青年団にいたのは、アプラがまだ合法化されていなかった時代のことで、マヌエル・セオアネが、アヤ・デ・ラ・トーレの歴史的時空間理論とか、マルクス主義の弁証法的反駁、超越とか、そんな話をしていた。当然ながら、マイタはマルクス主義を勉強せねばならないと思い込み、何を反駁するのか、何を超越するのかを知ろうとした。サークルを作って、数カ月後にはアプラ青年団に抑え込まれ、気づいたらアカカブたちに協力していた。おかげでパノプティコンの洗礼を受けることになったわけだ」

モイセスは笑い、私も笑う。だが同じ笑いではない。モイセスは、背伸びして政治に首を突っ込んだ少年時代のマイタと自分のたわいない振る舞いを笑い飛ばし、笑うことで、すべてが取るに足らぬ逸話、風とともに去る麻疹のような一時的病にすぎなかったことを印象づけようとしている。私が笑うのは、机に飾られた二枚の写真に目を留めたからだ。どちらも銀縁に収まり、バランスでも取るように向き合っている。一方は、進歩のための同盟を引っさげてペルーへやって来たロバート・ケネディ上院議員の手を握るモイセス、そしてもう一方は、北京でラテンアメリカ使節団の一員として毛沢東主席の隣に立つモイセス。どちらも自然な笑みを浮かべている。

「担当者の報告を聞きましょう」ハシント同志は言った。

『労働者の声』の担当者は彼だった。三時間ほど体を休めただけで朝起きてからというもの、ひどい眠気とともに、ずっとバジェホス少尉の顔が脳裏から離れなかったが、マイタはそれを振り払うように頭を振った。そして立ち上がり、報告内容をまとめたカードを取り出した。

「そうです、同志諸君、喫緊の課題は『労働者の声』で、即刻手を打たねばなりません」あくびをこらえながら言った。「実は問題は二つあって、別々に検討せねばなりません。まず、造反者たちが去ったことに伴って、名称の問題が生じています。そして第二に、いつもどおり、資金の問題があります」

出席者の全員が事情を把握していたが、マイタは几帳面に細部まで報告した。最初からぬかりなくすべてを説明しておけば、後々議論になったとき時間の節約になることが彼には経験上よくわかっていた。一点目、党名にはTが加わるが、新聞の名称は『労働者の声』のままでいいだろうか？　造反者たちはすでに同じ『労働者の声』という名称で、同じロゴまで使って新聞を発行しており、自分たちこそPORの継承者で、POR（T）が造反者であるかのごとく労働者に思い込ませようとしている。もちろんさもしいやり方だが、事実は受け止めねばならない。POR、労働者革命党が二つあるだけで労働者にはすでに紛らわしいというのに、たとえ一方がトロツキーのTを掲げていても、『労働者の声』が二つ流通していては、混乱を招きかねない。また、すでに編集を終えた次号はコチャルカス印刷所に送られており、今すぐ決定を下さねばならない。『労働者の声（T）』として出すか、あるいは、名前を変えるか。ここでマイタは間を取り、煙草に火を点けながら、ハシント、メダルド、アナトリオ、ホアキン各同志の発言を待った。皆黙っているので、彼は煙を吐き出しながら続けた。

「もう一点は、次号の印刷費用が五百ソル足りないということです。印刷所の経営者が、次号から紙の値上がり分だけ料金を上げると言ってきました。二十パーセントです」

コチャルカス印刷所は、大判二枚の新聞千部を二千ソルで請け負っており、メンバーはこれを一部三ソルで売っていた。計算上は、全部売り尽くせば千ソルの利益が出ることになるが、実際には、キオスクや新聞売りが五十パーセントの手数料を取るから、広告収入がない以上、一部につき五十センターボの損益になった。メンバー自身が工場の入り口や大学、組合で売った分については利益が出るが、ソリートス通りのガレージで行われていたPOR（T）中央委員会に周りから重々しい空気を投げかける黄ばんだ紙の山が示すとおり、千部すべてはけることは滅多になく、しかも、大半は売られるのではなくタダで配られていた。『労働者の声』は常に赤字を出しており、造反者が出た今、事態はいっそう深刻になっている。

マイタはメンバーを鼓舞しようとして微笑んだ。

「同志諸君、世界が終わったわけでもあるまいし、そんな悲しい顔をしないでくれ。何とか解決策を考えようじゃないか」

「記憶に間違いがなければ、投獄中に共産党から除名されたはずだ」モイセスは思い起こす。「だが、確証はない。何度も分裂や和解があったから、もうよく覚えていないよ」

「共産党にはだいぶ前からいたの？」私は訊ねる。「君も一緒だったんだよね？」

「見方によって、二人とも党員だったとも言えるし、党員ではなかったとも言える。正式に入党したことはないし、党員証ももらっていない。だが、当時は党員証なんかなかったからね。非合法組織で、党員も少なかった。我々二人は、活動家というよりシンパだった。獄中でマイタは、あいつらしい矛盾した気持ちに囚われて、異端派に肩入れするようになった。トロツキーを読み始め、あいつに引きずられてこの私まで読み出した。フロントン島の監獄ですでにあいつは、囚人相手に、二重の権力とか永久革命とか、スターリン主義の硬直化とか、そんな演説をぶっていた。ある時知らせが届いて、アカカブたちが、極左とか造反者とか、扇動家とかトロツキー主義者とか、そんな理由をつけてあいつを党から除名したらしい。私はその少し後にアルゼンチンへ逃れた。帰国してみると、マイタはＰＯＲの活動家になっていた。なあ、腹が空かないか？　それなら昼飯にしよう」

モイセスのまばゆいワインレッドのキャデラックに乗り込んでミラフローレスの通りへ繰り出すと、夏らしい青空が広がっており、白い陽光が真上から降り注いで家や人や木々を活気づけているが、いつもよりパトロール部隊が多く、ヘルメットの兵士を乗せた軍のジープも目立つ。ディアゴナル大通りの入り口では、海軍歩兵部隊が土嚢で囲んだ機関銃を構えている。通りすがりに、この陣地の司令官らしい士官が携帯無線で何か話している様子が目に入る。こんな日は海辺で食事をするのにぴったりだ、モイセスは言う。コスタ・ベルデにしようか、それとも、スイソ・デ・ラ・エラドゥーラにしようか？　コスタ・ベルデのほうが近いし、襲撃に対する警備体制もよさそうだ。車中で我々は、オドリア独裁政権末期の一九五五年、五六年頃、政治犯が釈放され、亡命から戻っていた時期のＰＯＲについて話し始める。

「ここだけの話だけど、ＰＯＲなんて悪い冗談だった」モイセスは言う。「もちろん、命まで捧げたうえに何もできなかった奴らには、笑えない冗談さ。本当に死んだ奴らにとっては悲劇的な冗談だろうし、不毛な議論や自己満足のパンフレットに知恵を絞っていた奴らにとっては悪趣味な冗談だったことだろう。だが、どう見たってあれはでたらめな冗談だった」

恐れていたとおり、コスタ・ベルデは満員。レストランのガードマンが入り口でボディーチェックを行い、モイセスが監視員に拳銃を預けて、代わりに黄色いチップを受け取る。テーブルが空くまでの間、我々は、防波堤脇に据えられた藁屋根の下に通される。冷えたビールを飲みながら砕ける波を見ていると、顔に飛沫がかかるような気がする。

「マイタの頃、ＰＯＲには何人のメンバーがいたんだい？」

モイセスは上の空でビールを長くあおり、口元に泡が残る。紙ナプキンで拭う。そして顔に愚弄の微笑を浮かべながら頭を動かす。

「二十人を超えたことはない」彼は呟く。声が小さすぎて、顔を近づけなければ聞き取れない。「それが最高記録さ。安食堂で祝ったよ、やっと二十名に到達したってね。だが、その後分裂が始まった。パブロ派と反パブロ派。覚えているか、ミシェル・パブロ同志のこと？　ＰＯＲとＰＯＲ（Ｔ）。我々はパブロ派だったのか、反パブロ派だったのか、どっちだったかな？　本当に思い出せない。イデオロギー論争を持ち込むのはいつもマイタさ。ああ、思い出した、我々がパブロ派で、奴らが反パブロ派だ。我々は七人、奴らは十三人。奴らに名前を持っていかれて、我々のほうがＰＯＲに大文字のＴを付けなきゃならなくなった。分裂の後、どっちのグループも勢力を伸ばせなかったのは確かだ。ハウハの事件までそんな状態が続いた。あれでＰＯＲはどっちも潰れて、新たな歴史が始まる。私には好都合だった。パリへ亡命して、学位論文を書いて、有意義なことに取り組むことができた」

「双方の立場は明確で、これ以上議論の余地はない」アナトリオ同志が言った。

「そのとおりだ」総書記が唸った。「挙手での投票に移ろう。賛成の者は？」

『労働者の声』を『労働者の声（Ｔ）』に変えるというマイタの提案は、三対二で否決された。勝敗を分けたのはハシント同志の票だった。マイタとホアキンは、同じ名前の新聞が二つあって互いに攻撃し合っているのでは紛らわしいと論じたが、メダルドとアナトリオは、名称を変えれば造反者の主張を正当化し、ＰＯＲ（Ｔ）ではなくＰＯＲが党の正統な継承者であると認めることになりかねない、と反論した。党名ばかりか機関紙名まで譲るのでは、盗人に追い銭ではないか。メダルドとアナトリオの主張では、党名の類似など一時的な問題にすぎず、記事や社説、情報や主張の一貫性によって敵方を圧倒し、どちらが真のマルクス主義と反官僚主義を掲げる雑誌で、どちらが偽物か示すことができれば、労働者階級の意識から混乱は消えていく、という。議論が紛糾し、延々と続くうちに、マイタはあの幼稚な理想主義的青年と交わした前日の会話がどれほど楽しかったか思い返していた。《睡眠不足でぼんやりしていたせいで票を失ったらしい》彼は思った。まあ、どうでもいいことだ。名前を変えないことで『労働者の声』の普及に支障をきたすような事態になれば、委員会のメンバー七人全員が揃ったところで合意を修正する提案をすればいいだけのことだ。

「バジェホス下士官とマイタが知り合った頃、本当にメンバーは七人だけだったの?」

「バジェホスのことまで覚えているとは」モイセスは微笑む。メニューを見て、エビのセビーチェと貝のピラフを注文する。彼のような飼い馴らされた経済学者のほうが何を頼めばいいかよくわかっているだろう、そう言って注文は任せる。「ああ、七人だ。全員の名前は覚えていないが、通称は覚えている。ハシント同志にアナトリオ同志、ホアキン同志……私はメダルド同志だった。販売制限がかかって以来、コスタ・ベルデのメニューもずいぶん貧相になったよ。この調子じゃ、リマ中のレストランが閉店になるんじゃないか」

我々が通されたのは奥のテーブルで、そこからだと、会食者の頭に阻まれてほとんど海は見えない。観光客、商社の社員、カップル、誕生日を祝う会社員たち。政治家か著名企業家が混ざっているらしく、隣のテーブルでは、四人の私服ボディガードが膝の上に自動小銃を乗せている。レストラン内をきょろきょろ見回しながら、黙ってビールを飲んでいる。会話の声、笑い声、そして食器の音が、寄せては返す波の音を消している。

「いずれにせよ、バジェホスを入れて八人だろう」私は言う。「記憶違いのようだな」

「バジェホスは入党しなかった」即座にモイセスは答える。「党員七名の党なんてまったくの冗談にしか聞こえないよな。あいつが顔を出したことは一度もない。というか、私はバジェホスの顔も見たことがない。新聞で初めてどんな男か知ったんだ」

自信たっぷりの話し方をみれば、本当なのだろう。嘘などつく理由もない。いずれにせよ、POR(T)の総人数も驚きだが、こちらも大きな驚きだ。小集団だと思ってはいたが、これほどの少人数とは。すでに場面を勝手に想像していたのだが、今やそれが土台から崩れ落ちた。マイタに連れられてソリートス通りのガレージへ向かうバジェホス、同志たちに紹介され、軍担当書記を任される……。そんな筋書きも今や無用だ。

「まあ、七人といっても、本格的な参加者が七人ということだがね」少し間を置いた後にモイセスが言い添える。「シンパはもっといたよ。学生や労働者のシンパと勉強会を開いていた。それに、いくつかの労働組合にはそこそこ影響力があった。例えば、フェルティサとか、あと、土木組合とかね」

セビーチェが運ばれ、エビがみずみずしく新鮮な光を放つとともに、皿から辛そうな匂いが伝わってくる。飲み、食い、そして食べ終わるや、私は質問を続ける。

「本当にバジェホスに一度も会ったことがないのか？」

「彼と直接会っていたのはマイタだけだ。少なくともかなりの間は。後には特別部会が立ち上がった。実働班だな。アナトリオとマイタとハシントだったと思う。奴らは何回か会っているはずだ。他は関わっていない。相手は軍人だぞ。何せ我々は非合法革命集団だからな。それにひきかえ、相手は少尉、何と下士官だ！」

「下士官？」アナトリオ同志は椅子から飛び上がった。「少尉だと？」

「スパイを任されたんだろう」ホアキン同志が言った。「間違いない」

「もちろん、最初は私もそう思いました」マイタは頷いた。「冷静に考えてみましょう、同志諸君。バカげているではありませんか。スパイ役に送り込まれてきた少尉がパーティーで社会主義革命の話をしますか？　そのまま少し話させてやりましたが、まったく地に足が着いていない男です。善意と幼稚な感情だけで、わけもわからぬまま革命について話すばかりでした。彼にとって革命といえば、フィデル・カストロとシエラ・マエストラで銃をぶっ放す髭面どものことです。そんな正義感に同調してはいても、どう事を始めればいいのかわかっていない、私の見たところ、そんな印象です」

座って話していたが、すでに開始から三時間が過ぎ、煙草が切れていたせいで、一服したくてうずうずしていた。POR（T）についての情報収集を命じられたスパイでないとなぜ言い切れる？　可能性は否定できない。

接触の仕方が下手でも不思議ではない。ペルーの警察や軍関係者、ブルジョアはみんな不器用だ。だが、若々しく溌剌とした饒舌な青年というイメージが再び疑念を払拭した。ハシント同志も加勢する。

「スパイである可能性もなくはないとはいえ、少なくとも、相手が誰かわかっているぶんだけ我々に有利でしょう。必要な予防線を張っておくことができます。奴らのことを探る絶好のチャンスとなれば、これを逃す手はありません」

そして、すでにPOR（T）で数知れぬ論争の種となってきた議題が俄かに甦ってきた。軍隊は革命への潜在能力を備えているだろうか？　陸軍、海軍、空軍に潜入し、兵士たちを細胞組織にまとめあげることも目標ではないのか？　軍人たちを説き伏せて、労働者や農民たちとの利益共同体を作らせることはできないのか？　両者の間に社会的相違が多いうえ、兵士や士官は制度的絆と集団精神によって揺るぎない共犯関係を結んでいるから、階級闘争の図式を軍部まで広げようとするのは夢物語にすぎない、そういうことか？　マイタは少尉の話をしたことを後悔した。議論はまだ当分続きそうだ。水を張った洗濯桶にむくんだ両足を突っ込みたいと思った。スルキージョのパーティーから戻って、夜明け前にこうして足を冷やした時には、叔母の祝福に出掛けて本当によかったと身にしみて感じた。そのまま眠りに落ち、夢で彼とバジェホスは、朝早く、誰も海水浴客がいない時間帯に、アグア・ドゥルセと思しき海岸で徒競走をしていた。彼のほうが次第に遅れをとり、青年が振り返って、笑顔で励ましてきた。《頑張れ、頑張れ、歳のせいで息が上がってるのか、マイタ？》

「何時間も何時間も、声がかれるまで議論は続いた」今度は貝のピラフを食べながらモイセスは言う。「マイタはこのままバジェホスと会い続けてもいいだろうか、それとも、さっさと手を切ったほうがいいだろうか？　そんな問題が、あれこれ因果関係や状況分析を経たうえで初めて解決される。いくつもの前提をクリアせねばならない。十月革命、世界における社会主義と資本主義と官僚制帝国主義との力関係、五大陸における階級闘争の進展、ネオコロニアリズムによる国家の貧困、富の一極集中……」

最初は笑顔だったが、表情は次第に曇っていく。口に持っていったフォークを皿に戻す。さっきまで旺盛な食欲を見せ、コスタ・ベルデのシェフを誉めそやしていたのに――《この状況下で、いったいいつまでこんな美味しいものが食べられるだろうね》――、急に食欲が失せたようだ。私に頼まれてやむなく昔を思い返して憂鬱になったのだろうか？

「マイタとバジェホスのおかげでおおいに助かったよ」これで声を潜めて話すのは三度目だ。「あいつらがいなかったら、今もまだどこかのセクトにいて、労働者たちが読みもしない、読んだって意味もわからない新聞もどきを二週間ごとに五十部売り歩いていたかもしれない」

口を拭い、ウェイターに合図して皿を下げさせる。

「バジェホスの一件が沸き起こった頃には、私はもう自分たちの活動に興味を失っていた」陰鬱に付け加える。「こんなことを続けていても、時に投獄、時に亡命を繰り返し、政治的にも個人的にも挫折を味わうだけで、何の実りもないことは明らかだった。それでも……惰性とでも言えばいいのかな。自分が薄情者、裏切り者になるのが恐ろしかった。同志たち、党、自分自身への裏切り。どうにかこうにか何年も闘い、犠牲を払ってきたのに、突如そのすべてが失われるとなれば、やはり恐ろしい。僧服を脱ぐ司祭だって同じだろう」

今初めて話し相手がいることに気づいたように私を見つめる。

「マイタが意気消沈することはあったのかな？」私が訊く。

「わからない、岩のような男だから、なかったかもしれない」モイセスは一瞬考え込み、肩をすくめる。「一人になればそういうこともあったかもしれない。いきなり我に返って、自分が井戸の底にいて這い出す術もないことに気づく瞬間は誰にでもあるものな。まあ、我々だって、死んでもそんなことは口にしなかったがね。ああ、マイタとバジェホスのおかげで助かった」

「そんなふうに繰り返していると、実は納得していないように思えてくる。実はそれほど助かってはいないんじゃないか」

「ああ、それほど助かってはいない」彼は不本意そうに答える。

そこで私は笑い、からかうような調子で、彼こそペルーで独立を勝ち得た数少ない知識人の一人であるうえ、同僚の手助けをしながら、何がしかのことを成し得たと言える存在ではないか、と述べると、モイセスは皮肉な仕草で反論する。開発振興センターのことか？　そう、ペルーには貴重な存在で、二十年間の政治活動で成し遂げた以上の貢献をしているではないか。そう、センターの尽力で多くの若者が本を出版し、奨学金を獲得し、大学の猥雑から逃れられたではないか。だが、彼自身は不満だった。もちろんＰＯＲ（Ｔ）の時とは違う。できれば自分こそが――私が信頼に足るかどうか訝るようにこちらを見る――彼らのようになりたかった。研究、執筆、出版。かつては野心的な計画を立てていたが、今となってはもう実現不可能だろう。ペルー経済史。先インカ時代から今日までの詳細な総論。他のあらゆる学術的計画同様、これも放棄！　センターを維持するためには、経営、外交、宣伝をこなし、そしてとりわけ二十四時間お役所仕事に徹しなければならない。いや、それどころか、二十八時間、三十時間だ。彼にとっては一日は三十時間に等しい。

「若い頃はトロツキー主義者としてさんざんお役所仕事をけなしてきたのに、自分が役人のようになるなんておかしな話だな」気分を取り直そうとして彼は言う。

「堂々巡りになっていますね」ホアキン同志が言った。「堂々巡り、そうでしょう？」

そのとおり、堂々巡りだ、マイタは思った。そもそも、何の話だったんだ？　メダルド同志が、ロシア革命における兵士代表ソビエトの役割などという問題を議論に持ち込んでからというもの、クロンシュタットにおける水兵の蜂起とその鎮圧のことばかりみんな話している。メダルドによれば、一九二一年二月に起こったこの反社会主義的反乱は、軍人の階級意識がいかに疑わしいものか、そして軍隊の潜在的革命力に期待をかけることがいかに危険か、雄弁に物語っている。熱くなったハシントは、メダルドに向かって、一九二一年の事件を持ち出す前に、同じクロンシュタットの水兵たちが一九〇五年に何をしたか思い出すべきだと反論した。最初にツァーに反旗を翻したのは彼らではないか。それに、一九一七年には、多くの工場に先んじていち早くソビエトを結成したではないか。すると議論は、クロンシュタットに対してトロツキーがどういう態度を取ったかという問題へ逸れていった。メダルドとアナトリオによれば、『ロシア革命史』では、反乱は客観的に見て反革命勢力や白軍に有利に働く以上、その鎮圧はやむをえなかったと評価されているという。だが、マイタには確信があった。後にトロツキーはこのテーゼを修正し、自らは水兵の弾圧に関わっておらず、それがジノヴィエフに率いられたペトログラード・ソビエトの独断で行われたことを明らかにしたのだ。そればかりか、レーニン体制下に行われた反乱水兵の虐殺こそ、スターリン官僚主義下で始まった反プロレタリア的犯罪の先駆的事件だったとまで記したのだ。挙げ句の果てに、いったい何のきっかけがあってか、議論はトロツキーの著作のスペイン語訳が正しいかという問題にはまり込んだ。

「そんなことを言い争っても意味はありません」マイタは言った。「論点を整理して、意見を合わせましょう。私はそんなことはないと思いますが、バジェホスがスパイ行為や挑発行為を企んでいる可能性は確かに否定できません。とはいえ、ハシント同志が述べたように、若い軍人を抱き込むせっかくの機会をみすみす逃す手はありません。私としては、彼との接触を続け、様子を見ながら、勧誘に乗ってくるかどうか見定めたいと思います。もちろん、党の情報は一切漏らしたりしません。何か不審な点があればそれで終わり、何もなければ、成り行きを見てまた考える、ということでどうでしょう」

疲れていたのか、説得力があったのか、メンバーはこの提案を受け入れた。四つの頭が納得して頷いたのを見てマイタは喜んだ。これで煙草を買って一服できる。

「いずれにせよ、苦境に差し掛かったとしても、そんな素振りはまったく見せなかった」モイセスは言う。「それだけはいつも羨ましかったね。POR（T）の時代だけじゃない、それ以前からさ。モスクワに同調した時代も、アプラに加担した時代も」

「それじゃ、なぜあんなに何度も転向したんだい？　イデオロギーの問題なのか、それとも、何か心理的理由があるのかな？」

「むしろ道徳的理由だろう」モイセスが正す。「マイタのような場合に道徳を持ち出すのはおかしいかな？」

彼の目に意地悪な光が走る。話をゴシップのほうへ持っていくため、何か合図を求めてでもいるのだろうか？

「まったくおかしくはないね」私は言う。「マイタの政治的転向には、イデオロギーというより感情的、倫理的な理由があるんじゃないかとずっと思っていた」

「完璧、そして汚れなさを求める心」モイセスはにやりと笑う。「子供の頃は敬虔なカトリックだったようだ。貧民の生活を体験するためにハンガー・ストライキまでやったらしい。知っていたかい？　起源はそこかもしれない。政治の世界で純潔を求めると、どうしても現実離れしてくる」

ウェイターがコーヒーをテーブルに置く間、黙ったまま私を見ている。自動小銃で武装したボディガードとともに要人が去り、コスタ・ベルデから随分客が減ったせいで、再び波音が聞こえてくるとともに、左のほう、バランキートの防波堤に、サーフボードに馬乗りになって波を待つサーファーの姿が目に入る。《海から襲撃するのは造作もないな》誰かの声が聞こえる。《ビーチには警備がない。店主に言ったほうがいい》

「なぜそんなにマイタに興味があるんだい？」舌先でコーヒーの温度を確かめながらモイセスは訊ねる。「当時の革命家のなかではずいぶん影が薄いというのに」

「わからない。他の誰よりも私を惹きつける何かがあるんだ。後に続く出来事の象徴、当時は誰も予想しえなかった事態の予兆、そんなところかな」

後が続かない。できればもっと具体的に話したいところだが、今の段階でわかっていることといえば、マイタのことをもっとよく知って、できるかぎり生き生きとした物語に仕上げてみたい、それだけだ。道徳的、社会的、イデオロギー的理由をあげつらって、これこそが、数ある物語のなかで最も重要で逼迫した物語なのだと示してやりたいところだが、それでは嘘八百になってしまう。マイタの物語がなぜこれほど気になるのか、頭から離れないのか、実のところは自分でもわからない。

「私にはわかる気がする」モイセスは言う。「キューバ革命の成功に先行する最初の革命だったからだろう。キューバ革命によって左翼が二分される前の」

そうかもしれない、確かにキューバ革命という冒険の先駆的事件だったからかもしれない。当時はマイタにもバジェホスにも予想できなかったが、確かにあれはペルーの新たな時代の始まりだった。だが、そうした歴史的文脈はあくまで装飾にすぎず、実は私がそこに漠然と感じ取っている象徴性とは、かつてのサレジオ学院の同級生が主体となったあの事件に内包される様々な要素、残虐さ、疎外、反逆、妄想、過剰、そんなものの交錯かもしれない。

「進歩主義者の軍人? そんなものが存在すると本気で思っているのか?」メダルド同志は嘲った。「アプラの連中は、革命によって宮殿の扉を開いてもらうために、そんな夢を追い続け、夢叶わぬまま老いていった。我々も同じ道を進もうというのか」

「同じ道ではない」マイタは微笑んだ。「我々が追い求めるのは反乱ではなく革命だ。心配には及ばない」

「一つ心配がある」ハシント同志が言った。「もっと現実的な問題だ。カルロス同志は家賃を払ったのかな。またあの婆さんに踏み込まれてはかなわん」

すでに委員会は終わっていたが、全員いっぺんに退出するのを避ける慣習にしたがって、まずアナトリオとホアキンが立ち去り、残りの者たちはまだしばらくガレージに残っていた。マイタの顔に思い出し笑いが浮かんだ。パス・エステンソーロの民族革命運動がボリビアで進める農地改革について激論を戦わせているさなかに、ひょっこりあの婆さんが姿を見せたのだ。ドアを開けたのが金属の杖にすがって歩く痩せこけて背の曲がった白髪の老婆でなく、密告者でもあるかのように、一同はしばし呆然とした。

「こんばんは、ブロンベルグ夫人」カルロス同志が応じた。「びっくりするじゃありませんか」

「ノックぐらいしてくださいよ」ハシント同志が訴えた。

「自分の家のガレージなのに、なんでノックなんかするかね」むっとしてブロンベルグ夫人は答えた。「最初の月の家賃を払う約束だったのに、いったいどうなってるんだい？」

「銀行のストライキのせいで少し遅れただけですよ」髭面の男たちのポスターと『労働者の声』の山に目を向けさせまいとして、前へ進み出ながらカルロス同志が言った。「ちょうどこの小切手をお渡しに上がろうと思っていたところです」

カルロス同志がポケットから封筒を取り出したのを見てブロンベルグ夫人は落ち着いた。入念に小切手を調べた後、頷いて踵を返すと、今度から遅れるんじゃないわよ、この年でいちいち集金に回るのは大変なんだから、などとぶつぶつ言いながら去って行った。一同は笑い転げ、議論も忘れてあれこれ取り沙汰した。ブロンベルグ夫人はマルクス、レーニン、トロツキーの顔を見たのだろうか？ 今頃警察へ走っているだろうか？ 今夜にも捜査が入るだろうか？ 老婆には、チェスクラブの本部としてガレージを借りたいと言ってあったのに、不意をついて訪ねてみれば、ボードも駒もまったく見当たらない。だが、結局警察の手入れはなく、どうやらブロンベルグ夫人は何も不審に思わなかったらしい。

「その革命マニアの少尉が婆さんと繋がっていなければいいがな」メダルドは言った。「捜査の手ではなく、スパイの手が忍び寄ってくるわけだ」

「あれから何カ月経ったと思っているんだ」また議論になって煙草がお預けになる事態を恐れてマイタが言った。

「まあ、今にわかるさ。十分経った。行くか？」

「パジャルディとカルロスがなぜ来なかったのか調べる必要があるな」ハシントが言った。

「七人のなかで、カルロスだけはまっとうな生活を送っていた」モイセスは言う。「レンガ工場のオーナーで、建築請負もやっていた。家賃や印刷費、紙代もほとんどあいつが出していた。みんなできるだけ出していたけど、たかが知れたものだった。あいつの奥さんは我々を死ぬほど嫌っていたよ」

「マイタは？　フランス・プレスでの稼ぎは少なかっただろうね」

「それでも給料の半分以上は党に注ぎ込んでいた」モイセスは頷く。「もちろんあいつの奥さんも我々を恨んでいた」

「マイタの奥さん？」

「正式に結婚していたよ」モイセスは笑う。「短い期間だけどね。アデライダとかいう銀行員で、美人だった。なんで結婚したのかまったく不可解だった。知らなかったのか？」

知らなかった。三人一緒に外へ出てガレージのドアに鍵をかけた後、角の雑貨屋で立ち止まって、マイタがインカを買って出てくるまで残り二人が待った。マイタはハシントとメダルドに煙草を差し出し、自分の煙草に火を点けるが、慌てたせいで指を火傷してしまった。アルフォンソ・ウガルテ通りを進みながら煙草をふかし、目を細めたまま気持ちよく吸って吐いてを繰り返していると、闇夜に煙が消えていった。

「なぜ少尉の顔が頭から離れないのかやっとわかった」彼は大声で独り言を言った。

「おかげで随分時間を無駄にしたな」メダルドが愚痴った。「下士官の話に三時間だ！」

聞こえなかったようにマイタは続けた。

「無知か未成熟かはともかく、あの男は我々とまったく違った口ぶりで革命について話していた」

「なあ、同志、俺は労働者で、知識人じゃねえから、そんな難しい話はわからねえ」ハシントがからかった。

これは彼がよく口にする冗談で、そのあまりの頻度にマイタは、実は表面的な口ぶりとは裏腹に、ハシントが知識人のことを羨ましく思っているのではないかと勘繰ったほどだった。その時、乗客をドアから歩道へ放り出しそうな状態でバスが通り過ぎ、三人は壁に寄りかかってこれをやり過ごさねばならなかった。

「ユーモア、歓喜」マイタは付け加えた。「健康的で美しい話しぶり。我々はそんな情熱を失ってしまった」

「歳を取ったとでも言いたいのか？」ハシントが冗談めかした。「お前はそうかもしれんが、俺はまだ現役だ」

だがマイタは冗談など言う気にもなれず、熱くなり過ぎてたどたどしい話し方になっていた。

「我々は皆、理論的に思いつめ過ぎているし、政治に染まっている。何だろう……。あの青年が社会主義革命についてまくし立てるのを聞いていると、なんだか羨ましくなってくる。闘争に凝り固まるのはやむを得ないとしても、夢を失うのはよくない。手段と目的を取り違えてはいけないんだ、同志諸君」

わかってもらえたのだろうか。当惑して話題を換えたが、セピータ通りの部屋へ向かうためにアルフォンソ・ウガルテ通りで二人と別れた後も、マイタの頭には何度も同じ思いが駆け巡った。ロアイサ病院の前で、四車線を埋め尽くす車とトラックとバスの流れが一時停止するのを待ちながら、前夜から亡霊のようにうごめいていた連想がはっきりしてきた。そうだ、大学と同じなのだ。あの落胆の年、サン・マルコスで受けた歴史や文学や哲学の授業。すぐにわかったのは、かつてはあの教員たちも偉大な作品、偉大な思想を敬愛したのかもしれないが、それも今は昔、すでに彼らの素養はすっかり干上がっている、という事実だった。彼らの教える内容、そして学生に押しつける課題から判断するかぎり、眠気と凡庸さに支配されたその頭で倒錯が起こったのだ。スペイン文学の教授は、ロルカの詩を読むより、ロルカについてレオ・シュピッツァー氏の書いたものを読むほうが重要だ、ネルーダの詩を読むよりネルーダの詩についてアマード・アロンソ氏が書いたものを読むほうが重要だ、そう確信しているらしいし、歴史の教授にとってはペルーの歴史よりペルーの歴史の資料のほうが重要で、哲学の教授にとっては思想の内容やその反響より言葉の形式のほうが重要らしい……。彼らにとって文化とは剝製であり、虚栄心を満たす知識、生活と切り離された不毛な博識になり下がっていた。当時のマイタにとって、ブルジョア文化、ブルジョア的理想主義が生活と乖離するのは当然の帰結であり、苦々しい思いで彼は大学を去った。真の文化は大学で教わる学問とは程遠かった。そして今、彼もハシントもメダルドも、そしてPOR（T）の同志もPORの同志も、皆アカデミズムに毒されてしまったのだろうか？　本質的部分と装飾的部分の違いを見失ってしまったのだろうか？　自分たちの革命も、サン・マルコスの教授陣が手垢をつけた文学や歴史や哲学と同じ衒学や秘教になり下がってしまったのだろうか？　バジェホスの声は注意喚起だったのだ。《本質を見失うんじゃないぞ、マイタ、余計なことに惑わされるんじゃない、同志よ》知識も読書経験もない素人だが、ある意味彼は有利な立場にある。彼にとって革命とは行動であり、手で触れられるもの、地上の楽園、正義と平等と自由と博愛の王国なのだ。革命と聞いてバジェホスの頭に思い浮かぶのは、ボスの鎖を断ち切る農民、使用人から機械と工場の支配者にのし上がる労働者、余剰利益が一握りの有力者を富ませるのではなく、働く者全員に分配される社会……。その時体に悪寒が走った。カニェテとセピータの交差点じゃないか。マイタは我に返って両腕をこすりあわせた。しまった！　ぼんやりしていて、こんなところへ来てしまった。危険の磁力だろうか、それとも、密かなマゾヒズムだろうか？　よりによってカニェテとセピータの角、ここを渡るたびに口に嫌な味が広がるので、できるだけ避けてきたというのに。あの日の朝、すぐそこ、新聞販売のキオスクの前で、緑っぽいグレーの車が急ブレーキをかけて停車し、そのタイヤの軋みが今も耳に残っている。状況を確認する間もなく、車から降りてきた四人の男にピストルを向けられ、身体検査をされた後、無理やり車へ引きずり込まれた。警察署や刑務所ならすでに何度も体験していたが、あの時は最も長く苦痛な日々となり、初めて手荒く拷問された。気が狂いそうになって、自殺を考えたほどだった。その時以来、人前で認めるのは気恥ずかしい迷信のようにこの交差点を避けてきたのだ。マイタはセピータ通りに入り、家までの二ブロックをゆっくり歩いた。いつものとおり、足に疲れが溜まっていた。忌々しい扁平足め。《まるで苦行僧だ》彼は思った。《針山の上を歩いているような感じだ……》そして思った。《革命とは男前の少尉による祝宴なのだ。》

彼の部屋は、袋小路に立つ二階建てアパートの二階二号室で、三メートル×五メートルのスペースは、床一面に散らばる本と雑誌と新聞と、マットレスと毛布一枚だけの粗末なベッドで占められていた。壁の釘から数着のシャツとズボンが掛かり、ドア脇に小さな鏡と髭剃り用具を入れた棚があった。紐で吊るされた裸電球が薄汚い光を放ち、信じられないほど散らかっているせいで余計に狭く見える部屋を照らしていた。部屋へ入るとすぐ、彼は四つん這いになってベッドの下から――埃でくしゃみが出た――ぼろぼろの洗濯桶を取り出した。これが彼にとってはこの部屋で一番重要なものかもしれない。部屋にトイレはなく、中庭に共用のトイレが二つと、住民が炊事洗濯用の水を汲む蛇口があった。昼はいつも人が並んでいるのだが、夜は人影も少なく、マイタは下りて桶を水で満たし、数分後に――水一滴こぼさないよう、慎重に運ばねばならない――部屋へ戻った。そして服を脱ぎ、ベッドに仰向けになって、足だけ桶に浸した。ああ、疲れた。足を水につけたまま寝てしまうこともあったが、そんなことになると、翌朝寒さに震えてくしゃみをしながら起きることになる。その日は眠らなかった。香油を塗ったような爽やかな感覚が足から踝へ、膝へと上り、疲れが引いていくような気分を味わいながら、たとえ結果はどうあれ、初心に戻れてよかったという思いが込み上げてきた。革命家は、サン・マルコスの文学者、歴史家、哲学者のようになってはいけない、革命家は、革命を起こすために生き、闘い、死ぬのであって、その他のことは……。

「……会計」モイセスは言う。「いいから、ここは私に払わせてくれ。というか、センターの経費だよ。そんなふうに財布を陽に当てることはないさ」

だがすでに陽は差していない。空は曇り、コスタ・ベルデを出ると冬のようになっている。典型的なリマの午後で、じめじめして、雲が低く立ち込め、来もしない嵐を仰々しく騒ぎ立てる。入り口で拳銃を受け取ると――《ブローニングの七・六五ミリ口径さ》、彼は言う――モイセスは安全装置を確認する。そして車のグローブボックスにしまう。

「それで、今のところどんな構想なんだい?」ワインレッドのキャデラックをケブラーダ・デ・アルメンダリス通り沿いに進めながら彼は訊く。

「革命の立案までいかない理論的革命のカタコンベに埋もれ続けた四十代の扁平足男」私は答える。「アプラ、アプラからの造反、モスクワ、モスクワからの造反、そして最後はトロツキー主義。五〇年代左翼のあらゆる迷走と矛盾。隠れていたり、捕まったり、いつも困窮しているが……」

「ああ……」

「だが、挫折に屈することも身を売ることもない。辛い生活にもかかわらず、誠実さと理想主義を失わない。どうだい？」

「そんな感じだな」モイセスは頷き、私を下ろすために車を停める。「だがな、この国じゃ身を売るのだってそう簡単じゃないぞ。そんなチャンスは滅多にない。大半は、他に選択肢がないから誠実にしているだけさ。違うか？　マイタにそのチャンスがあればどうしていたと思う？」

「そんなチャンスが決して訪れないような生き方をいつもしていたように思う」

「まだまだ調べ足りないようだな」モイセスは結論を下す。

遠くから銃声が聞こえる。

3

バランコ地区からそこまで行くとすれば、リマの中心街へ出た後、リカルド・パルマ橋でリマック川——この時期は水量が少ない——を越え、ピエドラ・リサ通りを辿ってサン・クリストバルの丘を迂回せねばならない。道のりは長く危険であり、時間帯によっては渋滞のせいで非常に時間がかかる。そして進むにつれてリマの貧困も進む。ミラフローレス地区やサン・イシドロ地区は華やかだが、リンセ地区やラ・ビクトリア地区になると劣化が目立ち、いかめしい銀行や共済組合や保険会社のビルが立ち並ぶ——にもかかわらず、その間にごちゃごちゃとアパートや古い家がひしめき、今なお奇跡的に倒壊を免れている——中心街で束の間の復興を経た後は、川の向こうから「ハシノシタ」と呼ばれる地域が始まり、空き地の縁に並ぶレンガとムシロの小屋、そしてゴミ捨て場の間に割り込むバラック小屋という景色が延々と続くばかりで、都市とは言えぬ姿に変わり果てる。かつてリマの周縁部にあったのは貧困だが、今ではそこに血と恐怖が重なる。

チャスキス通りのあたりで舗装は途絶え、道は穴だらけになるが、柵や盛り土、子供たちの投石で電球を粉々にされた電灯の間を縫うようにして、車はまだ数メートル進むことができる。これが二度目であり、前回立ち往生した雑貨屋の前から先へ進むのはやめておく。あの時は大変だった。車が泥にはまり込んで脱け出せず、角で喋っていた若者たちに助けを求めた。確かに助けてはくれたものの、その前に首に刃物を突きつけられ、持ち物をすべて寄こさなければタダではすまないと脅された。時計、財布、靴、シャツ。お情けでズボンだけは見逃してくれた。車を押しながら私は彼らに話しかけた。このあたりでは殺人が多いのか？　多い。政治がらみか？それも多い。昨日も、そこを曲がったところで《密告野郎》と札を付けられた首なし死体が見つかった。

車を停め、豚小屋兼ゴミ捨て場の間を進む。ゴミ山の間で豚がのたうち回り、私は両手を動かしてハエの群を追い払う。ゴミの上、ゴミの間にあばら家が並び、ブリキ、レンガ、鉄板、セメント、日干しレンガ、木材、様々な材質が見えるが、どれもまだ作り始めか作りかけで完成した様子はなく、それでいてすでに古びているうえに、互いに寄りかかって支え合っているか、壁が崩れかかっているか、あるいはすでに崩れているか、そのいずれかであり、前回と同じく、中でひしめき合う人々が無気力に私の姿を見つめる。数カ月前までは、こうした周縁部のスラムは住宅地や中心街ほど政治的暴力に晒されていなかったが、今や、革命組織や軍部や反革命自警団による殺人、誘拐の大半はこうした地区で起こっている。若者より老人が、男性より女性が多く、サンダルやペチコート、ポンチョや派手な縁飾り付きのチョッキが目立つばかりか、ケチュア語まで聞こえるから、リマや海岸部ではなく、アンデスの村落にいるような印象を受ける瞬間さえある。こんなふうにゴミと垢に塗れているほうが、リマへ出てくるために捨てたアンデスの村落にいるより、本当にましな生活ができるのだろうか？　社会学者や経済学者、文化人類学者によれば、驚くべきことに、そうなのだ。アンカシュやプーノ、カハマルカの高地では、旱魃や疫病、やせこけた土地や雇用不足のせいで急速にインディオ人口は減っているが、こんな腐臭の漂うゴミ捨て場にいれば、多少なりとも生存と上昇の見込みがあるらしいのだ。そうでなければ、誰が好きこのんでこんな汚い場所に住むのだろう。

「彼らにとってはこのほうがまだましで、他に選択肢はないということだ」マイタは言った。「だが、貧しいからといって、スラムの人々が潜在的な革命勢力だと思ったら大間違いだ。彼らはプロレタリアートではなくルンペンだからな。そもそも階級ではないから、階級意識を持っていない。階級闘争など何のことかもわからないだろう」

「それは俺も同じだ」バジェホスは笑った。「その階級闘争って、いったい何なんだい？」

「それこそ歴史の動力だ」教師気取りで真面目くさった顔をしながらマイタは言った。「社会において、階級間の利害がぶつかるところに生じる闘争のことだ。富の生産において、各部門それぞれに果たすべき役割があるが、利害はそこから生じる。資本の所有者や土地の所有者、知識の所有者もいれば、労働力しか持ち合わせていない者、すなわち労働者もいる。さらに、疎外された者、スラムの貧民やルンペンがいる。少しはわかったか？」

「腹減ったな」バジェホスはあくびした。「そんな話を聞いていると腹が減ってくる。今日のところは階級闘争は忘れて、冷えたビールでも飲むとしよう。その後で、うちの実家へ来て飯でも食ってくれ。今日は妹がお出掛けなんだ。一大事だよ。監獄よりひどい暮らしをしてるからな。後で紹介するよ。そうそう、次また来る時までにはサプライズを準備しておく」

二人はマイタの部屋にいて、彼は床に、下士官はベッドに座っていた。外から話し声や笑い声、車の音が聞こえ、重みのない虫のような塵が宙を舞っていた。

「この調子じゃマルクス主義の初歩さえ覚えられないぞ」マイタは落胆した。「まあ、指導者もよくない。この私だって、教えているうちにわけがわからなくなるからな」

「軍人学校の先生の大半よりはずいぶんマシだよ」笑いながらバジェホスは励ました。「だからさ、マルクス主義には興味があるんだけど、どうも抽象的な話が苦手でね。実践とか、具体的な話のほうが得意なんだ。ところで、ビールの前に俺の革命計画を披露していいか？」

「試験に合格したらいくらでも聞いてやるさ」相手の話しぶりを真似てマイタは言った。「その階級闘争って、いったい何なんだい？」

「デカい魚が小魚を食うこと」バジェホスは高笑いを上げた。「そうだろう。千ヘクタールも土地を持った野郎とインディオがいがみ合う、そんなことなら、たいして勉強しなくたってすぐわかるじゃないか。これで立派に合格だろう。それより、俺の計画を聞いたら仰天するぞ。それに、次は本当のサプライズがあるからな。昼飯に付き合ってくれるんだろう？　妹を紹介したいんだ」

「マザー、シスター、セニョリータ、何とお呼びすればいいでしょう？」

「ファニータでいいわ」彼女はきっぱりと言う。「堅苦しい話し方はやめましょう、ほぼ同い年だものね。こちらがマリア」

二人とも革のサンダルを履いており、私が座っている椅子から素足が見える。ファニータの足はじっとしているが、マリアの足は落ち着きなく常に動いている。ファニータは地黒で、腕も脚もがっしりしてエネルギーに溢れ、口元に産毛が目立つ。マリアは色白で小柄、明るい色の目、無表情。

「パステウリーナか水か、どっちにする？」ファニータは訊く。「炭酸のほうにしてくれると助かるわ、ここでは水は貴重だから。チャスキス通りまで行かなきゃいけないのよ」

室内を見ていると、もうずいぶん前のこと、フーコー神父の修道会に仕える二人の修道女が住んでいたサン・クリストバルの丘の小屋を思い出す。ここでも漆喰の壁が剥き出しで、床には茣蓙《ござ》とマントが敷かれ、砂漠の家のようだ。

「足りないのは太陽だけね」マリアが言う。「シャルル・ド・フーコー神父。彼の書いた『大衆の懐で』は読んだわ。一時は有名だったからね」

「私も読んだけど」ファニータは言う。「たいしたことは覚えていないわ。若い頃から記憶力はよくないし」

「それは残念」周りを見渡しても、十字架、聖母像、聖人画、祈祷書等、ここの住人の敬虔さをうかがわせるものは何もない。「記憶力がよくないとすれば……」

「ああ、彼のことならちゃんと覚えているわ」私にパステウリーナを渡しながらファニータは目でたしなめ、声色を変える。「兄のことなら忘れはしないわ」

「すると、マイタのことも？」ぬるく甘い液体をラッパ飲みで啜りながら私は訊く。

「ええ、ただ」ファニータは頷く。「会ったのは一度きり。両親の家で。あの後兄と会ったのも一度だけで、もうよく思い出せないわ。二週間後、兄と最後に会った時はマイタの話ばかりしていた。ウマが合って、尊敬していたようね。そのせいで……。いや、やめとくわ」

「ああ、その話か」マリアはダンボールの切れ端でハエを追い払う。二人とも尼僧姿ではなく、毛糸のスカートにグレーのコートを羽織っているが、着こなし方、ネットでまとめた髪、それに話し方や物腰を見ていると、やはり修道女だということがわかる。「私たちの話じゃなくて、あの人たちの話でよかったわ。今だから言うけど、不安だったのよ。私たちについてはすでに悪評が立っているし」

「それで、我々はどうするんだ？」マイタは愚弄の笑いを上げてからかった。「町も警察署も刑務所も占拠して、すでにハウハの武器はせしめた。それからどうする？　山羊のように山へ駆け出すのか？」

「山羊じゃない」下士官の声に怒りはなかった。「馬でもロバでもラバでもトラックでも歩きでもいい。だが、一番確実なのは歩き、山道ではこれに勝る乗り物はない。どうやら山間部のことはよく知らないようだな」

「そのとおり、全然ダメだ」マイタは認めた。「恥ずかしいことに」

「それなら、明日一緒にハウハに来ればいい」バジェホスは肘で突いた。「宿も食事もタダ、週末だけでもいい。山野を案内するし、一緒に集落へ行ってもいい。あれこそ本当のペルーさ。なあ、サプライズはまだ開けるなよ。開けない約束だろ。嫌なら返してもらうぞ」

二人は人気のない浜辺を見ながらアグア・ドゥルセの砂浜に座っていた。周りをカモメが飛び交い、湿った塩辛い空気が二人の顔を濡らしていた。サプライズとは何だろう？　高価なものでも運ぶように厳重に包んである。しかも非常に重い。

「ああ、もちろんハウハへは行ってみたいさ」マイタは言った。「だが……」

「交通費がない」バジェホスが遮った。「心配いらない。乗合バスの料金ぐらい俺が出すよ」

「わかった、考えておく。話を元に戻そう」マイタは言った。「真面目な問題だ。この前の本は読んだか？」

「あれはよかった、ロシア人の名前以外はすべてよくわかった。なぜ気に入ったかわかるか、マイタ？　理論より実践だからさ。何をなすべきか、何をなすべきか、レーニンは何をすべきか本当によくわかっていたようだな。俺と同じ、行動の男。俺の計画は気に入らなかったようだな」

「今度はちゃんと読んだか、レーニンを気に入ってよかった。進歩が見られるな」マイタは答えを避けた。「一つ言ってやろう。お前の言うとおり、妹は魅力的だ。修道女には見えない。昔を思い出したよ。私だって、小さい頃は同じくらい信心深かったんだ」

「歳より老けて見えたわ」フアニータは言う。「まだ四十代だったんでしょう。五十過ぎに見えた。兄は若く見えたから、二人でいると親子みたいだった。ちょうど私が珍しく実家に帰った時のことよ。当時は外出禁止だったから。今じゃ、この子たちなんて平気な顔で修道院と町を行き来してるけどね」

マリアは反論する。素早くダンボールの切れ端を動かすと、狂ったようにハエが飛び回る。ぶんぶん唸りながら頭上を飛び交うばかりでなく、釘のように壁にへばりつくものも多い。《包みの中身はもうわかった》マイタは思った。《こんなサプライズか》胸が熱くなってきた。《頭がおかしいんじゃないのか》フアニータはいくつなのだろう？　わからない。背は低いが、姿勢が正しく、仕草や動きには活力が溢れ、出っ歯がいつも下唇を噛んでいる。スペインで修練期を過ごしたか、長期間住んでいたのだろうか？　かすかにスペイン訛りがあるが、スペイン人女性ほどJやRの音が刺々しくなく、ZとCにも丸みがあるが、リマ人のように音を消したりはしない。《ここで何をやってるんだ、マイタ？》彼は居心地が悪くなって思った。《修道女なんか相手にして》湿った砂地にそっと手を伸ばし、サプライズとやらを探ってみた。やはり武器だ。

「二人とも同じ修道会の所属ではなかったのか」私は言う。

「あら、意地悪ね」マリアは応じる。彼女はよく微笑むが、ファニータは冗談を言う時も真面目な顔をしている。犬の群れが喧嘩でも始めたように荒々しい吠え声が聞こえてくる。「私はプロレタリア担当、この人は特権階級担当だったけど、今はこのとおり、二人ともルンペンよ」

最初はマイタとバジェホスの話をしていたのだが、いつの間にか話題はこの界隈で多発する犯罪に移っている。当初は革命勢力がかなり強く、白昼堂々と資金の取り立てや集会まで行っていたという。時折、裏切り者のレッテルを貼られて殺される者も出た。やがて解放勢力が到来し、革命軍に協力した者、したとされた者が首を切られ、手足を切られ、硫酸で顔を歪められた。暴力が広がっているが、ファニータの見るところ、まだ一般犯罪のほうが政治犯罪より多く、一見政治犯罪に見えても実際は一般犯罪であることが多いという。

「数日前も近所の男が嫉妬に駆られて妻を殺したのだけれど」マリアは言う。「妻の兄弟が、型通り《密告者》という札を死体に付けて偽装しようとしている場面を目撃したらしいわ」

「本題に戻ろうか」私は言う。「あの頃準備されつつあった革命、マイタとお兄さんの革命の話をしに来たんだからね。多くの革命に先駆ける最初の革命で、その結果、紆余曲折を経てこんな有様になったわけだ」

「あの当時の大革命とは、実はそんな革命じゃなくて、私たちの進めていた革命だったんじゃないかしら」ファニータが遮る。「あんな数の襲撃があって、あんなに犠牲者が出たのに、何もいいことはなかったでしょう？暴力が暴力を呼んだだけ。でも事態は変わらない、そうでしょう？　ここでも農村部でも、山間部の町でも、どこもかしこも未曾有の貧困に陥っているじゃない」

「そんな話をしたの？」私は訊ねる。「マイタが貧民とか貧困とかそんな話題を持ち出したわけ？」

「宗教の話が出たわ」ファニータが言う。「私が始めたんじゃないわよ、彼のほうだわ」

「ええ、かつては敬虔なカトリックでしたが、今は違います、そんな幻想はとっくに捨てました」マイタは呟いたが、バジェホスの妹に誤解されそうで、こんな話を始めたことを後悔した。「疑念に囚われたことは？」

「朝起きてから夜寝るまでずっと」彼女は小声で言った。「信仰があっても疑念が消えるわけじゃありませんよ」

「つまり」マイタは活気づいた。「カトリック学校の使命がエリート層の啓発にあるなんて大嘘でしょう？　上流階級の子息に慈善とか隣人愛とか福音の原則を叩き込むことなんかできないしょう？　そんなことを考えたことはありませんか？」

「それどころか、もっとひどいことまで考えます」修道女は微笑んだ。「しかも、私だけではありません。おっしゃるとおりです。私が入会した頃は、神によって権力と富を与えられた一族は同時に貧しい同胞たちに対する義務を負う、誰もがそう考えていました。国の頭脳となるべきこの娘たちがしっかりした教育を受ければ、体も腕も脚も健康にしてくれるだろうと思っていたのです。でも今では、それで世界が変えられると思っている者は誰もいません」

　そしてマイタは、学校で彼女と仲間たちが企んだ陰謀の話を聞かされ、非常に驚いた。ソフィアヌムの貧民向け無償学校が閉鎖されるまで、彼女たちは抵抗を続けたという。ゆとりのある女生徒には、一人につき一人、無償学校の生徒が割り当てられる。自分が担当する「困窮生徒」には、お菓子や古着を差し出すほか、年に一回、その家庭にプレゼントを届けるが、母と連れ立って父の車で行くだけだから、場合によっては運転手が車から降りてパネトンを届けるだけということもある。なんとみっともない、バカバカしいことだろう。これが慈善事業だというのだから。彼女たちがしつこく批判の声を上げ、書面などで何度も抗議した結果、ソフィアヌムの無償学校は閉鎖された。

「それでは、我々の立場は思いのほか近いのですね、マザー」マイタは驚いた。「そういう話を聞くと嬉しいです。ある偉大な男の言葉を引用させていただけますか？　不正を根絶するために必要な革命を人類が成し遂げた暁には、新たな宗教が生まれるだろう」

「すでに本物の宗教を手にしているのに、なぜ新しい宗教が必要なのです？」菓子の入ったボウルを差し出しながら修道女は答えた。「おひとついかがですか」

「トロツキーです」マイタが言った。「無神論者の革命家ですが、信仰を持つ人間には敬意を抱いていました」

「革命が民衆のエネルギーを解き放つということが、向こうへ行けばわかるさ」バジェホスはカツオドリに石を投げた。「そんなに俺の計画はダメかな？　それとも、単なる嫌がらせかい、マイタ？」

「私たちにとって、あれはおぞましい逸脱だったわ」ファニータは肩をすくめ、落胆の仕草を見せる。「でも、今となってみれば、たとえ逸脱であれ、貧しい女の子たちが読み書きを学べて、年に一回パネトンを貰えるのなら、そのほうがまだマシじゃなかったのかとも思えてくる。どうかしら、あれで本当によかったのか、確信はないわ。結果はどうだったか？　当時、学校には三十二人の修道女と二十人ほどのシスターがいたのに、今残るのは三人の修道女だけで、すでにシスターは一人もいない。大半の学校が似たような状況にあるでしょうね。修道会は壊滅状態……。社会的意識に目覚めて、何かいいことがあったかしら？　兄の払った犠牲が何かいい結果をもたらしたかしら？」

落胆を伝えて申し訳なかったとでもいうように笑顔を作ろうとしている。

「何も無理はない、簡単なこと、朝飯前さ」バジェホスは興奮した。「働いても農園主に搾取されるだけなら、インディオたちのやる気も起こらないし、効率も下がる。自分たちのために働くのなら生産力は上がり、社会の利益になる。正解だろう？」

「それは、プロレタリアートや農民の労力で甘い汁を吸う寄生虫が出てこなければの話だ」マイタは説明した。

「官僚の権力が肥大して新たな社会不正の構造を生み出さなければの話だな。だから、それを避けるためにレフ・ダヴィドヴィチは永久革命の理論を提唱した。うん、自分でも自分の話に退屈してきた」

「サッカーを観たいんだよ、どうだい？」バジェホスは溜め息をついた。「アリアンサ対ウーのクラシコを観るためにわざわざハウハから脱け出してきたんだ、見逃すわけにはいかない。一緒に行こう、俺がチケット代を出すから」

「その答えは？」彼女が黙り込んだのをみて私が口を挟む。「当時の静かな革命は教会にとってプラスだったのか、それともマイナスだったのか」

「偽りの幻想を失っても信仰は失わなかった私たちにとってはプラスだったけれど、そうでない人もいたかもしれない」マリアが答える。そしてファニータのほうを向きながら、「マイタってどんな感じの人だったの？」

「優しく丁寧な口調で喋る人で、服は質素そのもの」ファニータは思い出す。「教会批判をぶちまけて私を驚かそうとしたらしいわ。でも、逆に彼のほうが驚いたみたい。修道会や神学校、礼拝堂で何が起こっているか知らなかったから……。目を見開いて、私に向かって、《それでは、我々の立場は思いのほか近いのですね》なんて言ったのよ。時がそのとおりだと証明してくれたわね」

そしてミゲル神父の話を引き合いに出し、数年前に失踪したこの司祭が、どうやら先月政府宮殿に血なまぐさい襲撃を仕掛けた名高いレオンシオ同志だったらしい、という話をする。

「本当にそうかしら」マリアは言う。「ミゲル神父は口先だけだったから。口からは火を吹いても、正体は火消しなのよ。警察か解放部隊に殺されたんじゃないかしら」

そう、そうだ。拳銃でも小銃でもなく、新品同様の軽い自動小銃だ。黒く油光りしている。マイタは催眠術にでもかかったように銃を見つめた。手の上で震える銃からなんとか目を逸らし、思わず周りを見回したのは、部屋中に散乱した本や新聞の間から密告者が現れて、笑いこけながら、《嵌まったな、マイタ》、《そこまでだ、マイタ》、《引っ掛かったな、マイタ》とでも言われそうな気がしたからだった。《節度がなさ過ぎる、どこか抜けた奴だ》マイタは思った。《まったく……》それでも、この少尉に反感を覚えることはまったくなかった。むしろ、愛おしい子供に悪戯でもされたように同情に囚われ、また一刻も早く会いたいと思うのだった。《耳をつねってやらねば》彼は思った。《よく言って聞かせないと……》

「お前といると不思議な気分だ。言っていいものかわからんがな。怒るなよ。正直に話していいか？」

「ああ」鼻と口から煙を吐き出しながらバジェホスは言った。「わかってるよ、俺の革命計画が穴だらけだと言いたいんだろう？　それとも、サプライズのことをまだ根に持ってるのか？」

「我々が知り合ってどのくらいになる？」マイタは言った。「二カ月ぐらいか？」

「ずいぶん仲良くなったよな」小柄で俊敏なゴールキーパーの反応に拍手を送りながらバジェホスは答えた。

「それで、何を言いかけたんだ？」

「時々、すべてが時間の無駄に思えることがあるんだ」

バジェホスは試合から目を逸らした。

「俺に本を貸したり、マルクス主義を説いたり、そんなことがか？」

「お前の物覚えが悪いからじゃない」マイタは言った。「弁証法的唯物論でも何でも、お前にはいずれ理解できるだろう」

「そうか」試合の展開に目を戻しながらバジェホスは言った。「俺がバカだから時間の無駄なのかと思ったよ」

「いや、お前はバカじゃない」マイタは下士官の横顔に微笑みかけた。「そうじゃなくて、お前と話していて、お前がどんな奴か、何を考えているかわかるようになると、理論なんか教えても役に立つどころか邪魔になるんじゃないかという気がしてくるんだ」

「ちくしょう、惜しいな、見事な反転だった」バジェホスは立ち上がって拍手を送った。

「そういうことさ、わかるか？」マイタは続けた。

「さっぱりわからん」バジェホスは言った。「今度こそ本当にバカになったかな。計画は忘れろ、自動小銃なんか贈るんじゃない、そういうことか？　いったい何なんだ？　ゴール！　やっと入ったか、いいぞ！」

「理論上、思いつきの行動は革命によくない」マイタは言った。「教養や科学的知識がなければ、衝動は無秩序に飛び散って浪費されるだけだ。だが、お前には理論に閉じ込められない本能的な抵抗力が備わっている。お前が正しいのかもしれない、たぶん、そのおかげで我々のようにならずに済むんだろう……」

「誰のことだ？」再びマイタのほうを見ながらバジェホスが訊いた。

「教養の習得にこだわり過ぎるあまり、実践を見失ってしまう……」

客席が騒がしくなって、彼は黙った。爆竹が破裂し、紙吹雪がグラウンドに降り注いだ。しくじったな、マイタ。

「答えろよ」バジェホスは煙草を見つめたまま彼のほうは見ずに言った。密告者だろうか？「我々って、誰のことだよ、訊いてるだろ。なぜ答えない？」

「ペルーの革命家、ペルーのマルクス主義者さ」マイタは相手の顔を見据えてゆっくりと言った。調査か挑発の目的で送り込まれたスパイか？「レーニン主義やトロツキー主義についてはよく知っているが、大衆の心を摑むことはできない。そういうことだ」

「少なくとも神を信じているのか、彼の政治思想がキリスト教信仰と両立可能なのか、訊いてみたわ」ファニータは言う。

「そんなこと訊くべきじゃなかったな」二人ともスタジアムの階段を下りる人波に飲まれたところで、バジェホスは反省して謝った。「ごめんよ。何も言わなくていい」

「お前の知らない話なんてもう何もないさ」マイタは言った。「来てよかったな、試合はひどかったが。ずいぶん久しぶりだ……」

「ひとつだけ言わせてくれ」バジェホスは食い下がり、マイタの腕を取った。「俺のことを信用していないのはよくわかる」

「何を言ってるんだ」マイタは言った。「信用していないわけがないだろう」

「俺は軍人だし、まだ知り合って日が浅いからな」バジェホスは言った。「隠し事があるのも当然だ。あんたの政治生活について知りたいとも思わない。俺は友人に対しては頭のてっぺんから爪先までまっすぐだ。そして、あんたは俺の一番の親友だ。俺が何か曲がったことをした時には、サプライズの復讐をしてくれてかまわない……」

「革命とキリスト教は両立不可能です」マイタは優しい調子で言った。「幻想は捨てたほうがいいです、マザー」

「それは的外れで時代遅れの考え方だわ」ファニータが愚弄の調子で言った。「宗教は民衆のアヘン、そんな台詞はもう聞き飽きました。過去にはそうだったかもしれませんし、今もそうかもしれません。でも、もうそんな時代じゃありません。すべては変わっています。私たちだって革命を起こせるんです。笑い話じゃありませんわ」

それでは、当時からすでにペルーでは進歩主義的な司祭と修道女の時代が始まっていたのか？ ファニータはそうだと言うが、私には納得できない。いずれにせよ、まだ始まったばかりの小さな動きにすぎず、マイタが知らなかったのも当然だろう。彼は喜んだのだろうか？ 噂によれば、スラムの司教バンバレン猊下が、一方で司教の紋章の入った有名なリングを携えながら、他方でハンマーと鎌を握っている。その話を知って、子供の頃貧民に同化するためハンガー・ストライキまで行った男は嬉しく思ったのだろうか？ グスタボ・グティエレス神父が解放の神学を提唱し、社会主義革命を起こすことこそカトリック信者の義務だと述べた、さらには、メンデス・アルセオ猊下がメキシコの信者に、かつてルルドへ向かったようにキューバへ向かえと助言した、そんな話を聞いて彼は喜んだのだろうか？　きっとそうだろう。今日の革命家と同じく、彼も信仰を失ってはいなかったのかもしれない。独断的な男、凝り固まった思想の持ち主、そんな印象だったのだろうか？

　ファニータは少し考える。

「ええ、そう、独断的だったと思うわ」彼女は頷く。「少なくとも、宗教に関しては頑なだった。少し話しただけだから、どんな人かまではよくわからなかったかもしれないけど。後でよく彼のことを思い出したわ。兄に大きな影響力を持つようになったからね。人生を変えたのよ。以前は本なんか滅多に読まなかったのに、読書を始めた。もちろん、共産主義の本。公教要理と同じじゃないの、何度もそう言ってやったわ」

「ああ、わかってる、でも学ぶことも多いんだよ」

「兄は理想主義者で、生まれながらに正義感を備えた反逆児だった」ファニータは付け加える。「マイタは兄の伝道師になって、好きなように操っていたのよ」

「それではマイタのせいだと？」私は訊ねる。「すべて彼が仕組んで、ハウハの事件にバジェホスを巻き込んだ、そういうことかな？」

「いや、私には使い方もわからない」マイタは尻込みした。「実は、玩具のピストルすらこれまで一度も撃ったことがないんだ。さっきの友達という話に戻るとな、ひとつ言っておかねばならないことがある」

「何も言わなくていいよ、軽率な振る舞いだったと謝っているじゃないか」バジェホスは言った。「また講義でも聞かせてくれよ。少しずつブルジョアと帝国主義の土台を崩していく二重権力、あの話の続きが知りたい」

「革命家にとっては、友情さえも革命に優先されることはない、それをしっかり頭に叩き込んで、決して忘れるんじゃない」マイタは言った。「革命第一、革命に勝るものはない。この前の午後もお前の妹にそんな話をした。彼女は確かに立派な考えの持ち主で、キリスト教徒のずいぶん先を行っているが、それだけでは十分ではない。

天国や地獄なんてことを信じていたら、現世のことは二の次になる。それでは革命は起きない。お前のことは信用しているし、友達だとも思っている。隠し事をするとすれば、それは……」

「もういいよ、さっき謝っただろう、もうこの話はやめよう」バジェホスは遮った。「ピストルに触れたこともないのか？　それじゃ、明日サプライズを持ってルリンへ行こう。俺が教えるから。自動小銃の使い方なんて、二重権力のテーゼより簡単さ」

「もちろんそうに決まってるわ」ファニータは言う。だが、その言い方にさほどの自信は感じられない。「彼は老獪な政治家で、本職の革命家、兄は衝動的な若者だったから、年齢差や教養レベルを考えたって、言いなりになるのは当然だわ」

「そうかな、そうでもないかもしれない」私は答える。「むしろ反対だと思えることもある」

「とんでもない」マリアが口を挟む。「若造が老獪な男をそんな戯言に巻き込むなんてことが起こりうるんだ、マザー。マイタは日の当たらない革命家だった。当時所属していた組織も含め、いつも泡沫組織で陰謀と闘争を繰り返していた。そして、昔の仲間たちが組織から手を引く年頃に差し掛かって初めて、行動に向けて扉を開いてくれる男がいきなり目の前に現れる。ある日自分の手に自動小銃を置いてくれる男ほど強烈な魔法が他にあるだろうか？

「まるで小説ね」失礼な言葉の詫びにとでもいうように微笑みながらファニータは言う。「現実離れした話だわ」

「事実を再現したいのではなく、そのとおり、小説だからね」私は答える。「事実とはかけ離れた話、言うなれば嘘だからね」

「それならこんな面倒なことしなくても」皮肉を込めて彼女は言う。「わざわざ昔のことを調べて、私の話なんか聞き出さなくても、最初からすべて作り話を書けばいいのに」

「私は写実主義者だから、小説を書く時はいつも、元の話を知ってから作り話を盛り込むようにしているんだ」

私は説明する。「これが自分のやり方だし、大文字の歴史から物語を書く方法はこれしかないと思っている」

「大文字の歴史なんて本当にあるのかしら」マリアが遮る。「歴史にだって、小説と同じぐらい作り話が混ざっているでしょう。さっき私たちがしていた話だって。革命派の司祭とか、教会へのマルクス主義の影響とか、これまでいろいろ取り沙汰されてきたけど……。みんな一番単純な説明を忘れているんじゃないかしら」

「それは？」

「昼夜飢えや病と接しているうちに感じる絶望と怒り、大きな不正を前にした時の無力感」マイタは常に慎重に言葉を選んで話し、その唇がほとんど動かないことに修道女は気づいていた。「何か手を打つことができる者は決して手を打とうとはしない。政治家、富裕層、フライパンを握る者、人の上に立つ者」

「しかし、だからといって信仰を捨てるのですか？」驚いたようにバジェホスの妹は言った。「むしろ信仰を深めるべきでしょうに……」

　マイタは語気を強めて言った。

「いくら強固な信仰を持っていても、もうたくさん、という瞬間がいつかは来ます。不正に対する処方箋が来世の約束なんて、そんな話がありますか。いいですか、マザー、すでにリマにだって地獄はあるのですよ。モントンは特にひどい。モントンにいらしたことは？」

　最初のスラムの一つだが、フアニータとマリアの住むこのスラムよりみすぼらしいわけでも貧しいわけでもない。マイタが修道女に向かって話していたあの日以来、事態は悪化の一途を辿り、今やあちこちにスラムが広がっているばかりか、貧困と失業に暴力が加わっている。五十年前、モントンに広がる光景を目の当たりにしたことで、敬虔なカトリック信者だったマイタが反逆児になったというのは本当だろうか？　いずれにせよ、同じ光景を前にしても、フアニータとマリアの反応は違った。二人とも、絶望とも怒りとも諦めとも無縁のようだし、私の見るかぎり、いつも不正を目にしていても、殺人や爆弾が解決になるとは思っていないらしい。二人とも信仰は捨てていない、そうだろう？　ルリンの砂漠地帯に銃声が響き渡ったのだろうか？

「いや」バジェホスは狙いを定めて発砲したが、その音はマイタが予想していたほど大きくはなかった。興奮で手に汗が滲んでいた。「実は嘘をついていて、俺用じゃなかったんだ。本当は、あの本をハウハに持ち帰って、サン・ホセ校生に読ませていたんだよ。あんたのことは信用してるよ、マイタ。この世で一番好きな妹にさえしたことのない話を聞いてくれ」

そして話しながら自動小銃をマイタの手に置いた。持ち方、安全装置の外し方、狙いのつけ方、引き金の引き方、弾の込め片、取り出し方を説明した。

「やめておけ、そういうことは口に出さないほうがいい」マイタはたしなめたが、銃声が聞こえるとともに体に激震が走って声は歪み、手首の震えによって、発射したのが自分なのだと改めて思い知った。無関心な砂漠が黄色、黄土色、青っぽい色に遠くまで広がっていた。「初歩的な安全対策だ。お前の問題ではなく、他の者を巻き込むことになる。わかるか？　自分一人のことなら好きなようにすればいいが、むやみに友人を信用することで、仲間や革命を危険に晒してはいけない。俺が警察の人間だったらどうするんだ」

「あんたは警察にはなれない。密告者にすらなれないさ」バジェホスは笑った。「どうだい？　簡単だろう？」

「ああ、本当に簡単だ」マイタは頷きながら銃口に触れ、指に火のような熱を感じた。「サン・ホセ校生の話はそこでやめておけ。友情の証なんぞいらない、愚か者め」

熱風が吹き、周りの砂丘から砂粒の散弾が飛んでくるようだった。確かに少尉の選んだ場所は的確で、こんな人気のないところなら銃声を誰かに聞かれることもあるまい。これで過信してはいけない。重要なのは弾込め、弾出し、狙い、発砲ではなく、銃の手入れ、組み立てと分解なのだ。

「理由があるんだ」バジェホスは話を元へ戻し、砂埃がひどくなっていたので、道路へ引き返そうと身振りで伝えた。「助けてほしんだ。ハウハのサン・ホセ校生たちなんだけど、みんな中等四年、五年ぐらいで、まだ若い。

刑務所のグラウンドでサッカーをしていて仲良くなったんだよ。サン・ホセ校生」

二人は風を真正面から受けながら、柔らかい砂地に踝まで足を沈めて進んでいたが、マイタは突如銃操作の手ほどきも先ほどまでの興奮も忘れ、下士官の言葉に興味を引かれた。

「後で後悔するようなことは何も言うなよ」そう言いながらも好奇心を抑えきれなかった。

「ちくしょう、ちくしょうめ」バジェホスはハンカチで口を覆って砂嵐のなかを進んでいた。「奴らとは、最初はサッカーだけだったのが、やがてビールを一緒に飲むようになり、パーティーや映画にも繰り出して、いろいろ話をするようになった。頻繁に会うようになってからは、あんたに教わったことを伝えようと頑張ってきたんだ。サン・ホセ校の教員も助けてくれる。そいつも社会主義者らしい」

「マルクス主義を講義しているのか？」マイタが訊いた。

「ああ、本物の科学だ」バジェホスは頻りに手を動かした。「理想主義的、形而上学的知識の解毒剤を頭に叩き込め、あんたならこんな見事な言葉を使うところだろう」

ついさっきまで、銃の扱い方を教える時の彼は自信と威厳に満ちたスポーツマンだったが、今ではすっかり臆病な若者に戻り、何をどう話していいかわからない様子だった。砂嵐越しにマイタは彼を見た。この端正な顔立ちにキスしたい、引き締まった唇を噛んでみたい、屈強な軍人の体に敷かれて悶えたい、そんなことを思う女がどれほどいることだろう。

「開いた口が塞がらんよ」彼は叫んだ。「私のマルクス主義講義に死ぬほど退屈しているものとばかり思っていた」

「はっきり言って、退屈な時もあるし、さっぱりわからないこともある」バジェホスは認めた。「永久革命とかね。話がややこしすぎるだろう。サン・ホセ校生もよく頭を悩ませている。だからハウハに来てほしいんだ。助けてくれよ、あいつら、ダイナマイトそのものなんだ、マイタ」

「もちろん信仰は失っていないわ。もう僧服は身に着けていないけれど」マリアが微笑む。「有給休暇中でも、誓いは忘れていない。学校の授業は免除してもらって、ここで働いているのよ。修道会から一定の援助を受けながら」

ファニータとマリアは、スラムに住み込むことで人々の役に立っているように感じているのだろうか？　そうでなければ、今のような状況下で、こんな危険を誰が冒すだろうか？　スラムでは毎日のように司祭や修道女、ボランティアが襲撃の犠牲になっている。実際に役に立っているかどうかはともかく、日々の恐怖を耐え抜くほどの力が信仰から得られるのなら、羨ましいとしか言いようがない。ここへ来るまでにありとあらゆる地獄の段階を通り抜けるような気がした、そう言ってみる。

「もっとひどいところもあるわ」真面目な顔でファニータが言う。

「この新興地区に来るのは初めてなの？」マリアが口を挟む。

「ええ、モントンへは一度も行ったことがありません」ファニータが答えた。

「私は、まだキリスト教を信じていた少年時代に、何度も行ったことがあります」そう話すマイタの顔に、郷愁なのか、どこかぼんやりした表情が浮かんだことに彼女は気づいた。「カトリック事業団の少年たちと一緒でした。カナダのミッションが入っていたんです。司祭二人に平信徒が数人。若くて背の高い、赤ら顔で医師の資格を持つ神父がいたことを覚えています。《学んだことが何も役立たない》よく神父は言っていました。結核が蔓延し、子供がハエのように死んでいくのに、新聞は金持ちのパーティーや晩餐、結婚式に長々と紙面を割いている、そんなことが耐えられないのです。私は十五歳でした。家に帰っても、夜祈る気にはなれませんでした。《神は耳を貸してくれない》私は思いました。《耳を塞いで何も聞かず、目を塞いでモントンの現状を見ないようにしているのだ》そしてある日私は確信したのです、マザー。本気でこれと戦うためには、神を捨てなければならない」

ファニータには、それが正しい命題から導き出された愚かしい結論に思われ、マイタにもそう言った。だが、マイタの情熱には心を打たれた。

「私も、信仰に関しては何度も思い悩むことがありました」彼女は言った。「ですが、幸運にも、これまで神様との関係を清算しようと思ったことは一度もありません」

「理論だけじゃなくて、具体的なことも話しているんだ」バジェホスは続けた。バッグに自動小銃をしまって、高速道路沿いを二人でリマ方面へ歩きながら、トラックかバスが止まってくれないかと親指を上げ続けた。

「具体的なことというのは、モロトフ・カクテルや時限爆弾の作り方のことか？」マイタはからかうように言った。「それとも、この前の革命計画のようなことか？」

「着実に一歩一歩進んでるよ」いつもの陽気な調子でバジェホスは言った。「集落へ行って、農民たちの現状を近くから見たり、その解決策を考えたり。すでにインディオたちは動き始めていて、数世紀も前から求めている土地を占拠したりもしているんだ」

「土地を取り返している、と言うべきだな」マイタは呟いた。数週間前から定期的に会っているのに、今本当のバジェホスをようやく見出したとでもいうように、彼は好奇心と当惑の入り混じった目で相手を見つめた。「もともと彼らの土地だったんだ、それを忘れてはいけない」

「そうだった、土地を取り返しているんだ」下士官は頷いた。「みんなで出向いていって農民たちといろいろ話しているんだ。インディオたちが、政党の支援もなく、自分の力で鎖を解き放っている、その光景を見ているんだ。この国でどうすれば革命が起こるか、こうして学んでいるわけさ。ウビルス先生が少しは理論には強いんだが、あんたが来てくれればもっと助かる。なあ、来てくれるだろう？」

「開いた口が塞がらん」マイタは言った。

「さっさと閉じないと砂で窒息するぞ」バジェホスは笑った。「ほら、乗合バスが止まってくれそうだ」

「すでにグループまで作っていたのか」砂埃で炎症を起こした目をこすりながらマイタは繰り返した。「マルクス主義の勉強会まで。ハウハか！　すでに農民たちとも接触して……」

「あんたは革命について語り、俺が実際にそれを進める、そういうことさ」下士官はマイタの肩を叩いた。「そうさ、ちくしょうめ、俺は行動の男だからな。あんたは理論家だ。いいコンビじゃないか。理論と実践だよ。あの町でひと波乱起こせば誰にも止められないさ。デカいことをやってやろうじゃないか。ほら、指を合わせて約束だ、ハウハに来てくれるな？　我らがペルーは偉大だ！」

真新しい制服を着てモヒカン風の前髪を垂らしたバジェホスは、幸福で有頂天になった子供のようだった。また一緒にいられてよかったとマイタは思った。二人は角のテーブルに座り、中国人のウェイターにコーヒーを二つ頼んだ。同じ年頃の子供なら血の誓いで友情の契りを交わすところだ、マイタはそんなことを思った。

「今では、そのモントンのカナダ人神父のような聖職者や修道女が教会にはたくさんいます」気分を害することなくマザーは言った。「教会はいつだって貧困に目を向けてきましたし、あなたがどうおっしゃろうとも、いつだって何とか救いの手を差し伸べようとしてきたのです。とはいえ、おっしゃるとおり、不正は個人ではなく社会全体の問題です。今では、一握りの人間がすべてを独占して、その他大勢は一文無し、そんな状況を教会も許しません。そんな状況で精神的救いばかり説くなど馬鹿げています……。話が逸れてしまいましたね」

「いえ、それこそ大事な話です」マイタは力を込めて言った。「貧困、この国で飢える何百万の人々。これほど重要なテーマは他にありません。解決策はあるのか？　どうすればいいのか？　誰に頼ればいいのか？　神か？　いえ、ちがいます、マザー、革命です」

次第に日が傾いており、時計を見ると、すでにここへ来て四時間近くになることに気づく。ファニータが聞いたこと、すなわちマイタが信仰を失うに至った顛末を、できることなら彼の口から直接聞きたかったところだ。会話中、半開きのドアから何度か子供が顔を出し、きょろきょろ辺りを窺った後、退屈してまた姿を消す。彼らいたのだろうか? カナダ系ミッションの司祭の手伝いにモントンへ行っていたも反乱軍に狩り出されることになるのだろうか? カナダ系ミッションの司祭の手伝いにモントンへ行っていたなんて話を、かつての同級生の口から聞いたことがあっただろうか? どれほどの子供たちが殺し、殺されるのだろう? ファニータは一瞬だけ隣の無料診療所に顔を出し、何も異変がないか確かめる。毎日サレジオ校の放課後に行っていたのだろうか、日曜日だけだろうか? 無料診療所は八時から九時まで開いており、二人のボランティア医師が交代で勤務しているほか、午後には、男女一名ずつの看護師が予防接種や応急措置を行っている。赤毛の司祭のもと、飢えや病気に倒れた子供たちの埋葬を手伝いながら、マイタは絶望と怒りで目を涙に濡らしていたのだろうか、小さな心臓は高鳴り、燃えたぎる想像力を天にはためかせて、なぜ、なぜこんなことをお許しになるのですか、神様、と問いかけていたのだろうか? 無料診療所脇の板張りの小屋には、「共同事業」の本部がある。これと医療事業のためにファニータとマリアがここにいるのだ。マイタがボランティアに行っていたカナダのミッションもこんな様子だったのだろうか? そこでも、弁護士が無償で法的問題について住民の相談に応じ、協同組合の専門家が産業振興のために助言を与えていたのだろうか? マイタはそこで貧困を目の当たりにし、信仰を疑い始めていたのに、学校では一言もそんな話をしなかった。私の前ではいつもどおりシリーズ物について語り、『モンテ・クリスト伯』を映画にしたらどれほど面白いだろう、そんな話しかしなかった。ファニータとマリアは、サン・ファン・デ・ルリガンチョ地区の缶詰工場でも数年間働いたという。だが、やがて工場は倒産し、今では共同事業に専念している。それぞれの修道会から月ごとに決められた金額を受け取り、それでなんとか暮らしている。初対面なのに、彼がこれほど腹を割って話せたのはなぜだろう? 相手が修道女だからか、親近感を抱いたからか、新たな友人の妹だからか、それとも、サレジオ校時代の熱い信仰を思い出して郷愁に囚われたからだろうか?

「襲撃が始まった時は怖かったわ」マリアが言う。「爆弾ですべて木端微塵にされるんじゃないかと思ってね。でも、ずいぶん時が経って、もう気にならなくなったわ。運が良かったのね。このあたりじゃ、敵も味方もなくいろいろ流血沙汰があったけど、私たち二人に危害が及ぶことはなかった」

「ご家族はみな敬虔な信者なのですか？」マイタは訊いた。「何か言われたりは……？」

「信仰というより習慣だけでしょうね」修道女は微笑んだ。「たいていの人は同じでしょう。もちろんいろいろ言われました。母にとっては世界の終わりで、父にとっては、私が生きたまま埋葬されるに等しかったようです。でも、そのうちに慣れてしまいました」

「息子は軍隊、娘は修道院」マイタは言った。「植民地時代の貴族の典型ですね」

「なあ、こっちへ来いよ」テーブルからバジェホスが声を掛けた。「他にも家族はいるんだ、滅多に会えない妹を独り占めしないでくれよ」

二人とも共同事業の一環として午前中は無償授業を行っている。日曜日、司祭がミサにやってくれば、ここが礼拝堂になるが、最近は姿を見せていない。教区の教会に簡易爆弾が仕掛けられ、神経をやられてしまったのだ。

「解放軍の仕業ではなく、司祭の臆病ぶりを知った子供たちが面白がってそんな悪戯をしたらしいわ」マリアが言う。「政治活動の経験は皆無で、甘いものに目がなかったの。爆弾騒ぎで十キロも痩せたのよ」

「彼の話になると恨みつらみがこもってしまうのかしら？」フアニータの顔に妙な表情が浮かび、本当に質問に答えてほしいのだとわかる。前から気になっていたらしい。

「そうは思わないけど」私は答える。「マイタの名を口にするのは避けているようだね。彼とかそんな呼び方をしているから。マイタがバジェホスを唆した結果ハウハの事件が起こった、という思いが強いのかな」

「確信はないけれど」フアニータは打ち消す。「兄にも責任の一端はあったのかもしれない。でも、自分では嫌なのに、知らぬ間に彼を恨んでいることはあるわね。ハウハのことじゃなくて、疑念を吹き込んだからよ。最後に会ったあの日、私は訊いたの、《お友達のマイタのような無神論者になるつもりなの、どうなの？》って。そしたら答えは予想とまったく違って、肩をすくめてこんなことを言ったのよ」

「そうかもね、革命第一だからね」

「エルネスト・カルデナル神父も革命が第一だと言っていたわね」マリアが思い出す。マイタの話に出てくる赤毛の神父が、どうしたわけか、彼女の頭にイヴァン・イリイチのペルー来訪、さらにエルネスト・カルデナルのペルー来訪の記憶を呼び覚ましたという。

「そうね、彼と話し込んだあの日、教会内部からあんなことを喋る人物が現れることになると知っていたら、マイタは何と言ったことでしょうね」ファニータは言う。「私だって、もう見るものは見尽くしたと思っていたのに、仰天したわ。聖職者があんなことを言うなんて。革命もここまで来たか、もう静かな革命なんかじゃないわ、そんな感じね」

「でも、イヴァン・イリイチの言うことなんてまだ序の口だったわ」青い目に意地悪な光を浮かべてマリアが応じる。「エルネスト・カルデナルの言葉はすごかった。学校では、みんな特別に許可をもらって、国立文化機関やパルド・イ・アリアガ劇場まで見に行ったのよ」

「国の大臣にまでなって、たいした政治家よね」ファニータが口を挟む。

「ああ、一緒にハウハへ行くよ」小声でマイタは約束した。「だが、くれぐれも内緒だぞ。そんなことがあるならなおさらだ。お前が仲間とやっていることは共謀罪にあたる。下手すれば身を滅ぼすぞ」

「あんたがそんなことを。会うたびに反乱を唆されているというのに」

二人は声を上げて笑い、コーヒーを運んできた中国人のウェイターに何が面白いのかと訊かれた。《オットーとフリッツの冗談だよ》少尉は答えた。

「次にリマへ来る時に、いつハウハへ行くか決めよう」マイタは約束した。「だが、いいな、仲間たちには一言も喋るんじゃないぞ」

「秘密、秘密、相変わらず秘密主義だな」バジェホスは抗議した。「わかってる、わかってるよ、安全第一。でも、そこまで慎重になることはないだろう。そういえば、ひとつ秘密を教えてやろうか。ペポーテという、あんたの叔母さんの家のパーティーに来ていた野郎が、アルシをとりやがったんだ。あいつの家に行ったら、ペポーテと二人きりで手を握り合っていたんだ。《恋人を紹介するわ》だって。おかげで俺はお邪魔虫さ」

笑い混じりに話すその姿には恨みなど感じられなかった。サン・ホセ校生にもウビルス先生にも何も言わない、サプライズにする。さあ、急がねば。二人は握手して別れ、威風堂々たる制服姿が店からスペイン通りへ出ていく様子をマイタは見届けた。遠ざかるバジェホスを見ながら、この同じカフェで会うのはもう三度目だと気がついた。軽率だったか？　役所がすぐ近くにあるから、客に密告者が混ざっていても不思議ではない。危険を承知のうえでマルクス主義の勉強会を立ち上げたわけか。何ということだ！　目を細めると、三千メートルの高地で活動する田舎臭い若者たちの顔、赤い頬と直毛の髪、そして分厚い胸板が目に浮かんできた。汗だくで興奮しながらボールを追い回す姿が見える。同じ年頃でもない若者たちに混じって下士官も走り、ひときわ背が高く敏捷で、体も強く技術も高い彼は、飛び跳ね、蹴り、ヘディングし、ひと跳びごと、ひと蹴りごと、ヘディングごとに体の筋肉が引き締まる。試合が終わると彼らは、日干しレンガとトタン屋根の小屋で体を寄せ合い、その窓からは、紫に染まった尾根の上で絡み合う白雲が見える。レーニンの『何をなすべきか』を見せながら、《君たち、これこそ爆弾だ》と語る少尉の声にじっと耳を傾けている。笑いなどなかった。からかう気になどなれないし、《まだ若いが見込みはある》、《時期尚早だ》、そんなPOR（T）の同志たちの言葉をここで繰り返す気にもなれない。その時感じたことといえば、バジェホスへの敬意、その若さと情熱への羨望、さらには、もっと内側から熱く込み上げてくる何か。ハウハの話が急展開している以上、次のPOR（T）中央委員会ではこの件を徹底的に議論するよう提案してみよう。隅のテーブルから立ち上がろうとすると――勘定はすでにバジェホスが払っていた――、ズボンの前が膨らんでいることに気がついた。顔も体も火照っていた。欲望に震えていたのだ。

「お送りするわ」フアニータが言う。

夜闇が迫りくるなか、しばらくドア口で議論になる。車は一キロ先に停めてあるから、わざわざ一緒に来てもらうのは申し訳ない、私は言う。

「気にすることないわ」マリアが言う。「また強盗にでもあったら大変よ」

「今日は盗られるものもない」私は言う。「車のキーとこのノートだけ。メモなんてなくなっても同じだし。記憶に残らないものは小説には使えないからね」

だが、どれほど断っても無駄で、二人は私についてスラムの悪臭と舗装のない道に降り立つ。二人に挟まれた私は、ボディガードの役回りに感謝し、あばら家や洞穴、露店や豚小屋の織りなす奇妙な地形の間を進みながら、転げまわる子供たちや不意を突く犬を眺める。誰もがドア口にいるか、ふらふら歩き回っているか、そのどちらかで、会話や冗談、媚の言葉が聞こえてくる。気をつけて歩いているのに、時々窪みや石に足を取られるが、マリアとファニータはまるで障害物の位置をすべて暗記してでもいるように無頓着に歩いていく。

「政治犯罪よりひどいのは窃盗や強盗よ」またファニータが言う。「失業や麻薬のせいね。もちろん、スラムに泥棒は付き物だけど、昔は外へ出て金持ちを襲ったものよ。失業と麻薬と内戦のせいで、最低レベルの近所づきあいまで失われたみたいね。今や、貧しい者が貧しい者に盗みを働き、殺すことまである」

大問題ね、と付け加える。夜になれば、ナイフを持った者か殺し屋か、思慮のない男か泥酔者ぐらいしかスラムを歩く者はいない。いればすぐ強盗に遭う。白昼堂々と強盗に押し入る者もいるし、盗みはしばしば流血沙汰になる。絶望は底無しで、だからこんなことになる。この前も、隣のスラムで少女を強姦するところを目撃された哀れな愚か者が、灯油をかけられて生きたまま焼き殺された。

「昨日も、ここでコカインの精製所が見つかったのよ」マリアが言う。

マイタがこれを見たらどう思うだろう？　彼の時代には、麻薬などほとんど出回っておらず、上流階級やボヘミアンのお遊びでしかなかった。それにひきかえ今では……。無料診療所に薬を置いておくこともできないのよ、二人は言っている。夜は自宅へ持ち帰って、トランクに入れて隠している。そうしないと、夜闇に紛れて瓶や錠剤、アンプルを盗みに入る者がいる。本来は治療のための診療所で、薬はタダだが、治療のためではなく、ヤク代わりに盗んでいく。薬なら何でも同じだと思って、手当たり次第に飲む。下痢、吐き気、その他もっとひどい症状を起こして、多くが翌日診療所へ泣きついてくる。この地区の者たちは、バナナの皮とかチョウセンアサガオとかタイヤとか、思いつくかぎりのものをヤク代わりに使う。これを見たらマイタは何と言うだろう？　わからないし、マイタの記憶に集中することもできない。彼の顔が、現れては消える鬼火のようになっている。

ゴミ溜めで飼われた豚の横を通ると、何かを掘り起こす音が聞こえる。悪臭が立ち込め、肌にまとわりついてくる。私は引き返すよう言うが、二人は言うことを聞かない。このゴミ捨て場周辺が一番危険なのだと二人は言う。こんな無残な光景を見ていると、マイタの話など縮み上がって消えてしまうから何も考えられないのだろうか？　余所者の顔は絶好の標的なのよ、そう言ったのはマリアだろうか？

「ここがスラムの赤線地帯でもあるのよ」フアニータが付け加える。それとも、この無残な光景を前にして崩れ落ちるのは、マイタではなく文学なのだろうか？「胸の痛む話よね。生きるために体を売るだけでも十分辛いというのに、こんなゴミと豚に囲まれた場所でそんなことをするなんて……」

「客がいるのよね」マリアが言い添える。

そんなことを考えるべきではない。マイタの話に出てきたカナダ人神父のように、私まで絶望に飲まれてしまえば、この小説は書けなくなってしまう。それでは誰の助けにもならない。たとえ脆くとも小説は残るが、絶望は後に何も残さない。夜スラムを歩くのが恐くないのだろうか？　神のご加護で、今のところは大丈夫だ。前後不覚になった乱暴な酔っ払いに襲われるようなこともない。

「きっと醜すぎて誰も手を出す気になれないのね」マリアが高笑いを上げる。

「二人の医師はすでに強盗に遭ったけれど」フアニータは言う。「それでもまだ来ているわ」

会話を続けようとしても気が散り、マイタのことを考えようとしても、そこに、リマを訪れて——十五年くらい前だろうか?——マリアに感銘を与えた詩人エルネスト・カルデナルの姿が重なり、集中できない。私も国立文化機関とパルド・イ・アリアガ劇場へ彼の話を聞きに行って、彼女と同じく衝撃を受けたのだが、二人にその話はしていない。あれ以来、かつては好きだった彼の詩を読む気にならず、行ったことを後悔したのだが、そんな話はすまい。確かに不当だろう。本人と詩は別物のはずではないか。説明はできないが、どこかで繋がっているのだろう。私にはそれが感じられる。チェ・ゲバラに扮して現れた彼は、対話の場で、一部の扇動的な聴衆に対し、期待以上に扇動的な言葉で応えて見せた。言うことなすこと、すべてが過激派の拍手喝采を浴びた。神の王国と共産主義社会は同じだ、カトリック教会は娼婦同然になり下がったが、キューバの現状を見れば明らかなとおり、革命とともに乙女のように清らかになる、権力者を擁護する資本主義者どもの穴蔵になり下がったヴァチカンは、今やペンタゴンのしもべ同然だ、キューバとソ連の一党体制では、エリート層が大衆の酵母となっているのであり、それはまさに、キリストの望んだ教会と信者の関係に等しいのだ、資本主義者のプロパガンダを鵜呑みにして、ソ連の強制収容所を批判するなど言語道断。そして大団円は、両手を振りかざしながら壇上から声を張り上げて発した断罪の言葉だった。先頃ニカラグア湖を襲ったハリケーンは、アメリカ人によるミサイル発射実験のせいで起こったのだ……。不誠実な猿芝居、あの時抱いた印象は今でもよく覚えている。あれ以来、カルデナルの詩を読もうとするたびに、その作者の記憶が有毒物質のように作品から立ち昇るようになり、おかげで私は、好きな作家と知り合いになるのを避けるようにさえなった。

ようやく車のところまで着いた。運転席側のドアがこじ開けられており、金目のものは何もないと見てとった盗人が、腹いせにシートのカバーを剝がしたばかりか、残された痕跡を見るかぎり、小便まで引っかけていったらしい。すでに古くなっていたシートカバーを交換するにはちょうどいい機会だ、私は言うが、二人は困惑と落胆の顔で同情を寄せる。

4

「遅かれ早かれその話は書かれるべきでしょうね」負傷した脚が痛まぬよう椅子の上で姿勢を変えながら上院議員は言う。「神話ではなく、史実ですよ。もっとも、まだ機は熟していないのかもしれませんが」

静かな場所で話したいと頼んでいたのに、彼は議事堂のバーへ来るよう言ってきかなかった。予想通り、ひっきりなしに邪魔が入る。同僚や記者たちが近寄り、挨拶や噂話をしたり、何か質問したりする。襲撃に遭って脚を負傷して以来、大人気の国会議員になった。途切れ途切れに、何度も長い中断を挟みながら会話は続く。マイタについて《史実》を書くつもりはないことを私は繰り返す。彼についての資料や所見をできるだけ集めた後、空想をふんだんに盛り込んで、真実とは似ても似つかぬ話を作り上げる。飛び出た無愛想な目が不審そうに私を眺め回す。

「今この重大な時期に、我々民主的左翼の大同団結に支障をきたすような真似はすべきでありません。現状ではそれがペルーを救う唯一の道ですからね」彼は呟く。「たとえ二十五年前の話とはいえ、マイタの話に眉を顰める者もいるかもしれない」

細身の男で、屈託なく話している。着こなしも見事で、巻き毛の髪には白髪が目立ち、シガレット・ホルダーで煙草を吸っている。時々脚が痛むことがあるのか、力を入れてさすることがある。政治家にしては文章がうまい。おかげでベラスコ将軍の軍事政権に重用され、諮問役にまでなった。独裁政権に進歩主義的オーラをかぶせるキャッチコピーの大部分は彼の作であり、国有化された新聞の一つで主筆を務めた。ベラスコ将軍の演説原稿を書き（お決まりの社会学・法学用語を盛り込む癖があり、ベラスコがいつもそこで噛む）、少数の仲間とともに、政権の急進派を引っ張った。そんなカンポス上院議員も今では穏健になり、極右からも、極左の毛沢東派やトロツキー派からも糾弾を受けている。ゲリラからも解放軍からも死刑を宣告されている。解放軍は――この不条理な時代の象徴だろう――彼こそ隠れたゲリラの首謀だと断言している。数カ月前、爆弾を仕掛けられて車が大破し、運転手は大けが、彼は脚を負傷し、今は動かすことができない。犯人は？　不明のままだ。

「とはいえ」何も喋ってくれなさそうなので、諦めて帰ろうとしていたところで突如彼は大きな声を出す。「そこまでお調べになったのなら、ひとつ根本的なことをお話ししましょう。マイタは軍の諜報部に協力し、おそらくはＣＩＡにも関わったのです」

「そんなことはない」マイタは反論した。

「そうなんだよ」アナトリオが応じた。「レーニンもトロツキーも、テロには常に反対だったんだ」

「直接行動はテロではなく」マイタは言った。「純粋かつ単純な革命的反乱だ。レーニンもトロツキーもそれに反対していたのなら、彼らは生涯いったい何をしたというんだ。まだわからないのか、アナトリオ、我々は重要なことを忘れかけている。我々の使命は革命というマルクス主義者の最優先課題じゃないか。それを一介の少尉に教わるなんて、信じられない話だ」

「少なくとも、レーニンもトロツキーもテロに反対だったことは認めるんだな？」アナトリオは抜け目なく撤退した。

「俺だって留保付きでテロには反対だ」マイタは頷いた。「大衆から切り離された盲目的なテロは人々の気勢をそぐことになる。我々のやろうとしていることは違う。導火線に向けた火花、雪崩を引き起こす雪玉だ」

「今日はずいぶんと詩人気取りだな」アナトリオは小さな部屋には大きすぎる笑い声を上げた。

《詩人じゃない》マイタは思った。《若返った夢想家だよ》それに、これほど楽観的になれるのは何年ぶりだろう。周りに積まれた本や新聞の山が温かい火で燃え盛り、優しい光で心と体を包んでくれるようだ。これが幸福というものだろうか？　ＰＯＲ（Ｔ）中央委員会の議論は白熱し、いつになく感動的だった。委員会の後でセグーラ劇場の広場に面したフランス・プレスへ行って、四時間近くも翻訳を続けたが、長い一日の後でも気分は爽やかで、頭も冴えていた。下士官についての報告は承認され、バジェホスの計画を検討するという提案も受け入れられた。《作業基盤、行動計画、まったく面倒な用語だ！》彼は思った。極めて重要な合意であり、これで一気に革命まで突き進むことができる。マイタは自信に満ちた話しぶりで報告し、同志たちの心を動かした。彼らの表情からもそれがうかがえたし、一度も遮られることなく最後まで話し終えることができた。そうだ、やる気はあってもイデオロギー的に脆い青年に代わって、ＰＯＲ（Ｔ）のような革命組織が指揮を執れば、実現は可能だろう。目を細めると、未来がはっきり見えてくる。優れた装備で武装した先鋒が、都市勢力の支援を受けてしっかりと戦略的目標を見定めれば、国中に革命を広める端緒となり、革命の大火事を起こす火打石となれるかもしれない。ペルーのような階級社会の矛盾を抱えた国にあっては、遥か昔から革命への客観的条件は揃っていたではないか。ここで大胆な武装蜂起の声を上げれば、核心部の周りに少しずつ主観的条件が整い始め、やがては労働者や農民が反乱に加わるだろう。ベッドの角に座っていたアナトリオが立ち上がり、マイタの心は現在に戻った。

「空いたか見てくる。もう我慢できない、このままだとクソを漏らしちまう」

すでに二回も下りていたが、いつもトイレの前で誰か待っていた。アナトリオは腹を押さえて体を丸めたまま出ていった。今夜はアナトリオが来てくれて本当によかった。ようやく重要な動きがあった今日、やっと新たな展開が見えた今日この日、頭から迸り出る思いを誰かと共有できるのは本当にありがたい。《党は大きな一歩を踏み出した》右腕を枕にしてベッドに寝そべりながらマイタは思った。POR（T）中央委員会は、バジェホスに協力することを承認した後、実動部隊を組織し——ハシント同志、アナトリオ同志、そしてマイタ自身——、日程表の作成を任せた。マイタは早速ハウハへ飛び、現地でバジェホスの小組織の現状とマンタロ渓谷のインディオ共同体との連携状況を確認することになった。その後、実動部隊の他の二名も当地へ赴き、作戦を練る。POR（T）中央委員会は歓喜のうちに閉会した。フランス・プレスで通信を翻訳している間もマイタの感動は続き、セピータ通りの部屋へ戻ってもまだ気持ちは昂ぶっていた。すると、袋小路に面したドア口に若者が待っており、薄闇に歯が光った。

「いてもたってもいられなかったから、ちょっと話でもしたいと思ってな」アナトリオは言った。「お疲れかな？」

「とんでもない、上がれよ」マイタは相手の肩へ手をやった。「俺もまだ興奮状態だ。バジェホスの言うとおり、こいつは本物の爆弾だよ」

噂やひそひそ話、陰口があり、サン・マルコス大学の中庭では、彼を糾弾するビラまで出回った。スパイ？　密告者？　その後、恐ろしいほど正確にマイタの行動を調べ上げた記事が二本も書かれた。

「つまり、タレこみをしていたと？」私は問い返す。「しかし、あなたたちは……」

カンポス上院議員は手を上げて私を制する。

「我々はマイタと同じくトロツキー派で、非難の声はモスクワ派から上がっていたので、最初は誰も相手にしませんでした」肩をすくめて説明する。「我々PORのメンバーはいつも大間抜け呼ばわりされていました。トロ公とモス公は血で血を洗うような争いを繰り返していましたからね。《最大の敵は身内だ、悪魔と手を結んででもやっつけろ》そんな哲学ですよ」

またジャーナリストが彼に近づき、新聞に書かれていたことは本当かと訊いてくるので、話が途切れる。身の危険に怯えた彼は、再び脚の手術を受けるという口実で出国し、そのまま国外に避難するつもりでいる、というのだ。上院議員は笑う。《単なるデマだよ。殺されでもしないかぎり、まだペルーと手を切るつもりはないよ》ジャーナリストはこの言葉に感服して去って行く。二杯目のコーヒー。《我々国会の人間は特権階級で、他のペルー人には嗜好品になってしまったコーヒーを一日に何杯も飲めるんですよ。もっとも、これも長くは続きませんがね。特約店の在庫も底を尽きつつあるようですから》しばらく内戦による荒廃の話が続く。販売制限、治安の悪化、国内への外国軍侵入をめぐる近頃の噂でノイローゼ状態になった人々。

「モスクワ派の同志たちは確かな情報を握っていました」突如話を元へ戻す。「おそらく上から情報をもらっていたんです。モスクワかKGBから。それでマイタの両面性を嗅ぎつけたんでしょう」

シガレット・ホルダーに煙草を差して火を点け、息を吸い込みながら脚をさする。暴露し過ぎたかと自戒してでもいるように、陰鬱な表情になっている。彼とマイタは同志として同じ政治的夢を分かち合い、地下活動や迫害の経験をともにした。その同志が虫けらだったなどと、これほど無関心な態度で言えるのはなぜだろう？

「マイタが投獄と出獄を繰り返していたことはご存知でしょう」空のコーヒーカップに灰を落とす。「獄中で協力するよう脅されたんです。刑務所でもっとタフになる者もいれば、態度を軟化させる者もいます」

反応を確かめるように私を見ている。彼の顔は落ち着きと自信に溢れ、どれほど熱い論争になっても崩すことのない優しい表情を保っている。なぜかつての同志を恨むのだろう？

「いつも証明の難しい問題ですね」

過去のある時点で、脂まみれのマフラーで顔を隠したマイタが、居心地悪そうに平服を着た軍人と、スペイン語の前置詞をうまく使いこなせない疑り深い外国人に、名前や地図や住所をペンで書いた手帳を差し出す。

「証明は不可能です」私の発言を正す。「しかし、この場合は証明できたのです」息をつき、ギロチンを振り下ろす。「ベラスコ将軍の時代には、我が国の諜報部が事実上CIAの指揮下にあることがわかりました。いろいろ名前が出てきました。その一人がマイタです。そして思い返してみると、いくつかわかってきました。バジェホスと知り合ってからのマイタには、妙な振る舞いが目立ちました」

「それはとんでもない嫌疑です」私は言う。「軍のスパイでもあり、CIAの工作員まで……」

「スパイや工作員と言っては言い過ぎでしょう」彼は言う。「情報提供者、道具、そして同時に犠牲者、そんなところでしょう。当時のマイタの知り合いには、他にもお会いになったのですか？」

「モイセス・バルビ・レイバに会いました。彼が何も知らなかったはずはないでしょう。ハウハの事件の時には一緒に準備に関わり、その前日にもマイタと会ったというのですから……」

「モイセスはいろいろ知っていますが」カンポス上院議員は微笑む。

彼まで工作員だと言い出すのだろうか？　いや、すでに彼の社会政治学研究書を二冊も――しかも、その一方の序文を書いたのはバルビ・レイバ自身だ――刊行しているセンターの所長にそんな嫌疑をかけたりはすまい。

「モイセスは用心深い男ですし、いろいろ利害を考えねばなりませんからね」控え目な辛辣さを込めて言う。

「彼の哲学は、《過去を蒸し返すな》です。面倒を避けるにはそれが一番です。残念ながら私は違います。いつも口さがないですし、思ったことをそのまま口にするせいで、こんなケガを負ったわけです。いつ殺されても不思議ではありません。唯一の救いは、恥じることなく家族に顔向けできることですね」

思わず自分について感傷めいた言葉を発してしまったことに当惑したのか、一瞬彼はうなだれる。

「当時のマイタについて、モイセスはどう言っているのですか？」今度は彼のほうから訊ねてくるが、その目はじっと私の靴先に注がれている。

「少々幼稚な理想主義者」私は言う。「逸《はや》り過ぎるきらいがあって、厄介ではあるが生粋の革命家、そんなところです」

煙の間で彼は考え込む。

「やはりね。わざわざ臭いものの蓋を取って不快な思いをすることはない、そういうことですよ」少し間を置いて微笑んだ後、後を続ける。「マイタがPOR（T）を除名された日、彼を密告者だと訴えたのはモイセスなんですよ」

私は言葉を失う。法廷に成り代わった狭いガレージで、若く気性の荒いモイセスが、確たる証拠を突きつけて糾弾している。密告者！　密告者！　イデオローグの顔が並ぶポスターの下に縮こまって真っ青になったマイタは反論できない。ドアが開き、アナトリオが入ってきた。

「ずいぶん長かったな」マイタが迎えた。

「フウ、やっと息ができる」ドアを閉めながらアナトリオが笑った。髪や顔、胸が濡れており、水滴で肌が光っている。手にシャツを持っており、マイタの前で注意深くこれをベッドの足元に広げた。《いい男だ》マイタは思った。細い胸にあばら骨が浮き上がり、胸の真ん中で産毛が輝いている。腕は長く、形もいい。マイタが初めて彼に会ったのは四年前、土木組合の総会に参加した時のことだった。共産党青年団の連中がトロツキーとトロツキー主義にお決まりの罵声――ヒトラーの同盟者、帝国主義の密偵、ウォール・ストリートの寵臣――を浴びせ、絶えずマイタは話を遮られた。なかでも最も攻撃的だったのが、最前列に座る大きな目と焦げ茶色の髪の若者、アナトリオだった。彼が攻撃の指揮を執っているのだろうか？　それでも、この青年にはどこか魅力的なところがあった。それまでも同じ予感に囚われたことはあったが、いつも空振りに終わっていた。だが、今度ばかりは外れなかった。組合を出て、気分が静まったところで彼に近づき、《どうせならもっと徹底的にやり合おうじゃないか》と言ってコーヒーに誘うと、青年は二つ返事で応じた。その後POR（T）に加わったアナトリオは、この時を振り返ってよくこう言った。《イエズス会士のような洗脳の仕方だったな》そのとおり、マイタは優しく言葉巧みに誘いをかけた。本や雑誌を貸し、彼の指導するマルクス主義の勉強会に顔を出すよう説得し、何度もカフェに誘って、トロツキー主義こそ本当のマルクス主義、官僚とも独裁とも腐敗とも無縁な革命なのだと説き伏せた。そして今その同じ色男が、むさくるしい部屋の埃っぽい電球の下で裸の胸を晒し、シャツの皺を伸ばしている。《バジェホスの件に首を突っ込んで以来、アナトリオの顔が夢に出てくることがなくなったな》間違いない、一度もない。アナトリオも実動部隊に入ってくれてよかった。党では一番ウマが合う同志だし、自分の言うことを聞いてくれる。『労働者の声』を売る、あるいは、ウニオン広場やアルゼンチン大通りにある工場の出口でビラを配るとなれば、カジャオの自宅からでも真っ先に飛んできた。

「こんな時間に家へ帰るのは面倒だ……」

「こんなところでもよければ泊まっていってくれ」

POR（T）中央委員会の同志は全員この部屋に泊まったことがあり、時には数人で雑魚寝したこともあった。

「窮屈な夜を過ごさせてすまないな」アナトリオは言った。「いざって時のためにもっと大きなベッドに変えたほうがいいんじゃないか」

マイタは微笑んだ。どきりとして体が強張った。ハウハのことを考えようとした。ハウハの事件の後で党から除名されたのだろうか？

「その前です」私の当惑を見て満足そうに彼は言う。「直前のことです。私の記憶が確かなら、マイタのほうからPOR（T）を脱退する形で処理したはずです。我々の分裂を敵に悟られぬよう寛大な措置を取り繕ったわけです。しかし、事実上の除名です。その後でハウハの事件が起こって、すべて闇に葬られました。我々に対する弾圧についてはご記憶でしょう。投獄された者も、地下へ逃れた者もいました。そしてマイタの件はお蔵入りです。歴史なんてそんなものでしょう。ハウハの事件が混乱と弾圧を引き起こし、おかげでマイタとバジェホスは英雄に祀り上げられました……」

　歴史の逸脱について推し測るように黙り込んでいる。まだ続きがあることはわかっているが、急かすことなく私も黙る。あれほど献身的なマイタが二枚舌を使って、仲間たちを罠に掛けるために危険すぎる策略を練り上げたというのか？　恐ろしすぎる話だ。推理小説のように現実離れした設定の小説でもなければ、こんな話を盛り込むことは不可能だ。

「まあ、今となってはどうでもいいことです」上院議員は付け加える。「失敗に終わったのですから。左翼の根絶が試みられたものの、効果は数年しかもちませんでした。キューバ革命が起こり、一九六三年にはハビエル・エラウドが現れます。六五年にはＭＩＲとＦＬＮのゲリラが始まり、敗北を重ねて反乱のテーゼは色褪せました。やっと奴らの念願が叶ったわけですが、ただ……」

「ただ……」私は言う。

「革命の代わりにやってきたのはアポカリプシスです。ペルーがこんな悲惨な状況に陥るなんて、誰に想像できたでしょう」私を見つめる。「今の状況がマイタとバジェホスの物語を完全に葬り去ってしまいました。あの話を覚えている者など誰もいないでしょう。さて、他には何か？」

「バジェホスですが」私は言う「彼も扇動家だったのですか？」

　シガレット・ホルダーをくわえ、顔を横に向けて私のほうに煙がいかないよう息をつく。

「バジェホスについての証拠はありません。マイタの道具だったのかもしれません」また彼の手がアラベスク文様を描いて動く。「その可能性が高いでしょう。マイタは老獪な策士で、彼は経験の浅い若者だったのですから。とはいえ、繰り返しますが、証拠はありません」

　出入りする人に挨拶しながら、ずっと優しい口調で話している。

「マイタが様々な政党を渡り歩いたことはご存知でしょう」付け加える。「いつも左翼ではありますがね。単なる気紛れなのか、あるいは抜け目ないのか。彼のことをよく知っていた私にさえもわかりません。ウナギのような男で、手からするりと逃げるので捕えどころがありません。いずれにせよ、いろいろな集団を渡り歩き、進歩主義組織の大部分に関わりました。怪しいと思いませんか？」

「しかし何度も投獄を受けたでしょう」私は言う。「ペニテンシアリア、セクスト、フロントン」

「しかし、長くとどまったことは一度もありません」上院議員は思わせぶりな言い方をする。「多くの刑務所を転々としていただけです。諜報部の記録に名前が載っているのは間違いありません」

淡々とした話しぶりを聞いているかぎり、長年にわたって嘘に塗れていたという男、信頼を寄せてくる者たちを陰で密告して死に至らしめることもあったという男、左翼根絶の口実を与えるためだけに反乱を画策したという男に対する恨みは感じられない。心の底から忌み嫌っている、そうに違いない。こうした発言、マイタに向けた中傷のすべてが、長い過去を引きずって、この二十五年間、熟慮の末に何度も繰り返されてきたようだ。憎しみが煽り立てる煙の向こうに火はあるのだろうか？　まだ彼のことを覚えている者たちの記憶を貶めようとする単なる茶番だろうか？　なぜそんなに憎んでいるのだろう？　政治的理由だろうか、個人的理由だろうか、あるいはその両方だろうか？

「まさにマキアベリズムです」マッチでシガレット・ホルダーから吸殻を取り出し、灰皿に押しつける。「最初は我々にも信じられませんでした。こんな手の込んだ罠を仕掛けてくるとは、思いもよらぬことですからね。見事ですよ」

「諜報部やＣＩＡがそんな罠を仕掛けて何か意味があるのですか？」私が口を挟む。「相手は七人しかメンバーのいない組織ですよ」

「六人、六人です」カンポス上院議員は笑う。「マイタは奴らとグルだったんですから」だが、すぐ真面目な顔に戻る。「標的はＰＯＲ（Ｔ）ではなく左翼全体です。対抗措置として、ペルーにおける革命分子をひとつ残らず摘み取る、それが目的だったのですから。ところが、我々は陰謀を嗅ぎつけ、事が発覚しても、奴らの目論見は不首尾に終わりました。泡沫組織だった我々POR（T）が、今この国で起こっているような大虐殺から左翼を救ったのです」

「POR（T）はどうやって陰謀の目論見を挫いたのですか?」私は問いかける。「ハウハでは本当に反乱が起こったのでしょう?」

「我々は目論見の九割を挫きましたが」彼は言う。「残り一割はどうにもできませんでした。どれほどの者が逮捕され、どれほどの者が逃亡生活を送ったことか。四、五年の間我々は身動きがとれませんでした。それでも、我々を根絶するという目的は達成されませんでした」

「代償が高すぎはしませんか?」私は言う。「マイタもバジェホスも……」

アラベスク文様が私を遮る。

「扇動家や密告者に危険は付き物です」重々しく彼は言う。「彼らは失敗し、その代償を払った、それはそのとおりです。しかし、奴らの仕事はそんなものです。証拠は他にもあります。生き残った者たちを見てごらんなさい。どうなりましたか?　何をしていますか?　今どんな地位にいますか?」

どうやらカンポス上院議員は歳月とともに自己批判の習慣を失ったらしい。

「俺はずっと革命はゼネストから始まるのだと思っていた」アナトリオは言った。

「それはアナーキズムにかぶれたソレルの思想的逸脱だ」マイタは愚弄を込めた。「マルクスもレーニンもトロツキーも、ゼネストが唯一の出発点だとは言っていない。中国を見ろ。毛沢東は何を使った?　ストかゲリラか、どっちだ?　もっとこっちへ来いよ、落ちるぞ」

アナトリオはベッドの端から少し真ん中へ寄った。

「計画がうまくいけば、ペルーで兵士と民衆が手を組むことはなくなる」彼は言った。「兵営のない戦争になる」

「ムダな図式や方法論は破棄すべきだ」この時間になると物音が聞こえてくるはずで、マイタは耳を澄ませた。気持ちは昂ぶっていたが、このままアナトリオと政治の話を続ける気にもならなかった。それでは何を話す？　何でもいい、このまま政治活動の話をしていると、二人の間には抽象的連帯感、機械的同胞愛しか生まれない。マイタは付け加えた。「俺はもう歳だからお前より大変だ」

二人並んでやっとのことで寝られるベッドが、ちょっとしたことで軋みを立てた。二人ともシャツと靴を脱ぎ、ズボンだけ穿いたままだった。明かりは消していたが、正面の窓から街燈の光が入り込んできた。盛りのついた雌猫の淫らな鳴き声が遠くから途切れ途切れに届いてきた。夜の始まりだ。

「お前が相手だから打ち明けるがな、アナトリオ」マイタは言った。右腕に頭を乗せて仰向きになったまま、数時間でひと箱吸い終えていた。胸がずきずきしたが、それでもまだ吸いたかった。《落ち着け、マイタ、下手なことを口走るなよ、いいか、マイタ》彼は思った。「これこそ俺の人生の決定的瞬間さ、間違いない、アナトリオ」

「みんな同じ気持ちさ」こだまのように彼は言った。「党全体にとっての決定的瞬間だ。そしておそらくはペルーにとっても」

「お前の場合は少し違う」マイタは言った。「まだ若いからな。パジャルディもそうだ。やっと革命家としての道を歩み始めたばかりで、いいスタートを切ったところだ。だが、俺はもう四十過ぎだ」

「だから歳だってのかい？　第二の青春時代じゃないか」

「第一の老年時代と言ったほうがいい」マイタは呟いた。「もうこの活動に携わって二十五年近くになる。この一年、半年ぐらい、特に我々が分裂して七人になってからというもの、ひとつの言葉が耳から離れないんだ。《時間のムダ》さ」

沈黙が流れた。雌猫の鳴き声がこれを破った。

「俺だって時には落ち込むことがある」アナトリオの声が聞こえた。「状況が悪ければお先真っ暗に見えるのが人間ってもんだろう。しかし、あんたまでそんなことがあるとは驚きだね、マイタ。いつもあんたの楽観主義に感心していたんだから」

部屋は暑く、軽く触れ合った二人の前腕部が汗に濡れていた。アナトリオも仰向けに寝ており、薄闇のなか、ベッドの端の、自分の足のすぐ近くに彼の素足が見えた。いつ触れ合ってもおかしくない状態だった。

「わかってもらえるかな」不快感を振り払うようにして言った。「革命に人生を捧げてきたことに落胆しているんじゃない。そんなことじゃないんだ、アナトリオ。通りへ出て国の惨状を目の当たりにするたびに、これに勝る使命はないと確信する。そうじゃなくて、道を踏み外して、時間を無駄にしたことが悔やまれるんだ」

「レフ・ダヴィドヴィチとトロツキー主義に失望したなんて言い出したら、ただじゃすまないぞ」アナトリオは冗談めかした。「好きであんなこむずかしい本をたくさん読んだんじゃないからな」

だが、マイタは冗談に応じられる状態にはなかった。気持ちが昂ぶり、同時に苦しくなっていた。心臓が高鳴り、アナトリオにまで聞こえるのではないかと思ったほどだった。本や新聞、雑誌に積もった埃が鼻をくすぐり、《くしゃみが漏れたら命はないぞ》などと、馬鹿なことを考えた。

「我々はずいぶん時間をムダにしたんだ、アナトリオ。内ゲバの議論を重ね、現実と無縁な独りよがりの活動に耽った。そして大衆との繋がりを失った。それでどんな革命が起こせるというんだ？　お前はまだ若い。だが、俺はもうこの歳になるというのに、一ミリも革命に近づいてはいない。それが、今日初めて前進が感じられて、単なる亡霊じゃない、本物の革命が見えてきたんだ」

「落ち着けよ」手を伸ばしてマイタの腿を軽く叩きながらアナトリオは言った。単なる親愛の情だったが、まるで衝撃でも受けたようにマイタの体は萎縮した。「今日の委員会であんたが、行動へ移る提案を述べ上げて、いつまで時間の浪費を続けるんだ、と訴えた時には、みんな心を打たれたよ、マイタ。あんな話しぶりは聞いたことがなかった。心の叫びだな。俺も思ったよ、《今すぐ山へ行こうじゃないか、何をぐずぐずしているんだ》ってね。喉から込み上げてくるものがあったよ、本当に」

マイタは踏ん張って体を横に向け、ぼんやりした本棚を背景に浮かび上がるアナトリオの横顔を見た。カールした前髪、滑らかな肌の額、白い歯、半分開いた唇。

「新たな人生が始まるんだ」彼は囁いた。「洞窟から野外へ出るんだ。ガレージやカフェの陰謀は捨てて、大衆と力を合わせて敵を打ちのめすんだ。民衆に混じるんだ、アナトリオ」

彼の顔は若々しい裸の肩のすぐそばまで来ていた。人間の根源的臭いが強く鼻を突き、眩暈がしそうだった。縮こまった膝がアナトリオの脚に触れた。薄闇のなかで、マイタには不動の横顔が辛うじて見えるだけだった。目は開いているのだろうか？　呼吸で規則的に胸が動いている。マイタは震えをこらえて汗に濡れる右手をゆっくり伸ばし、アナトリオのズボンを探った。

「こかせてくれ」体中が熱くなるのを感じて彼はか細い声で囁いた。「いいか、アナトリオ」

「そして最後に、まだ触れていない、それでいて、事の真相を知りたければ触れずにはおられない問題があります」残念だとでもいうようにカンポス上院議員は溜め息をつく。「マイタが性的倒錯者だったことはもちろんご存知ですね」

「それは我が国で敵をけなす時の定番です。これも立証が難しいでしょう。それがハウハの事件と何か関係があるのですか？」

「ええ、おそらく彼はそれで尻尾を摑まれたんです」彼は続ける。「それをネタに脅されて、協力を強いられたのでしょう。まさにアキレス腱ですよ。一度尻尾を摑まれれば、あとは協力するしか道はありませんからね」

「しかし、モイセスによれば結婚していたそうですよ」

「オカマでも結婚する奴はいくらでもいます」上院議員はにやりと笑う。「よくある偽装の手口ですよ。彼の結婚は、茶番でもあり、災難でもあり、ほとんど続きませんでした」

上院か下院で審議が始まったらしく、議場のほうからざわざわと物音やファイルを開ける音が届き、マイクで増幅された声が聞こえてくる。バーから人気が引いていく。カンポス上院議員は呟く。《大臣を問いただす予定です。外国軍がペルー領内へ入ったのか入っていないのか、議会は明確な答弁を求めることでしょう》だが慌てる様子はない。憎しみを包み隠すような科学的客観性を失うことなく話を続けている。

「実はそれがすべてだったのかもしれません」シガレット・ホルダーをいじりながら考え込む。「同性愛者を信用できますか？　不完全で女々しい男など、弱点だらけですから、簡単に人を裏切ります」

これに勢いづいてマイタとハウハの話を忘れ、同性愛が階級格差やブルジョア文化と密接に結びついていることを論じ始める。事実、社会主義国に同性愛者はほとんどいない。これは偶然ではなく、気候のせいで人が高徳になるからでもない。社会主義国がペルーのゲリラを支援するとは、まったくもって残念だ。我々が学ぶことも多いというのに。暇つぶしの文化や精神的空虚は消え、持って生まれた性まで時に疑うブルジョアたちに多い実存主義的不安もなくなっている。オカマと未成熟は同義だ。

「恥ずかしくないのか？」彼の声が聞こえた。「家に泊まった友人の油断につけ込むなんて。恥ずかしくないのか、マイタ？」

アナトリオはすでに体を起こしており、ベッドの端で両肘を膝に乗せて両手で顎を支えていた。窓から射し込む脂っぽい光が背中を照らし、あばら骨が透けて見えそうなほど滑らかな肌に緑色の光沢を添えていた。

「ああ、恥ずかしいよ」マイタは呟いた。何とか声を絞り出した。「忘れてくれ」

「俺たちは親友だと思っていた」背中を向けたまま声にならない声で若者は言った。怒りから軽蔑へ移り、そしてまた怒りへ戻っていった。「がっかりだよ、ちくしょうめ！　俺がカマだとでも思ったのか？」

「そうでないことはわかっているさ」彼は囁いた。さっきまで暑かったのに、今は骨の髄まで冷えていた。バジェホスのこと、ハウハのこと、来たるべき昂揚と純化の日々のことを考えようとした。「これ以上惨めな思いをさせないでくれ」

「俺のことも考えろよ、ちくしょうめ」アナトリオは叫んだ。体を動かすとベッドが軋み、マイタは、アナトリオが立ち上がってシャツを着てそのままドアを蹴飛ばして出ていくのだと思った。だが、ベッドの音は止み、張りつめた背中の表面はそのまま動かなかった。「すべて台無しだ、マイタ、なんてバカな奴だ。せっかくの、こんないい日に」

「たいしたことじゃない」マイタは呟いた。「騒ぎ過ぎだ。誰か死んだわけでもあるまいし」

「俺にとって、今夜あんたは死んだよ」

その時頭上から物音が聞こえてきた。目に見えぬ何かがいくつもそっと動き出し、形が定まらず不気味だった。数秒間は地震のようで、天井の古い木が揺れて落ちてくるように思われたが、やがて始まった時と同じく気紛れにまた静まった。他の日の夜なら神経をすり減らしたことだろうが、今日はこの物音に感謝した。アナトリオの体が強張るのが感じられ、また音が戻ってくるのではないかと耳を澄ませながら頭を突き出す様子を見つめた。忘れてくれた、忘れてくれた。そしてマイタは隣人たちのことを考え、馬蹄形に並んだ部屋で、三人、四人、八人身を寄せ合って、ゴミにも物音にも無関心に暮らす姿を思い浮かべた。この時ばかりは彼らが羨ましかった。

「ネズミさ」彼は呟いた。「屋根裏にうようよいるんだ。走り回ったり喧嘩したり、やがて静まるんだ。ここへ入ってきたりはしないから心配はない」

「心配なんかしていない」アナトリオは言った。そして間を置いて、「カジャオの俺の家にも出る。だが、床下や下水管だけで……。頭上を走り回ったりはしない」

「最初は悪い夢を見たよ」マイタは言った。口がようやく動き、筋肉に感覚が戻って、やっと息ができるようになった。「殺鼠剤をまいたり、罠を仕掛けたりもした。役所に消毒してもらったこともある。だが、効果はない。

数日は姿を消しても、やがて戻ってくる」

「殺鼠剤や罠より猫のほうがいい」アナトリオは言った。「一匹飼うといい。毎日頭上でこんな騒ぎをされるぐらいなら、何だってまだマシだ、ちくしょうめ」

　その声が聞こえたのか、盛りのついた雌猫が遠くで再び淫らな声を発した。マイタは——心臓がどきりとした——アナトリオが笑っているように思った。

「POR（T）では、バジェホスとハウハの話を進めるために実動部隊が組織されて、あなたもその一人だったのでしょう？　具体的に何をしたのですか？」

「少々おかしなことをしただけです」皮肉な表情で上院議員は昔話を貶め、単なる悪戯に変えてしまう。「ある時なんて、炭を砕いて、硝煙や硫黄を買って火薬を作ろうと一日中奮闘しましたが、覚えているかぎり、一ミリグラムも作れませんでした」

　楽しそうに頭を振り、新たな煙草に火を点けるのに少し手間取る。煙を吹き上げてその輪を眺めている。ウェイターも引き上げ、議会のバーがもっと広く見える。議場で拍手が沸き起こる。《議会が大臣の口を割らせてくれればいいけれど。ペルーに海兵隊が入ったのか》一瞬私のことは忘れて考え込む。《キューバ軍がボリビア国境から攻めてくるのか、はっきりさせてほしいところだ》

「実動部隊の面々が次第に証拠を摑んでいきました」本題に戻っている。「すでに、彼に気づかれぬよう様子を探っていましたけどね。明けても暮れても革命派の軍人と出会った話ばかりしていた時から。山間部で革命を始めようとしている少尉がいる、我々も支援に乗り出すべきだ、そんな話です。一九五八年頃の状況を考えてみてください、怪しいでしょう？　ただ、最初から不審な点があったとはいえ、本当にこれは臭いと思い始めたのは、ハウハの件を持ち出してきたあたりからです」

　私を当惑させるのはマイタやバジェホスへの中傷ではなく、水銀のように摑みどころのないその回りくどい話の進め方だ。感情を排した話しぶりを聞いていると、マイタの二重人格が自明の理でもあるかのようだ。それでいて、決定的な証拠は何一つ述べず、憶測と仮説の蜘蛛の巣に私を取り込むことしかしない。《すでにキューバ軍は国境を越えてクスコやプーノで活動を始めているという噂もあります》突如彼は大声になる。《今にわかるでしょう》

私は話を元へ戻す。

「何か疑念を抱かせるような事態が具体的にあったのですか?」

「いくつもありました」煙を吐き出しながら彼は即答する。「その一つひとつは何でもないことでも、それが繋がると決定的になります」

「例えばどんなことですか?」

「ある日など、他の政治集団にも反乱への協力を要請しようと言い出したんです」上院議員は言う。「まずはモスクワ派。しかもすでに動き始めていたんです。わかりますか?」

「いえ、まったく」私は答える。「数年後には、モスクワ派、北京派、トロツキー派を含め、左翼が同盟を結んで共闘し、一つの政党にまとまろうという話まで出ましたよね。なのに、なぜその時にかぎってそれが怪しいのですか?」

「数年後といっても、二十五年後のことですよ」皮肉を込めて呟く。「四半世紀前に、トロツキー主義者が出し抜けにモスクワ派に協力を呼びかけようと言い出すなど、ありえないことでした。ヴァチカンがカトリック教徒に向かってイスラムに改宗せよと呼びかけるようなものです。馬脚を現したも同然です。マイタはモスクワ派の連中に恨まれていましたからね。表面上は彼もモスクワ派を嫌っていました。トロツキーがスターリンに協力を呼びかけるなんてことが考えられますか?」憐みを込めて首を振る。「理由は明らかでしょう」

「そんなこと、俺は信じなかった」アナトリオは言った。「党にはそんなことを言う奴もいたが、俺はいつも中傷だと言ってあんたを擁護していた」

「そんな話をしてこの話を忘れてくれるのならそれでいい、話してくれ」マイタは呟いた。「そうでないのならやめよう。これは難しい問題だ、アナトリオ、自分でもよくわからない。何年も前からあれこれ説明を考えているが、いまだ五里霧中だ」

「出ていったほうがいいか？」アナトリオは言った。「今すぐ出ていくよ」

だがその場を動かなかった。なぜだろう、他の部屋に住む人のこと、暗闇に雑魚寝して身を寄せ合った親子継子がマットレスや毛布、夜の淀んだ空気や悪臭まで分かち合っている様子がマイタの頭から離れない。普段は彼らのことなど考えもしないのに、今こんなにはっきりその姿が頭に浮かぶのはなぜだろう？

「出ていってほしくはない」彼は言った。「お前がこのことを忘れて、二度と口にしないこと、それだけが望みだ」

どうやら古いおんぼろ車だろう、脇の通りをガタガタとうるさく自動車が駆け抜け、ガラスが揺れた。

「わからない」アナトリオは言った。「忘れて元のようになれるかわからない。いったいどうしたんだ、マイタ、なぜあんなことを？」

「それほどこだわるなら言ってやろう」自分の声が聞こえ、その決意に自分でも驚いた。目を閉じ、いつ舌がいうことをきかなくなるだろうかと怯えながら言葉を続けた。「委員会の時から歓喜が収まらなかった。ようやく行動に出られるというので、体中の血が入れ替わったような気分だった。つまり……お前も見ただろう、アナトリオ。そのせいだ。気分の昂揚、興奮。よくないことだ。本能は理性を狂わせる。お前に触れて、撫でてやりたくなったんだ。お前と知り合って以来、何度も同じことを感じた。だが、いつも自制して、気づかれずにすんだ。今夜は我慢できなかった。お前が触られたいと思っているなんて考えたことは一度もない。お前のような男が許してくれることといえば、こかせてくれることぐらいだろう、アナトリオ」

「党に報告して、あんたを除名処分にしてもらうべきだろうな」

「そろそろ本当に失礼せねばなりません」突如カンポス上院議員は言って、時計をちらりと見た後、議場のほうへ顔を向ける。「兵役義務を十五歳まで引き下げる法案が議論されるはずです。どうです、十五歳の兵隊ですよ。まあ、敵方には小学生の兵隊もいるのですが……」

彼が立ち上がるのに合わせて私も立ち上がる。時間を割いてくれたことに礼を述べるが、少々がっかりしたことも付け加える。マイタへの厳しすぎる糾弾や、ハウハの事件が単なる陰謀だという見解は根拠薄弱だ。彼は相変わらず優しい微笑みを顔に浮かべている。

「こんなに率直に話してよかったのかどうか」私に向かって言う。「私の欠点だとはわかっています。しかも、この話など、政治的見地から見ても、今さら蒸し返しても害になるだけですからね。とはいえ、あなたは歴史家ではなく小説家だ。社会政治学の本でも書きたいと言われていれば、だんまりを決め込んだところですが、フィクションとなれば話は別です。もちろん、私の言うことを信じてくださらなくとも結構です」

真実であれ嘘であれ、すべての証言が役に立つことを私は伝える。彼は今日の話がまったく無視されるとでも思ったのだろうか？　とんでもない、私が使うのは真実の証言ではなく、証言の暗示力、創造力、その色合い、そして劇的性格なのだ。いずれにせよ、彼はまだいろいろ隠しているような気がする。

「とはいえ鸚鵡のように話したじゃありませんか」訝ることもなく彼は答える。「たとえ生皮を剝がれても話さないことはありますよ。時間は時間に、歴史に戻すのが一番でしょう」

二人並んで出口へ歩き始める。議事堂の通路には人が多い。議員との面会にやってくる使節、ファイルを運ぶ女性、そして、腕章の男たちに導かれて下院の――兵役に関する新法案が白熱の議論を巻き起こすことだろう――傍聴席に繋がる階段で列に並ぶ政党支持者。あちこちに警護がいる。銃を持った私服警官、自動小銃を持った私服捜査員、そして議員一人ひとりにボディガードがついている。議場に入ることは許されないから、ボディガードはあたりをうろうろし、ホルダーに入れたり、ズボンとシャツの間に挟んだりはしても、武器を隠そうともしない。警察が玄関ホールを通る者全員を念入りに身体検査し、包みや財布まで開けさせて爆薬がないか調べるが、これほど警戒していても、最近数週間に議事堂内で二回も爆発事件があった。一つはかなり深刻で、上院でダイナマイトが爆発し、死者二名、負傷者三名を出した。カンポス上院議員は杖にすがって覚束ない足取りで歩きながら、左右に挨拶の言葉をかけている。出口まで見送ってくれる。人、武器、政治論争のぎっしり詰まった雰囲気が地雷だらけの戦場に思えてくる。ちょっとしたことで議事堂は木端微塵に吹っ飛んでしまうのではないだろうか。

「外の空気に触れると気持ちがいい」入り口のところで上院議員は言う。「何時間前からここにいるか忘れましたが、中の空気は煙草臭いですからね。まあ、私も愛煙家の一人ですが。吸い過ぎで、そのうちまた禁煙せねばならなくなるでしょう。すでに十回以上は失敗していますが」

親しみを込めて私の肘に触れるが、それは耳元に話しかけるためだ。

「今日話した内容については門外不出ですよ。マイタのこともハウハのこともね。このご時世、大昔の問題を蒸し返して民主的左翼の分裂に一役買ったなどとなじられては大事ですから。私の名前をお出しになるようなことがあれば、即座に反論しますよ」冗談めかして喋っているが、軽い調子の裏に警告が隠れていることは二人ともわかっている。「左翼はあの話を葬り去ることに決めたのですし、今のところそれが無難です。虫干しは別の機会にしましょう」

「十分承知しています、上院議員、心配は無用です」

「私の言葉として何か引用したりしたら名誉棄損で訴えることになりますが」彼はウィンクしながら言い、偶然なのか、拳銃で膨らんだスーツの胸に手を触れる。「真実はすでにお伝えしたとおりです。私の名前さえ出さなければどうぞご自由にお使いください」

そして親しみを込めて手を差し出し、また悪戯っぽくウィンクする。彼の指は短く繊細で、銃の引き金を引くところなど想像もつかない。

「ブルジョアを羨ましいと思ったことはあるか？」マイタは言った。

「なぜそんなことを訊くんだ？」アナトリオは驚いた。

「俺はいつもブルジョアを軽蔑してきたが、羨ましい部分もあるんだ」マイタは言った。笑いを取れるだろうか？

「どんなところだ？」

「毎日シャワーを浴びられるところさ」少なくとも笑顔になるだろうとマイタは思っていたが、相手の表情にまったく変化はなかった。相変わらずベッドの端に座っている。少し体を横へ向けたせいで、面長の横顔が見えたが、窓から射し込む光を正面から受けたその色黒の顔は真剣そのものだった。分厚い唇が突き出し、大きな歯が光っているようだった。

「マイタ」

「なんだ、アナトリオ」

「これから先も俺たちは仲良くできるのかな？」

「もちろん、これまでと変わらない」マイタは言った。「何もなかったんだ。何があったというんだ？　わかったか」

天井裏を駆ける音が短く小さくまた聞こえ、アナトリオがどきりとして身を強張らせたことがマイタにはわかった。

「こんな物音の下で毎晩よく眠れるな」

「ここで寝るより他に選択肢はないからな」マイタは答えた。「だが、人間何にでも慣れるという説は誤りだ。

いつでも好きな時にシャワーを浴びられない生活にはどうしても慣れない。最後にシャワー付きの家に住んだのがいつか覚えてすらいないというのに。多分、大昔スルキージョのホセファ叔母さんの家に下宿した時だろう。それなのに、毎日シャワーだけは懐かしい。ここだと、疲れて帰ってきても、中庭で雀の行水をするか、ここへ桶を持ち込んで足だけ浸かることしかできないから、シャワーの下で水浴びして垢も心配事も水に流せたらどれほど気持ちいいだろうと思うことがある。そうすれば心地よく眠れるし……。ブルジョアの生活が羨ましいよ、アナトリオ」

「近くに公衆シャワーはないのか？」

「五ブロック先に一つあって、週に一、二回は行っている」マイタは言った。「でも高いからな。大学食堂の一食分と同じ額だ。シャワーは浴びなくても生きていけるが、食い物なしでは生きていけない。お前の家にシャワーはあるのか？」

「いいな」マイタは欠伸した。「お前にもブルジョアとの共通点があるじゃないか」

「ああ」アナトリオは言った。「残念ながら水が出ないこともあるがな」

ここでもアナトリオは笑わなかった。それぞれ同じ姿勢のまま、しばらく二人はじっと黙っていた。外は依然として暗かったが、マイタは窓の向こうに夜明けの気配を感じていた。自動車のエンジン、クラクション、曖昧な声、人通り。五時か六時だろうか。まだ一睡もしていない。重労働の後か、重病から治ったばかりのように体がだるかった。

「少し眠るとしよう」仰向けになって言った。前腕で両目を覆い、できるだけ端へ寄って相手のスペースを確保してやった。「もうずいぶん遅いだろう。明日、というか、今日からまた辛い仕事が始まるからな」

アナトリオは黙っていたが、しばらくすると体を動かすのが感じられ、ベッドが軋んだ。こっそり様子を窺っていると、横で同じように仰向けになったが、しっかり距離を保っていた。

「マイタ」

「なんだ、アナトリオ」

マイタはそのまままずいぶん待ったが、青年の声は聞こえなかった。彼の息が荒くなっているのがわかった。いうことをきかない体がまたもや熱くなってきた。

「もう寝ろ」彼は繰り返した。「明日はハウハのことだけを考えるとしよう、アナトリオ」

「こかせてやろうか」恐る恐る囁く声が聞こえた。そしてもっと低く怯えた声で、「それだけならな、マイタ」

アナトリオ・カンポス上院議員は遠ざかり、私は議会の石段の高みから人とバスと車と乗合バスの濁流を見下ろし、ボリバル広場のせわしない雑踏を眺める。薄汚れて右に傾いたおんぼろ路線バスが、屋根の高さで煙突のように突き出た排気筒から黒い煙の筋を吐き出している。腫瘍のようにドアから溢れ出して、車や電灯、歩行者をかすめながら奇跡的に体を支える乗客たちを目で追ってみるが、アバンカイ通りに差し掛かったところで視界から消える。帰宅時間だ。大小のバスを待つ人の群があちこちでひしめき合っている。バスが到着すると、押し合いへし合いの争いが起こり、叫び声や罵声が上がる。汗まみれの体を貧相な服に包んだこの男女の集団にとっては、競い合って薄汚い乗り物に乗り込むことも、なんとか乗り込んだ後で三十分、四十分、暑苦しいすし詰めの車内に立ったまま我慢することも、日課の一部にすぎない。だが、時に滑稽なほどみすぼらしい服や気取りすぎたスカート、脂ぎったネクタイを身に着けたこのペルー人たちこそ、実は幸運の女神に祝福された少数者なのだ。つましく単調な生活を送っていようとも、事務員や公務員として働き、給料と社会保障と将来の年金に守られているのだから。そこで唾を吐きながら車の間を縫うようにして空き瓶回収のリヤカーを引っ張る裸足のチョロや、宗教裁判所博物館の石段から私の姿を認めるなり機械的に手を差し出して、《お恵みを》、《そこをなんとか》と言ってくるぼろ装束の一家――年齢不詳の女に、垢まみれの子供四人――と較べれば、まさに特権階級なのだ。

サン・マルティン広場のほうへ行こうと思っていたが、突如思いついて宗教裁判所博物館へ向かう。最後に入ったのはもうずいぶん前で、我が学友マイタと最後に会った頃だったかもしれない。館内を回っていると、まるでこの建物の避けがたい魔力に引き寄せられたかのように、叔母の家にあった写真で見たマイタの顔、疲労して若いうちから老けたあの顔が頭から離れなくなる。どこに繋がりがあるのだろう？　ペルーと南米で三世紀にわたって正統派カトリックの監視組織として絶対的権力を誇ったこの建物と、二十五年前稲妻のように一瞬だけ日の目を見た正体不明の革命家が、いったいどんな秘密の糸で繋がっているのだろう？

宗教裁判所自体はすでに廃墟と化しているが、生徒集団に向かって歌うように説明を繰り出す女性教師の言うとおり、マホガニーの格天井は十八世紀から変わっていない。美しい格天井で、宗教裁判官の趣味の良さがうかがえる。この場所に彩りを添えるためにドミニコ会士が輸入したセビージャのタイルはほとんど残っていない。床のレンガもすべてスペインから持ってきたものだが、煤でよく見えなくなっている。かつては十字と剣と月桂樹の紋章を宮殿の切妻壁に誇り高く掲げていた石の盾を見つめながら、しばらく立ち止まる。

宗教裁判所は、最初の十五年はラ・メルセー教会の前にあったが、一五八四年にここに移された。敷地は、リマの創設に関わった一家の子息サンチョ・デ・リベラから安く買い上げられ、以来宗教裁判官たちはここから、現在のペルー、エクアドル、コロンビア、ベネズエラ、パナマ、ボリビア、アルゼンチン、チリ、パラグアイにあたる地域の精神的純潔に目を光らせた。この謁見部屋で、脚の代わりに海獣に支えられた一枚板のテーブルの後ろから、白装束の宗教裁判官、そして、学士、公証人、似非弁護士、看守、死刑執行人の部隊が、魔法、黒魔術、ユダヤ教、冒瀆、重婚、プロテスタント、その他あらゆる逸脱行為を徹底的に駆逐しようと努めた。《あらゆる異端と分裂派》彼は思った。宗教裁判の仕事は、辛く厳しく、法令を順守しつつ執拗であり、裁判官やその協力者には、法学者、神学者、教師、宣教師、韻文家、散文家など、当時の最も著名な有識者が揃っていた。《どれほどの同性愛者が火あぶりにされたことだろう？》彼は思った。有罪判決と刑の執行に先立って、厳重に管理された何ページにも及ぶ書類を埋め尽くすほど入念な調査が行われた。《どれほどの狂人が拷問されたことだろう？　どれほどの無垢な人々が滅多打ちにされたことだろう？》彼は思った。神聖なる宗教裁判所の判決が、骸骨と銀のインク壺──剣と十字架と魚が彫られ、《真実の光たる余が汝の良心と手を導く。正義を守らざれば、おのれの身を滅ぼすこととなろう》と刻印されている──に飾られたこのテーブルから言い渡されるまで、何年もかかることがあった。《どれほどの真の聖者、どれほどの勇敢な者、どれほどの哀れな悪魔が火あぶりにされたことだろう？》彼は思った。

宗教裁判官の手を導いていたのは、真実の光ではなく、密告者だった。独房や地下牢、陽も届かぬ、一度入ればまともな体では出て来られぬ湿った暗い洞穴に常時人を送り込んでいたのは彼らなのだ。《お前だっていずれにせよここへ突き出されていたことだろう、マイタ。その性格、その性癖ではな》彼は思った。密告者は手厚く守られ、報復の恐れなく協力できるよう、匿名性が保障されていた。ここにかつてのままの「秘密の扉」が現れ、その小さな隙間から向こう側を覗くマイタは、自分の姿を見られることなく頭の動き一つで被告人の罪を確定することのできる密告者になったような気がして、やるせない思いを味わった。証言一つで、被告人は何年にも及ぶ刑務所暮らし、財産没収、屈辱の人生、あるいは火あぶりを余儀なくされる。身の毛がよだった。ライバルを始末するのがなんと簡単なことか。この部屋に入って、聖書に手を置いて証言するだけでいい。アナトリオがここへ来て隙間から覗き、彼を指差して頷けば、それで彼は火あぶりにされる。

綴りに間違いの多いパネルの説明によれば、実際はそれほどの数の者が火あぶりに処されたわけではないという。三世紀の間に三十五名。確かにすごい数ではない。しかも、その三十五名のうち、三十名は──ささやかな気休めだ──予め棍棒で撲殺された後に火あぶりにされた。リマで初めて死刑執行の憂き目に遭った男には、そんな情けはかけられなかった。フランス人マテオ・サラードは、日々繰り返していた化学実験に《サタンの悪巧み》という嫌疑がかけられ、火あぶりの刑に処された。《サラード？》彼は思った。ペルーのスペイン語で運の悪い人を指す「サラード」という言葉は、あのフランス人に由来するのだろうか？《これからお前はサラード革命家ではなくなるのだ》彼は思った。

それほど多くの人を火あぶりにしたのではなくとも、宗教裁判の拷問には際限がなかった。性も地位も身分も様々な犠牲者に対して、密告に続き身体的拷問が課せられ、最終的に有罪判決が言い渡される。ここはまさに恐怖の市であり、被疑者から《真実を導き出す》――こんな数学のような言葉が使われている――目的で宗教裁判所が用いた用具が展示されている。ダンボール製の人形を使って、滑車とロープで被疑者を吊るし上げる様が来訪者にわかるよう展示されている。両手を背中で縛り、足に百ポンドの重しをつけて宙吊りにするのだ。あるいは、手術台のようなテーブルに乗せて、四つの回転木戸によって手足を一本ずつ、あるいは四本同時に引き裂いていく拷問もある。最も卑俗なのは、くびきのような締め具で頭を動かせないようにして鞭打ちするという方法かもしれない。シュルレアリスム的空想と洗練の粋を極めたとすら言えるほど意趣に富むのは、マンクエルダと呼ばれる椅子であり、ここに被疑者を座らせた拷問官は、鎖と手錠で脚、腕、前腕、首、胸を自由自在に痛めつけることができる。最も現代的な責め苦といえば頭巾であり、布を鼻にかぶせたり、口に押し込んだりして水を流し込めば、すぐに喉が詰まって呼吸できなくなる。最も派手なのは火鉢を用いる拷問であり、被疑者を予め動けないようにして両足にラードを塗っておいたうえで、そこに火を近づけて少しずつ焼き上げていく。《今は》マイタは思った。《睾丸に電流を通されたり、催眠剤を注射されたり、糞だらけの風呂に沈められたり、火の点いた煙草を押しつけられたりする》この分野にたいした進歩はないようだ。

だが、彼が最も衝撃を受けたのは――《ここで何をしているんだ、マイタ、時間をムダにしている場合か、急いで手をつけるべきことがいくらでもあるじゃないか》何度も彼は思った――、特別な衣装を保管した部屋であり、ユダヤ教徒や黒魔術師、悪魔の手先や冒瀆者の嫌疑をかけられた者が、「必死に悔悛して」邪心を捨て、更生することを誓った場合には、何カ月、何年、場合によっては死ぬまでこの服を常に着用していなければならないというのだ。恐ろしい展示が続いた後にこんな仮装行列のような部屋が現れれば、一見少し人道的になった感じがする。有罪宣告を受けた者は、ここに展示されているとんがり帽子や、サンベニートと呼ばれる白いチュニック——十字や蛇、悪魔や焔が刺繍されている——を着て、まず十字架の小道でドミニコ会の十字架の前に跪いた後、マヨール広場まで行進し、そこで鞭打たれるか、死刑宣告を受けるかだが、場合によっては、最終宣告が下されるまで昼夜ずっと同じ服を着ていなければならない。すべて見終って博物館の出口へ向かう私の記憶に最も強く焼きつけられていたのは、この最後のイメージだ。日常生活に復帰した罪人たちは、恐怖とパニックと拒否反応と吐き気と軽蔑と憎しみを周りに引き起こすこの衣装をずっと身に着けていなければならない。それが何日、何カ月、何年も続き、その間ずっと狂犬病の犬のように後ろ指をさされ続ける人たちのことを彼は想像してみた。《一見の価値はある博物館だ》彼は思った。示唆に富み、惹かれるものも多い。遥か昔から変わることなくこの国の歴史を貫く本質的要素、すなわち暴力が、少ないながらも劇的効果に富むイメージと展示物に凝縮されている。道徳的暴力、肉体的暴力、狂信や盲信から生まれる暴力、イデオロギーや堕落や無知蒙昧から生まれる暴力、我が国ではそうした暴力が常に権力に寄り添い、それに寄生するようにして、もう一つのもっとさもしい暴力、卑劣で復讐心と利害心に毒された暴力が生まれてくる。この博物館へ来てみれば、なぜ我々はこうなったのか、なぜこんな状況に置かれているのか、よくわかる。

宗教裁判所博物館の外へ出ると、ぼろ装束の飢えた一家に、少なくとも老若男女十人以上が加わっている。ぼろと煤と垢を集めた奇跡の御一行だ。私の姿を見るなり、黒い爪の手が次々と施しを求めて伸びてくる。後ろには暴力、前には飢え、石段の上で私の置かれた状況がこの国の現状を要約している。ペルー史の二つの顔が触れ合っているのだ。そして私は、博物館を回っている間なぜあんなにしつこくマイタにつきまとわれたのか、ようやくわかる。

もう遅い時間で、外出禁止令とともに一斉に交通がストップするまであと三十分しかないから、小走りでサン・マルティン広場へ向かい、乗合バスに乗る。グラウ大通りから家までの数ブロックを歩いている時に外出禁止の時間になるのではないかと心配になる。わずか数ブロックでも、暗くなってからは危険だ。強盗がよくあるし、つい一週間前にも強姦事件があった。真向かいに住む水力技師ルイス・サルディアスの新婚の妻が、車の故障でサン・イシドロから歩いて帰ってきたために、外出禁止時間に間に合わず、この最後の区画でパトカーに呼び止められた。警官三人に無理やり車に押し込まれた彼女は、裸にされ――抵抗したためその前に殴られた――、凌辱された挙げ句、自宅まで連行され、《銃で撃たれなかっただけありがたいと思えよ》という捨て台詞とともに降ろされたという。外出禁止を破った女にはそうするよう命令を受けているのだ。ルイス・サルディアスは目を怒らせてこの一部始終を語り、あれ以来警官が暗殺されるたびに歓喜する、と言い添えた。彼によれば、こうなればもうテロリストが勝利してもかまわない、《これよりひどいことなんかありえない》という。そんなことはない、下には下がある、悲劇に限界はない、私にはわかっているが、彼の痛ましい姿を前に口をつぐむ。

5

ハウハ行きの列車に乗るためには、前日に切符を買って、当日の朝六時にはデサンパラードス駅にいなければならない。いつも満員だと言われていたが、本当にそのとおりで、無理やり乗り込むしかない。大半が立ったままの移動なのに、私は運よく席にありつくことができる。客車に衛生設備はなく、走る汽車の連結部から小便する向こう見ずな者もいる。リマを出る前に食事はしてきたが、わずか数時間で空腹を感じる。チョシーカ、サン・バルトロメ、マトゥカナ、サン・マテオ、カサパルカ、ラ・オローヤなどの駅に停車し、客の乗り降りがあるものの、食事を買うゆとりはまったくない。二十五年前は、列車が停止するたびに売り子が客車に殺到し、果物や炭酸飲料、サンドイッチやお菓子を売りに来たが、今では駄菓子やハーブティーぐらいしか売り物がないらしい。窮屈で時間のかかる旅ではあるが、目を見張ることも多く、とりわけ、こんな列車でも、ほぼ海抜零メートルの地点から、アンティコナ峠を越えてメイグス山の麓を抜け、アンデス山脈の標高五千メートルまで到達できるというのが驚きだ。この雄大な景色を見ていると、客車ごとに銃を構えて目を光らせる兵士たちのことも、奇襲攻撃に備えて機関車の屋根に据えられた機関銃のことも、しばらくは忘れていられる。どうやって列車を運行させ続けているのだろう？　テロリストが山腹を爆破して絶えず岩の雨を降らせるせいで、中部山地への道路は不通になっている。この列車だっていつ吹っ飛ばされても不思議ではないし、トンネルを塞ぐのも橋を破壊するのも造作はないだろう。おそらく、リマとフニンの連絡路を保っておくほうが好都合な戦略的理由が何かあるにちがいない。マイタの足取りを辿るにはこのハウハ旅行は不可欠だから、私にとっては喜ばしいことだ。

山並みが続き、時折途切れたかと思えば、谷底では流れの激しい川が唸っている。列車は橋やトンネルを越えて進む。常に嵐や崖崩れの危険に晒され、切り立った頂と氷河に挟まれたこんな山間に、八十年も前にレールを敷いたのかと思うと、メイグス技師の偉業に感服せずにはいられない。二十五年前の二月か三月の朝、初めてこの列車で旅した革命家マイタも、技師の冒険に思いを馳せたのだろうか？　このレールを敷き、橋を架け、トンネルを掘るために、何千というインディオが、わずかな給料、時には粗末な食事とコカの葉と引き換えに、汗まみれのまま、十二時間もぶっ続けで、岩を砕き、岩盤を吹っ飛ばし、枕木を担ぎ、地面をならしたおかげで、世界で最も高い地を走るこの鉄道が完成した、その重労働について考えてみた。山を削るダイナマイトで指や手や目を失った者がどれほどいたことだろう？　崖下に転落した者も多いだろうし、野営地で寝ているところを土砂崩れに襲われた者もいるだろう。酔うほどの疲労とコカで頭は鈍り、ポンチョと仲間の寝息にすがるようにして寒さに震える体を寄せ合いながら眠っていたことだろう。次第に標高が感じられるようになってきた。息苦しく、こめかみに血管が打ちつけ、動悸がした。それでも、気持ちの昂ぶりは収まらなかった。自然と笑みが込み上げ、口笛を吹きながら、旅客全員の手を握りたいぐらいだった。バジェホスとの再会が待ち遠しかった。

「私が教師のウビルスです」ハウハ駅へ着き、長い行列に並ばされた末に、市民警官の身体検査と持ち物検査――パジャマの入った鞄――を受けるが、改札を出たところで、手を差し出す男に話しかけられる。「友人にはチャトと呼ばれています。よろしければ、遠慮なくそうお呼びください」

到着を知らせる手紙を出していたので、わざわざ出迎えに来てくれたのだ。駅の周りの警備が物々しい。銃を構えた兵隊、軍用トラック、鉄条網。そして戦車が亀の歩みで通りを行き来している。我々は歩き出す。だいぶ状況が悪いのだろうか?

「ここ数週間は少し落ち着いています」ウビルスは言う。「外出禁止令も解除されて、星空の下を歩けるようになりました。ずいぶん久しぶりのことです」

ひと月ほど前に、反乱軍がハウハの兵営に総攻撃を仕掛けたという。一晩中銃撃戦が続き、辺りは死体だらけになった。あまりの数と悪臭に、ガソリンを撒いて焼くしかなかった。それ以来、この町では反乱軍による攻撃は収まっている。とはいえ、周りの山には、毎朝のように、赤地に円形鎌とハンマーを組み合わせたセンデロ・ルミノソの旗が掲げられ、パトロール部隊が午後これを引き抜いて回る。

「アルベルゲ・デ・パカに部屋をとっておきました」彼は付け加える。「素敵なところですよ」

背は低いが体のがっしりした老人であり、縦縞のズボンにウエストポーチのようなものを付けている。ネクタイの結び目が小さすぎ、靴は泥だらけだ。山間部の出身者らしいアクセントがあり、一字一字はっきり発音するスペイン語に、時折ケチュア語が混ざる。広場の近くで古いタクシーに乗り込む。前にこの町に来た時から街並みはそれほど変わっていない。ぱっと見たかぎり、内戦の爪痕は感じられない。ゴミの山もなければ、物乞いの群もいない。古い門と複雑な模様の格子の向こうで、小ぎれいな家が不変のたたずまいを見せている。ウビルス氏は、三十年間も国立サン・ホセ学院で科学の講師を務めた。定年退職に際しては——単なる過激派の悪ふざけだと思われていた騒ぎが内戦の様相を呈してきた頃だ——、かつての教え子たちが勢揃いして彼の功績を称えた。スピーチに立った彼はその場に泣き崩れたという。

「やあ、アニキ」バジェホスは言った。

「よう」マイタは言った。

「やっと来たね」バジェホスは言った。

「ああ」マイタは微笑んだ。「やっとだ」

二人は抱擁を交わした。アルベルゲ・デ・パカがまだやっているとは。ハウハに観光客が来るのだろうか？そんなわけはない。誰が何をしに来るのだろう？　有名なカーニバルも含め、お祭りごとはすべて中止になっている。それでも宿がまだ開いているのは、リマから来る役人や、時折やってくる軍人の使節団が泊まっていくからだ。警備がないところを見ると、今日のところ軍人はいないらしい。ずいぶん前から塗装をしていないらしく、建物はいかにもみすぼらしい。従業員も経営者もおらず、ガードマンがすべての役割をこなす。蜘蛛の巣だらけの部屋に鞄だけ置いて、沼に面したテラスへ出ると、そこでウビルス氏が待っている。パカの話をご存知だろうか？　滑らかな水面、明るい空、繊細な線を描く山並みを彼は指差し、数百年前、この地にはわがままな者たちばかりが住んでいた、と切り出す。日差しが強く、空気が澄んでいたある日の朝、この地に乞食が現れた。家を回って施しを求めたが、住人たちは邪険にこれを撥ねつけ、犬をけしかける者までいた。だが、やっとのことで、小さな子供と一緒に暮らす慈悲深い未亡人に巡り合い、食べ物をもらって、励ましの言葉をかけられた。すると、顔を輝かせた乞食は、慈悲深い女に自分の正体――神――を明かし、「息子とともに、今すぐ持てるものだけ持ってパカを去れ。何を聞いても後ろを振り返るんじゃない」と命じた。言われたとおり、女はパカを去ったが、山腹に差し掛かったところで轟音を聞きつけ、好奇心に駆られて後ろを振り返った。すると目に入ったのは、石と泥の恐ろしい濁流がパカと住民を飲み込む光景だった。かつての町は埋もれ、鴨と鱒とガジェレテ鳥の住む静かな沼になった。母子はともに石となり、それ以上は何も見ることも聞くこともできなかった。だが、ハウハの住民ははるか彼方に二人の姿を見ることができる。沼を見張るようにして山肌に突き出た二つの石がそれであり、巡礼に訪れる人々は、天罰を受けて沼の底に沈んだ強欲で無慈悲な人々に思いを馳せながら、蛙や鴨が鳴き、かつては観光客がボートを漕いでいた水面を見つめる。

「どうだい、同志？」

バジェホスも同じ喜びと感動に浸っているのがマイタにはわかった。少尉の住むタラパカ通りの下宿へ向かって二人は歩き始めた。汽車の旅？ 快適だったし、おおいに感銘を受けた、特にインフィエルニージョ峠は一生忘れないだろう。話しながらも彼は、コロニアル調の家並や澄んだ空気、地元の女性たちの類などに目をとめていた。とうとうハウハだ、マイタ。だが、気分が優れなかった。

「どうやら高山病にやられたらしい。くらくらして、妙な気分だ」

「革命には幸先が悪いな」バジェホスは笑って彼の鞄をひったくった。カーキ色のシャツとズボンに厚底のブーツを履き、頭は丸刈りにしていた。「コカ茶を飲んで一休みすればすっきりするさ。八時にウビルス先生のところに集合だ。たいした男さ」

バジェホスは自分の部屋——手摺り付きの回廊を囲んで上階に部屋が並んでいた——に簡易ベッドを準備し、別れ際、少し眠れば高山病の症状は和らぐはずだと言い添えた。彼が出て行った後、マイタは部屋にシャワーが付いていることに目をとめた。《ハウハにいる間は、毎日寝る前と起きた後にシャワーを浴びることにしよう》彼は思った。これでリマでもしばらくはシャワーなしで耐えられるだろう。靴だけ脱いで服を着たまま横になって目を閉じた。だが、眠れなかった。ハウハについてお前はたいしたことを知らないな、マイタ。たとえばどんなことを知っている？ パカの創世神話とか、そんな伝説めいた話ばかり。かつてはワンカ文明の一翼を担い、インカ帝国の支配下では最も強い勢力を誇る部族の一つだったハウハ族は、ピサロの率いる征服者と手を組んで、かつての主人たちに復讐の矛先を向けた。植民地時代、この地域は大きな富に恵まれ——今のつましい姿からは想像もできまい！——、ハウハといえば豊潤と同義だった。他に知っていることといえば、かつてはこの町がペルー最初の首都だったこと。アンデス山脈に張り巡らされた四つのインカ道——今は革命軍部隊がしきりに往来している——の一つを通って、カハマルカからクスコまで、ホメロスの叙事詩にも比肩する行軍に乗り出した際、ピサロはここを首都と定め、その地位にあった数カ月間がハウハの絶頂期だった。ひとたび玉座をリマに奪われるや、他のあらゆるアンデスの町や人々、文化と同じく、ハウハは衰退の一途をたどり、国民生活の中枢を担う新たな首都、海岸の最も非衛生的な一角に建てられた町、国中のエネルギーを丸ごと吸い上げる権力の中心への隷属を余儀なくされた。

彼の心臓は高鳴り、ずっと頭がくらくらしていたが、沼を背景にウビルス氏は話を続けている。少年時代にハウハという名前から連想された悪夢のイメージにとりつかれ、私は上の空になる。結核患者の町！　ロマン主義の文学やサド・マゾヒズムによって神話化されたせいもあり、かつては不治の病と怖れられたこの結核という病に冒された者は、前世紀以来、乾燥したこの地の空気が最良の治療薬になるというので、ペルーの津々浦々から大挙してハウハへやってきた。血を吐き始めた者のうち、旅費、そしてオラベゴヤ・サナトリウムの病棟で回復か死を待つまでの滞在費を負担できる者は、初期には馬やラバの背に揺られて、後には急勾配を登るメイグス技師の鉄道を使って、はるばるハウハまでやってきた。あまりに病人が殺到し続けたため、サナトリウムが町と同一視されるに至った時期まであった。数世紀前には金貨と黄金の山の幻想で人々の物欲と羨望を掻き立てた名前が、穴だらけの肺や咳の発作、血の混じる痰と喀血、そして憔悴死と同義になった。《ハウハ、移ろいゆく名前》彼は思った。そして胸に手をあてて脈拍を数えながら思い出したのは、スルキージョの家でハンガー・ストライキに入ったあの遠い日々、肥満体の叔母が鷹揚な顔の前に指を立てて諭してきた言葉だった。《バカね、ハウハにでも行きたいの？》アリシアとソイリータは、彼の咳を聞くたびにこんな言葉で神経を逆撫でしてきた。《あらあら、もうすぐハウハ行きのようね》ホセファ叔母さんやソイリータとアリシアが、何の用で彼がハウハまで来たのか知ったら、どんな顔をするだろうか？　もう少し後で、礼儀正しく一礼して手を差し出してきたウビルス氏と、卒業間近どころか小学生だと言っても通りそうなサン・ホセ学院の少年数名に引き合わされると、まだ冷水シャワーに全身を突き刺されたような状態のままマイタは心の中で思った。これからハウハには、ペルー革命揺籃の地という新たなイメージが加わるのだ。これもまたこの地の伝説となるのだろうか？　黄金のハウハ、結核のハウハ、そして革命のハウハ。ここはウビルス氏の自宅であり、マイタは、曇った窓ガラス越しに、日干しレンガに瓦とトタン屋根の家、敷石の通り、そして一月、二月の大雨による濁流に備えて――道中バジェホスが教えてくれた――高く作られた歩道などを眺めた。そして、《ハウハ、ペルー社会主義革命揺籃の地》と考えた。黄金の町や結核患者の町と同様、これもまた現実味のない話で、俄かには信じられなかった。ぱっと見たところ、ハウハではリマほど飢えや貧困が深刻ではないようだが、私は言う。どうだろうか？　答える代わりにウビルス氏は真面目な顔になり、人気のないこの沼のほとりで、私の来訪の目的に突如話を戻す。

「もちろん、バジェホスについては様々な話をお聞きになっているでしょう。きっとまだいろいろ出てくると思いますが」

「どんな話を調べても同じです」私は答える。「証言を頼りに真相を再現していくうちに、歴史は作り話にすぎず、真実と嘘が入り混じっていることを思い知らされます」

彼は私を自宅に誘う。二頭のラバに牽かれた荷車が我々に追いつき、御者が町まで乗せていってくれるという。三十分後、アルフォンソ・ウガルテ通り九番地にあるウビルス氏の自宅の前で荷車を降りる。さながら刑務所の見張り小屋といったところだ。《そうです》彼は訊かれる前に答える。《かつては少尉の管轄でした。ここですべてが始まったのです》向かい側の区画は丸ごと刑務所で埋まり、通りはそこで終わっている。瓦屋根の張り出した灰色の壁が町の端なのだ。そこで建物は途切れ、畑、ユーカリの木立、そして山が始まる。もっと向こうへ目をやると、塹壕と鉄条網、そしてあちこちに散らばって見張る兵隊が見える。昨年には、ゲリラがハウハ襲撃を計画し、解放ペルーの首都に定めるつもりでいる、そんな噂が頻りに流れた。とはいえ、アレキパやプーノやクスコ、トルヒージョやカハマルカ、それにイキートスについても似たような噂が流れたではないか。刑務所とウビルス氏の自宅がある地区は、「棘十字」という殉教や贖罪を彷彿とさせる宗教的名称で呼ばれている。低く暗い粗末な家に入っていくと、額縁に入った大きな写真が飾られ、容姿から察するかぎりウビルス氏の父親か祖父だろうか、古めかしい格好の男――ネクタイ代わりに首に巻いた紐、麦藁のカンカン帽、きれいに撫でつけた口髭、硬い襟、チョッキ、メフィストフェレスのような顎鬚――が写っている。派手な色のポンチョに覆われた長椅子と、すっかりくたびれて今にもばらばらになりそうな家具がいろいろ見える。ガラスの戸棚には乱雑に新聞が積まれている。我々の頭上をうるさいハエが飛び交い、サン・ホセ校生の一人が運んできた小皿の上にフレッシュチーズとカリカリに焼けたパンがのっているのを見ると、マイタの口に涎が溢れた。私は空腹に耐えかね、どこかで食事できないものかウビルス氏に訊いてみる。《この時間は無理ですね》彼は答える。《夜になれば茹でイモぐらいは出す店があります。もちろん上物のピスコならすぐにお出しします》

「私とバジェホスの関係については、あれこれろくでもないことが言われてきました」彼は言い添える。「私が兵役中にリマで知り合ったとか、その時に計画が持ち上がって、彼が看守としてここに赴任してからも同じ計画を練り続けたとか。そのなかで唯一正しいのは、私が兵役を終えたということだけです。しかし、バジェホスは当時まだ乳離れもしていなかったことでしょう……」作り笑いをした後に声を荒げる。「デタラメです！　我々が知り合ったのはバジェホスが赴任した数日後のことです。自慢ではありませんが、マルクス主義を彼に叩き込んだのはこの私です。ご存知でしょうが」声を落とし、警戒するように周りを見渡しながら空っぽの本棚を指差す。「私がハウハいちのマルクス主義関連蔵書の所有者でしたからね」

話が脱線してなかなかバジェホスのことに戻らない。病気持ちの老人で――腎臓が一つしかなく、高血圧で、静脈瘤のせいでユダのように見える――、すでに政治活動からは完全に身を引いているが、数年前、農村部でのテロが激化した時期に、警察当局によって蔵書をすべて焼かれたうえ、一週間身柄を拘束された。ゲリラとの共謀を疑われ、睾丸に電流を通す拷問で自白を強要された。誹謗中傷によってこの男がゲリラのブラックリストに載っていることは周知の事実なのに、いったいどんな共謀がありえるというのだろう。彼は立ち上がって引き出しを開け、紙切れを取り出して私に見せる。《裏切り者の犬畜生め、お前は民衆の手で処刑される》肩をすくめる。もう歳で、人生に未練はなかった。殺すなら殺せ、クソったれ。予防策を講じることもなく、身を守る棒一本持たぬまま独り暮らしを続けた。

「バジェホスにマルクス主義を教えたのはあなただったのですか」頃合いを見計らって口を挟む。「私はマイタが師匠だと思っていました」

「あのトロ公ですか？」軽蔑を顔に浮かべて彼は席に戻る。「哀れなマイタ！ハウハで高山病にやられてふらふらでしたよ」

そのとおりだった。これほど強くこめかみを締めつけられたこともなければ、これほど激しい動悸を感じたこともなく、不安な間に絶えず脅かされた心臓は今にも止まりそうだった。体が空っぽになりそうな、骨も肉も血管も突如無くなってしまいそうな感覚がして、皮膚の下の空洞が悪寒で凍りついていた。このまま気を失ってしまうのだろうか？　死んでしまいはしないだろうか？　不気味な、不吉な不快感が体を行き来し、崖っぷちまで追い詰めてきたが、転落しそうでも決して転落しなかった。チャト・ウビルスの部屋を満たす誰もがマイタの様子に気づいているようだった。煙草を吸っている者も多く、床に座ったまま時折質問を発してウビルスの話を遮る少年たちの顔が、灰色っぽい煙とハエのせいで歪んで見えた。バジェホスの横で本棚に背中を預けて椅子に座ったマイタは、話の筋を追うことすらできず、どれほど集中しようとしても、血管とこめかみと心臓に気持ちを削がれた。高山病のみならず、自分自身が愚かしく思われてきた。《お前は本当に仲間たちを試しに来た革命家なのか？》彼は思った。《三千五百メートルの高地で、心臓病みの軟弱者になり下がってしまったじゃないか》少年たちに話しかけるウビルスの声がぼんやりと耳に届き――あやふやなマルクス主義の知識を披露して自分のすごさを見せつけようとしているのだろうか？――、革命を進めるためには、社会の矛盾を正確に理解し、階級闘争の各段階の特徴を踏まえる必要がある、そんな説明が聞こえてきた。《クレオパトラの鼻だ》マイタは思った。そう、そうだ、歴史の法則を狂わせ、科学を詩に変える不測の事態。馬鹿げた話だ、わかりきっていたことじゃないか、アンデスに登れば高山病にかかる可能性は避けられないというのに、気圧の変化によって体にかかる負担を軽減するコラミン錠剤すら準備してこなかったとは。バジェホスが訊いた。《大丈夫か?》、《ああ、何でもないさ》マイタは思った。《わざわざハウハまでやって来て、場違いな教員もどきにマルクス主義講義を聞かされるとは》今度はチャト・ウビルスが彼を指差し、歓迎の意を伝えた。バジェホスが話していたリマの同志で、革命家、組合運動家としての経験が豊富な人物。マイタは話をするよう促され、その後で少年たちの質問を受けることになった。好奇心と賞賛の入り混じった視線で振り向いて見つめてくる若々しい顔の少年たちに彼は微笑みかけ、口を開いた。

「誰に責任があるかといえば、奴こそ最大の責任者です」苦々しい顔でウビルス氏は繰り返す。「まんまと我々は一杯食わされたんです。リマの革命家や組合、何百人の同志を代表する党とのパイプ役だと目されていたのですが、蓋を開けてみれば、誰の代表でもなければたいした男でもない。そのうえトロ公だったのですから。奴がいるだけで、共産党の支援を受ける見込みは断たれました。確かに我々はあまりに無知でした。私とて、マルクス主義については知っていましたが、党の勢力とか、左派の分裂とか、そんなことはまったく知りませんでした。バジェホスもあてになるはずはありません。あのトロ公のマイタが少尉の指導者だったとお考えだったのですか? とんでもない。バジェホスが仕事をさぼってリマへ行く時に、一、二度会ったぐらいでしょう。彼はこの部屋で弁証法と唯物論を学んだのです」

ウビルス氏は、副知事や知事、そして多くの弁護士を輩出したハウハの伝統的一家の出だという(山間部には弁護士が際立って多く、なかでもハウハは、住民一人あたりの弁護士数が国内で最も多い)。親戚の多くは外国、メキシコシティ、ブエノスアイレス、マイアミへ行っているというから、裕福な一族だったにちがいない。だが彼に出国の意思はなく、脅されようと何をされようと最期まで国に残り、甘んじて何でも受け入れる覚悟ができている。金がないということもあるが、若い頃から、従兄弟や叔父、兄弟たちと違って、農園や商店の経営や弁護士稼業に興味を示さず、教職に就いてこの町最初のマルクス主義者となったほどの反逆児だった彼の反骨精神がそれを許さないのだ。おかげで高くついたという。度重なる投獄、袋叩き、屈辱。さらにひどいことに、着々と勢力を伸ばして政権奪取へあと一歩に迫った左翼まで、恩知らずにも、彼のようにいち早く土台作りに関わった先駆者をないがしろにしている。

「サン・ホセ校で教えることのできない本物の歴史と哲学を私がこの部屋で教えたのです」彼は誇らしげに声を上げる。「この家が大衆の大学だったのです」

軋むような音と軍人の声が聞こえてウビルス氏は黙る。カーテンの隙間から覗いてみると、駅で見た戦車が進んでいる。その横では、指揮官の声に従って一団の兵士が行進している。刑務所の角でその姿は見えなくなる。

「では、すべてを計画したのはマイタではないのですか?」出し抜けに訊いてみる。「反乱の詳細を決めたのは彼ではないのですか?」

髭が白い点々を落とす紫がかった顔に現れた驚きは正直な反応らしい。何かを聞き違えたか、話の意味がわからないか、そんな顔をしている。

「トロ公のマイタが反乱の知的首謀者だったとおっしゃるのですか?」言葉の後光すら逃がすまいというほど切迫した調子はいかにも山間部の人間らしい。「とんでもない! 奴がここへ来た時には、バジェホスと私ですべての手配を終えていたのです。あいつは最後まで蚊帳の外です。もっと言えば、最後の最後まで詳細は何も伝えていなかったのです」

「疑っていたのですか?」私が口を挟む。

「念のためです」ウビルス氏は言う。「まあ、疑っていたといえばそのとおりでしょう。計画が外へ漏れる心配はないにせよ、志気を挫かれる恐れがありましたからね。あいつが何のコンタクトも持たない一兵卒だとだんだんわかってきて、バジェホスも私も口を閉ざしました。最後の最後に臆病風にとりつかれないともかぎりませんしね。この町の出身ではないし、高地にも耐えられない。武器を使ったこともなくて、バジェホスがリマ近郊の砂漠地帯で銃の扱い方を教えてやらねばならなかったほどです。とんでもない食わせ物の革命家ですよ！　おまけにカマだったというじゃありませんか」

ここでもまた堅苦しく笑い、笑い声を聞きながら私は、いるべきところにいなかった——理由を明かしてほしいものだ——彼と違って、一兵卒のマイタは、高山病にもかかわらず、《イモが焦げ始めた時》——彼自身の表現だ——間違いなくバジェホスと行動を共にしていたではないか、と言いそうになる。多くの者の証言によれば、最大の責任者、逃亡者はマイタでなく彼自身だというではないか。もちろんそんなことはおくびにも出さない。口答えをしに来たのではない。私の務めは、話を聞き、観察し、様々な見解を照合し、すべてを捏ね上げたところで想像力をはためかせることだ。外からまたギシギシと戦車の進む音が届き、兵士の足音も聞こえてくる。

一人の少年が《もう時間だ》と言う声を聞いてマイタはほっとした。すでに最も辛い瞬間を乗り切り、少し気分がよくなっていた。ウビルスとバジェホス、サン・ホセ校生の質問に答えながら、頭と胸を締めつける不快感を気にしていると、血が騒ぎ出してきそうだった。ちゃんと答えられたのだろうか？　少なくとも、何とか自信に満ちた振る舞いを保ち、青年たちの質問に答える時には、彼らの情熱に水を差すような真実は避け、嘘にならない程度にぼやかした発言を貫いた。簡単ではなかった。反乱が勃発すれば、リマの労働者が加勢してくれるのか？　それはそうだが、即座に反乱に加わるかどうかは定かでない。新聞やラジオの情報統制と、政府とブルジョア政党の繰り出す嘘のせいで、最初はおずおずととまどい、やがて容赦ない弾圧に潰されるだろう。だが、弾圧によって労働者は目を覚まし、誰が彼らの味方で、誰が彼らを欺く搾取者なのか、思い知ることだろう。反乱は暴力とともに階級闘争を掻き立てる。少年たちの大きく見開かれた目、じっと聞き入る姿を見て、マイタは感動を覚えた。《言うことを完全に信じきっているぞ》そして今、仰々しく手を差し出して別れの挨拶を告げるサン・ホセ校生たちを見ながら、リマのプロレタリアートが実際のところ反乱にどう反応するだろうかと考えてみた。無関心？　敵意？　山間部で先を急ぐ同志への軽蔑？　現実問題として、労働組合はプラド政権と組むアプラに掌握されており、社会主義と名のつくものすべてに敵対心を吹き込まれている。土木組合のように、共産党の息のかかった一部の労働組合は好意的な反応を示してくれるだろうか。いや、無理だろう。扇動集団と揶揄され、こんなおふざけによって、共産党の非合法化、さらには進歩主義者の追放と投獄に乗り出す絶好の口実を政府に与えたとして、非難の的になるだけだろう。『ウニダッド』の見出しやビラの文句、そしてライバルのPORが『労働者の声』に書きたてる記事が目に浮かぶようだった。そう、確かに最初はそんな屈辱を免れまい。だが、反乱が持ちこたえて拡大し、あちこちでブルジョア権力の基盤を揺るがす事態になれば、政府はリベラルの殻を脱ぎ捨てて残虐な素顔を露わにするだろう。すると眠りから覚めた労働者階級が、偽りの改革や腐敗した権力者に反旗を翻し、順応主義との共存という幻想を捨てて闘争に加わるだろう。

「さて、お坊ちゃんたちが帰ったところで」チャト・ウビルスは、蜘蛛の巣のかかった本やパンフレットや新聞の山から水筒とコップを探し出した。「一杯いきましょうか」

「どうだい、あの少年たちは？」バジェホスが訊いた。

「熱意に溢れているが、まだまだ子供だな」マイタは言った。「十五歳そこそこの少年も混じっていたじゃないか。本当にあてになるのか？」

「若さをバカにしているのか」バジェホスは笑った。「頼りになる奴らだ」

「ゴンサレス・プラダも言っていたとおり」小人のように書棚の間をすり抜けて席に戻りながらチャト・ウビルスが言った。「老人は墓場へ、若者は現場へ、だな」

「それに、適材適所」バジェホスが拳を反対の手に打ちつける姿を見てマイタは思った。《人にまで自信を吹き込む話し方だ。すべてが彼の意思通りに動く。生まれながらのリーダー、彼一人で中央委員会ができあがる》

「奴らに弾を撃たせるわけじゃない。単なる伝令だからな」

「革命の飛脚」チャト・ウビルスが命名した。「赤ん坊の頃から彼らを知っているが、まさにサン・ホセ校生の鑑《かがみ》とでも称すべき連中だ」

「彼らが通信を担当する」活気づいたバジェホスが続けた。ゲリラと都市部を繋ぎ、伝令、食料、薬、弾薬などを運搬する。若いからこそ人目につかなくてすむ。この地区の山中を庭のように動き回ることができる。何度も遠出を繰り返して鍛えてきたからな。強者ぞろいさ」

崖に飛び降りてそのまま着地しても、ゴム人形のようにビクともしない。川に飛び込めば、渦に飲まれることも岩に叩きつけられることもなく、すばしっこい小魚のように流れを切って泳ぐ。雪山へ踏み込めば寒さを撥ねかえし、どんな高地を飛び回っても息を切らすことはない。だが彼の心臓はいっそう激しく打ちつけ、こめかみの血流がまたもや強く頭を締めつけてきた。言ったほうがいいだろうか？　コカ茶か薬か、何か苦痛を和らげてくれるものを頼んだほうがいいだろうか？

「我々とともに銃を取って火中へ飛び込む連中とは、明日リクランで会ってもらう」バジェホスは言った。「プーナへ登って、リャマやイチュにお目にかかることになるから、そのつもりでな」

気分が優れないままマイタは沈黙に気づいた。手で触れることができそうな沈黙が外から押し寄せ、チャト・ウビルスかバジェホスが黙るたびにその存在が感じられる。問いと答えの間に、そして独白の切れ目に、エンジン音もクラクションもブレーキも排気も足音も声もない沈黙が聞こえてくるようだった。夜を覆うもう一つの夜のような沈黙にハウハは包まれているらしく、部屋の内側でも感じられるその重みが息苦しいほどだった。通りに動物や人間の生命も感じられなければ機械の音もしない外の世界の空白がなんとも不思議だった。リマはもちろん、何度か過ごした刑務所（セクスト、ペニテンシアリア、フロントン）でさえ、これほど明瞭な沈黙を体験したことはない。沈黙を破るバジェホスやウビルスの声が冒瀆のように思われた。少しずつ気分はよくなっていたが、またきっと動悸や息切れ、頭痛や悪寒が戻ってくることだろうから、油断はできない。チャトがグラスを近づけ、マイタは必死に笑顔を作りながら、口へグラスを持っていった。喉を焼くような飲み物に体が震えた。《馬鹿げた話だ》彼は思った。《リマから三百キロも離れていないというのに、まるで見知らぬ世界に降り立った異邦人じゃないか。少し移動しただけでグリンゴか火星人になってしまうとは、いったいこの国はどうなっているんだ》山間部について、農村部について何も知らない自分が恥ずかしかった。再びバジェホスとウビルスの話に耳を傾けた。セルバとなって広がる東側斜面に位置する村ウチュバンバの話題だった。

「どこにあるのですか？」

「距離的にはさほど遠くありません」ウビルス氏は言う。「地図上では近く見えます。しかし、ハウハから行こうと思えば、当時は月旅行にも等しいほど遠かったのです。数年後、ベラウンデ政権下で、全行程の四分の一ほどにあたる道が開通しました。かつては、プーナを徒歩で抜けた後に、セルバへと下りていく崖や渓谷を辿るしかありませんでした」

今もそこへ行けるのだろうか？　もちろん無理だ。少なくとも一年前から戦場と化している。噂によれば、まさに霊園そのものだという。ペルー国内のそれ以外の地域で出た死者をすべて足しても、この地域で出た死者の数には及ばないとさえ言われる。物語の重要地点に足を運ぶことができないので、調査は不完全にならざるをえない。とはいえ、首尾よく軍の防御線やゲリラの駐屯地をかわしたところでたいした情報は得られまい。ハウハの人の話では、チュナンもリクランもすでに跡形もないという。そう、そうだろう、ウビルス氏の情報は確かだ。チュナンは六カ月ほど前に消された。それまでは反乱軍の牙城であり、どうやら対空砲まで持っていたようだ。空軍はナパーム弾で町を蹂躙し、蟻さえも生きながらえることはできなかった。リクランでも、二カ月ほど前に虐殺があった。詳細は不明。町の自衛団がゲリラの兵営を襲撃し、自らの手でリンチにかけたと言う者もあれば、軍に引き渡して広場に面した教会の壁で銃殺刑にさせたと言う者もいる。いずれにせよ、後に報復部隊が現れ、ゲリラたちが五分の一刑にした。五分の一刑、おわかりですね？　一、二、三、四、お前、来い！　五人目になった者は全員、同じ広場で、斧か投石かナイフで惨殺される。もはやリクランは存在しない。生き残った者は、ハウハの北部にできたバラック小屋地帯に逃れているか、セルバをさまよっているか、そのどちらかだ。期待はできない。氏はグラスを口へ運び、話を元へ戻す。

「ウチュバンバへ行くなんて、雪崩も土砂崩れも恐れぬ豪傑のすることでした」彼は言う。「静脈瘤を抱えたこの老いぼれにだって無理でしょう。かつては体も丈夫で持久力もありましたから、一度だけ行ったことがありますがね。想像を超える絶景ですよ、アンデス山脈がセルバに変わって、植物や動物が次々と現れ、熱気が立ち込めてくるのですから。あちこちに遺跡があります。名前はウチュバンバ、覚えていませんか？　なんということだ！　ウチュバンバのコミューンといえば、ペルー全土で話題をさらったじゃありませんか？」

いや、名前までは覚えていない。だが、ウビルス氏の言う事件については鮮明に覚えている。大げさな身振りで注いでくれたピスコ（「アンデスの悪魔」という名前で、餓死寸前の配給生活に入る前の、まだ店で何でも買えた古き良き時代の遺物なのだという）のグラスを手で温めながら私は記憶をたぐる。公的ペルー、つまり都市化した海岸部の人々にとって、アンデス山地南部・中部の各地で一九五〇年代半ばから起こり始めた土地占拠のニュースは驚きだった。私はパリにいて、カフェに集う革命家たちとともに、『ル・モンド』の短報となって届く遠い地のニュースを熱心に追いながら、想像力を駆使して劇的光景を再現しようと頑張った。遠いアンデス山地で、棍棒や投石器、石斧で武装したインディオ集団が、老若男女、家畜を従えて、夜明けとともに、あるいは、真夜中に、隣接する土地へ押し寄せる。封建領主によって、あるいは、その父、祖父、曾祖父、先祖によって奪われた――そう思うのも無理はないだろう――土地へ踏み込み、境界石を打ち壊し、新たな境界を設定して共同体の支配下に組み込み、そこにいる家畜には自分たちの焼印を押し、家を建てて、翌日には自分たちのものとしてその土地を耕し始める。《これが端緒となるのか？》呆然として歓喜を覚えながら我々はあれこれ取り沙汰した。《ようやく火山が眠りから覚めるのか?》そう、これが端緒だったのだ。騒々しいマロニエの木立の下、パリのビストロで、『ル・モンド』の四行を出発点に我々は議論を積み上げ、これが革命家たちの仕業であること、農村部へ説得に乗り込んだ新時代のナロードニキの扇動に乗って、いつも政府の口約束でしかなかった農地改革を、インディオたちが危険を顧みず自らの手で押し進めようとした結果であることを主張した。だが、後にわかったとおり、この蜂起は共産党やトロッキー派グループの扇動とは無関係で、そもそも政治とまったく繋がりを持たない農民たちの自発的活動の結果だった。何世紀にもわたる搾取への苛立ちと土地への渇望、さらに幾分かは、オドリア独裁政権崩壊後のペルーで社会正義を叫ぶ声とともに高まっていた改革への熱気、そんなものに後押しされて、農民たちは自ら立ち上がることを決めたのだ。ウチュバンバ?　土地を不法占拠し、後に流血沙汰とともに土地を追われる、あるいは、そのままそこに居座る、そんな事件の舞台となった場所は他にもあり、共同体の名前がいくつか私の記憶を飛び交う。セロ・デ・パスコのアルゴラン、クスコのバジェ・デ・ラ・コンベンシオン。だが、フニンのウチュバンバ?

「そうなんだよ」相手の顔に驚きを読み取って喜びを爆発させながらバジェホスは言った。「肌が白くて青い目をした、あんたや俺より白人みたいなインディオさ」

「まずインカに征服され、クスコのキープカマヨクの支配下で強制労働に従事させられた後」チャト・ウビルスが講義した。「スペイン人に肥沃な土地を奪われ、高地の鉱山へ送られた。もちろん、すぐに肺をやられてみんな死んでしまった。ウチュバンバに残った者たちは、ペラエス・リオハ家にエンコミエンダで送られ、三世紀にわたって痛めつけられた」

「それでも彼らは屈しなかったわけさ」バジェホスが締めくくった。

ウビルスの家から散歩に出た三人は、アルマス広場のベンチに腰掛けていた。頭上には平和な空が広がり、何千という星が見事に輝いていた。マイタは寒さも高山病も忘れて興奮にとりつかれていた。トゥパック・アマル、フアン・ブスタマンテ、アトゥスパリア、様々な農民反乱が彼の頭に甦ってきた。つまり、ウチュバンバの貧農たちは、何世紀にもわたって搾取に耐えながら、奪われた土地の回復を夢見て祈りを捧げていたわけだ。まず蛇や鳥に、後にはプリシマと聖人に。そしてあらゆる法的手段に訴えたものの、結果はむなしかった。だが、この話が確かならば、わずか数カ月、数週間前に彼らは最終手段に訴え、アイーナ農園の柵を壊して、《自分たちのものを取り返す》という掛け声とともに、豚、犬、ロバ、馬もろとも土地へなだれ込んだというのだ。そんなことがあったのに、マイタ、お前は何も知らなかったのか？

「まったく知らなかった」鳥肌の立った腕をこすり合わせながらマイタは呟いた。「初耳だ、リマには何も伝わっていない」

空を見上げると、一面の暗闇に無数の星を瞬かせた天空と、今聞いたばかりの話によって掻き立てられた想像力に、頭がくらくらした。ウビルスが煙草を差し出し、少尉がそれに火を点けた。

「言ったとおりさ」バジェホスが言った。「彼らはアイーナ農園を占拠して、政府は市民警備隊を送り込んで退去させねばならなかった。ワンカーヨを出発した部隊は、ウチュバンバへの到着に一週間かかった。結局は銃弾を撃ち込むしかなかった。もちろん、死者、負傷者多数。それでも反乱は続き、まだ鎮圧されていない。彼らの決意は固い」

家族なのか、インディオの一団が近くを通り過ぎ、ハウハの広場の暗闇にいたマイタにはそれが亡霊のように見えた。音もなくひっそり教会の角を曲がって消えていく彼らの頭には、洗濯桶のようなものが乗っていた。

「ウチュバンバのコミューンは戦いを望んでいるわけではない」チャト・ウビルスは言った。「すでに戦いは始まっているし、革命と言ってもいいかもしれない。我々が目指すのは、それを適切な方向に導くことだけだ」

高山病とともに悪寒が行き来していた。マイタは長々と煙草を吸った。

「確かな情報なんだな？」

「この目でちゃんと確かめた情報さ」バジェホスは笑った。「俺は見てきたんだ、この目で」

「私もだ」sとrの音をもったいぶって響かせながらチャト・ウビルスが割り込んだ。「二人とも見たし、いろいろ話もしてきた。すべて手配済みだ」

マイタは言葉を失った。もはや明らかだった。バジェホスは、最初思ったような未熟で激情的な青年などではなく、もっと真面目で冷静沈着、しかも先見の明もある、地に足の着いた革命家だったのだ。リマで予想したよりはるかに先へ進んでいたばかりか、人脈もあり、想像以上に大規模な計画を練っていたのだ。アナトリオが一緒に来なかったのはかえすがえすも残念だった。そばにいれば、意見を交換し、一緒に考え、とめどなく襲ってくる幻想と情熱の塊をなんとか整理できたかもしれない。POR（T）の他のメンバーも来ていれば、これが幻覚などではなく、紛れもない事実であることがみんな揃って確かめられたのに。まだ夜十時にもなっていなかったが、ハウハには彼ら三人しか住人がいないようだった。

「アンデス地帯ではすでに機は熟している、この言葉は誇張ではなかっただろう？」バジェホスはまた笑った。「何度も言ったじゃないか、火山なんだ。今からそれを噴火させてやるんだ、ちくしょうめ」

「当然ながら、手ぶらでウチュバンバへ行くはずはありません」ウビルス氏は再び声を落とし、今でもまだ人に聞かれてはまずい話でもしているように辺りを見回す。「少尉がどこからか調達した自動小銃三丁とモーゼル銃を何丁か持っていきました。あとは応急処置用の薬。厳重に防水性の布に隠していきました」

氏は黙って酒を味わい、こんな話を人に知られれば夜明け前に我々二人とも銃殺刑になるだろうと呟く。

「おわかりでしょう、当時誰もが思ったほど無鉄砲な計画ではなかったのですよ」戦車の機械音が夜に消えたところで彼は言い添える。午後中ずっと一定間隔で家の前を行き来していたのだ。「ロマンティシズムどころか、科学的に練られた計画ですよ。バジェホスが拙速なことをしていなければうまくいったかもしれません。フィリグリーでも作るように、綿密に事を進めてきたのです。絶好の地でしょう？　現に今ではゲリラが支配しているではありませんか。軍の手も及びませんよ。ベトナムやエル・サルバドルどころじゃありません。乾杯！」

向こうでは、一人の人間、一握りの人間たち、一部隊など、藁小屋に落ちた針の一本にすぎなかった。そして、瞬く星のマントの下でマイタは見た。謎を秘めたまま鬱蒼と生い茂る出口のないセルバ。バジェホスとウビルス、そして影の軍隊とともに、このセルバを長々と歩き回る自分の姿を想像した。アマゾン流域の平原地帯と違って、そこは波打つ森、起伏の多いジャングルであり、傾斜も峡谷も山峡の道もあれば隘路も崖もある。これほど複雑な地形ならば、攻撃にも逃走にも最適だし、敵方の通信網を断つことも、困惑、混乱、パニックを引き起こすことも、予想外のタイミングで不意打ちをかけることも、敵軍を攪乱させてばらばらにすることも、把握不可能な迷宮に追い込んで繋がりのない点のようにしてしまうことも可能だと思われた。髭は伸び放題、体は痩せ細り、銃の引き金と導火線への点火とダイナマイトの遠投で手はマメだらけになっていたが、目には抑えがたい決意の色が見えていた。日々新たな仲間が加わって戦線が拡大し、都市部では、労働者や使用人、学生や貧しい会社員がこの革命は自分たちとともにあることを理解し始めている、こんな展望を前に、疲労は完全に吹っ飛んだ。アナトリオが近くにいてくれれば、夜通し二人で話すことができれば、と強く思った。《そうすれば寒さも吹っ飛ぶのに》彼は思った。

「もう少しマイタの話をお聞かせ願えませんか？　五八年三月の滞在に話を戻すと、あなたやサン・ホセ校生と出会って、ウチュバンバのコミューンとの接触について知ったばかりか、バジェホスがそこでゲリラを始めようとしていることまで伝えられたわけですね。あの初めての訪問でマイタが他に何をしたか、何を知らされたか、ご存知ありませんか？」

落胆したような目で私を見ながらウビルス氏はピスコのグラスを口へ運ぶ。そして満足げに舌打ちする。まだ残っているとは。ほんの一滴ずつしか飲んでいないのだろう。《このボトルが空いたら、死ぬまでもう二度と酒を飲むことはないでしょう》彼は呟く。《事態は悪化の一途ですから》久しぶりの酒なので、私も酔いが回ってくる。高山病にかかったマイタと同じで、神経が昂ぶり、注意力散漫になっている。

「気の毒に、衝撃を受けた様子でした」ついに聞こえたその声は、マイタの話になると必ず現れる軽蔑の調子を帯びている。マイタへの個人的恨みなのだろうか、それとも、もっと曖昧で一般的な感情、すなわち、リマと首都と海岸部全般に対して地方山間部の人間が抱く怨念の顕れなのだろうか？「投獄まで経験した革命家として、自分がリーダーになるのだとばかり思い込んでいたようです。ところが、蓋を開けてみれば、すべては準備万端に整っていたのです」

悲しそうな溜め息の向けられた先は、なくなりつつあるピスコだろうか、失われた青春だろうか、少尉とともに手ほどきしてやったあの海岸部出身の男だろうか、昨今の窮乏や政情不安だろうか。まだほんの少し話しただけだが、どうやらウビルス氏は矛盾に満ちた、捉えどころのない男らしい。興奮して過去の革命家歴を誇るかと思えば、いきなり声を荒げることもある。《そのうちテロリストがやってきて、一方的に私を裁判にかけたうえで、「裏切りの犬畜生」の貼り紙をしていくことでしょう。あるいは、解放軍が踏み込んできて、死体からタマを切り取ってこの口に放り込んでいくか。リマでも同じことは起こっているのですか?》そうかと思えば、私に怒りの矛先を向けることもある。《こんな悪夢のなかで、よく小説など書いていられますね》話を戻してくれるだろうか。ああ、戻っている。

「もちろん、あの最初の滞在での彼の一挙手一投足を仔細にお話しできますよ。あの男は、貝のようにずっと私にへばりついていましたからね。まずサン・ホセ校生との議論の場を提供し、もっとベテランの仲間たちとも引き合わせました。ラ・オローヤやカサパルカ、モロコチャなどの鉱山労働者たちです。セロ・デ・パスコ・コッパー・コーポレーションという蛸のような巨大帝国主義企業の鉱山でハウハ出身者がたくさん働いていましたからね。祭日や週末には彼らが帰省してきました」

「彼らも計画に加担していたのですか?」

バジェホスもウビルスもそうだと言っているが、マイタは鉱山労働者の協力については懐疑的だった。到着の翌日、同じくチャト・ウビルスの家で五人の労働者と二時間近くも話し込み、会合自体は素晴らしく、全員――とりわけ、最も政治意識が高く、本も読んでいたロリート――と問題なく意思疎通をはかることができたが、ロリートも含め、誰一人として、仕事や家庭を捨てて銃を取る選択肢をほのめかした者はいなかった。とはいえ、その覚悟がまったくないとはマイタにも言い切れなかった。《まっとうな人たちだ》彼は思った。あくまで労働者であり、危ない橋を渡ることは望まない。彼とは初対面なのだから、警戒するのは当然だろう。ウビルスの昔からの友人ということで、少なくともそのうちの一人、金歯だらけの口を見せたロリートはかつてアプラ党員だった。今は社会主義者だという。話がセロ・デ・パスコのアメリカ人のことになると、全員が徹底した反帝国主義者になった。また、給料や事故、穴掘りによる病気の話になると、皆断固たる革命家になった。だが、どのように反乱に参加するつもりかマイタが探ろうとすると、彼らの返事は曖昧になった。一般的な話から具体的な話へ移った途端に、彼らの決意は揺らぐようだった。

「リクランへも一緒に行きました」宝の出し惜しみでもするようにウビルス氏は付け加える。「あの日、バジェホスは刑務所の当直で、私が甥の車で連れて行ったんです。リクラン、今は亡きリクランです。この戦争でリクランと同じように破壊された町がどのくらいあると思いますか？　先日ある判事に聞いた話では、国防本部の某大佐によれば、軍部の秘密資料にはこの戦争の死者としてすでに五十万という数が記録されているそうです。ええ、あの男をリクランに連れて行ったのは私です。四時間もガタガタ揺られながら車で登って、あとは徒歩で標高四千五百メートルにある入り口を目指します。あのトロ公の哀れなこと！　鼻血を出して、ハンカチを真っ赤にしていました。高地にはまったく不向きでした。崖っぷちが怖くて、頭がふらふらしていたんです、本当ですよ」

このまま死ぬのではないか、崖下に転落するのではないか、鼻血が永久に止まらないのではないか、そんなことまで思った。それでも、アンデス山脈の僻地にあるリクラン地域への二十四時間の旅は、ハウハで行ったどんな活動よりも刺激的な体験だった。コンドル、万年雪、澄んだ空、黄土色に尖った山頂。彼は思った。《こんな高みに人が住めるだけでも驚きなのに、山を手懐け、こんな切り立った斜面で農業に従事し、この荒んだ土地に文明まで築くとは、信じられない話だ》チャト・ウビルスに紹介された十余名の男たちは、零細農家や手工業者であり、驚くほどの気力を漲らせていた。皆スペイン語を話し、意志疎通にも支障はなかった。いろいろ質問され、その熱気に後押しされたせいで、サン・ホセ校生たちに向かった時よりもいっそう力を込めて、リマの進歩主義者たちが反乱を支持することは間違いない、と請け合った。貧しい身なりの男たちが――粗末なサンダル履きの者もいた――、当たり前のことのように革命について話す姿を見ていると勇気づけられた。革命は彼らにとって差し迫った具体的な問題であり、後戻りのない決定事項だった。会話には婉曲表現すら現れず、武器、隠れ場所、初日からの参加が堂々と口の端にのぼった。だが、マイタは一瞬だけ困難に直面した。ソ連はどんな支援をしてくれるのだろう？　トロツキーの論じる裏切られた革命、スターリン体制化の官僚主義、そんな話に触れる勇気はなかった。そんなテーマを持ち出して彼らを混乱させるのは賢明ではない。ソ連や社会主義諸国が支援に乗り出すのは、ペルー革命が成功した後になるだろう、国内の進歩主義者も同じで、当面は言葉だけの、道徳的支援にとどまるだろうが、やがて機運が高まってくれば、もっと具体的な助けの手を差し伸べてくれるだろう。ひとたび始まれば革命は止められない、だからやがては支援が来るだろう。

「早い話が、リクランへ行って呆気にとられたわけか」バジェホスは言った。「そうなると思っていたよ」

駅前にエル・ハラパトという名の小さなレストランがあり、パーケル地のカーテンに囲まれて、テーブルに青いオイルクロスが掛けられていた。二人はテーブルに着いており、マイタの側から柵やレールの向こうに見える山並みが、黄土色、金色から次第に灰色、黒へと移り変わっていった。昼食に入ってからすでに何時間も経っていた。店主はウビルスとバジェホスの知り合いで、時折近寄って言葉をかけてきた。すると二人は話を変え、マイタがハウハのことを訊いた。エル・ハラパトという名前はどこから来たのか？　ヤウヨス地区で一月二十日の祝祭に行われる恒例行事のことをこう言う。パンディージャの踊りが催され、通りに生きたアヒルが吊るされるので、騎手や踊り手が通りすがりに引っ張って首を落とそうとする。

「ハラパトの祭りに首切り用のアヒルが調達できた古き良き時代の話です」ウビルス氏がぶつぶつと言う。「当時は最悪の時代だと思っていましたが、まだ誰でもアヒルが買えましたし、ハウハの人も一日二回食事をしていました。そんな話をしても、今では信じてくれる子供はいませんよ」また溜め息をつく。「陽気な楽しいお祭りで、カーニバルより盛り上がったほどです」

「くれぐれも確認してほしいのは、我々が行動に出た時に、党がしっかり支援してくれることさ」バジェホスは言った。「革命派なんだろう。もらった『労働者の声』は全号隅々まで何度も読んだけど、どの記事にもいつも革命の話が出てくる。それなら主張どおりに動いてくれないとね」

これを訊いてマイタは少し不快になった。ＰＯＲ（Ｔ）の支援についてバジェホスが疑念をちらつかせるのはこれが初めてだった。彼の人柄と計画をめぐって党内で議論があったことなど、それまで一言も漏らしたことはない。

「党は言ったことは守る。だが、これが十分に検討を重ねたうえでの本気の計画で、成功の可能性があることだけは確認しておきたいわけだ」

「ええ、あの時トロ公は、これが拙速な計画でも狂気の沙汰でもないと理解したのです」ウビルス氏は話を本題に戻す。「これほど用意周到な計画だとは思っていなかったのでしょう」

「ああ、確かに、これほど入念な計画だとは思わなかった」マイタはバジェホスに向かって言った。「まんまと騙されたな。農民や労働者、学生と協力して、すでに反乱綱を作り上げていたとは、まったく恐れ入ったよ」

エル・ハラパトの灯りが点いた。長い紐に吊るされて揺れる電球に、羽虫が音を立ててぶつかっていく様子がマイタの目にとまった。

「それは二人とも同じで、用心するに如くはなし、ということだろう」いきなり重々しい調子で話し出した少尉は、まったくの別人に見えた。「相手が信用できるかどうか、慎重に見極めねばならない」

「一本取られたな」マイタは微笑み、間を置いて息を吸った。今日は高山病も少し和らいだ。到着後二日間はまったく眠れなかったが、やっと数時間眠ることができた。ようやく高地に受け入れられ始めたのだろうか？

「来週には、アナトリオとハシント、別の同志が二人やってくる。彼らの報告を受けて、党は全面支援に乗り出すだろう。心配はない。実情を見れば、尻込みする理由などないことがわかるだろう」

マイタの頭を悩ましい思いが横切ったのは、間違いなくこの最初のハウハ訪問の時だった。エル・ハラパトで彼らに伝えたのだろうか？　彼らが一枚岩だと思い込んでいる左翼が実は分裂している、この事実が当惑を引き起こさぬよう言葉に気をつけながら、小声でそっと打ち明けたのだろうか？　ウビルス氏はきっぱり否定している。《歳のせいで体はぼろぼろですが、記憶はしっかりしています》マイタが他のグループや党を巻き込む意図を明かしたことは一度もなかった。とすれば、バジェホスにだけ伝えたのだろうか？　いずれにせよ確かなのは、マイタがハウハで腹を決めたことだ。彼は衝動で動くタイプではない。リマへ戻って、ブラケールやおそらくPORの他のメンバーにも接触を図ったとすれば、それは、アンデス山中で過ごしたその前の数日間、熟慮に熟慮を重ねた結果だろう。タラパカ通りの宿で、動悸に悩まされて眠れぬ夜を過ごし、薄闇で友の静かな寝息と自らの心臓の高鳴りを感じながら考えたのだろう。小さなPOR（T）だけで反乱を主導するには、計画の規模が大きすぎはしないだろうか？　非常に寒く、彼は毛布にくるまって体を丸めた。胸に手をやって鼓動を探ってみた。論点は明白だった。左翼分裂の主要因はイデオロギー的対立よりも実動の欠如にあり、不毛な作業ばかり繰り返しているせいで闘争と内ゲバがやまないのだ。いざゲリラ戦が始まれば状況は変わり、対立の愚かしさに気づいて純粋な革命家たちは一致団結するだろう。そうだ、政治的無力の結果でしかないセクト主義に対して、行動は特効薬となるだろう。行動が悪循環を断ち切り、敵対する仲間たちも目を開くことになるだろう。大胆な振る舞い、時宜にかなった戦略が必要なのだ。《革命が目前に迫っているというのに、パブロ主義だ、反パブロ主義だ、そんなことを気にしている場合だろうか？》ハウハの寒い夜を覆う一面の星空を思い浮かべながら彼は考えた。《澄んだ空気のせいで頭が冴えたようだな、マイタ》そして手を胸から性器に下ろし、アナトリオのことを想像しながら撫で回し始めた。

「一部のトロツキー派だけで事を動かすには規模の大きすぎる計画だ、という話は出なかったのですか？」私は食い下がる。「PORだけでなく、共産党の協力も要請してみる、そんな話はなかったのですか？」

「もちろんありませんでした」ウビルス氏は即答する。「あの男はそんな話をまったく我々に伝えず、左翼の分裂やPOR（T）の弱体ぶりについても隠し通しました。邪な意図で計画的に我々を嵌めたのです。彼の口をついて出てくる言葉といえば、《党》、《党》、それればかりです。当然ながら私は共産党のことだと思い込んで、何千もの労働者と学生の後ろ盾があるのだと思ったわけです」

遠くから銃声が届く。いや、雷鳴だろうか？　数秒後にまた聞こえ、二人とも黙って聞き耳を立てる。もっと遠くから銃声が届き、ウビルス氏は呟く。《ゲリラが山で爆竹を鳴らしているのです。兵営にいる正規軍を苛立たせるためです。心理戦ですね》いや、鴨だった。葦の茂みの上を横切る群れが鳴き声を上げたのだ。すでにマイタは手に鞄を持っており、二人で辺りを一回りすることにしたのだ。一時間後には、リマへ帰る汽車に乗ることになる。

「もちろん賛同者は大歓迎さ」バジェホスは言った。「多ければ多いほどいい。銃の数も十分揃っている。できるだけ迅速に動いてくれ、頼むよ」

二人は町の端を歩いており、遠くには赤っぽい瓦の屋根が輝いていた。風がユーカリや柳の木に当たって音を立てた。

「じっくり時間をかけて進めればいいさ」マイタは言った。「慌てる必要はない」

「それがあるんだよ」バジェホスが素っ気なく言った。振り向いて相手を見つめるその目には盲目な決意が浮かんでいた。マイタは思った。《何かあるな、新事実が出てくるのだろう》「ウチュバンバの首謀者、アイーナ農園襲撃を指導した二人組がここにいるんだ」

「ハウハにか?」マイタは言った。「なぜ紹介してくれなかったんだ? 話を聞いてみたかったのに」

「刑務所にいて、接見禁止になっている」バジェホスは微笑んだ。「そう、収監中だ」

事態の収拾に乗り出した市民警備隊のパトロール部隊が二人を連行してきたのだ。だが、長くこの町にとどまっているかわからない。いつ指令が出て、ワンカーヨやリマへ移されてもおかしくない。計画の重要部分は二人にかかっている。迅速に安全なルートで参加者をハウハからウチュバンバへ導き、コミューンの協力を取りつけるのは二人組の役目だ。ぐずぐずしている時間はないだろう?

「アレハンドロ・コンドリとセノン・ゴンサレスですね」相手の先回りをして私のほうから二人の名前を言ってみる。ウビルスは呆気にとられる。電球の光は弱く、ほとんど暗闇にいるに等しい。

「そう、そんな名前でした」彼は呟く。「よくご存知ですね」

よくご存知? この件について新聞雑誌に出た記事はすべて読んだと思うし、どれほどの参加者や証言者と話してきたかわからないほどだ。だが、調べれば調べるほど真実がわからなくなっていくような気がする。何か新事実が出てくるたびに、矛盾と憶測と謎と齟齬が増えていく。遠くフニンのセルバ地帯にある共同体出身の農民主導者二人組が、いったいなぜハウハの刑務所にいたのだろう?

「願ってもない偶然さ」バジェホスは説明した。「俺はまったく関わっていない。ここで予審を始めねばならないので、そのためにここの刑務所に入れられたんだ。妹なら、神のご加護、とでも言うところさ」

「逮捕される前からあなたたちと連携していたのですか?」

「漠然とした形ではありますがね」ウビルスは言う。「我々がウチュバンバへ行った時に二人と話し、武器を隠すのを助けてくれました。ですが、全面協力を約束したのは、ここに収監されていたひと月のことです。看守、つまり少尉と意気投合したのです。事が始まるまで二人に詳細を伝えなかったのは当然のことでしょう」

ずいぶん昔のことなのに、この最後の部分に差し掛かるとウビルス氏は気まずそうな表情になる。人からの又聞きで話しているだけで、この部分における彼の役割にはどうにも胡散臭いものがある。また遠くから銃声が届く。《テロリストの共犯者を銃殺刑にしているのかもしれませんね》彼は呟く。この時間帯になると、自宅からジープや戦車で町の外れまで連行される。死体は翌日道路に投げ出されている。そして突如、何の前触れもなく私に問いを向ける。《ペルー国民全員の命が危機に晒されているこの状態で、小説を書いて何か意味があるのですか？》意味？　現に書いている以上、何かしらの意味はあるのだろう、私は答える。ウビルス氏の態度にはどこか人を陰鬱にさせるものがある。発言のすべてが悲しい味を残していく。単なる先入観だが、いつも防御に身を固めているようで、何を言っても自己弁護のように聞こえる。とはいえ、それは皆同じかもしれない。なぜこの男が信用できないのだろう？　生き残ったからか？　悪い噂や陰口をたくさん聞いたからか？　だが、政治論争ともなれば、今のような墓場になる前のこの国は壮大なゴミの山だったではないか。何の根拠もなしに際限なく互いに誹謗中傷を繰り返しているではないか。いや、彼が哀れに見えるのはそんな問題とは関係なく、単に落ちぶれて僻んだまま、孤立無援の状態で生きているからだろう。

「要するに、作戦行動におけるマイタの貢献はゼロだったということですか」私は言う。

「ほぼゼロ、と言えばもっと正確でしょう」彼は肩をすくめながら言う。欠伸をすると、顔が皺だらけになる。

「あの男がいてもいなくても同じでした。影響力のある政治家、組合指導者だと思って仲間に加えただけです。国全体の労働者や革命勢力の支持が必要でしたからね。マイタにはその役回りを期待しましたが、蓋を開けてみれば、あの男はＰＯＲ（Ｔ）という弱小組織の代表ですらありませんでした。政治的にはまったくの孤児だったのです」

《まったくの孤児》、ウビルスのもとを辞去し、まばゆい星空の下、アルベルゲ・デ・パカに向かって人気のないハウハの通りを歩いている間も、この言葉が私の耳に響き続けている。氏は、長い道のりを歩いて帰るのが恐ければ居間に泊まってもいいと申し出てくれたが、私は帰りたかった。外で一人になりたかった。混乱した頭を静め、仕事の意志を挫く人物の存在と距離を取らねばならない。銃声は止み、外出禁止令でも出ているように通りには人っ子一人いない。足音を立てながら通りの真ん中をわざと人目につくように歩いていれば、パトロール隊が現れてもこそこそ隠れようとしているようには見えまい。ほとんど星の見えない、見えても靄でかすむリマに住んでいる者には信じられないほど空が低く輝いている。寒さが唇を切りつける。午後は空腹だったのに、今はまったく感じない。まったくの孤児。決して見つかることのないイデオロギー的純潔を求めて、常により小さな、より過激なグループへと移り続けた結果、彼はそうなった。そして孤児を貫いた挙げ句の果てに、ペルーの左翼とは縁もゆかりもない二十二歳の下士官看守と国立高校教諭と手を組んで途轍もない反乱を企み、フニンの高地でゲリラ戦に乗り出した。すごい話だ。パリでハウハの事件について知ったあの日も私は心を奪われたが、こうして一年間も調査を続けてきた今も、まったく気持ちは変わらない……。まばらな街燈の覚束ない光が古い家のファサードを神秘的な闇に包んでいる。大きな門やノッカー、錬鉄の柵、鎧戸のついたバルコニーなどが見え、その後ろに隠れた玄関や中庭、そこに植えられた木やツタ、かつては平穏で単調だったのに今では恐怖に震える暮らしが想像できる。だが、まったくの孤児は、あの最初のハウハ訪問で興奮し、かつてない幸福を味わった。反乱の形は整い始めており、いよいよ行動に乗り出すのだ。顔、場所、対話、具体的事実。闘士、策士、指名手配者、政治犯、そんな彼の人生全体が正当化され、より高い現実へと導かれていくようだった。しかも、一週間前までは夢か狂気にしか見えなかったものが実現されようとしている。夢ではないのか？　いや、身近に迫る反乱と同じく、これも確かな、本当に動き出した話なのだ。彼は快楽に浸り、相手にも快楽を与えた。撫でる手の下に喘ぎを感じた。両方の睾丸が疼き、勃起が始まるのを感じながら彼は思った。《気でも狂ったのか？　こんなところで？　駅だぞ。目の前にバジェホスがいるというのに》それでも彼は考えた。《幸福感。こんな気持ちになったのは初めてじゃないか》開いている店はないが、数年前、国がこんなふうになる前にこの町を訪れた時のことを思い返してみると、日暮れとともに石油ランプに照らされて昔ながらの店が並ぶ光景が頭に甦った。洋服店、蝋燭店、床屋、時計屋、パン屋、帽子屋。それに、バルコニーにはウサギが何列も天日干しされていた。にわかに空腹が戻り、口に唾が溜まる。マイタのことを考えてみる。ＰＯＲ（Ｔ）の仲間がもろ手を挙げて行動計画に賛同してくれるだろうと思うと、幸福感で気持ちは昂ぶり、リマへと心は逸った。彼は思った。《アナトリオに会ったら、何もかも打ち明けて、夜通し話を続けることになるだろう、一緒に笑って、仲間たちを焚きつける策を練ることになるだろう。そしてその後……》アソリン風とでも呼べそうな重々しい沈黙が支配し、時に静寂を破るものといえば、瓦屋根の庇に隠れて姿を見せない夜啼鳥の声だけだ。すでに町の外れまで来ている。ここで、この場所で、この静かな、かつては時間が止まっていた通りで、あの均整の取れた広場、二十五年前にはシダレヤナギに飾られ、周りをイトスギに囲まれていた広場で、事は起こったのだ。これ以上ひどくなることなどありえないと思われていたこの国で、飢えと虐殺と分裂の危機が現在のような極端なレベルに達することなど想像もできなかったこの国で、事は起こったのだ。この場所で、リマ行きの汽車に乗り込む前の別れ際、まったくの孤児が直情的な下士官に向かって、反乱の始まりに勢いをつけるためには、何か武装プロパガンダを準備しておいたほうがいい、と説き伏せたのだ。

「何だい、それは？」バジェホスは言った。

汽車はホームに止まっており、乗客が殺到していた。出発前の最後の数分まで二人は昇降口の近くで話し込んでいた。

「カトリックの言葉に置き換えれば、《範を垂れる》だな」マイタは言った。「大衆の頭に規範として刻みつけられるような行動、彼らに自分たちの持つ力を示す啓発的な行動のことだ。一つの武装プロパガンダは『労働者の声』百号分にも勝る」

二人は小声で話していたが、車両内は座席を奪い合う客でごった返しており、聞かれる心配はなかった。

「ハウハの刑務所を占拠して武器を奪うより、武装プロパガンダのほうがいいというのかい？　警察署や市民警備隊の駐屯地を襲撃するよりも？」

「ああ、そうだ」マイタは言った。

そうした場所の襲撃は軍事的作戦行動にほかならず、首謀者が少尉となれば、どうしてもクーデターのように見えてしまう。それではイデオロギー的立場がぼやける。最初の数時間を最大限まで利用せねばならない。新聞やラジオが騒ぎ立てることだろう。事件後最初の数時間に起こる反響は大きく、人々の記憶に焼きつけられる。事をうまく進めるためには、何か象徴的な行動を起こし、革命的、階級闘争的メッセージが、軍部のみならず、学生や知識人、労働者や農民にまで伝わるようにする必要がある。

「なるほどな」バジェホスは言った。「言われてみればそのとおりだ」

「どのくらい時間があるのか知っておく必要があるな」

「数時間はあるだろう。電話電信網が断たれ、ラジオ局も使えないとなれば、誰かが知らせを持ってワンカーヨへ行くしかない。行って戻ってくる間に警察が動き出す。五時間ぐらいかな」

「啓発行動を起こすには十分すぎる時間だ」マイタは言った。「そこで大衆に向かって、この反乱がブルジョア権力と帝国主義と資本主義に向けられたものであることを印象づけるんだ」

「演説口調になってきたな」バジェホスは彼を抱き寄せて笑った。「乗れよ、早く。戻ったら、サプライズが何か見てくれ。必需品だ」

《計画は完璧でした》対話の間、ウビルス氏は何度もこの言葉を繰り返した。では、なぜ失敗したのです？　変更があり、性急に進めるあまり混乱が起こった。誰のせいで？《はっきりとはわかりません。もちろんバジェホスにも責任はあります。トロ公の影響もあったでしょう。死んでも疑念を抱き続けることでしょう》氏によれば、彼に向けられたどんな誹謗中傷よりも、さらには、ゲリラのブラックリストに入っていることよりも、この疑念に長い間、そして今も苛まれ続けているという。宿まで残り半分というところまで来たが、パトロールにも戦車にも、人にも動物にも会わなかった。見えない鳥の鳴き声が聞こえるだけだ。月と星に照らされて、静かな耕地が青っぽく浮かび上がり、苗床、ユーカリの木立、山並み、道の両脇に散らばる小さな家々——都市の家と同じく、石と泥で塗り固められている——が見える。こんな夜に沼の景色を見るのも悪くあるまい。宿に着いたら見てみよう。歩いているうちにこの本を書く気力が戻ってきた。テラスや船着き場へ出ても、流れ弾の心配はないだろうし、狙って撃つ者もいるはずはない。そして、思考を巡らせ、記憶をたぐり、想像力を駆使して、夜が明ける前までに、なんとかマイタの物語のこの挿話の体裁を整えることにしよう。汽笛が鳴り、汽車が動き始めた。

6

「人生で一番恐ろしい訪問だったよ」ブラケールは言う。「半信半疑で何度も目をしばたたかせた。本当に奴なのか？」

「ああ、私だ」マイタはそそくさと言った。「入っていいか？　急ぎの用なんだ」

「わかるだろう！　トロ公が自宅を訪ねて来るなんて」とんでもない来訪者に出くわして悪寒に囚われたあの日の朝を思い出しながらブラケールは微笑む。「貴様と俺に話し合いの余地などないだろう、マイタ」

「大事な、急な話なんだ。敵とかなんとか、そんなことを言ってる場合じゃない」《熱っぽい口調で、一目で気が動転していることがわかった。眠れもしなければ顔を洗うゆとりもない、そんな感じさ》「人に見られるのが嫌なのか？　それならどこか他へ行こう」

「二人で会ったのは計三回」ブラケールは言い添える。「最初の二回は、背信行為、つまり俺のようなスターリン主義者と接触したことで、除名処分を言い渡されたあのＰＯＲ（Ｔ）の委員会の前だった」

煙草のやにで汚れた歯を剝き出しにしながら彼は微笑み、近眼用の分厚い眼鏡の後ろからしばらく控え目に私を見つめる。我々のいるミラフローレスのカフェ・ハイチには、襲撃の傷痕がまだ生々しく残っている。窓にはまだガラスが入っておらず、カウンターと床は煤けたままひび割れている。だが、通りに面したテラス席からはそれが見えない。我々の周りでは、二十ほどあるテーブル席に着いた人々が全員一つの会話に参加してでもいるように、皆同じ話題を口にしている。キューバ軍がボリビアから国境を越えて入ってきたという噂は本当なのか？　三日前から、反乱軍とそれを支持するキューバとボリビアの義勇兵が正規軍に攻勢をかけており、軍事評議会はアメリカ合衆国に通達を出して、このまま黙っていれば数日後にはアレキパが占拠される、ペルーに社会主義共和国の樹立が宣言されるだろう、そう伝えたというではないか。だが、ブラケールと私はそうした一大事に一切触れることなく、四半世紀も前の取るに足らない事件、私が小説で忘却から掘り起こそうとしている小事件について話を続けている。

「事実、私はスターリン派だった」しばらく経った後で彼は付け加える。「当時はみんなそうだったものな。君だって同じだろう？　バルビュスの書いたスターリン伝に感動しただろう？　ネルーダが捧げた詩を暗記しただろう？　ピカソの描いたスケッチのポスターを持っていただろう？　死んだ時には泣いただろう？」

三十五年前、共産党青年団の組織する秘密研究会に入った私は、プエブロ・リブレ地区の小さな家で、ブラケールの口から初めてマルクス主義について講義を受けた。確かに当時の彼はスターリン主義者であり、声明をそのまま繰り返す機械、ステレオタイプばかり繰り出すロボットだった。それが今や、印刷所の仕事でなんとか糊口を凌ぐ老いぼれでしかない。まだ党員なのだろうか？　そうであったとしても、党のヒエラルキーを昇る道を断たれたその他大勢の一人だろう。現に、今もこうして、南部で決定的に国際化しつつある戦線の先行きを示すかのようにどんより曇った空と宙を舞う塵の下、灰色がかった陽光を浴びながら、他にすることもなくこうして私と話し込んでいる。共産党のみならず、極左の他の党の指導部にいた者は皆、取るに足らぬ者も含めて隠棲か投獄か抹殺の憂き目に遭ったにもかかわらず、彼は誰からもマークされていない。彼のあやふやな履歴についてはいろいろ話を聞いたが、今それを調べようとは思わない（ニュースが本当で、全面戦争に突入する事態になれば、小説を書き終える時間はあるだろうか。リマで市街戦が始まって自宅にまで危害が及ぶとなれば、執筆などとても無理だろう）。私の目的は、二十五年前、ハウハで反乱が起こる前夜、彼ら二人――スターリン主義者とトロツキー主義者、まさに水と油――が関わった三度の会合について証言を聞き出すことだ。とはいえ、かつては共産党中央委員会、その上層部まで食い込むことが確実視されていたブラケールが、今やこうして落ちぶれているという事態にはやはり興味をひかれる。ハンガリーかチェコスロバキアか、東欧の国へ送られて士官学校へ入ったところで何かあり、問題に巻き込まれたらしい。ひそひそ声で様々な告発が出回ったが――いつも同じ、分派活動、超個人主義、プチブル的思い上がり、規律違反、党路線への不服従――、なぜ除名されたのか、そこからはまったくわからなかった。ソ連批判とか、何か重罪を犯したのだろうか。だとすれば、なぜそんなことをしたのだろうか。確かなのは、除名処分により、粛清された共産主義者として数年間うらぶれたリンボへ追いやられ――僧衣を脱いだ司祭でも、党を追われた共産党員ほど天涯孤独ではあるまい――、後におそらくしかるべき自己批判を経て復党を認められるまで、あらゆる意味で転落を続けたことだ。その後の彼の歩みを見るかぎり、正道へ戻っても成果は乏しかったらしい。私の知るかぎり、党から彼に任された仕事といえば、『ウニダッド』やパンフレットやビラの校正だけだった。やがてゲリラが手の施しようのない規模に達すると、共産党は非合法化され、党員は解放軍によって迫害、暗殺されていった。だが、何かの間違いか突飛な思いつきでもないかぎり、落ちぶれて何の役にも立たなくなった男を投獄、暗殺する意味はなかった。苦い過去の記憶が最後の幻想まで断ち切った。ここ数年、彼に会うことがあると――必ず他の誰かと一緒にいたから、二人きりで話すのは十五年ぶりぐらいだろうか――、落胆で好奇心まで失った男という印象をいつも新たにした。

「マイタはＰＯＲ（Ｔ）から除名されたわけではなく」私が正す。「彼のほうが脱退したのでしょう。例の最後の委員会で。彼の書いた脱退届が『労働者の声』に出ていて、切り抜きを取ってあります」

「いや、あれは除名だ」今度は彼がきっぱりと否定する。「トロ公たちのあの最後の委員会のことなら細部まで知っている。最後に会った時、マイタが話してくれた。三度目の時だ。もう一杯コーヒーを頼んでもいいか」

クラッカーすら配給になった今、注文できるのはコーヒーと炭酸飲料だけだ。そのコーヒーですら、本来は一人一杯までとされているが、誰も守る者はいない。人々は興奮し、近くのテーブルでは誰もが大声で喋っている。聞きたいわけではないが、眼鏡の若者の話し声がどうしても耳に入ってくる。外務省では、国境を越えたキューバ・ボリビア国際義勇軍は《数千人にのぼる》と試算されているという。一緒にいる若い女が目を見開く。《フィデル・カストロも来たの?》、《そんな歳じゃないさ》若者がたしなめる。ディアゴナル大通りでは、車が止まるたびに、裸足にぼろ着の少年たちが蜂の群のように殺到し、洗車させてくれ、見張りをさせてくれ、ガラスを拭かせてくれ、とせがんでいる。カフェ・ハイチのテーブルを回って客に靴磨きを申し出る者もいる（噂では、こうした少年たちがここに爆弾を仕掛けたのだという）。そして女たちの集団が通行人や運転手——赤信号で止まったところを見計らって寄ってくる——を取り囲み、密輸品の煙草をすすめる。国中がこれほどひどい物不足だというのに、煙草にだけは事欠かない。缶詰とかクラッカーとか、寝ても起きても悩まされる飢えを癒す物をもっと密輸してくれればいいのに。

「そうなんだ」マイタは息を荒げて言った。それまでは冷静に順序立てて話しており、ブラケールも相手を遮ることはしなかったが、言いたいことはすべて言い終えた様子だった。これでよかったのか？　わからなかったし、どうでもよかった。眠れぬ夜を過ごした後で睡魔が殺到してきたような感じだった。「わかるだろう、だからこうしてやって来たんだ」

ブラケールは黙ったまま相手を見つめ、黄ばんだ細い指の間で煙草が短くなっていくのにもかまわなかった。

書斎も食堂も応接間も兼ねた小部屋は家具と椅子と本でごった返し、緑っぽい色の壁紙には湿気が染みを落としていた。話しながらマイタは、上階から女性の声と子供の泣き声が聞こえてくることに気づいていた。ブラケールは微動だにせず、近眼の目がじっと彼を注視していなければ、眠っているように見えたことだろう。ヘスス・マリア地区のこの界隈は車の往来もなく、静かだった。

「党への挑発にしてはずいぶん見えすいたやり方だな」抑揚のない声がようやく聞こえてきた。煙草の灰が床に落ち、ブラケールはそれを踏みつけた。「トロ公たちはもっと手の込んだことを仕掛けてくるのかと思っていたよ。来るだけ時間のムダだったな、マイタ」

驚きはなかった。これくらいが模範解答だろう。内心マイタも褒めてやりたいぐらいだった。党員はうかつに人を信じてはならず、模範的党員たるブラケールも、あの時一緒に逮捕されて以来、それを十分承知していた。返答する前にマイタは煙草に火を点け、欠伸を漏らした。上でまた子供が泣き始めた。女が囁き声でなだめている。

「いいか、俺はお前の党に注文をつけに来たんじゃない。これは党派対立を超えた、革命家全員に関わる事項だ」

「十月革命を裏切ったスターリン主義者も含めてか？」ブラケールが呟いた。

「十月革命を裏切ったスターリン主義者も含めてだ」マイタは頷いた。そして口調を変えた。「踏ん切りがつくまで夜通し考えた。お前が俺を信用していないように、俺もお前を信用していない。わかるな？　自分がどんな危ない橋を渡っているか、わからないとでも思うのか？　お前とお前の党にとんでもない武器を渡している、それでも俺はここにいる。挑発などと、思ってもいないことを言うのはやめろ。少しは頭を使え」

この奇妙きわまりない挿話が、この物語で合点のいかない部分の一つだ。協定や共闘を提案するわけでもなく、具体的援助を求めるわけでもないのに、反乱計画の詳細を宿敵にばらすなどまったく愚かしいではないか。そんなことをしてどうなる？　《今日の明け方、あのレボルシオンというラジオ局の放送は、昨夜からプーノには赤旗が掲げられていて、今日中にそれがアレキパとクスコまで及ぶ、と伝えていた》誰かが言う。《でたらめだ》別の声が答える。

「あいつが会いに来た時は私も同じことを思ったよ」ブラケールは頷く。「最初は罠だと思った。あるいは、何かに足を突っ込んだことを後悔して、難題を持ち込んでそこから脱け出そうとしているか……。その後の展開ですべて明らかになった」

「一目瞭然じゃないか、これは背中からナイフで刺すにも等しい行為だ」パジャルディ同志が吠えた。「この冒険にスターリン主義者の助けを請うなんて規律違反だ。どこからどう見ても背信行為だ」

「必要ならもう一度最初から説明しよう」マイタは表情一つ変えず遮った。『労働者の声』の山に腰掛け、トロツキーの顔をあしらったポスターに背中を預けていた。数秒のうちにソリートス通りのガレージは鋭い緊張感に満たされていた。「しかし、同志、一つ明らかにしてほしい。さっき冒険と言ったのは、革命のことか？」

ブラケールは薄いコーヒーをゆっくり味わい、皺だらけの唇を舌の先で舐める。目を半分閉じて黙ったその姿は、隣のテーブルで交わされる会話について考えているようにも見える。《ニュースが本当なら、明日か明後日にもリマは戦闘に巻き込まれる》、《本当なの、パチョ？　戦争なんて想像もできない》午後、交通量が増える時間帯となり、ディアゴナル大通りの渋滞がひどい。物乞いの子供と煙草売りの女も増えてくる。《キューバ人やボリビア人が来るとは朗報だ》癇癪持ちの男が叫ぶ。《これでエクアドルの海兵隊も堂々と入って来られるさ。もうピウラやチクラヨあたりにいるのかもな。さっさと邪魔者を始末して、すべてにケリをつけてくれればいいのに》そんな声が辛うじて耳に届いてくるが、実のところ、今私の頭では、そんな血なまぐさい憶測よりも、かつてのリマ、交通量も貧困も密売もずっと少なかった頃のリマ、今の状況など考えもつかない時代のリマで交わされた二回の議論のほうがはるかに現実味を帯びている。陰謀計画を宿敵のスターリン派に打ち明けに行くマイタ、ＰＯＲ（Ｔ）中央委員会最後の話し合いで仲間と激論を交わすマイタ。

「荒唐無稽な計画に首を突っ込んでいたけれど、私に会いに来たというのはまだまっとうな判断だったかもしれない」ブラケールは言い添える。眼鏡を外してレンズを拭く姿は盲人のようだ。「ゲリラが軌道に乗った後には、都市からの支援が不可欠だ。薬や情報の提供、負傷者の介護や治療、戦闘員の確保など、支援のネットワークを広げなければ、先鋒の活動は尻すぼみに終わる。誰がそのネットワークを作るのか。ペルー全体で二十人ほどしかいないトロ公にそんなことができるわけがない」

「実際には我々は七名です」私が正す。

ブラケールにちゃんと伝わったのだろうか？　またもや微動だにしなくなった。頭を突き出し、汗が出るのを感じながら、疲れと不安に掻き消された言葉を追いかけて、あの見知らぬ家の上階から女と子供の声が断続的に響き渡るなか、私は同じ説明を繰り返していた。共産党員に山間部へ行ってくれとは誰も言っていないし――用心のため、バジェホスやハウハ、日付など、具体的な言及は避けた――、テーゼや理念、先入見、ドグマ、その他諸々を捨ててくれとも言っていない。ただ、この話を念頭において、臨戦態勢を取ってほしい。今に、信念を貫くか、放棄するか、二者択一を迫られる事態になる、搾取体制の崩壊や、農民と労働者による革命的体制の樹立を本気で臨んでいるのか、あるいは、普段の言説は大樹の陰に寄り添っていつか天恵のように都合よく革命が降ってくるのを待つためだけに弄する修辞なのか、大衆に向かって示すべき時が来る。

「我々をけなす段になると、お前らしさが戻ってくるな」ブラケールは言った。「では、何を頼みに来たんだ？　もっと具体的に話してみろ」

「心の準備をしておいてくれ、それだけだ」私は思った。《声が続くだろうか？》それまで感じたこともない疲労のせいで、必死に力を込めなければ言葉にすることもできなかった。上ではまたもや子供が大声で泣き始めた。

「いざ反乱が起これば、猛烈な弾圧が始まる。もちろん、お前たちにだって取締りの手は及ぶ」

「もちろんだ」ブラケールは呟いた。「お前の話がでたらめでなければ、政府も報道機関も、皆よってたかって、これは我々の仕業だ、モスクワの金、モスクワの指示だと騒ぎ立てるだろう。違うか?」

「そうかもしれない」私は頷いた。子供の泣き声が大きくなり、聞いているうちに頭がぼんやりしてきた。「だが、すでに話は伝えた。これで準備ができるだろう。それに……」

口を半分開けたまま後が続かず、ブラケールとの会談が始まってから初めて私は躊躇を感じた。顔は汗だらけで瞳孔が開き、手が震えていた。冒険と裏切り?

「その言葉のとおり、私も同感だ」カルロス同志が素っ気なく言った。「パジャルディ同志の発言はまったく正しい」

「今はバジェホスのことに集中しよう」総書記がたしなめた。「まずハウハの件を議論して、マイタ同志とブラケールの会見については、その後取り上げるとしよう」

「いいだろう」カルロス同志は答え、マイタは思った。《すべてが狂い始めてきた》「少尉ごときが、組合の指示も大衆の参加も取りつけぬまま、一揆《プッチ》のように革命を企てる、これを冒険と呼ばずして何と呼ぶ?」

「挑発とも道化芝居とも呼べるだろう」メダルド同志が発言した。同情もなくマイタを見て、石に刻まれたような表情で続けた。「勝ち目のない戦いに加わって党を滅ぼすわけにはいかない」

マイタは尻の下に積まれた『労働者の声』が傾くのを感じて、ここでこのまま自分が滑り落ちて尻もちをついたらどれほど滑稽だろうかと思った。横目で仲間たちを見ていると、着いた時になぜ冷態にあしらわれたのか、なぜ今日にかぎって誰も欠席者がいないのか、合点がいった。全員反対ということか? 実動部隊まで? アナトリオも反対なのか? 落胆より怒りが込み上げてきた。

「それに、何だ?」ブラケールが私を急かせた。

「銃だ」か細い声で私は言った。「我々には銃が余っている。反乱が起こって、共産党も身を守りたいというなら、武器を提供してもいい。もちろん無償でだ」

数秒後、ブラケールはその朝何本目かの煙草に火を点けたが、マッチが二回も途中で消え、最初の一服とともにむせ返った。《今度こそ事態の深刻さを理解したようだな》私の前で彼は立ち上がり、鼻と口から煙を吐き出しながら、隣の部屋に顔を出して叫んだ。《そいつをどこかへ連れて行ってくれ。泣き声がうるさくて話もできない》返事はなかったが、すぐに子供は黙った。席に戻ったブラケールは、私を見つめながら心を落ち着けた。「これがどんな罠なのか知らんがな、マイタ」彼は呟いた。「一つだけ確かなことがある。お前は狂ってる。どんな理由であれ、党がトロ公と共闘するなんて、本気で考えているのか？」

「革命と共闘するんだ、トロ公が相手じゃない」私は答えた。「ああ、本気だとも。だからこうして会いに来てるじゃないか」

「正確に言えば、プチブル的冒険だろう」アナトリオが口を挟み、口ごもるその様子を見ただけで、次に何を言うのか、そして、次に言う台詞を予め準備してきたことが私にはわかった。「大衆への呼びかけもないし、大衆は計画から除外されている。仮に我々が駆けつけたとしても、ウチュバンバのコミューンが蜂起する保証があるだろうか？　まったくない。誰か収監中の指導者二人組に会った者がいるか？　誰もいない。すべての指揮を執るのは誰だ？　私たちか？　違う。無鉄砲なクーデター気質を吹き込まれた少尉だ。我々の役目は何だ？　最後尾の車両、大砲の餌食、そんなところだ」今度は振り返って臆することなく私の目を見つめた。「思ったとおりに話すのが私の務めだと思う、同志」

《昨夜考えていたこととまったく違うじゃないか》私は心のなかで応じた。いや、おそらく昨夜から腹は決まっていて、私を攪乱するために表面だけ取り繕っていたのかもしれない。手持ち無沙汰に、新聞の山を注意深く積み直し、再び壁に寄せかけた。ここまでくれば明らかだった。この前に予め全員が集まって、事態に対するPOR（T）中央委員会の統一見解をまとめていたのだ。アナトリオもその場にいたにちがいない。苦い味を噛みしめ、骨に不快感が走った。愚かしい茶番だ。昨夜、セピータ通りの部屋でじっくり話し込んだではないか。行動計画を確認したではないか。山へ行く前に別れを告げる相手はいるのか？　おふくろだけだ。何て言うんだ？　奨学金が取れたからメキシコへ行くよ、毎週手紙を書くからさ、母さん。その態度に迷い、不快、疑い、矛盾が見えただろうか？　とんでもない、本気で熱くなっていた。二人闇夜に横になると、小さなベッドは軋み、屋根裏でネズミが走るたびに、私の体にくっついた彼の体がぴくりと動いた。その一瞬の震えとともにアナトリオの肌が感じられ、私は待ち焦がれた。彼の口に口をつけたまま、突如私は言った。《お前に死んでほしくはない》そして、一瞬の間を置いた後、《自分が死ぬんだと考えたことはあるか？》欲望のあまり粘ついて間延びした声で彼は即答を返してきた。《もちろん考えたことはあるさ。怖くはない》再び崩れそうになった『労働者の声』の山に、痛む体をよろよろと落ち着けながら私は思った。《本当は怖いんだな》

「単なるフリだろう、何か心理的問題を抱えているんだろう、いろいろ思ったよ……」隣のテーブルから娘の笑い声が届き、ブラケールは口をつぐむ。「同志たちにもたまに起こることだからね、軍人だって突如自分がナポレオンだと思い込む奴がいるだろう。だから思ったよ、今日は目覚めとともに自分がフィンランドの駅へ向かうレーニンだと思い込んだんだろう、ってね」

また娘が高笑いを上げて彼は黙る。別のテーブルでは、男が熱弁をふるっている。浴槽や洗面台、バケツ、桶などに水を張り、それを部屋の隅々に置いておくこと、海水でもかまわない、アカが入って来れば、アメリカが爆撃で応じる、爆弾より怖いのは火事だ、これが最優先、本当だ、水が手元にあれば、たとえ火が出てもすぐ消火できる。

「だが、荒唐無稽のようで実は本当の話だった」ブラケールは続ける。「すべて真実だったんだ。本当に銃は余っていた。例の下士官が軍の武器庫からくすねて、このリマのどこかに隠していた。マイタに自動小銃をプレゼントした話は知っているだろう。どうやらあれもその一つだったらしい。武装蜂起は士官候補生時代からバジェホスが追い求めてきた夢だったんだ。頭がおかしかったわけではなく、本気で計画を練っていたんだ。愚かしくとも、大真面目だったんだよ」

作り笑いでやにだらけの歯が剝き出しになる。靴磨きをしようと近づいてきた子供を荒っぽい仕草で追い払う。

「銃をやる相手もいなくて、持て余していたんだ」愚弄を込めて彼は言う。

「党の反応は？」

「誰も相手にしないよ、本気にする奴はいなかった。銃の話もゲリラの話も。一九五八年の夏、髭面の男たちがハバナへ入る数カ月も前に、そんな話を誰が真に受ける？　党の反応は当然だった。どうせ何か企んでいるにちがいないトロ公とはさっさと手を切るべし。もちろん私もそのとおりにした」

バケツの話を持ち出した男に対して女が無知呼ばわりする。爆弾が降ってくるとなれば神に祈るしかない！　それなのにバケツを準備しろだなんて！　戦争はカーニバルじゃないのよ、まったくバカバカしい。《あんたが男ならその鼻っ柱をへし折ってやるところだ》男は唸り、夫人の同伴者は慇懃《いんぎん》に言葉を返す。《私は男だ、鼻っ柱をへし折ってもらおうじゃないか》二人の男が取っ組み合いを始めそうになる。

「罠だか狂気だか知らんが、これ以上のお付き合いは御免こうむる」ブラケールは党の見解を伝えた。「今後面会に応じることはない」

「予想通りだ。そんな体たらくじゃ、今後も事態は何も変わるまい」

二人の男は引き離され、カッとなった時と同じ速さで瞬く間に落ち着きを取り戻す。娘が声を上げる。《内輪もめなんかしている場合じゃないわ、一致団結すべき時なのに》背の曲がった男が彼女の脚を見ている。

「あいつには相当のショックだったらしい」膝をついて靴に手を伸ばしてきた別の靴磨きをブラケールは追い払う。「私に会いに来るとなれば、いろいろ思うところはあっただろう。反乱によって我々を隔てる障害は取り払われる、きっとそう思ったんだろう。脳天気な奴だ」

吸殻を放り投げると、煤けたぼろ服を着た男がたちまち駆け寄って拾い上げ、最後の一服をなんとか絞り出そうと必死に息を吸い込む。ブラケールを訪ねるという暴挙に出た彼もこんな感じだったのだろうか？　決行が迫っているというのに、参加するメンバーはごくわずかで、都市部から支援を得るために最低限必要な体制すらできてはいない、この事実に苦悩していたのだろうか？

「しかも、すぐにとどめの一撃をくらった」ブラケールは付け加える。「裏切り行為によって、向こうの党からも除名されたんだ」

ハシント・セバージョスもまったく同じことを言っていた。あの委員会ではすでに敵意に満ちた発言がいくつも飛び交っていたが、労働者階級出身で、ペルー・トロツキー派の最古参だった彼の発言には打ちのめされた。アナトリオの翻意より辛かった。老セバージョスにはいつも敬意と親愛の情を抱いていた。総書記が憤慨の調子で話し始め、誰も身動き一つしなかった。

「そのとおり、我々をないがしろにして勝手に党の名前を使い、この計画に地元のスターリン主義者の協力を要請するなど、分派行動どころか、裏切り行為だ。しかも君の説明は実にさもしい。過ちを認めるどころか、自己弁護に終始している。マイタ、君を党から除名せねばなるまい」

私はどんな説明をしたのだろう？　あの委員会に出席した者の全員が開催そのものを否定しているが、私には、ブラケールの話どおり、実際に開かれたと考えずにはいられない。宿敵を訪ねて行ったことについて、どんな釈明をしたのだろう？　こんな事態となった今では、あれがそれほど常軌を逸した行為だったようには見えない。明日か明後日にもリマへ押し寄せてくるという「アカ」たちには、多岐にわたるマルクス主義者が含まれ、モスクワ派もトロツキー派も毛沢東派も表面上は同じ旗印のもとで戦っている。革命とは大きな困難を伴う重要課題であり、特定の組織が他の組織よりペルーの現実を正確に把握できているからといって、その組織が特権的に独り占めしていいということにはならない。あらゆる勢力が自らの理想を捨てることなく一時的に党派的利害を排し、一致団結して階級の敵に対抗する具体的行動に打って出て、初めて革命は可能になる。身なりの悪い四十男が、興奮のあまり汗だくで目をしばたたかせながら、彼の人生を変えた素晴らしい玩具、必ずや仲間たち、それどころか左翼全体の命運を変えるであろう玩具を売り込もうとしていた。行動、浄化と救済と贖罪をもたらす行動、これこそが、諸君、ライバル心や敵意やささいな意見の対立を取り払い、エゴと個人主義の産物でしかない敵対心を鎮め、党派やセクトを怒涛に飲み込み、あらゆる革命家をひきずっていく。だからブラケールに会いに行ったのだ。具体的な名前や日時、場所は一切明かしておらず、機密を漏らしたわけではないし、党を巻き込んだわけではない。最初からブラケールに伝えたとおり、あくまで個人として話をしてきたのであって、今後協定を結ぶとなれば、党と党の話し合いが必要だろう。党の了承を得ずに行ったのは、事態が急を要するからだ。すぐにでもハウハへ発たねばならない。革命が差し迫っていることを一刻も早く伝え、マルクス主義革命派としてしかるべき結論を下すよう要請しておくべきだと考えた。闘争に加わる準備を進めておいてほしい。反動は必至で、追い詰められた猛獣のように襲いかかってくるだろうから、その攻撃に耐えるためには、共闘する必要がある……。最後まで私の話を聞いてくれたのだろうか？　無理やり黙らされたのだろうか？　ソリートス通りのガレージから悪態交じりに叩き出されたのだろうか？

「何度も発言を許されたようだ」ブラケールは言う。「緊張が高まり、個人的な話まで出たらしい。マイタとホアキンが取っ組み合いの喧嘩をしそうになった。そして反対決議、除名決議が下されると、ぼろ切れ同然になっていたマイタを床から立ち上がらせて、退席を命じた。トロツキー派らしいメロドラマだよ。このPOR（T）最後の委員会はいいネタだろう」

「ええ、そうなるでしょうね。しかし、腑に落ちないことがあります。モイセス、アナトリオ、パジャルディ、ホアキン、いずれもがその開催をきっぱりと否定しているのはなぜなんでしょう？　多くの点で彼らの見解は食い違うのですが、この点だけは全員の意見が一致しています。マイタの離党届は郵便で届いた、POR（T）が反乱への不参加を決めたので、ハウハへ発つ前に自分の意志で離党を決めた、皆こう言っています。集団的記憶違いですかね？」

「集団的うしろめたさだろうね」ブラケールは呟く。「マイタがでたらめを言ったはずはない。委員会の後、すぐ私に話しに来たんだから。とどめの一撃をお見舞いしたことが、奴らにとっても気まずかったんだろうね。洗いざらいマイタのことをぶちまけるうちに、一番辛いところを突いてしまったんだ。残酷な話だろう」

「世界の終わりが迫りつつあると言ったほうがいいかもしれない」とぼけた客が叫ぶ。愚かしいほど陽気な声で娘は笑い、物乞いの子供たちが歩行者の間で空き缶を蹴り始めたおかげで、一時的に我々の周りが静かになる。

「そんな話まで出たんですか？」私は驚く。「親友にすら打ち明けたことのない話でしょう。それをなぜわざわざあなたに。理解できません」

「私も最初は理解できなかったが、今はわかる気がする」ブラケールは言う。「あいつは百パーセント革命家だった。ＰＯＲ（Ｔ）に除名され、それで我々が立場を変えるのではないかと思ったんだろう。反乱計画を真面目に取り上げてもらえるんじゃないか、とね」

「実を言えば、もうずいぶん前から我々は彼を除名しておくべきだったんだ」ホアキン同志はこう断言してマイタのほうを振り向き、その目を見て私は思った。《なぜ私を恨む？》「マルクス主義者、革命家として忌憚なく言わせてもらおう。君のしたこと、君の策略、スターリン派の用心棒ブラケールのもとへこっそり足を運ぶという暴挙は、私に言わせれば不思議でもなんでもない。君はまっとうな男ではないんだ、マイタ、完全な男じゃない、それだけだ」

「ここは個人的な問題を議論する場ではない」総書記が遮った。

ホアキンの発言に驚いてマイタは言葉に詰まった。私には体をすくめることしかできない。なぜそんなに驚くことがある？　議論のたびに、心のどこかでいつこの話が出ることかと怯え、いきなりローブローを喰らって論争もよそに失神する事態も想定していたではないか。全身に痙攣が走り、新聞の山の上で体の位置を直しながら、陽光の波に怯えるような状態で私は考えた。《アナトリオが立ち上がって、昨日一緒に寝た話をするにちがいない》何と答えればいいのだろう？　どうすればいいのだろう？

「個人的問題ではなく、今回の事件と深く関わる問題だ」ホアキン同志は答え、私は怯えて当惑しきっていたが、マイタは彼の憎念を確信した。こんな手で報復してくるとは、知らぬ間にいつかひどい傷つけ方をしていたのだろうか？　「敵の助けを求めるというこの陰湿で気まぐれな行為は明らかに女性的だ。同志諸君、こんな人物が相手でも我々は気を使って発言を慎んできたが、性的倒錯者が革命家になれるのか？　問題はそこなのだ」《性的倒錯者などと言わず、オカマと言えばいいものを》私はこんな理不尽なことを考えた。《オカマ、そうだろう？》ショックから立ち直って手を上げ、発言を求めていたハシント同志を指差した。

「本当にマイタ自身があなたと会った話を持ち出したのですか？」

「本当だ」ブラケールは頷く。「正しい振る舞いだったと信じ切っていて、仲間たちの承認を取りつけるつもりだったんだ。ハウハへ行くことになっていた三人が発った後、リマに残った三人は我々との共闘を模索する。これがあいつの犯した最大のヘマだった。トロ公たちは、ハウハの話なんか信じていなかったし、マイタに引きずり込まれた厄介事からどう逃れたものか困っていたところに、恰好の口実が転がり込んできた。責任を回避し、お邪魔虫、つまりマイタと手を切るため、またもや分裂という手段を選んだわけさ。トロ公の十八番じゃないか、粛清、分裂、細分化、除名」

ニコチンまみれの歯を見せて彼は笑う。

「個人的問題は関係ない。性、家族、そうした話を持ち出すべきではない」私は繰り返しながら、搾乳用のスツールに腰掛けてじっと床を見つめるアナトリオのうなじから目を離すことができなかった。「私は挑発に乗ったりはしない。無礼に無礼を返したりはしない、いいか、ホアキン」

「個人的問題を持ち出すべきではないし、脅しに頼るべきではない」総書記が声を上げた。

「どっちなんだ、マイタ?」振り向いて正面から見つめてくるホアキンの声が聞こえた。拳を握り締め、防御でも攻撃でもできる態勢になっていることが私にはわかった。「少なくとも、自分の悪徳は率直に認めるのか?」

「二人だけで話を進めるんじゃない」総書記は言った。「喧嘩をしたいのなら外へ出なさい」

「そのとおりだ、同志」ハシント・セバージョスを見つめながらマイタは言った。「勝手な話や喧嘩はやめて本題に戻るべきだ。性の問題は関係ない。ホアキン同志がこだわるのなら、別の機会に議論しよう。本題に戻って、少し私の話を黙って聞いていてほしい」


ようやく落ち着きを取り戻し、実際に話を聞いてもらうことはできたが、話ながらも私は心の奥で諦め始めていた。彼らこそ、私のいないところですでに反乱と手を切ることを決めており、何を言ったところで決定を翻すことはないのだ。そんな私の悲観的見方を微塵もうかがわせることなく彼は話を続けた。すでにした説明、すでにわかりきっていた説明を、私は熱を込めてもう一度繰り返し、彼の口から発される言葉を聞いていると、様々な問題や障害はあれ、その説明はやはり説得力に満ちていた。客観的条件は揃っているではないか。ラティフンディオやボス支配、資本主義的・帝国主義的搾取の犠牲者となっている彼らこそ、潜在的な革命勢力ではないか。それならば、あとは我々先鋒部隊が武装プロパガンダを起こし、大衆を目覚めさせて蜂起へと導く教条的作戦行動によって、主観的条件を生み出そうではないか。先例には事欠かない。インドシナ、アルジェリア、キューバ、こんな例を見れば、決然たる先鋒部隊が革命の引き金となることは明らかだろう。ハウハの話がプチブル的冒険だなどとんでもない言いがかりだ。入念に練られた計画であり、規模は小さくとも十分な装備が揃っている。我々全員が役目を果たせば成功は間違いない。POR(T)がないがしろにされるなどとんでもない、バジェホスは軍事行動の指揮を執るだけで、我々がイデオロギー的指導者となるのだ。党派的利害心は捨てて、広く寛容な目でマルクス主義とトロツキー主義を見渡すべきなのだ、同志諸君。率直に他の左派勢力の協力を仰ぐべき時なのだ、闘争は長く困難で……。

「マイタの除名を求める発議があったのだから、今はそれを議論すべきだ」パジャルディ同志が口を挟んだ。

「二度と会いに来るなと言っただろうが」入り口に立ちはだかってブラケールは言った。

「いろいろあったんだよ」マイタは答えた。「もう俺と会っても問題はないよ。お前と会ったことで、POR(T)を除名されたんだから」

「そして、あいつを迎え入れたことで今度は私が除名された」素っ気ない調子でブラケールは言う。「十年後に」

「党ともめたのはその話が原因だったんですか?」

カフェ・ハイチを後にした我々は、ブラケールがバスで帰るというので、ミラフローレス公園に沿ってラルコ大通りとの角に向かって歩いていく。あちこちで地面に安物を広げた売り子たちの間を縫うようにして群衆が行き交い、売り物に躓く歩行者もいる。侵略談義が相変わらず熱を帯び、我々の会話にも様々な声が割り込んでくる。《キューバ人》、《ボリビア人》、《爆撃》、《海兵隊》、《戦争》、《アカ》

「いや、そういうわけじゃない」ブラケールは正す。「原因は、俺が指導部の方針に異論を唱えたことさ。だが、表面上俺に課された制裁はそんな批判と無関係ということになっている。いろいろと責任を問われたが、その一つとして出てきたのがトロツキー派への接近だよ。俺がトロ公との共闘を党に提案した、そんな話が持ち上がったんだ。いつもの手さ。批判を唱える者を道徳的に貶め、その人物のやることなすことをすべてクズ扱いするんだ。そういうことに関しては一流だからな」

「つまり、あなたもハウハの事件の煽りを食ったわけですか」私は言う。

「そうとも言えるかもしれない」中途半端な微笑みで人間味を帯びた羊皮紙色の老人顔がこちらに向く。「トロ公と繋がっていた証拠は他にもあったんだけど、そこまでは奴らも気づかなかった。実は、マイタが山へ発った時、あいつの本をもらったのは俺なんだ」

「やる相手が誰もいないんだよ」私は冗談めかして言った。「もう同志は誰もいないし、密告者にやるぐらいならお前にやるほうがいい。人助けだと思って、安心して受け取ってくれ。少しは勉強になるはずだ」

「トロツキー主義のクソ本がたくさんあったから、学校時代にこそこそ隠れてバルガス・ビラを読んだように、こっそり読んでみたよ」ブラケールは笑う。「もちろん内緒さ。マイタがイニシャルを残したページは破り捨てて、証拠が残らないようにした」

再び笑う。人の輪が頭を突き出し、通行人の一人が高く掲げた携帯ラジオから発されるニュース速報に耳を傾けている。我々に聞こえたのは最後の部分だけだ。今日未明、国家再建評議会はキューバ・ボリビア・ソ連連合軍がプーノ県の国境三カ所を破って神聖なるペルー領土を侵犯した事実を確認し、国際社会にこの暴挙を訴えた。午後八時、評議会はラジオとテレビを通して国民に声明を出し、ペルー国民への冒瀆に他ならぬこの事件を伝えるとともに、今こそ一致団結して防戦に臨むよう……。それでは、本当に領土侵犯があったのだ。となれば、エクアドルの基地から海兵隊が乗り込んでくるだろう。あるいはもう来ているだろうか。ニュースに呆然として怯える人々の間を縫って、我々は再び歩き始める。

「どっちが勝っても俺には何もいいことがない」警戒心よりも退屈を露わにしながらブラケールは出し抜けに言う。「俺の名前は旧国際共産主義工作員として海兵隊のブラックリストに載っているはずだし、反乱軍にとって俺は修正主義者、帝国主義的社会主義者という裏切り者だからな。まあ、カフェ・ハイチにいた男の助言に従って、部屋にバケツを置くつもりもないがな。火事でも起こったほうがおあつらえむきの結末かもしれない」

ティエンデシータ・ブランカの前のバス停には人だかりができており、だいぶ待たなければバスに乗れそうにない。除名者のリンボで歳月を過ごすうちに、彼は言う、あの日のマイタのことがよくわかってきた。私は別のことを考え、彼の長話から次第に気持ちが離れていく。ハウハの事件は、数年後、間接的にではあるが、ブラケールが失脚して党員資格を剝奪される一因となった。これもまた、人間の歴史がいかに思いもよらぬ不思議な出来事の分岐を辿って展開するものか、複雑な因果関係と作用反作用、不慮の事件の絡み合うなかで進んでいくものか、証し立てる事実だろう。どうやら、何度も不躾に訪ねてきたマイタのことを恨んではいないらしい。それどころか、今となっては敬意すら抱いているようだ。

「棄権者なし、数えてみるがいい」ハシント・セバージョスは言った。「全会一致だ、マイタ。君はすでにPOR（T）の党員ではない。自業自得だな」

墓場のような沈黙が支配し、誰も動く者はいなかった。立ち去るべきだろうか？　何か言ったほうがいいだろうか？　ドアを開けっ放しにしていくか、悪態でもつくか？

「十分前までお互いに宿敵だと信じ込んでいたのに」マイタの座る椅子の前を行き来しながらブラケールは声を荒げた。「それが今や昔からの知己のような振る舞いじゃないか。なんてザマだ！」

「待ってくれ」メダルド同志が優しい調子で言った。「まだ再検討の余地があるぞ、同志諸君」

「所属部隊は違っても、俺たちは同じ革命家じゃないか」マイタは言った。「それに、他にも共通点はある。俺にとってもお前にとっても、政治問題が第一で、個人的問題は二の次だろう。そう頭ごなしに拒絶せず、じっくり話そうじゃないか」

再検討？　全員の視線がメダルド同志に注がれた。煙が立ち込め、『労働者の声』を積み上げた隅にいるマイタには、同志の顔がぼやけて見えた。

「絶望して打ちのめされ、足元から地面が崩れていくような気分、そんな感じですか？」

「自信と落ち着きに満ち溢れ、楽観的にさえ見えたよ。そう取り繕っていただけかもしれないが」ブラケールは首を横に振って言う。「除名処分など屁でもないことを見せつけようとしていた。実際そのとおりだったのかもしれない。年老いてからセックスや宗教にはまる男を見たことがあるだろう？　いつも貪欲で前のめり、しかも疲れを知らない。まさにそれだよ。いよいよ行動に乗り出すというので、子供のように興奮していたんだろう。若者のダンスを踊ろうとする老人のように滑稽な姿だった。それでいて、羨ましく思わずにはいられないんだ」

「俺たちはイデオロギーの違いから敵同士だったが、今や、まったく同じ理由で友達になれるはずだ」マイタは微笑んだ。「友情や敵対心なんて、俺たちにとっては戦略上の問題にすぎないじゃないか」

「自己批判でもして俺たちの党に入党を求めるつもりか？」ブラケールはとうとう声を上げて笑った。

落ち目になってはいても百戦錬磨の革命家が、ある日行動に打って出るチャンスを見出し、戦闘と行軍によってわずか数週間、数カ月のうちに何年にも及ぶ怠惰な日々の埋め合わせをする期待を胸に、思慮分別もなく勇み込んで出陣しようとしている。これがまさに当時のマイタであり、あらゆるマイタのなかで、私が最もはっきり思い浮かべることのできるマイタだ。彼は、友情や愛さえも政治の道具と割り切っていたのだろうか？　そうではない、あれはブラケールと腹を割って話すための方便だろう。もし仮に感情や本能をそんなふうに統制できていたのならば、あんな二重の人生、世界を変えるという骨の折れる仕事に打ち込む地下の闘士でありながら夜になればカマ漁りに繰り出す、そんな身を引き裂かれるような生活を送ったはずがない。大きな賭けに打って出る度胸があったことは、不可能を可能にしようと最後まで必死にあがき、不確かな反乱に宿敵の支持を取りつけようと奔走したことからも明らかだ。二台、三台とバスが通るが、ブラケールは乗り込むことができない。ベナビデス大通りならバスが捕まるかもしれないので、ラルコ大通りを下ることにする。

「こんな話が明るみに出れば反動勢力を利するだけだ。それにひきかえ、党へのダメージは大きい」メダルド同志は慎重に言葉を選んで話した。「もう一方のPORも含め、ライバルたちは大喜びだろう。ほれ見たことか、また内ゲバで分裂か、と囃し立てるに決まっている。待ってくれ、ホアキン、キリスト教の贖罪めいたことを提案しようというのではない。再検討とはどういうことか説明させてくれ」

ソリート通りのガレージに漂っていた緊張の空気が緩んだ。立ち込める煙にマイタの目が痛んだ。敵を簡単に倒しすぎた驚きのあまり良心の呵責を和らげる言い訳を考えてくれた者に感謝でもするように、誰もがモイセスの説明を聞いて安堵し、表情を緩めた。

「マイタ同志はすでに制裁を受けた。この点については誰も異論はあるまい」メダルド同志は言い添えた。「状況が変わらないかぎり、今後当分はPOR（T）へ戻ることもない。だが、同志諸君、彼が述べたとおり、バジェホスの計画は着々と進んでおり、我々の意向にかかわらず、近いうちに武装蜂起は起こる。そうなれば避けがたく我々にも影響が及ぶ」

モイセスは何を企んでいるのだろう？　自分のことをまだ《同志》と呼ぶのがマイタには驚きだった。ようやく筋道が見え始めたところで、発議に賛同する手が一斉に上がった瞬間から感じていた落胆と怒りが一気に吹き飛んだ。この瞬間を逃してはなるまい。

「トロツキー派はゲリラに加勢しない」彼は言った。「POR（T）は全会一致で不支持を決めた。もう一方のPORは計画について何も知らない。計画は着実に進行している。いいか、共産党にとっては、間隙を突く絶好のチャンスじゃないか」

「ギロチンに頭を突っ込めというのか。たいしたチャンスだな！」ブラケールは唸った。「コーヒーでも飲んで、トロ公たちとの不幸な愛でも語っていてくれればいいが、反乱の話はやめてくれ、マイタ」

「結論を急ぐ必要はない。一週間、それ以上、必要なだけ時間をかければいいさ」マイタは相手の言葉を無視して続けた。「お前たちにとって最大の障害はPOR（T）だったが、今やそれは取り除かれた。反乱を起こすのは組織を持たない革命派農民労働者の集団だけだ」

「お前もその一人だというのか？」ブラケールがゆっくりと言った。

「『労働者の声』の次号を買って読んでみればわかるさ」マイタは言った。「俺も無党派革命家になったんだ。どうだ、絶好のチャンスだろう。今なら革命の先頭に立つことができる」

「それが君の読んだ離党届だよ」ブラケールは言う。眼鏡を外してレンズに息を吹きかけ、ハンカチで拭う。「まやかしさ。サインしたほうも公表したほうも、どちらもそれがペテンにすぎないとわかっていた。それなら、何のためにあんなものを出すのか。読者を欺くため？　読者といったって、何人だっけ、七人かい、トロ公七人以外に、『労働者の声』なんか読む奴は一人もいない。歴史はそうやって書かれていくわけさ、同志」

まだ時間は早いが、ラルコ大通りの店はすべて閉まっている。ディアゴナル大通りや公園より、この辺りのほうが人通りは少ない。普段なら車の間を縫うようにして物乞いがうようよしているはずなのに、それさえいつもよりかなり少ない。役所の壁に赤いペンキででかでかと標語――《大衆戦争の勝利は近い》――が書かれ、鎌とハンマーのマークが添えられている。三時間前ここを通った時には何も書かれていなかった。ペンキ缶と刷毛を持った部隊がやって来て、警察の目も気にせず堂々と書いていったのだろうか？　だが、辺りには見張りの警官はいないようだ。

「少なくとも、これ以上党の不利益とならぬよう、彼にチャンスを与えようではないか」メダルド同志が注意深く言葉を続けた。「自ら離党してもらうんだ。そして離党届を『労働者の声』に掲載する。そうしておけば、ハウハの件に党が関わっていないという証拠が残る。再検討とはそういうことだ、同志諸君」

ＰＯＲ（Ｔ）中央委員会の多くが首を縦に振っているのがマイタにはわかった。モイセス／メダルドの提案は検討に値する。我に返って利益と不利益を天秤にかけてみた。そう、まだそのほうがましだろう。挙手した。発言を許してもらえるだろうか？

ベナビデスでも、ラ・ティエンデシータ・ブランカと同じくらいの人がバスを待っている。ブラケールは肩をすくめる。我慢。バスが捕まるまで付き合うと私は言う。ここでは多くの人が侵略の話を取り沙汰している。「後になって、あの話が狂気の沙汰ではなかったことに気づかされた」ブラケールは言う。「反乱がもう少し持ちこたえていれば、マイタの計算通りになっていたかもしれない。本格的な武装蜂起となれば、党は支援に乗り出して、主導権を取りにいかざるをえなかっただろう。今回もそうだった。もう誰も覚えていないかもしれないが、最初の二年間、我々は反対だった。それが今じゃ、毛沢東派と主導権を争っている。だが、クロノス同志は許してくれない。マイタは二十五年も事態を先取りして計算していたんだ」

党についての話しぶりが気になって、最終的に復党を認められたのかどうか、私は訊いてみる。《半分だけだ》女の子を腕に抱いたまま彼の話を聞くようにしていた夫人が突如我々の会話に割り込んでくる。《ロシア軍が攻めてきたというのは本当なんですか？　私たちの何がいけないんですか？　娘のことが心配で》女の子も声を上げる。《まあ、落ち着いてください、大丈夫ですよ、単なるデマですから》こうなだめながらもブラケールは、満員のバスに向かって指を突き出すが、またもや止まってくれない。数分前とは打って変わった雰囲気のなか、総書記は囁くような声でメダルド同志の提案に理解を示した。もう一方のPORの分裂主義者につけ込まれる事態も避けられる。彼のほうを見た。発言を許しても問題はあるまい。《話すがいい、マイタ》

「ずいぶんと話し込んだよ。ひどい仕打ちを受けたにもかかわらず、陽気に反乱の話をしていた」煙草に火を点けながらブラケールは言う。「近いうちに始まることはわかったが、場所まではわからなかった。まさかハウハとは思わなかったよ。クスコではあの当時土地騒動が起こっていたから、あっちのほうだと思った。だが、ハウハの刑務所で革命が始まるなんて、誰が考えただろう？」

また素っ気ない笑い声が聞こえる。どちらからともなく我々はまた歩き出し、七月二十八日大通りのバス停へ向かう。数時間後も彼は、薄汚れた皺だらけの服の下にびっしょり汗をかいて、目の下にはすみれ色の隈、頭はぼさぼさの巻き毛という姿のまま、ブラケール宅の、足の踏み場もないみすぼらしい小部屋で椅子の縁に腰掛けている。身振りを交えて話し、切羽詰まったような仕草で言葉を強調する彼の目には、揺るぎない確信が浮かんでいる。《歴史に加わるチャンスを、歴史を作るチャンスをみすみす逃すのか？》とブラケールを責め立てている。

「あの事件全体が矛盾だらけだった」半ブロック歩いたところでブラケールの声が聞こえる。「ハウハの問題に党を巻き込んだという理由でマイタを除名したPOR（T）が、あの直後に、銀行強盗というもっと不毛な行動に打って出たんだからな」

幕間に起こったフィデル・カストロのハバナ入場に刺激されて、マイタの策略から手を引くほど慎重だったPOR（T）が、ブルジョア銀行を襲撃する過激組織に姿を変えたのだろうか？　あの時ターゲットとなったのが――作戦行動中にホアキンが逮捕された――、今まさに通り過ぎようとしている国際銀行代理店だ。数日後、彼らはラ・ビクトリアのヴィセ銀行を襲撃し、そこでパジャルディが命を落とした。あの二つの事件でPOR（T）は壊滅した。それとも、やはり後ろめたさがあって、マイタとバジェホスは切り捨てたものの、自分たちも一発勝負に出られることを見せつけたいという焦りがあったのだろうか？

「良心の呵責とか、そんな問題じゃない」ブラケールは言う。「キューバだよ。キューバ革命がタブーを破ったんだ。《時期尚早》という名目で諦めろと言ってくるスーパーエゴが打ちのめされて、革命という名のもとに陰謀ばかり画策している現状に満足できなくなったんだ。フィデルがハバナに入場し、その気になれば誰でも革命を起こせることが明らかになった」

「お前が行かなければ、大家がパラダ市場ですべて叩き売るだけさ」マイタは食い下がった。「月曜日以降に取りに行ってくれればいい。たいした量じゃないよ」

「わかった、本はもらっておく」ブラケールは観念した。「というか、当面預かっておこう」

七月二十八日大通りのバス停でも状況は変わらない。帽子を被った男が携帯ラジオを持っており、衆目のなか、ニュースを流す局を探すが、どこもやっておらず、音楽しか聞こえてこない。ブラケールと一緒に三十分近く待ち、その間超満員のバスが二台通るが、やはり止まってくれない。仕方なく私は彼と別れ、侵略に関する評議会の声明を聞きたいと思って家路を急ぐ。マンコ・カパック通りとの交差点で振り返ると、ブラケールはまだ歩道の端にいて、みすぼらしい出で立ちでおろおろするその姿は、どうすればいいのかも、どこへ行けばいいのかもわからぬまま途方に暮れているようだ。あの日の委員会の直後のマイタも同じ状況だったことだろう。だが、ブラケールによれば、本を託して鍵の隠し場所を教えた後のマイタは、前途洋々という感じで去って行ったという。《罰を受けてひとまわり大きくなったんだ》とも言っていた。きっとそのとおりだろう。逆境になればなるほど抵抗力も大胆さも増す男なのだから。

ラルコのこのあたりでも店は閉まっているが、歩道には物売りが溢れ、アンデスの風景画や肖像画、風刺画や民芸品、その他の品々が並んでいる。長髪の少年たちとサリーを着た娘たちが、マントの上にびっしり並べたブレスレットやネックレスに目を光らせ、私はそれをよけながら進む。香の匂いが鼻を突く。さすらいの審美家と神秘主義者から成るこの飛び地では、南部で展開する事件への警戒感はなく、好奇心すら感じられない。この数時間に戦争が重大な局面に差し掛かっていることも、いつ自分の身に降りかかってきてもおかしくはないことも、まるで知らないようだ。オチャラン通りとの交差点で犬の鳴き声が聞こえるが、妙な響きを帯び、まるで過去から聞こえてくるようだ。困窮が始まってからというもの、ペットの姿が通りから消えていたせいだろう。あの日の朝、ソリートス通りのガレージで始まり、POR（T）からの除名と、離党届による偽装の決定を経て、ブラケール――状況の変化とともに彼が敵から話し相手へ、慰め役へと変わった――との懇談とともに幕を閉じた長い夜を乗り切った後、マイタは何を感じていたのだろう？　眠気と空腹と疲労にもかかわらず、ハウハから戻ってきた時と変わらず気分は昂ぶり、相変わらず自分は間違っていないという確信に支えられていた。除名の理由はブラケールと接触したことではなく、単に仲間たちが尻込みしただけなのだ。本心の怪しい怒りも、裏切り者呼ばわりも、決定事項を再検討する可能性を完全に閉ざすための口実にすぎない。戦うのが恐いのだろうか？いや、それよりも、悲観主義と無気力、慣れた生活を断ち切って行動へ打って出ることへの心理的拒絶だろう。バスに乗り、手摺りにつかまって立ったまま、買い物かごを持った二人の黒人女に挟まれた。お馴染みの態度じゃないか。《お前だって長い間そうだったじゃないか》大衆と接触したことがないせいで大衆を信頼できず、党派的陰謀に奔走して行動の重要性を見失った挙句、革命に対して、そして自分の理念に対してまで疑念を抱くようになる。黒人女の一人が彼の顔を見て笑い出し、マイタは自分が独り言を言っていたことに気づく。思わず彼も笑った。そんな無気力に囚われた連中など邪魔にしかならないし、下りてくれたほうがいいぐらいだ。これでリマの後ろ盾がなくなったのは痛手といえば痛手だが、やがて闘争に加勢してくれる者が現れるようになれば、リマのみならず、あちこちに支援組織が生まれることだろう。先陣を切った者たちが名を轟かせ、大衆が後押しする事態になれば、ＰＯＲ（Ｔ）の同志たちは支援をためらったことを後悔するだろう。アカカブどもだって同じだ。ブラケールとの接触は時限爆弾のようなもので、小川が濁流となれば、まだチャンスが残されていること、自分たちの参加が待ち望まれていることに思い至るだろう。そして彼らも加勢し、闘争に乗り出すことだろう。そんなことを夢中で考えているうちに、自宅に近いバス停を乗り過ごし、二ブロック向こうで降りることになった。

自宅の前まで来た時には疲れ果てていた。中庭では女たちが長い列を作り、先頭の女が蛇口をなかなか譲らないと文句を言っていた。マイタは部屋へ入り、靴も脱がずベッドに身を投げた。下りて列に並ぶ気にはならない。だが、疲れた足を今冷たい水に浸すことができたらどれほど気持ちいいことだろう。目を閉じ、何とか眠気を振り払いながら、離党届の文言を考えた。午後のうちにハシントのもとへ届ければ、すでに印刷所で植字中の次号『労働者の声』に間に合う。全紙一枚、四ページだけの号で、すでに黄ばんでおり、手に取るだけで——テレビの前に座っているのだが、すでに八時だというのに、評議会の将軍たちは現れない——ぼろぼろになってしまいそうだ。第一面は二つの記事に割かれ、小さな囲み記事もあるが、離党届は載っていない。左側は黒の目立つ社説であり、《止まれ、ファシストども！》の見出しが躍っている。アンデス中央部、セロ・デ・パスコ・コッパー・コーポレーションの二つの鉱山町で起こったストライキに伴う一連の事件に触れている。警察がスト参加者を強制的に退去させ、数名の負傷者と、どうやら死者一名を出したらしい。これは偶然の衝突ではなく、ペンタゴンとＣＩＡの対ラテンアメリカ戦略に沿って、労働者階級を威嚇、解体するために、警察と軍と反動勢力が結託して進める陰謀の一部だ。その目的は端的に言えばどこにあるのだ？　軍の行進が始まり、盾と旗が現れた後、画面に著名人の胸像や肖像が現れる。やっと始まるのか？　社会主義を目指して猛烈な勢いで休みなく進み続ける労働者大衆を抑えつけることだ。歴史の教訓を学んだ者にとって、そんな手法は驚きでも何でもない。イタリアでムッソリーニ、ドイツでヒトラーが使った手で、今度はワシントンがラテンアメリカで同じ手を使おうとしている。だが、そんな手は通用しないどころか逆効果、火に油を注ぐだけであり、レフ・トロッキーも書いているとおり、労働者階級にとって弾圧とは木の剪定にほかならないのだ。ああ、そうだ、やっと出てきた、海軍大臣、空軍大臣、陸軍大臣、その後ろに副大臣、その他の大臣、リマ地区防衛部隊・兵団の長官たちが顔を揃える。陰鬱な顔が悪い噂を裏打ちしている。『労働者の声』の社説は、最後に労働者、農民、学生、進歩主義勢力に向かって、ナチズム・ファシズム的陰謀に抗する結束を呼び掛けている。国歌斉唱が始まる。

もう一方はセイロン島についての記事だった。確かに、当時あの地でトロッキー主義が勢力を伸ばしたことがあった。記事によれば、議会の第二党であり、スリランカの労働組合を牛耳っているという。時制の使い方を見ると、フランス語からの翻訳であることは明らかで、マイタが翻訳したのかもしれない。女性首相バンダラナイケ夫人を筆頭に、名前が一様にややこしい。来た、国歌が終わり、普段から評議会の報道官役を務める陸軍大臣が進み出る。いつもならここで本筋と無縁の愛国的修辞を並べ立てるところだが、今日は何とも意外なことにいきなり本題へ入る。声が震えて軍人らしくなっている。キューバ人とボリビア人から成る三部隊が国境を侵犯し、昨夜からプーノ、クスコ、アレキパの三県で非軍事的施設を標的に行われている爆撃と連動して、明らかに国際法、国際的取り決めに違反する国内への侵攻を続けている。プーノ市では爆撃で社会保険病院の一部が破壊され、相当数の死者を出すなど、人的・物的被害は計り知れない。惨事の描写が数分間続く。海兵隊がエクアドル国境を越えたことに触れるだろうか？　小さな囲みはしばらく延期になっていたイベント《裏切られた革命、ソ連のトロツキー的解釈》の予告であり、近々土木組合本部で催されることを伝えている。ページをめくらなければ離党届は見つからない。《兵営にソビエトを打ち立てよう！》というタイトルの長い記事があり、その下の隅に、見出しも注記もない《POR（T）離党届》という字が見える。陸軍大臣は戦況の報告に移り、数的・装備的劣勢にもかかわらず、国際共産主義テロリズムの犯罪的侵略に対してペルー軍は、市民社会の断固たる支援のもと、英雄的な防戦を続けている、と述べた。評議会は今日の午後、最高政令を発し、三つの予備部隊を前線へ送り出すため招集した。アメリカ軍による侵略軍への爆撃の話は出るだろうか？

POR（T）総書記同志
都市部

同志

本状をもって十年に及び活動を続けてきた労働者革命党（トロツキー主義）の戦列を永久に離れることをお伝えする。決定は個人的動機に基づく。今後は、独立的立場を回復し、私の発言や行為に党が何ら左右されることなく、すべて完全な自己責任で活動することを望む。我が国が革命か反動かという古くからの二項対立の間でもがく今こそ、私は活動の自由を必要としている。

私は自分の意志で党を離れるのであるが、世界の労働者に向けて社会主義革命の道を示してきた理想を捨てるわけではない。同志よ、私が望むのは、ペルー・プロレタリアートへの信頼を今一度確認し、今にも現実となるであろう革命によって、数世紀も前から我が国民を苦しめる搾取と蒙昧主義の鎖が決定的に崩れ落ちること、そして、その解放過程がマルクスとエンゲルスによって提起され、レーニンとトロツキーによって具体化された理論に従って進められること、この展望への確信を深めることである。

読者にこの事実が知れるよう、この離党届の『労働者の声』への掲載を要請する。
革命とともに、

A・マイタ・アベンダーニョ

やっと最後に、早口で不安そうな覚束ない調子の言葉が出てきた。集団的・全体主義的無信論者の襲撃に抗して、自由な世界の西洋的・キリスト教的文明を守るべく栄誉ある戦いに乗り出すペルー国民の名のもと、祖国を奴隷化しようと目論むソ連・キューバ・ボリビア共産主義連合軍の侵略を撥ね返すため、軍事評議会はアメリカ合衆国政府に援軍の派遣と戦略的装備の支援を要請し、受諾された。つまり、事実だったわけだ。もはやペルー一国の戦争ではなく、ペルーは、大国が直接、あるいは衛星国家や同盟国を通じて間接的に進める戦争の新たな舞台となったのだ。誰が勝っても、数十万人、あるいは数百万人の犠牲者が出るだろうし、ペルーは——生き残ったとしても——憔悴状態に陥るだろう。あまりの睡魔にテレビを消す気力もなかった。視線を戻すと、不快感の正体がわかった。アナトリオが銃口を向けていたのだ。恐怖は感じなかったが、残念だった。大幅に遅れてしまう！　バジェホスはどうなる？　時は一刻を争うというのに、アナトリオの意図は一目瞭然で、彼を殺そうというのではなく、ハウハ行きを阻もうとしているのだった。決然と相手のほうへ歩みだし、正気に返らせようとしたが、アナトリオは力を込めて腕を伸ばし、引き金を引きそうな気負いがマイタにも伝わってきた。両手を挙げるマイタの頭に考えがよぎった。《戦線に立つことなく死ぬのか》御公現の始まりを仲間とともにカルバリオの丘で迎えることはできないのか、そう思うと痛切な悲しみに襲われた。《なぜこんなことをするんだ、アナトリオ?》その声が相手の癇に障った。真の革命家は冷徹で、感情には流されない。《お前がホモだからだ》アナトリオの声は落ち着き払っており、思わず羨ましくなるほど断固たる自信に満ちていた。《お前がカマで、その代償を払うのが当然だからだ》総書記が耳の尖った血色の悪い顔を見せながら続いた。《お前はホモで、それが気色悪いからだ》モイセス／メダルド同志がハシント同志の肩越しに横顔を見せながら付け加えた。ＰＯＲ（Ｔ）中央委員会のメンバー全員が折り重なるようにその場に現れ、皆拳銃を握っていた。裁判で判決が下り、死刑が執行されるのだ。規律違反、過ち、背信、そんな問題ではなく、なんと卑俗な、なんと間抜けなことか、アナトリオの歯の間から短剣のように舌を差し込んだのだ。彼は我を忘れて大声を上げ、バジェホス、ウビルス、ロリート、リクランの農民たち、サン・ホセ校生たちに呼びかけた。《仲間たち、この罠から救い出してくれ》じっとり背中が濡れた状態で彼は目を覚ました。ベッドの端からアナトリオが見つめていた。

「わけのわからないことを話していたぞ」囁き声が聞こえた。

「ここで何をしている？」悪夢から抜けきらぬままマイタがどもりがちに言った。

「来てやったんだ」アナトリオは言った。瞳に狡賢い光を浮かべて、瞬きもせず相手を見つめていた。「俺のことを怒っているのか？」

「確かにお前はずるい」マイタは身動きひとつせず呟いた。口には苦い味が残り、目は曇り、まだ恐怖で鳥肌が立っていた。「お前は鉄面皮だ、アナトリオ」

「お前に教わったんだ」アナトリオはじっと相手の目を見据えたまま優しい調子で話したが、その得体の知れぬ表情がマイタを苛立たせ、良心の呵責を引き起こした。ハエが電球の周りを飛び始めた。

「嘘は言うまい、確かに男とやることをお前に教えたのは俺だ」必死に怒りを抑えながらマイタは言った。《落ち着け、余計な悪口はやめろ、手を出すな、反論するな、追い出せばいいんだ》

「ハウハの件は狂気の沙汰だ。みんなで議論した結果、お前を止めたほうがいいという結論に至ったんだ」熱を抑えるようにじっとしたままアナトリオは言った。「誰も除名などは考えていなかった。なぜブラケールに会いに行ったんだ？　誰も除名するつもりなんかなかったんだ」

「今さら言い争うつもりはない」マイタは言った。「もう終わったことだ。さあ、帰れ」

だがアナトリオはその場を動かず、相変わらず長髪と侮蔑の視線で相手をじっと見つめていた。

「俺たちはもう同志でも友人でもない」マイタは言った。「何を望んでいるんだ?」

「しゃぶってくれ」ゆっくりとアナトリオは言って、相手の目を見据えたまま、五本の指でマイタの膝に触れた。

7

「ここに何の用なの、マイタ？」アデライダは叫んだ。「何しに来たの？」

ロスピグリオシ城がリンセ地区とサンタ・ベアトリス街の境にあるが、今では両者の区別はつかない。マイタがアデライダと結婚した頃には、両区の間に階級闘争があった。リンセは以前から貧しい地区で、住民は中の下からプロレタリア層ぐらい、路地の間に何の変哲もない狭い家や長屋が立ち並び、ひび割れた歩道や手入れの悪い庭が目立つ。それに対し、虚栄心の垣間見えるサンタ・ベアトリスには、経済的ゆとりのある人々が建てたコロニアル調、セビージャ風、ネオ・ゴシック調、様々な邸宅が並び、なかでもとりわけ奇抜なのが、鉄筋コンクリート製の女墻《ひめがき》とオジーブを備えたこのモニュメント的建造物、ロスピグリオシ城だ。かつては、リンセの住人は羨望と恨みのこもった視線でサンタ・ベアトリスの住人を見つめ、逆にサンタ・ベアトリスの住民は上から見下ろすように蔑みを込めてリンセの住人を眺めていた。

「ちょっと話がしたかったんだ」マイタは言った。「よければ、息子の顔を拝ませてくれないか」

今やサンタ・ベアトリスとリンセの間に差異はない。前者は落ちぶれ、後者が進歩して、ちょうど中間点で融合した。裕福というわけでもなければ貧乏というわけでもない、とはいえ、月末になれば金に困ることもある会社員、商人、専門職従事者の住む平凡な地区になっている。アデライダの夫で、郵便電信省の公務員として長年勤めたドン・ファアン・サラテは、まさにこの平凡な地区を体現するような人物だったらしい。ロスピグリオシ城を臨むカーテンのない窓の脇に彼の写真が飾られている。現在は空軍の施設として使われているせいで、城の周りには有刺鉄線と土嚢が張り巡らされ、そこから見張り兵のヘルメットや銃がちらほら突き出している。ここへ来る途中で私もパトロール部隊に止められ、頭から爪先まで全身の身体検査を受けた後でようやく通してもらえた。引き金に指を当てた空軍兵たちはぴりぴりしていた。事態を考えればそれもやむを得まい。写真に写るファン・サラテは生真面目に三つ揃いとネクタイを着込み、その腕を取るアデライダも厳粛な面持ちをしている。

「カニェテで結婚した時の写真です。ファアンの兄の家で三日過ごしました。すでに七カ月でしたが、ほとんどわからないでしょう?」

確かに、そんな大きな赤ん坊がお腹にいるとは誰も気づくまい。三十年ぐらい前の写真だろう。短期間ではあれ、サレジオ学院時代の我が学友マイタの妻だったこの女は、驚くほど若さを維持している。

「マイタの子ですよ」アデライダは付け加える。

私は注意深く耳を傾けて相手を観察する。陰気くさい家に入って彼女の姿を見た時の衝撃からまだ抜け出せない。それまで電話で話したことはあったが、あの荒々しい声の主が歳老いてもまだ魅力を失わぬこんな女性だとは思いもよらなかった。波打つグレーの髪は肩まで届き、優しい表情の顔が、肉厚の唇と彫りの深い目で引き立っている。組んだ脚は、がっしりしているわりにすらりと長い。マイタと結婚した頃はさぞ美しかったことだろう。

「またとないタイミングで息子のことを思い出したようね」アデライダは叫んだ。

「いつも思い出しているさ」マイタは答えた。「顔を合わせることがなくたって、思い出さないわけじゃない。取り決めをちゃんと守っているだけだ」

だが彼女には、どこか悲嘆に暮れたような、打ちのめされて挫折したような表情がある。そして完全な無関心。反乱軍がクスコを占領して暫定政府を樹立したことも、昨夜リマ市街で正体不明の銃撃戦があったことも、まったくどうでもいいらしく、南部戦線で総崩れになったらしいペルー軍を支援するため、アレキパのラ・ホヤ基地に数時間前から何千という海兵隊が降り立ったというニュースの真偽も気にならないようだ。彼女のほうでは、リマ中が固唾《かたず》を飲んで見守っている事態の推移に触れることさえないというのに、願ってもない懇談の機会をこうしてせっかくもらった私のほうが、クスコ市街の赤い旗や銃撃、勝利の雄叫びの映像に繰り返し集中力を削がれている。

「こうして遠慮会釈もなくこの家に姿を見せている時点で取り決めを破っているじゃないの」額にかかる髪を払いながらアデライダは言った。「旦那が気づいて文句を言ってきたらどうしてくれるの?」

マイタの息子が別の父親の息子としてまっとうな家庭に生まれることができるようフアン・サラテとの結婚を急いだ、そんな話を聞きながら、私は気を散らさぬよう自分に言い聞かせる。与えられた時間は少ない。この訪問は粘り強い交渉の成果なのだ。アデライダは何度も私の来訪を拒み、三度目か四度目の時には一方的に電話を切った。彼女の名前はもちろん、フアン・サラテや息子の名前も決して出さないと誓って何度も懇願したうえで、最後には、これはあくまで仕事の依頼だと言って――マイタとの結婚生活や、ハウハへ発つ数時間前に交わした彼との最後のやりとりについて話すこと――、手間を取らせる対価を提示せねばならなかった。一時間の対話で二十万ソル。《立ち入り過ぎた話》をする必要はない。

「場合が場合だからな」マイタは食い下がった。「もうすぐここを出て行くんだ」

「隠れ家が必要なのにどこへも行くところがないのだと思いました」アデライダは言う。「いつものことです。

あの人と知り合ってから別れるまで、ずっと逃亡の身でしたからね。理由は知りませんが。隠し事はいっぱいありましたし」

彼を愛することはあったのだろうか？　そうでなければ一緒にいられるはずがない。どうやって知り合ったのか？　スクレ広場の富くじ。彼女は一七に賭け、横にいた男は一五に賭けた。玉は一五に止まった。《あら、おめでとう、熊の人形が当たったわね》アデライダは思わず叫んだ。すると隣の男は、《よかったら差し上げます。受け取っていただけますか？　どうもはじめまして、マイタと申します》

「とにかく入って、向かいの家の女はおしゃべりだから、こんなところであんたと話してるところを見られたら、何を言われるかわからないわ」ようやくアデライダはドアを開けた。「五分だけよ。こんなところにファンが戻ってきたら火を吹いて怒るわ。ただでさえ、あんたのせいでいろいろ苦労してきたのに」

無鉄砲な企てに乗り出す直前だからこそ不躾を承知でやってきた、そんなことを感じさせるような動揺や緊張感はなかったのか？　微塵もなかった。それどころか、緊張した様子も興奮した様子もなかった。まったくいつもどおり、ひどい身なりで、いつにも増して痩せこけていたが、落ち着き払っていた。二人が打ち解けてきた頃になって、スクレ広場の富くじで出会ったのは偶然ではなかったことをマイタに明かされた。予め目をつけて後を追いかけ、話しかけるチャンスを窺っていたのだ。

「私に一目惚れしたように装っていました」愚弄の調子でアデライダは付け加える。「彼の話をするたびにどこか苦々しい顔になる。かなり前のことなのに、まだ傷が癒えないらしい。「まったくの茶番にまんまと騙されたんです。私に恋などしてはいませんでした。それに、身勝手すぎて、私がどれほど辛かったか気づきもしなかったのです」

マイタは周りを見回した。赤い旗の海、高く掲げられた拳の海、銃の森、喉を嗄らして叫ぶ何万という声。こんなところ、アデライダの家に自分がいることも、ビニールのカバーを張った肘掛け椅子と塗装の剥げ落ちた壁の間に自分の息子、苗字は違えど自分の息子が住んでいることも、まったく不可解な気がしてきた。私は不快感に囚われた。来てよかったのだろうか？　この訪問もまた無意味な感情の発露ではないのか？　アデライダに不審がられはしないだろうか？　あの歌声はケチュア語のインターナショナルだろうか？

「まもなく国を出て、いつ戻って来られるかわからない」一番近くにあった椅子の肘掛けに腰を下ろしながらマイタは言った。「その前に一目会っておきたかった。一瞬でいいから会わせてくれないか？」

「ダメにきまってるでしょう」アデライダが荒々しい調子で遮った。「あなたとは名前も違うし、ファンが父だと信じているんだから。普通の家庭と本当の父親を揃えるのがどれほど大変だったことか。それを今さら覆されてたまるもんですか」

「覆そうというわけじゃない」マイタは言った。「いつも取り決めは守ってきたじゃないか。一目会いたいと言っているだけだ。自分が誰かは明かさないし、なんなら別に話もしなくてかまわない」

最初のうちは、彼が実際に携わっている活動について一切触れず、ジャーナリストをして稼いでいるとだけ言っていた。卵でも踏むような歩き方や隙間だらけの歯並びを見ても、お世辞にも美男子とは言えなかったし、着ている服を見れば稼ぎが少ないことは明らかだった。だが、それでも彼にはどこか魅力的なところがあった。いったいこの革命家のどこが融資銀行リンセ支店に勤める美女の気に入ったのだろう？　ロスピグリオシ城を守る空軍兵は明らかにぴりぴりしており、通行人一人ひとりに殺到しては身分証明書の提示を求め、異常なほどしつこく身体検査をしている。また何かあったのだろうか？　買い物かごを持った若い女が身体検査を嫌がり、銃尾で一突きされる。

「一緒にいるといろいろ勉強になる気がしました」アデライダは言う。「頭がいいというわけではありませんが、他の男たちが決して触れない話題をいつも持ち出していました。私にはまったく理解できず、蛇を前にした小鳥も同然でした」

礼儀正しく、物怖じすることもなく、いつも沈着冷静な姿も彼女には印象的だった。美辞麗句を繰り出すわりには、なぜキスすらしてこないのだろう？ ある日、彼に連れられてスルキージョの叔母に会いに行ったが、それ以後マイタの親戚と知り合うことはなかった。ホセファ夫人は、軽食や菓子を振る舞い、優しい態度でアデライダに接した。やがて居間で二人きりになってラジオを聞き始め、アデライダは《来るわ》と思った。マイタは横で肘掛け椅子に腰掛けており、彼女は待ち構えた。だが、手さえ握ってこない彼を前に、アデライダは思った。《それほど私にぞっこんなのね》買い物かごを持った女はしぶしぶ身体検査を受け、やがて解放される。窓の前を通り過ぎる姿を見ていると、唇が動いて、悪態をついているのがわかる。

「しつこい真似はやめてちょうだい」アデライダは言った。「それに、学校へ行っているわ。いったい何がしたいの？ 何か感づかれでもしたら大変だわ」

「顔を見ただけで奇跡的に俺が父親だとわかるとでもいうのか？」マイタはからかった。

「怖いのよ、運気が悪くなりそうで」アデライダは呟いた。

事実、彼女の声と顔には不安が露わだった。食い下がっても無駄だろう。感情の発露に流されて、滅多に思い出すこともない息子の顔を見に来るだけでも十分に悪い兆候ではないか。貴重な時間の浪費、しかも、不躾すぎる振る舞いだ。フアン・サラテに姿を見られたらひと悶着あるだろうし、ささいなことであれ、騒ぎになれば計画への悪影響は避けられない。《さあ、このへんで切り上げて帰るとしよう》だが、肘掛けに釘付けになった腕は動かなかった。

「フアンはこのリンセ区の郵便局長でした」アデライダは言う。「私の出社と退社に合わせてわざわざ顔を見せに来たんです。毎週のように私の後をつけてあれこれ誘い、結婚しようとまで言ってきました」

「自分の子供として引き取りたいと言ってきたのですか？」

「それは私が結婚の条件として突きつけたんです」私はカニェテで撮った写真に目をやり、銀行勤めの美女がなぜ年配の醜い郵便局員と結婚したのか合点がいく。マイタの息子は現在三十歳ぐらいだろう。母親の望みどおり普通の人生を送ったのだろうか？　国の現状をどう見ているのだろう？　国際共産主義反乱軍に同調しているのだろうか、それとも軍や海兵隊に肩入れしているのだろうか？　あるいは、母と同じく、どちらも似たり寄ったりだと思っているのだろうか？「そして、まだキスもしていないのに、五回目か六回目のデートで驚きの行為に出たのです」

「君と結婚したいと言ったらなんと返事をくれる？」

「そんな日が来ればわかることよ」彼女ははぐらかした。

「それなら訊くよ」マイタは言った。「僕と結婚してくれないか、アデライダ？」

「キスさえしていなかったんですよ」頭を振りながら彼女は繰り返す。「それが出し抜けにプロポーズですからね。わけもわからぬまま私も承諾しました。すべて自業自得、誰のせいでもありません」

「あなたのほうが惚れ込んでいたということですね」

「どうしても結婚したかったわけではないんです」こう力を込めながら、すでに何度も見せていた髪を後ろへやる動作をまた繰り返す。「若くて、結構器量もよかったらしくて、引く手あまたでした。ファン・サラテだけじゃありません。それなのに、死に場所もない革命家で、ご存知のとおりの男を相手に選んだんです。愚かですよね」

「わかった、会わなくていい」マイタは呟いた。だが、それでも席を立たなかった。「どんな様子か、話ぐらい聞かせてくれよ。君の話も聞きたい。結婚生活はうまくいっているのか？」

「あんたの時よりはましよ」諦めたような、陰鬱な声でアデライダは言った。「静かな生活で、いつ密告者が現れて家を引っ掻き回していくことか、夫を連れ去っていくことかと心配する必要もない。ファンといれば、毎日食べるものには困らないし、家賃の未払いで家を追い出される不安もない」

「あまり幸せではないような言い方だな」マイタが呟いた。今この時こんな話をしているなんて馬鹿げているじゃないか。医薬品を買ったり、フランス・プレスから給料を受け取ったり、荷造りをしたり、いろいろすることがあるじゃないか。

「幸せというわけじゃないわ」アデライダは言った。マイタが息子に会わなくていいと納得したことで、彼女の態度は少し穏やかになっていた。「ファンは私に銀行を辞めさせたの。仕事を続けていればもっと暮らしは楽だっただろうし、私だって、もっと人と会ったり外出したりできるのに。ここで毎日することといえば、掃除に洗濯に料理だけ。幸せなはずがないでしょう」

「確かに」居間を一瞥しながらマイタは言った。「とはいえ、君は何百万もの人よりずいぶんいい生活をしているね、アデライダ」

「また政治の話？」彼女は声を荒げた。「それならさっさと帰ってちょうだい。あんたのおかげで政治が大嫌いになったわ」

　二人は三週間後、リンセの役所に婚姻届を出した。マイタの本性が知れたのはそこからだった。澄み切った空の下、クスコの赤い瓦屋根に、何百、何千という赤旗が掲げられ、教会や宮殿の古いファサードや通りの昔ながらの石畳は、終わったばかりの戦闘で血に染まっている。最初はPORのことなど何もわからなかった。彼女が知っていたことといえば、ペルーにはアプラという政党があり、オドリア将軍が非合法化した後、プラド政権発足とともに合法化された、それぐらいだった。だが、PORという名の政党？　唸りのような声が沸き起こり、空へ向けた発砲があり、熱狂的な演説が始まって、新時代の始まりと新人類の到来が宣言される。かつて副王統治下でトゥパック・アマル惨殺の舞台となったあの美しいアルマス広場で、今度は裏切り者や密告者や拷問者、そして旧体制の協力者たちの処刑がすでに始まっているのだろうか？　マイタは曖昧な説明しかしなかった。労働者革命党はまだ小さいのだ。

「最初はたいして気になりませんでした、遊びとしか思えませんでしたから」顔にかかる髪をはらいのけながら彼女は言う。「しかし、一カ月も経たない頃のある晩、一人でいる時に不躾にドアをノックされたんです。開けてみると、捜査員が二人いました。家宅捜索という名目で、台所にあった米一袋まで持っていかれました。あれが悪夢の始まりです」

夫と顔を合わせることはほとんどなく、会議に出ているのか、印刷所にいるのか、隠れているのか、まったくわからなかった。マイタにとってフランス・プレスは本業ではなく、数時間顔を出すだけで稼ぎも少なかったから、彼女が銀行勤めを続けていなければとても食べていけなかったことだろう。すぐにわかったとおり、マイタにとって唯一重要なのは政治だった。時には仲間を連れて家に帰ってくることがあり、延々と議論を続けていた。《つまりPORは共産主義政党なのね?》彼女は訊ねた。《本物の共産主義さ》彼は答えた。《私はいったい何者と結婚したの?》彼女は思い始めた。

「ファン・サラテは君を愛していて、君を幸せにするのに必死なのだと思っていた」

「あんたが現れるまでは私を愛していたのよ」彼女は呟いた。「あんたの子供を自分の子供として引き取ることを決めたときも、きっと私のことを愛していたにちがいないわ。でも、本当にそうなった後は、だんだん僻《ひが》みっぽくなった」

彼女に辛くあたったということか? いや、優しく接してはいたが、自分の寛容さを思い知らせようとするようになった。それでも、子供には思いやりがあり、教育にも気を配った。ここで何をしている、マイタ? リマ最後の数時間をこんな話で無駄にするのか? だが、ただなんとなくこのまま立ち去る気にはなれなかった。マイタの心はすでにハウハへ飛んでいたはずなのに、この最後の会話で夫婦の問題について話していたとは、まったく拍子抜けだ。私としては、蜂起を目前に控えたマイタの思いと夢に鋭い光を当てるような、もっと劇的で思いもよらぬ何かをこの会話に期待していた。ところが、お話を聞いていると、自分のことよりあなたのことを話していたようですね。脱線してすみません、続けましょう。マイタの政治活動のおかげでずいぶんと辛い目に遭ったようですね。

「でも、彼が実はホモだったという事実のほうが私にはこたえました」彼女は答え、顔を赤らめながら続ける。

「そして、それを隠すために私と結婚したことがわかって、もっと打ちのめされました」

ようやく劇的告白が出てきた。だが、それでも私の注意力は、アデライダと、クスコに攻め込んだ国際共産主義反乱軍の旗と血と銃殺と歓喜との間で引き裂かれたままだ。数週間後にはリマでも同じことが起こるのだろうか？　リンセまで乗ってきた乗合バスの運転手によれば、すでに昨晩から、ビジャ・エルサルバドル、コマス、シウダー・デル・ニーニョといったスラム街では、テロリストとされる者たちを軍が公開処刑しているという。太平洋戦争でチリ人が乗り込んで来た時のように、リマでも再びリンチと虐殺が起こるのだろうか？　ロンドンで聞いた歴史家の講演が頭に甦り、当時のイギリス領事の証言がまた聞こえてくる。チョリージョスやミラフローレスでチリ軍の攻撃に抵抗してペルー人義勇兵が命を落とす一方で、リマの民衆は商店を経営する中国人を売国奴扱いし、公道で絞首、刺殺、火あぶりにしたばかりか、富裕層の屋敷まで略奪した。震え上がって大使館などへ避難した紳士淑女は、箍《たが》が外れて町を我が物顔に蹂躙するインディオ、チョロ、ムラート、黒人の暴徒に較べれば侵略者のほうがまだましだというので、チリ人の到来を待望した。同じことがまた起こるのだろうか？　反乱軍の最終攻撃の前に軍の残党がなすすべもなく打ちのめされ、腹を空かせた群衆が、サン・イシドロやラス・カスアリーナス、ミラフローレスやチャカリージャの家へ略奪に押し寄せるのだろうか？　将軍や提督、公務員や大臣が、隠し場所から慌ただしく権利書や宝石やドル札を引っ張り出して飛行機や船に乗り込む一方で、大使館や領事館に人が殺到するのだろうか？　今この時燃え盛る《四方の中心地》クスコのように、リマももうすぐ火に包まれるのだろうか？

「それもあなたには許し難かったようですね」私は言う。

「今思い出しても身が凍ります」アデライダは頷く。

あの時のこと？　あの夜、というかあの夜明けの出来事。車のブレーキ音、続いて長屋の前でタイヤの軋む音が聞こえ、いつも警察に怯えて暮らしていたせいで、ベッドから飛び起きて様子を窺った。窓から車が見えた。夜明けの青みがかった光のなかに、顔のないマイタのシルエットが降り立ち、反対側に運転手がいた。ベッドに戻ろうとしたが、何か――尋常でない異変、説明しがたい、捉えがたい何か――に不安を掻き立てられ、ガラスから顔を離せなかった。もう一人の男の動きが、自分の夫に対する別れ際の仕草にしては妙だったのだ。冗談なのか、悪ふざけのつもりなのか、酔っているのか、そんな厚かましさがあった。マイタは悪ふざけをするような男ではないし、厚かましいわけでもない。いったい何のつもりだろう？　するともう一人の男は、握手に手を伸ばすようにしてマイタの股座を探った。股座。男はずっと手を離さず、マイタはその手を払いのけるどころか――失せろ、酔っ払いめ！　その手を離せ、酔っ払い！――、相手に身を任せた。そして相手を抱き寄せ、キスし始めた。顔、そして口。《女ね》彼女はすがるような思いでそう望み、女であってほしいと願いながらも、手足が震えるのを感じていた。ズボンにジャンパー姿の女？　人気のない通りは靄のかかった光に包まれ、夫が誰と身を寄せ合ってキスしているのかよく見えなかったが、がっしりした体と骨格、頭と髪を見れば、相手が男であることは間違いなかった。半裸のまま通りへ駆け出して、《オカマ、オカマ》と怒鳴りつけてやりたい衝動に駆られたが、数秒後に二人は体を離し、マイタが家のほうへ進み出したので、寝たふりを決め込むことにした。暗闇で屈辱感に苛まれながら、入ってくる夫の様子を窺った。《まったく前後不覚の状態》とでも言えるような姿で入ってきてほしいと必死に願ったが、もちろんまったく酒は入っていなかった。彼が酒を飲むことなどあっただろうか？　隅で服を脱ぎ、パジャマは使わないのでいつもどおりパンツ一枚の姿で、彼女を起こさぬよう注意深くそっと横に忍び込んできた。するとアデライダは吐き気に襲われた。

「いつ帰って来られるかもわからない」意外な質問でもされたようにマイタは答えた。「成り行き次第だ。人生を変えたいんだ。ペルーに戻ってくるかもわからない」

「政治から足を洗うの？」アデライダは驚いて訊いた。

「ある意味では」彼は言った。「いつも君に言われて耳が痛かったことが理由で旅立つんだ。君の言い分を認めたわけだ」

「気づくのが遅過ぎるわ」彼女は言った。

「遅過ぎたとしても、何もしないよりはましだ」マイタは微笑んだ。魚でも食べたように喉が渇いた。何をぐずぐずしているんだ？

アデライダの顔にはかつて彼がよく見ていた不機嫌な表情が浮かんでおり、不意をついて空に現れた飛行機が、悪夢のようなけたたましい音を立てて最初の爆弾を投下するまで、群衆には何が何だかまったくわからなかった。屋根や壁、そしてクスコの鐘塔が崩れ始め、レンガや石や瓦が飛び散るなかで、押し合いへし合いして逃げまどう群衆の下敷きとなって、低空飛行から繰り出される機銃掃射による犠牲者に劣らぬほどの人々が命を落とした。悲鳴と銃声と呻き声の喧騒に包まれて、銃を持つ者は煙に覆われた空へ向けて発砲した。

「マイタが別れを告げた相手はあなただけです」私は力を込める。「叔母のホセファさんにさえ何も言わなかったのですよ。何年も経った今振り返ってみて、あの来訪に何か妙なところはありませんでしたか？」

「外国へ旅立つから、息子の様子を知りたい、それだけでした」アデライダは答える。「もちろん、後に新聞で知って合点がいきました」

外では、有刺鉄線と土嚢の後ろで監視部隊が増員されたのか、ロスピグリオシ城の門あたりが俄かに騒がしくなっている。向こうでは、爆撃の恐怖すら悪事に歯止めをかけることはできない。警察署や刑務所を脱獄して暴徒と化した連中が中心街の商店を略奪している。反乱軍の司令官は、略奪行為を見つけたらその場で処刑せよと命じている。すでに爆撃の犠牲者と区別がつかなくなっていた銃殺者の死体の上で、禿鷹が旋回している。火薬と死肉と焦げた臭いがあたりに立ち込めている。

「この機に治療を受ければいいじゃないの」アデライダは呟いたが、小声のせいで私にはほとんど聞こえなかった。それでも、この言葉には鞭打ちのような効果があった。

「病人扱いしないでくれ」マイタは呟いた。「行く前に子供の話を聞かせてくれ」

「病人じゃないの」アデライダは食い下がり、相手の目を探った。「治ったわけじゃないんでしょう」

「病気なんかじゃないんだ、アデライダ」私はどもりがちに言った。手が湿っているのがわかり、喉の渇きが募ってきた。

「あんたの場合はそうよ」彼女の言葉を聞いてマイタは、何かの拍子にかつての恨みが甦ってきたのだと察した。自業自得だ、ここで何をしている、さっさと帰れ。「完全な変態もいるけど、あんたは常習者じゃないもの。ちゃんとあの医者に相談したから、私にはわかっているわ。治療は可能なのに、あんたは電気ショック療法を受けたがらなかった。治療費なら銀行から融資を受けられるのに、あんたは嫌だ嫌だの一点張り。あれから何年も経った今なら本当のことを言えるでしょう。なぜ嫌がったの？　怖かったの？」

「電気ショック療法なんてこういう場合には効かない」私は囁いた。「その話はやめよう。それより、水を一杯くれないか」

彼女との結婚こそ彼なりの《治療》だったのではないだろうか？　若くて魅力的な女性と一緒に暮らしていれば《治る》と考えて結婚したのではないだろうか？

「その話がついに出た時には、彼も私に同じことを思い込ませようとしました」アデライダは髪をいじりながら囁く。「もちろん大嘘です。本気で治したいと思っていたのなら、努力ぐらいするはずです。結婚は単なる偽装でした。とりわけ革命家連中の目を欺くためです。私が臭いものの蓋だったわけです」

「不快な質問であればそのまま聞き流してください」私は言う。「夫婦間の性生活は普通だったのですか？」

嫌がる様子はない。死者が多過ぎて埋葬もできず、反乱軍の指揮官たちは、何でもいいから燃えやすいものを振りかけて火を点けるよう命じる。街中に散らばった腐肉のせいで感染症が蔓延する事態は避けねばならない。嫌な空気がまとわりつき、ほとんど息もできない。アデライダは組んでいた脚を戻して姿勢を正し、私をじっと見つめる。外では喧騒が起こり、有刺鉄線の前に戦車が止まるとともに、見張りが増員されている。事態が悪化しているのだろう。戦闘態勢に入っているような雰囲気だ。私の考えを察したかのようにアデライダが呟く。《攻撃があれば、最初に銃撃されるのは私たちですね》死体を包む焔が立てるパチパチという音も、怒りの声を静める助けにはならず、キリスト教徒にふさわしい埋葬を犠牲者に求める親類や友人の狂ったような声が止まない。煙と腐臭と恐怖と落胆が広がるなか、反乱軍から死体を奪い返そうとする者が現れる。教会か修道院の信徒会なのか、行進が始まる。死者と廃墟の町と化したクスコで、祈りの言葉を呟きながら亡霊のような行進が続く。「何が普通で何が普通でないのか、当時の私にはわかりませんから」儀式でもこなすような手つきで髪を払いのけながら彼女は囁く。「比較のしようがありません。女友達とそんな話をすることもありませんでしたし。だから私はあれが普通だと思っていたのです」

だが普通ではなかった。一つ屋根の下に暮らし、時にはセックスをすることもあった。その内容は、夜愛撫し合ってキスし、素早く済ませて寝る。表面的、習慣的、衛生的行為であり、後に気づいたとおり、必要も欲望も満たさない、不完全な営みにすぎなかった。必ず明かりを消すといった、マイタの繊細さは嫌いではなかったが、急いでいるようで落ち着きがなく、彼女を愛撫する時も心ここにあらずという感じだった。心ここにあらず？　そう、想像力と記憶力を駆使して欲望で性器を刺激したものの、いつ萎えてしまうことか、いつしぼんでしまうことかと気にしていた。ひとたび不安の井戸へ落ち込んでしまえば、愚かしい言い訳——幸いにもアデライダは信じているようだった——を並べてその場をやり過ごすしかない。アデライダを忘れて彼の心は別の夜や明け方を移ろっていたのであり、躊躇を振り切ってエル・ポルベニールやカジャオで漁ったホモに必死で口と手を差し出しているうちは、欲望は萎えるどころか猛々しくなっていく。実際のところ、セックスまで至るのは二回か三回に一回だけであり、しかも、どう言えばもっと長く相手してもらえるのか、アデライダにはわからなかった。やがて羞恥心が解け、やっと切り出すことができた。せっかくむずむずと内側から込み上げ始めてきたところで、ぐったりして体を離すのはやめてほしい、彼女は懸命にすがった。しかも、そこまで辿り着くことすらほとんどなく、マイタはいつも突然後悔のようなものに囚われるのだった。そして愚かな彼女は、あの夜まで、自分のせいだろうか、不感症なんだろうか、私の仕方がいけないのだろうか、そう思い悩み続けた。

「もう一杯水をくれ」マイタは言った。「もう本当に行くよ、アデライダ」

彼女は立ち上がり、戻ってきた時には、もう一方の手に写真の束を持っていた。そして黙って彼に差し出した。生まれたばかりの赤ん坊、おしめをつけてフアン・サラテの腕に抱かれた生後数カ月の赤ん坊、二本の蝋燭を立てたケーキとともに写る誕生日の写真、半ズボンと靴を履いて直立不動でカメラのほうを向いた姿。私は何度も写真を見つめ、自分と較べ合わせながら、後にも先にも直接会うことはないであろう息子の顔つき、姿勢、表情、服装をじろじろ眺めまわした。明日ハウハでこの姿を思い出すのだろうか？　プーナやセルバを行軍中も、戦闘中も奇襲攻撃中も、ずっと息子の姿を思い出して励まされるのだろうか？　この姿を思い出して何を感じるのだろうか？　戦いも犠牲も死も息子のため、息子に捧げようと思うのだろうか？　今この瞬間に、慈しみ、自責、苦悩、愛を感じているだろうか？　いや、好奇心と、写真を見せてくれたアデライダへの感謝以外は何も感じない。これが見たくてハウハへ発つ前にここに寄ったのだろうか？　いや、息子の姿を見たいという気持ちより、人生の汚点となった過去にアデライダが相変わらずわだかまりを抱いているかどうかを知りたかったのだろうか？

「どうでしょう」アデライダは言う。「そのために来たのだとすれば、何年経っても自分の人生を狂わせた男を許しはしないと思い知ったことでしょうね」

「真実を知った後も、ずいぶん長く連れ添っていましたよね。そして妊娠までなさった」

「惰性です」彼女は呟く。「妊娠して、やっとこんな茶番にケリをつける気になったんです」

これほど生理が遅れたことはなかったから、数週間前から予感はしていた。検査の結果を知らされた日、彼女は感動して泣き出した。だが即座に、いつか息子か娘が事実を知ることになると思ってぞっとした。ちょうどこの数週間、電気ショック療法について彼と議論を交わしていたところだった。

「怖かったわけじゃない」彼女を見つめながら小声で言った。「治したいと思わなかったんだ、アデライダ」

つまり、あの最後の話し合いでは、触れにくい話に触れたんですね。そう、マイタのほうでも、一緒に暮らしていた時より率直に話していた。行進が続くにつれて通りの人々が加わり、恐怖で夢うつつの状態になった男女のみならず、両親や息子、兄弟や孫の無残な姿——飛び散る破片で体をずたずたにされたり、瓦礫の下敷きになったりした後、感染症予防の火に焼かれた——に呆然とした老人や子供が付き従った。涙声で賛美歌を口ずさむ長蛇の列がクスコの荒れ果てた通りを埋め尽くし、生き残った人々を慰めよう、力づけようとしているようだった。突如、かつて国王広場があったあたりで、銃と赤旗を手に民衆を鼓舞して志気の低下を防ごうとしていた活動家と戦闘員の勇ましい集会と鉢合わせになった。叫び声や石や銃弾が飛び交い、おぞましい咆哮が響き渡った。

「君の主義に反しないのなら、おろしてくれと頼むところだ」前もって言葉を準備していたようにマイタは言った。「理由はいくらでもある。私の、というか我々の生活はこんな有様だから、とても子供を育てられるような状態にはない。私は自分の活動に全身全霊を注がねばならない。余計な重荷を抱えるわけにはいかない。もちろん、嫌なら無理強いはしない。何とかするしかない」

涙も出なければ議論にもならなかった。《わからない、どうするか、考えてみるわ》そしてその瞬間、どうすべきかはっきりわかり、迷いは吹っ切れた。

「それじゃ、あれは嘘だったのね」アデライダは勝利をちらつかせて微笑んだ。「恥ずかしい、自分がクズのように思えてくる、人生最大の不幸だ、あの言葉は嘘だったのね。やっと認めてくれて嬉しいわ」

「今も昔も恥ずかしいし、自分がクズだと思うこともある」マイタは言った。私の頬は火照り、舌がざらついたが、この話を始めたことを後悔はしていなかった。「いまだに人生最大の不幸でもある」

「それならなぜ治療を受けなかったの?」アデライダは同じ問いを繰り返した。

「自分のままでいたいんだ」私はどもりがちに言った。「私は革命家で、扁平足、そしてホモでもある。それを正したいとは思わない。うまく説明はできない。この社会には規則というか、偏見があって、それに合わないものはすべて異常、犯罪、病気と見なされる。実際のところ、この社会は腐りきっていて、愚かな考えに満ち溢れている。だから革命が必要なんだ。わかるかい?」

「それなのに、彼自身が言っていたとおり、ソ連なら彼は精神病院行き、中国なら銃殺刑、ホモたちは皆そんな運命を辿るんだそうですね」アデライダが私に言う。「それなのに革命を望むわけ?」

瓦礫から立ち昇る砂塵、死体を焼く煙、信者の祈り、負傷者の咆哮、無傷で残った者の絶望、そんななかで争いはわずか数秒で終わり、他の物音の上からかぶさるようにしてエンジンの轟音が再び響き渡った。石を投げたり取っ組み合いの喧嘩をしたり悪態をついたりしていた者たちが事態を把握する間もなく、クスコの上空から爆弾と機銃掃射が降り注いだ。

「だからこそ違う革命を起こしたいんだ」乾いた唇を舐めながらマイタは呟いた。喉はからからだったが、三杯目の水を頼む気にはなれなかった。「中途半端な革命ではなく、本物の、完全な革命だ。あらゆる不正を根絶する革命、いかなる理由であれ、誰も自分の本性を恥ずかしがることのない世界を作る革命だよ」

「その革命をあんたとPORの友人たちでやろうというわけ?」アデライダは笑った。

「これからは一人でするしかない」マイタは微笑んだ。「もうPORの一員ではないからね。昨夜離党した」

翌朝目を覚ますと、寝ている間に頭のなかで計画が整理されていた。着替えをする間も、バスを待つ間も、融資銀行リンセ支店までバスに揺られている間も、そして小さな事務机で会計を確認する間も、計画について考え、練り直し、もう一度最初から思い返した。昼前に郵便局へ行くと言って銀行を脱け出した。ファン・サラテはいつもどおり分割ガラスの後ろにいた。自分の姿が見えるように立つと、彼のほうから挨拶してきたので、テクニカラーの微笑を返すと、ファン・サラテは、待ってましたとばかり、眼鏡を外してネクタイを正し、いそいそと彼女に近寄ってその手を握った。まさに総崩れだ。瓦礫だらけの通りは死体に覆われ、またもや多くの家が崩れ、まだ残る家は略奪に遭っている。呻き声を上げる人々の間で、わずかな者だけが、泣き、盗み、苦しみ、死者を探し、反乱軍のパトロール部隊が角から繰り出す指令に耳を傾けているようだ。《町を捨てろ、これが命令だ、諸君、町を捨てろ、町を捨てるんだ》

「よくあんなことができたと今でも思います」新婚旅行の写真を見ながらアデライダは言う。

つまり、最後に会いに来た時、マイタはこの部屋で、かつて妻だった女に向かって、胸の内を曝け出し、理想を語ったのだ。本物の、完全な革命、別種の不正を生み出すことなくあらゆる不正を根絶する革命。つまり、最後の最後に挫折して苦境に陥ったものの、ブラケールが言っていたとおり、マイタは陽気に詩人のような口ぶりさえ見せていたのだ。

「我々の革命が他の革命の道標となることを祈る。そう、アデライダ。我らがペルーが世界に手本を示すんだ」

「単刀直入に話すのが一番いいと思います」アデライダは、自分にこんな勇気と度胸が備わっていたことが信じられず、こんな話をしながら、顔に笑みを浮かべて媚を売り、髪を払いのけてリンセ郵便局長の恍惚とした視線をひきつけている自分に驚いた。「どうしても私と結婚したいとおっしゃっていましたわよね、ファンさん」

「そのとおりだよ、アデライダ」二人はプティ・トゥアール通りのカフェでジュースを飲んでおり、ファン・サラテはテーブルに身を乗り出して答えた。「君に夢中、そんな言葉じゃ足りないぐらいだ」

「いいですか、ファンさん、私のことをよく見て、正直に答えてください。今でも以前のように私のことが好きですか?」

「前よりもっと好きだ」リンセ郵便局長は唾を飲み込んだ。「君は前よりもっと素敵だよ、アデライダ」

「それなら、あなたさえよろしければ結婚しましょう」それまでもこの時も声が震えることはまったくなかった。「私は嘘はつきたくありません、ファンさん。あなたに惚れているのではありません。ですが、できるかぎり愛情を捧げようと思いますし、あなたの好みに合わせるつもりです。敬意を忘れず、いい妻になれるよう精一杯努力します」

ファン・サラテは瞬きしながら相手を見つめた。手ではジュースのコップが震え始めた。

「本気なの、アデライダ?」やっとこれだけ言った。

「本気です」この時もためらいはなかった。「ただ、一つだけお願いがあります。生まれてくる子供を同じ苗字にしてやってください」

「水をもう一杯くれ」マイタは言った。「どうしたわけか、ぜんぜん喉の渇きがとれない」

「演説をぶつからよ」立ち上がりながら彼女は言った。そして台所から続けた。「変わってないわね。前よりひどくなったみたい。貧民のためばかりでなく、今度はホモのために革命を起こそうというの? 笑えてくるわ、マイタ」

《ホモのための革命》私は思った。《そう、哀れなホモたちのためでもあるんだ》アデライダの高笑いを聞いてもまったく腹は立たなかった。煙と悪臭の間で、鼻と口をおさえ、瓦礫に躓きながらも、廃墟となった町から逃げ出そうとする人の列がうごめいていた。死者も負傷者も老人も子供も廃墟に埋もれたままだった。そして略奪者たちは、窒息も火もまばらになった爆撃も恐れず、まだ残る家に忍び込んでは金と食事を漁っていた。

「そして彼はそれを受け入れた」私が締めくくる。「ファン・サラテ氏は本当に惚れ込んでいたんですね」

「マイタとは正式に離婚することにして、教会で式を挙げました」カニェテの写真を見ながらアデライダは溜め息をつく。「離婚に二年かかって、その後正式に入籍しました」

マイタはどう反応したのだろう？　驚きはなく、おそらくほっとしたことだろう。好きでもないのに結婚することへの憂慮だけは示すふりをした。

「あんただって同じじゃないの。違いは一つだけ、あんたは私を騙したけど、私はファンにちゃんとすべて話したわ」

「だが、あてが外れた」マイタは言った。水を飲み終えると、腹が膨らんだような気になった。「言っただろう、最初の瞬間から私は……」

「演説はもうたくさん」アデライダが遮った。

椅子の肘掛けを指で打ちつけながら彼女は黙り、その顔を見る私には、もう一時間経過しただろうかと密かに考えていることがわかる。時計を見ると、まだ十五分ある。その時銃声が聞こえてくる。まず一発だけ、続いて二発、さらに一斉掃射。同じ動きでアデライダと私は窓の向こうを見やる。見張りの姿が見えず、どうやら有刺鉄線と土嚢の後ろに伏せているらしい。だが、左のほうでは、空軍兵のパトロール部隊が不安を見せる様子もなくロスピグリオシ城へ向かって進んでいる。確かに銃声は遠くから聞こえてきた。市街地での銃殺？　リマ郊外で交戦が始まったのか？

「本当にうまくいったのですか？」私から会話を再開する。彼女は窓から視線を戻して私を見る。銃声を聞いた時の警戒の表情が解け、すぐにまた、いつもの表情らしい渋い顔に戻る。「息子さんの件は」

「ファンが本当の父親でないとあの子が知るまではうまくいっていました」彼女は言う。唇を開いたまま震え始め、私をじっと見つめる目がぎらりと光る。

「失礼、本題と無関係な話ですね、息子さんの話はやめましょう」私は謝る。「マイタの話に戻りましょう」

「演説なんかこれ以上ぶつつもりはない」彼はなだめ、コップに残っていた水を飲み干した。これほど喉が渇くなんて、熱でもあるんじゃないの、マイタ？ 「率直に言おう、アデライダ。旅に出る前に息子の様子を知りたかったのもあるけれど、君のことも気になっていた。来ないほうがよかったかもしれない。満足して静かに暮らしているところを見たかったのに、私に対しても世間に対しても恨みばかりじゃないか」

「気休めにならないかもしれないけど、あんたに対してより自分自身に対しての恨みのほうが強いわ。私の人生はすべて自業自得だもの」

遠くから再び銃声が聞こえてくる。周りの谷間や山腹、頂や高台から見るクスコは痛ましい黒煙に包まれている。

「事実を伝えたのはファンではなく私でした」途切れ途切れに彼女は囁く。「ファンは今でも根に持っています。いつもファンシートを息子のようにかわいがっていましたから」

そして、いまだに昼夜わだかまりの消えない昔話、宗教と嫉妬と恨みの入り混じる話を語り始める。小さい頃からファンシートは実の母より偽の父になつき、母より父と一緒に過ごすことが多かったが、どうやらそれは、アデライダのせいで生活に嘘が染みついていることを薄々感づいていたからだろう。

「それじゃ、毎週日曜日父に連れられて教会へ行くのかい？」マイタは大声で独り言のように言った。私の記憶が渦を巻き、少年時代のお祈りや賛歌、聖体拝領や告解、宝物のように宿題帳に挟んでしまっていた色刷りの聖人画コレクションのことが頭に甦ってきた。「つまり、私と共通するところも少しはあるわけだ。同じ歳の頃は、私も毎日のようにミサへ行っていた」

「ファンは敬虔な信者よ」アデライダは言った。「信徒のように慈悲深いローマンカトリック、そう自分でも冗談で言っているくらい。もちろんファンシートにもそうなってほしいと思っているわ」

「もちろん」マイタは頷いた。だが、連想によって彼の頭はハウハのサン・ホセ校生のもとへ飛び、マルクス主義と革命の話に熱心に、ほとんど恍惚として耳を傾ける彼らの姿を思い起こしていた。目に見えるようだった。

ズックと箱の下に隠したガリ版で司令部から届く伝達事項を印刷し、工場や学校、市場や映画館の入り口でビラを配る。福音のパンのようにその数が増え続けているのは、彼らが軍の検問やパトロール部隊を避けながら山岳地帯の危険な崖道や氷河地帯を駆け回り、猫のように公共建造物の屋根を移動していくかと思えば、今度は山の頂に登って鎌とハンマーのついた赤旗を立て、同じように貧しく献身的な少年たちを日々勧誘していたからだ。汗だくになりながらも顔に笑みを浮かべ、頑丈な体をした彼らが、ゲリラ戦に必要な医薬品や情報、服や食料を携えて遠い野営地まで赴く姿が私の目に浮かんだ。彼女の息子もその一人だった。皆若く、十四、十五、十六ぐらい。彼らのおかげでゲリラは勝利を確信していた。《天からの襲撃》私は思った。天から天へ降り立ち、地に天を植えつけ、天と地がこの黄昏時に混ざり合った。高みにかかる灰の雲が、火事から吹き出す灰の雲と出会った。それで、四方からクスコめがけて飛んできた無数の黒い点は何だったのだ？　それは灰ではなく猛禽類であり、貪欲に腹を空かせた鳥たちは、飢えのあまり、煙や焔も恐れることなく格好の獲物めがけて急降下した。高みに陣取る生存者、親類縁者、負傷者、戦闘員、国際共産党員は、音を聞きながら少し想像力を働かせるだけで、一途に噛み砕き、熱い嘴を突きつけ、卑しく羽ばたく様子もわかれば、恐ろしい死臭まで感じ取ることができた。

「つまり……？」私は先を促そうとする。遠くからではあれ、ひっきりなしに銃声が聞こえてくるが、アデライダも私ももう通りを見ようとはしない。

「つまり、ファアンシートの前でこの話題に触れることはありませんでした」彼女は続ける。聞きながら、何とかその話に集中しようとするが、死肉の光景と臭いが頭から離れない。

その話題はタブーであり、彼女にとっては、夫婦関係の奥底でゆっくり少しずつ辛酸を舐めさせられるような思いだった。ファアン・サラテは少年をかわいがっていたが、妻と結んだ取り決めにずっと不満で、結婚によって払わされたツケを忌々しく思っていた。その後、ファアンシートは学校を終えて薬局勤めを始め、ある日父に愛人がいることを知ったところから、話は思わぬ展開を迎える。ドン・ファアン・サラテに愛人？　そう、しかも別宅まで構えているという。アデライダは嫉妬心など感じることもなく、足を引きずったあの老眼の老いぼれに愛人がいると思っただけで嘲笑をこらえきれなかった。おかしくて死にそうだ。愛があれば嫉妬を感じるところだろうが、彼女がファン・サラテに愛情を感じたことは一度もなく、それどころか、じっと彼の存在に耐え続けてきたのだった。ただ、あんなしみったれた稼ぎで家庭を二つ養っていたのかと思うと怒りが込み上げてきた。

「ところが、息子にとってはそれが耐えられず、気も狂わんばかりの状態になりました」催眠術にでもかかったように彼女は言い添える。「打ちひしがれ、憔悴していきました。愛人を囲う父などこの世の終わりも同然だったのです。宗教心を叩き込まれていたせいなのでしょうか。子供なら、そんな反応も理解できます。しかし、すでに二十歳で、世間のこともいろいろ知っている立派な大人なんですよ」

「あなたのことを思って苦しんでいたんでしょう」私は言う。

「宗教の問題です」アデライダは繰り返す。「胸の奥底までファンに宗教を叩き込まれていましたからね。それで気が狂いそうになったんです。清く正しいキリスト教徒に育ててくれた父が偽善者だったなんて、受け入れがたい話だったんです。二十歳の男がそんなことを言っていました」

今度は近くで銃声が響き、彼女は黙る。私は窓のほうを見つめる。有刺鉄線の高みで見張りの兵たちが落ち着き払っているところを見れば、どうやら緊迫した事態ではないらしい。サン・イシドロかミラフローレスのほうから銃声が聞こえたのか、皆南のほうを向いている。

「マイタに似たのかもしれませんね」私は言う。「少年時代は彼も同じで、いつも品行方正を旨とする敬虔な信者だったようですから。妥協を許さず、言うこととすることが違う人を断罪していたそうです。貧者の立場に身を置くために食べ物を拒否した話は聞いていませんか？　そういう人はなかなか幸せになれませんよね」

「あまりに辛そうなので、本当のことを言ってやれば少しは気が休まるかと思ったんです」ひきつった顔でアデライダは呟く。「私もおかしくなっていたんですね」

「ああ、もう行くよ。でも、最後に一つだけお願いだ」マイタはそう言ったが、立ち上がった瞬間に、もっと早く出て行かなかったことを後悔した。「私を見たことは口外しないでほしい。何があっても」

そうした秘密主義や用心、不安はいつも取りこし苦労にしか見えず、確かに彼との結婚生活の間に何度も警察に家宅捜索されたが、それでもまともに取り合う気にはならなかった。彼女にとっては、いい歳の大人が子供っぽい遊びに耽った挙げ句、いたずらな被害妄想で不安の種を蒔いているだけだった。軍隊、アプラ、資本主義者、スターリン主義者、帝国主義者、等々、いつも誰かが目を光らせ、謀略を張り巡らせている、そんな不安を抱えながらまともに生きていける人間がいるだろうか？　今マイタの言葉を聞いてアデライダは、気をつけろ、黙っていろ、よせ、知らなくていいことだ、誰も知らないことだ、そんな台詞を一日に何度も聞かされていた時代の悪夢を思い出した。だが、今さら議論する気などなかった。わかった、誰にも言わないわ。マイタは頷き、中途半端に微笑んで別れを告げながら、いつもながらの足の裏にマメができた男のような歩き方であたふたと去って行った。

「泣きもしませんでしたし、ドラマもありませんでした」空を見つめながらアデライダは付け加える。「単なる好奇心を装っていくつか訊いてきました。マイタの人柄、離婚の理由。それだけです。あまりの落ち着きぶりに、《たいした効果はなさそうね》と思ったほどです」

だが、翌日から青年は姿をくらませた。それから十年経つが、アデライダはその後彼と会っていない。声は途切れ、手の皮でも剥こうとするように両手を擦り合わせている。

「それがキリスト教徒のすることでしょうか？」彼女は呟く。「単なる過ち以上ではなかったはずの事実をきっかけに、母と完全に手を切るなんて。すべてあの子を思ってしたことなのに」

間もなく成人という年齢ではあったが、警察に届けまで出して彼の行方を追う事態となった。これほど悲痛な姿を見るのは私としても心が痛み、これもまたマイタから受けた屈辱の一つになっているのだと思い知るが、同時に、アレキパ通りのバス停に向かってリンセの通りを歩いていくマイタの姿を近くから追っていると、彼女から心が離れていくのがわかる。かつて妻だった女性を訪ねて味わった不快感と、もはや永久にその姿を見ることもないはずの息子に会えなかった落胆で、胸が締めつけられるような思いを抱えていたのだろうか？　落ち込み、意気消沈していたのだろうか？　いや、それどころか彼はエネルギーに満ち溢れ、残された時間にリマで何をしようか考えながら、いてもたってもいられないような興奮を感じていたのだ。感情的跳躍で逆境を乗り越え、それどころか、目の前の課題に立ち向かう力を逆境から引き出す術を知っていたのだ。かつては、憔悴と自己憐憫から立ち直る手段といえば、壁への落書き、コチャルカスの印刷所、アルゼンチン通りと五月二日広場でのビラまき、ゲラ直し、『労働者の声』転載用フランス語記事の翻訳、そんな単純で型どおりの日常的肉体労働しかなかったが、今や本物の革命が目前に迫っていた。生身の体で体験する、正真正銘、本物の革命が今まさに始まろうとしている。《しかも、自分で革命を始めるんだ》彼は思った。家庭の揉め事に頭を悩ませている暇などあるだろうか。彼はポケットを探ってメモを取り出し、必要な買い物を確かめた。フランス・プレスの給与精算は終わっているだろうか？

「最初の数日間は自殺したのかと思いました」いらいらと手を擦り合わせながらアデライダは言う。「彼の死を償うために、自分も死ぬべきだとさえ思いました」

その後数週間、数カ月、彼の消息は知れなかったが、ある日ようやくファン・サラテに手紙が届いた。落ち着いた節度ある周到な手紙だった。それまで面倒をみてくれたことに感謝し、いつかその寛大さに報いたいと書いていた。いきなり家を出て行ったことを詫び、双方にとって難しい説明を省くのが最良の道だと考えたという。心配には及ばない。空が消え始めるほどの山の高みにいるのだろうか？　混乱を収拾するため、肩に自動小銃、腰に拳銃を下げたまま、生存者の間を跳ねるように行き交う男の一人になっているのだろうか？

「プカルパで投函された手紙でした」アデライダは言う。「私には一言も触れていませんでした」

すでに精算は終わり、小切手ではなく現金で未支払い分の給料が準備されていた。四万三千ソル。心臓が高鳴った。せいぜい三万五千ソルぐらいだろうと思っていた。八千ソル以上、この数日間で初めてのいい知らせだ。リストにあるものをすべて買ってもまだおつりがくる。もちろんフランス・プレスの記者には別れの挨拶もしなかった。編集長に、日曜日に引き継ぎに来てほしいと言われた時には、チクラヨへ行っていると答えた。いそいそとアバンカイ大通りへ向かう足取りは弾んだ。普段は買い物など耐えられなかったが、この時ばかりは、何軒も店を回って、一番いいカーキ色のジーンズ——厳しい気候にも荒地にも激しい活動にも耐えうる品——を選んだ。別々の店で二本買うと、今度は歩道の屋台で靴を調達した。販売人に椅子を借り、国立図書館の壁に寄りかかって履いてみた。そしてランパ通りの薬局へ入り、メモを取り出して店員に渡そうとしたが、それまでの人生で何千回も繰り返してきたとおり、《用心し過ぎることはない》と自分に言い聞かせて思いとどまった。何軒か薬局を回って、包帯、消毒薬、血液凝固剤、スルファ剤、その他、バジェホスに言われた緊急介護用品を買い揃えた。

「それ以来会っていないのですか？」

「私は会っていません」アデライダは言う。

フアン・サラテは会っていた。息子はプカルパやユリマグアスの製材所で働いていたが、時々リマへやってきて継父と昼食を共にした。だが、事が始まって以来——襲撃、誘拐、爆弾、戦争——、手紙も来ないし、リマへ来ることもない。死んだか、ゲリラに加わったのだろうか。すでに夜は更け、生き残った者たちは、クスコの暗闇で寒さに耐えるために身を寄せ合っていた。夢うつつの民衆は譫言を並べ、猛烈に数を増した飛行機と爆弾の幻に昼夜悩まされる。だが、マイタの息子は眠らない。総司令部となった洞穴で議論を戦わせ、なんとか自分の意見を押し通そうとしている。住民は、火事の腐臭が消えて再建が始まればすぐにでもクスコへ戻るべきだ。だが、それに同意しない指揮官もいる。それでは新たな爆撃の絶好の標的となってしまうし、今日のような虐殺が起これば大衆の士気が下がる。空からの攻撃を受けにくい近隣の集落や野営地に散り散りになっていてくれたほうが好都合だ。マイタの息子は反論し、声を荒げてその理由を説明する。小さな篝火の光を受けて、日焼けした彼の重々しい顔は輝き、傷痕が浮き上がる。肩から下げた自動小銃も、腰につけた拳銃もそのままだ。指の間ですでに煙草の火は消えているが、彼はそれに気づいていない。寒さ、飢え、疲労、逃亡生活、恐怖、犯罪、あらゆる困難を乗り越えた男の声であり、そこには目前に迫る勝利への確信以外何も感じられない。これまで一度も誤ったことはないし、どう考えても、これからも誤ることはない。

「リマへ来る時は、ファンを訪ねて、二人でどこかへ行っていました」アデライダは繰り返す。「私を探すことも電話することもなく、私と会う話をファンに持ち出されるだけで嫌がったようです。どんな怨念、憎しみかわかりますか？　最初は何度も手紙を書きましたが、やがて諦めました」

「一時間経ちましたね」私は言う。

包みを受け取り、領収書をもらうと、彼は出て行った。最後の薬局でスルファ剤と白チンを手に入れ、これで必要なものは全部揃った。荷物が大きく重く、セピータ通りの部屋へ帰ると腕が痛んだ。すでに荷造りはしてある。上着、シャツ、その間に、バジェホスからもらった自動小銃を注意深く包む。医薬品をしまい終えたところで、散らかった本を見渡した。ブラケールが取りに来てくれるだろうか？　外へ出て、踊り場の剝がれた二枚の板の間に鍵を隠した。彼が来てくれなければ、家主が叩き売って家賃の補償にあてるだろう。この期に及んではどうでもいい話だ。大学公園まではタクシーで行くことにした。部屋も本もアデライダも息子もかつての同志たちも、もはやどうでもいい。今さらリマがどうだというのだ。運転手がトランクを荷台に乗せる間、彼の胸は高鳴った。数分後にハウハ行きの乗り合いバスが出発する。《片道切符だな、マイタ》彼は思った。

私は立ち上がり、金を渡して感謝の言葉を伝えると、彼女はドア口まで私を見送りに出てくれたが、一歩外へ出た途端にドアが閉まる。黄昏前の時間にロスピグリオシ城のいかめしいファサードを見るのは妙な気分だ。また空軍兵の身体検査を受けねばならない。前後左右どこを見ても家々はしっかり窓と扉を閉ざしており、その間を進む私の耳に届くのは、もはや銃声だけではない。手榴弾の破裂音も、大砲の音も聞こえてくる。

8

アルチンボルドの人物画のようだ。鼻は細長いニンジン、両頬はマルメロの実、顎は先の尖った芽だらけのジャガイモ、首は中途半端に皮を剝いたブドウの房。そのあまりに下品な醜さは、かえって好感を与えるほどだ。肩の下まで届く脂ぎった髪の房でその醜さを引き立てているつもりだろうか。だぶだぶのズボンを穿いて、継ぎはぎだらけの上着を着ていると、その体がますますぶくぶくに見える。片方の靴にしか紐が付いておらず、一歩踏み出すたびに反対側の靴が脱げそうになる。だが、ドン・エセキエルは乞食などではなく、ハウハのアルマス広場の、カルメン校とフランシスコ会修道女教会の並びに、家具・家庭用品店を構えている。ハウハの人々によれば、一目瞭然、この町で一番裕福な商人だという。なぜ他の人とともに逃げなかったのだろう？　数カ月前、反乱軍に誘拐され、噂によれば、相当額の身代金を払ったという。それ以来何の手出しもされなくなったのは、《革命賦課金》を払っているからだとも言われている。

「だれがあんたをここへ寄こしたかはお見通しだ、チャト・ウビルスのクソ野郎だろう」店を覗いた瞬間、私はいきなり怒鳴りつけられる。「知ったことじゃない、俺はあのクソ事件とは無関係だし、何も知らない、何も見てない。話すことは何もない。バジェホスについて本を書いているんだろう。俺の話を書きでもしたら、タダじゃすまさねえ。言っとくが俺は冷静だ、ようく覚えておけよ」

実のところ、その目には怒りが煮えたぎっている。あまりの剣幕に、広場を見張っていたパトロール部隊の一部が近寄り、何かあったのか訊ねる。いえ、何でもありません。警官たちが遠ざかると、いつもの台詞を繰り返す。私の書く物語には、バジェホス下士官やマイタも含め、首謀者の名前は一切出さないし、実際の出来事とかけ離れた話しか書かない。

「そんならなぜハウハくんだりまでわざわざ出向いてきやがったんだ?」指を鉤爪のようにして激しく動かしながら彼は反発する。「なぜ通りや広場で事件についてあれこれ訊いてやがるんだ? くだらん噂話ばかり嗅ぎ回りやがって」

「事件を知ったうえで嘘を書くためです」この一年に百回も繰り返してきた言葉をここでも返してやる。「説明ぐらいさせてください、ドン・エセキエル。二分とかかりません。いいですか、少しお邪魔しても?」

ハウハの空気に夜明けの太陽が染み入り、未熟で覚束ない黒ずんだ光のなかで、カテドラルの側面や周りのバルコニー、そして広場の真ん中で柵に囲まれた木立と小庭園が見え隠れする。身を切るような風に鳥肌が立つ。緊張だったのだろうか? 恐怖だったのだろうか? 神経質になっていたのでも怯えていたのでもなく、少し胸が高鳴っているだけだったが、それもこの後を思ってのことではなく、高度のせいで頻繁に動悸がするからだった。散髪屋の肘掛け椅子の寝心地は悪く、割れたガラスから寒さがしみてきたにもかかわらず、数時間は眠ることができた。五時に鶏の声で目を覚まし、目を開ける前、最初に思ったのは、《いよいよ今日だ》ということだった。暗闇で起き上がって体を伸ばし、いろいろ物にぶつかりながら、水の入った盥《たらい》のところまで辿り着いた。氷のような水で完全に目が覚めた。服を着たまま寝ていたから、ブーツを履いてアタッシュケースを閉めれば、あとは待つだけだった。エセキエルが客の頭を丸刈りにする時に使う椅子に腰掛け、目をつぶって指示を思い返した。自信と落ち着きに溢れ、動悸さえなければ幸福感に包まれていたことだろう。数分後、ドアの開く音が聞こえた。懐中電灯の明かりでエセキエルの姿が見えた。ブリキのカップに熱いコーヒーが入っていた。

「寝心地が悪かっただろう？」

「よく眠れたよ」マイタは言った。「もう五時半なのか？」

「あと少しだ」エセキエルが小声で言った。「静かに裏から出てくれ」

「泊めてくれてありがとう」マイタは別れた。「幸運を祈る」

「それどころか不運だったね。親切にしたもんだから、まんまと一杯食わされた」鼻は広がり、ワインレッドの血管が無数に浮かび上がる。目は怒りに煮えたぎっている。「見ず知らずの余所者に同情して、散髪屋に一泊だけさせてやったのが運の尽きさ。宿無しの哀れな男を一晩だけ泊めてやってくれないか、そんな嘘っぱちで俺にケツを向けてきたのが誰かわかるか？　あのチャト・ウビルスのクソ野郎に決まってるだろうが！」

「二十五年も前の話ですよ、ドン・エセキエル」私はなだめようとする。「そんな昔のことを誰も覚えてはいません。そんなに怒らなくても」

「怒るにきまってるだろうが、あれに懲りず、今ではあの野郎、俺がテロリストに身を売ったとか言いふらしてやがるんだ。いつ軍隊がやって来て、銃で始末されるか知れたもんじゃねえ」ドン・エセキエルは息巻く。「これが怒らずにいられるか、あのクソ野郎のドタマは無事だったのに、何も知らねえ、何もわからねえ、何も見てねえこの俺が豚箱へぶち込まれて、あばらは折られるわ、腎臓とキンタマを蹴られて血尿は出るわ、ひでえ目に遭ったんだ」

「ですが、出所後にやり直して、今ではハウハ中が羨む名士になっているではありませんか、ドン・エセキエル。そんなに熱くならなくてもいいでしょう。辛い話は忘れましょう」

「忘れられるもんか、あんたがこうしてのこのこやってきて、俺の知りもしねえ話を聞かせろとか、腹の立つことを言ってくるってのに」私を引っ掻こうとでもするように手を動かしながら彼は唸る。「ひでえ話だよ。まったく身に覚えのねえ者が一番痛い目に遭ったんだからな」

彼は廊下を辿り、通りに誰もいないことを確かめたうえで、散髪屋の裏口から出て、すぐにドアを閉めた。広場に人気はなく、わずかな光でようやく足元が見える程度だった。ベンチまで歩いていった。リクランの連中はまだ着いていなかった。アタッシュケースを両足の間に置いて座り、上着の襟で口を隠しながら、両手をポケットに突っ込んだ。機械のようになることだ。予備軍事訓練で教わったことを思い出した。遅れることも早まることもない、そして決してためらうことのない冷静なロボット、ミキサーやろくろのように、決められたことを正確にこなす戦闘員。誰もがそのとおりに行動すれば、今日のように困難な試練に晒される場合でも、なんとか切り抜けられるだろう。そこから先は難しくないから、一つひとつ乗り越えていけば、いつか勝利が見えてくる。姿は見えないが、鶏の鳴き声が聞こえてきた。後方の小庭園の草むらでは蛙が鳴いている。遅れているのだろうか。リクランのトラックは、市場に商品を運び込む車の集まるサンタ・イサベル広場に停まることになっていた。そこからいくつかのチームに別れ、それぞれ配置につく。彼と合流してまず刑務所、続いて電話局へ一緒に向かうことになっている二人の同志については、名前すら知らされていなかった。《今日の聖人は?》、《聖エドムンド・ダンテス》上着の襟で顔を半分覆いながら彼は微笑んだ。『モンテ・クリスト伯』にちなんでこの合言葉を思いついた。すると時間通りにサン・ホセ校生が到着した。名前はフェリシオ・タピア、制服姿で――カーキ色のズボンとシャツ、同じ色の帽子、グレーの上着――、本を小脇に抱えていた。《革命の手伝いをした後、学校へ行くことになっているはずだ》彼は思った。《授業に遅れないよう、急がないと》予期せぬ事態に備えて、チームごとにサン・ホセ校生が一人伝達係に付くことになっていた。チームが撤収し始めたところで、サン・ホセ校生は日常生活に戻らねばならない。

「リクランの連中が遅れている」マイタは言った。「山の道は大丈夫か？」

少年は雲を眺めた。

「雨は降っていません」

この時期に雨や土砂崩れで通行止めになることは考えにくい。そんな事態になれば、リクランの連中は山を越えてケーロへ行くことになっていた。サン・ホセ校生は羨ましそうにマイタを見た。ウサギのような前歯で、ようやく髭の生え始めた若い少年だった。

「他の仲間も同じように時間に正確なのか？」

「ロベルトはすでに孤児院の角にいますし、メルキアデスも、さっきサンタ・イサベルのほうへ向かう姿を見ました」

どんどん明るくなっていくなか、マイタはもう一度自動小銃を点検しておかなかったことを悔やんでいた。アタッシュケースに入っていたが、気になって仕方がなかった。前日に散髪屋で油を差し、寝る前に[illegible]を外して、弾が装填されているか確認した。今さらまた確認の必要があるだろうか？　広場に少しずつ人影が見え始めていた。頭から毛布をかぶった女たちがカテドラルへ向かい、梱包や樽を積んだトラックが時折走り抜けていた。六時五分前。彼は立ち上がってアタッシュケースを手に取った。

「大至急サンタ・イサベルまで行って、トラックが着いていたら、チームの連中に、直接刑務所へ向かうよう伝えてくれ。六時半に門を開けてやる。わかったな？」

「俺は誰にも遠慮なんかないから言ってやろう、悪いのはバジェホスでも余所者でもなくウビルスだ」ドン・エセキエルは黒ずんだ爪で球根のような首元の皮膚を引っ掻きながら息巻く。「あの日起こったこと、起こらなかったこと、みんな悪いのはあいつだ。いろいろ噂話なんか聞いたって時間のムダだ。悪いのはあいつだけなんだから。あのクソ忌々しい話の顛末を詳しく知ってるのはあのクズ野郎だけだ」

ラジオからボリュームいっぱいの英語放送が流れ、声がかき消される。サン・ホセ総合学校に駐屯するアメリカ海兵隊及び空軍向けの放送だった。

「またクソグリンゴの放送か、ふざけやがって！」耳を塞ぎながらドン・エセキエルは吠える。

驚いたことに私は、これまで通りでまだ海兵隊の姿を一度も見ていない。道を行き交うパトロール部隊はいずれもペルー人の警察か兵隊だったことを彼に伝える。

「二日酔いで寝てるか、やり過ぎでぐったりしてんだろう」獣のように唸る。「ハウハをめちゃめちゃにして、修道女まで売春婦扱いするザマだ。そりゃそうさ、俺たちは飢えて死にそうなのに、奴らはドルを持ってやがるんだから。水まで空輸するそうじゃねえか。金を落としていくから地元の商店が潤うなんて嘘っぱちだ。ここには誰一人買い物になんか来やしねえ。コカインになら金を惜しまないらしいがな。共産主義者を打ちのめしに来たなんてデタラメだ。コカインと女だけが目当てさ。クロンボまで混じってんだからな、ふざけんじゃねえよ」

ドン・エセキエルの癇癪に耳を傾けながらも、私の心は片時もマイタから離れず、二十五年前の明け方、革命軍も海兵隊もいないハウハで、自動小銃の入ったアタッシュケースを手に、朝のアルフォンソ・ウガルテ通りを進む彼の姿を注視している。トラックの遅れが気になっているのだろうか？　おそらくそうだろう。遅れた場合も想定済みだったとはいえ、具体的な行動計画に移る前に、いきなり躓いてしまったのだから、心配にならないはずはない。計画については、様々な歪曲と根拠のない憶測から成る蜘蛛の巣をくぐり抜けるようにして何とかその実態が摑めつつあり、革命軍が昼前にハウハを出発してモリーノス橋へ向かうことになっていたところまではわかっている。だが、そこから先は相矛盾する見解が交錯し、まだはっきりわからない。確証が得られつつあるのは、行動計画の全貌を正確に知っていたのはほんの一握りの者――バジェホスとウビルスだけかもしれないし、二人とマイタだけかもしれないし、ひょっとするとバジェホスだけだったのかもしれない――だけだったということだ。そして、他のメンバーにまったく情報を伝えなかったことが、後々致命傷になった。アルフォンソ・ウガルテ通りの最後のブロックに差し掛かり、左手に刑務所の日干しレンガ塀と瓦の庇が見えた時、マイタは何を思っていたのだろう？　右手にあるウビルス邸のカーテンの後ろで、前日から、少なくとも数時間前から、彼の通過を待って、ラ・オローヤ、カサパルカ、モローチャの同志たちがチャトと待機しているはず、そんなことだろう。トラックがまだ着いていないことを知らせるべきだろうか？　いや、いかなる事態であれ、指示通りに行動することが重要だ。それに、一人でやってきたのを見れば、トラックが遅れたことはわかるはずだ。今から三十分以内に到着すれば、リクラノの連中は合流できる。それ以上遅れたら、予め決めておいたとおり、ケーロで落ち合うことになる。石造りの刑務所のファサードまで来ると、少尉が言っていたとおり、歩哨はいなかった。錆びついたドアが開き、バジェホスが現れた。指を唇に当ててマイタの腕を摑むと、他に誰もいないのを確認したうえで、彼を中へ通してドアを閉めた。そして所長室へ入るよう合図した後、姿を消した。マイタは円柱の並ぶ玄関ホールを見つめ、衛兵所と書かれた正面の部屋、さらに中庭へ視線を移すと、細長い葉の間に実をたわわにつけたギンドの木が目に入った。彼が入った部屋には、盾や黒板、書き物机や椅子があり、くすんだ窓ガラス越しに外の気配が感じられた。手に持っていたアタッシュケースをどうしようかと思っていたところにバジェホスが現れた。

「誰にも気づかれていないか確かめておきたかった」彼は小声で言った。「トラックは着かなかったのか？」

「どうやらそうらしい。フェリシオをやって待たせることにした。チームの奴らに六時半にここへ来るよう伝えろと言ってある。リクランの連中が来なかったらどうする？」

「問題はない」バジェホスは言った。「そこに隠れて、音を立てないように待っていてくれ」

下士官の落ち着きと自信がマイタには心強かった。ズボンに作業用ブーツを履いており、司令官用のシャツではなく、襟付きの黒い上着を着ていた。所長室へ入ると、部屋は白い壁に囲まれた大きなクローゼットのようだった。その家具が武器庫になっていて、壁龕らしきものに銃を掛けるにちがいない。ドアを閉めると、部屋は闇に包まれた。錠前が外れず、アタッシュケースを開けるのがひと苦労だった。自動小銃を取り出し、銃弾をポケットに入れた。鳴り始めた時と同様、出し抜けにラジオの放送が途切れた。リクランのトラックに何があったのだろう？

「約束の場所サンタ・イサベルに早々に着いていたんだよ」ドン・エセキエルは笑い出し、まるで目や口や耳から毒でも吐いているようだ。「刑務所で行動が始まった時には、すでに出発していたんだ。それも、ケーロへ行かねばならなかったはずが、リマへ向かったのさ。おまけに、共産主義者も盗んだ武器も一切載っていなかった。何を載せていたと思う？　ソラマメだよ！　本当だよ、ちくしょうめ。革命軍のトラックが、今まさに革命が始まるって時に、ソラマメを積んでリマへ向かっていたんだ。それが誰の積荷だったか知りたいか？」

「訊くまでもなく、チャト・ウビルスでしょう」私は言う。

ドン・エセキエルはまたおぞましい笑い声を上げる。

「誰が運転していたか知りたいか？」汚い手を振り上げ、拳固でも振り下ろすように広場を指差す。「俺はこの目で見たんだ、あの裏切り者の顔をな。カマのような青色の帽子を被って、ハンドルにへばりついているところを見たんだ。それにソラマメの入ったずだ袋もな。どうしたかって？　どうしたもこうしたもあるか！　あの大馬鹿野郎はバジェホスや余所者や俺をはめやがったんだ」

「一つだけ教えていただければそれで失礼します、ドン・エセキエル。なぜあの朝あなたも逃げなかったのですか？　なぜ落ち着き払って散髪屋にいたのですか？　少なくともどこかに隠れればよかったではありませんか」

彼はゆっくりと怒りを噛みしめ、果実のような恐ろしい形相で私を数秒間じろりと眺め回す。そして鼻をほじり、首の皮に怒りをぶつけている。ようやく答えるが、まだ嘘にこだわり続けている。

「何も知らない俺がなぜ逃げ隠れできる？　ふざけるんじゃねえ」

「ドン・エセキエル、ドン・エセキエル」私はたしなめにかかる。「もう二十五年も経って、ペルーが破局へ向かいつつある今、すでに我々の手を離れた戦争から逃れようと皆必死で、私もあなたも次の襲撃か銃撃戦で死ぬかもしれないというのに、まだあの日の真実を隠そうとするのですか？　本当のことを言ってください、この国を包む殺人のカオスに飲まれる前に、この話を書き上げたいのです、手を貸してください。あなたが電話を遮断して、モリーノスで宴会があると言ってタクシーを手配することになっていたのでしょう。電話局に何時に着く予定になっていたか、覚えているはずでしょう？　窓口が開く五分後です。アルフォンソ・ウガルテ通りとラ・マール通りの交差点にタクシーを向かわせて、そこでマイタのチームがジャックする計画だったのでしょう。それなのに、あなたはタクシーも手配せず、電話局にも行かず、様子見にここへやってきたサン・ホセ校生には、《何でもない、すべて失敗だ、学校へ行って、俺のことは忘れろ、いいな》と答えたのでしょう。そのサン・ホセ校生がテレスフォロ・サリナス、現職の県体育教育責任者ですよ、ドン・エセキエル」

「すべて嘘っぱちだ！　ウビルスのデマだ！」不快感で真っ赤になりながら彼は唸る。「俺は何も知らなかったし、逃げ隠れする必要なんかなかったんだ。さっさと失せな、ここから消えろ。タチの悪いペテン師め！　くだらん噂ばかり嗅ぎ回りやがって！」

それ自体壁龕のような部屋の暗闇に包まれ、自動小銃を手にしたマイタの耳には、物音ひとつ聞こえてこなかった。ドアの隙間から漏れてくる二筋の光以外、何も見えなかった。だがじっとしていても、その瞬間に《チュウモォォク！》の掛け声で十四人の警備隊を起こすバジェホスの姿が頭に浮かんできた。《モーゼル銃の整備！》ワンカーヨの武器隊長から連絡が入り、早朝に武器の点検を行うという。《入念に、銃の外側も内側もしつこいほどしっかり磨いておけ、染み一つ残すな》さもないと、またもやバジェホス下士官が武器隊長の叱責を受けることになる。使える銃と国家警備隊員全員の弾薬――一人あたり九十発――はすべて衛兵所へ運び込め。《中庭に整列！》次は自分の番だ。すでに機械のスイッチは入り、各パーツが動き出している。これが、これこそが行動なのだ。リクランの連中は着いたのだろうか？　ドアの隙間から覗いてみると、モーゼル銃と弾薬を次々と正面の部屋に運び込む警備隊員の動きが感じられるような気がした。その一人がアントリン・トーレスだ。

現在、彼は国家警備隊を引退し、マンコ・カパック通りの、刑務所とドン・エセキエルの商店の中間あたりに住んでいる。ドン・エセキエルに拳固を食らってはかなわないし、卒中の発作でも起こされたら大変だから、さっさと辞去するしかなかった。ハウハの荘厳な広場――市役所と副知事庁のある角が支柱と有刺鉄線に囲まれ、景観を乱している――のベンチに座って、アントリン・トーレスのことを考えてみる。今朝彼と話してきたところだ。海兵隊に通訳兼ガイドとして雇われて以来（スペイン語もケチュア語も問題なく話すことができる）、彼は恵まれた生活を送っている。かつては小さな農園を持っていたが、戦争で破壊され、飢えて死にかかっていたところにグリンゴたちがやって来た。近郊を回るパトロール部隊に同行するのが彼の任務だ。下手をすれば命を危険に晒す仕事だとはわかっている。多くのハウハ人に背を向けられ、家の前面は、《裏切り者》《革命裁判により死刑に処す》などの落書きだらけだ。アントリンの話からも、ドン・エセキエルの悪態からも、海兵隊とハウハ市民の関係は最悪であることがわかる。反乱軍に肩入れしない人でさえ、意味不明の言葉を話す外国人、しかも、かつての金持ちでさえ困窮するこの町で何一つ不自由なく飲み食いできて煙草まで吸える外国人部隊への恨みを募らせている。牛のように太い首をして、大きな腹を突き出したアントリン・トーレスは、アヤクーチョ県のカンガージョ生まれであり、随所にケチュア語を散りばめた響きのいいスペイン語を話す。《共産主義者が殺したいというのなら、殺してくれればいいですよ》彼は言っていた。《しかし、どうせ殺されるのなら、たっぷり飲み食いして、金煙草を吸ってからにしてほしいですね》間と抑揚をうまく使って劇的効果を高める巧みな語り部だ。二十五年前のあの日、八時に勤務に入り、ワスカル・トレドに代わって門で歩哨に着くことになっていた。ところが、ワスカルは守衛所におらず、武器隊長の来訪に備えて、他の仲間たちとともに、中でモーゼル銃を整備しているところだった。バジェホス下士官は彼らを急かせており、それを見てアントリン・トーレスは何か妙だと思った。

「しかし、なぜです、トーレスさん？　武器の点検なんて珍しいことじゃないでしょう」

「妙だと思ったのは、下士官が肩から自動小銃を下げたまま歩き回っていたからです。なぜ武器を携行する必要があります？　それに、衛兵所にモーゼル銃をしまうなんて。不自然すぎますよ、軍曹。警備隊が点検のために銃を手放すなんて前代未聞です。そんなに深く考えることはないさ、アントリン、昇進の妨げになるぞ、軍曹にはそう言われました。それで私は指示通り、モーゼル銃を整備して、割り当てられていた九十の弾薬筒とともに衛兵所へ運んだ後、中庭に整列しました。その間も、何かおかしいとずっと思い続けていました。しかし、まさかあんな事態になるとは。むしろ私は、何か囚人に関わることかと思いました。五十人ほど収監されていましたし、脱獄計画でも発覚したのかと」

《今だ》マイタはドアを押した。長い間じっとしていたせいで、脚が痺れかかっていた。心臓が高鳴り、後戻りを許さぬ決定的な力に囚われつつあることを感じながら、十分に油を差した自動小銃を構えて中庭へ飛び出すと、衛兵所の前に立って、すぐ近くに整列した警備隊と向き合った。そして準備していた言葉を告げた。

「抵抗するような真似はやめてほしい。無駄な犠牲者を出すことは望まない」

バジェホスも自動小銃を構えて部下と向き合った。まだ目の覚めきらない十四人の警備兵の目が少尉から彼へ、彼から少尉へと、わけもわからぬまままさまよった。これは夢なのか、それとも目は覚めているのか？　現実か悪夢か、いったいどちらだ？

「そこで下士官は話し始めた、そうですね、トーレスさん？　何と言ったか覚えていますか？」

「君たちを巻き込むつもりはないが、私は社会主義革命を起こすために蜂起する」アントリン・トーレスは身振りを交えて声色を真似、襟の開いた首元で喉仏が上下する。「自分の意志で私に従うというのであれば止めはしない。ボスたちは無力であり、貧民のため、虐げられた大衆のために私は立ち上がる。出納係の軍曹、君は日曜日に私の給料で全員にビールを振る舞ってくれ。下士官が演説をぶつ間、リマから来たもう一人の男が我々に銃を突きつけ、モーゼル銃に近寄れないようにしていました。まんまと引っ掛かってしまったわけです。後で全員上部から二週間の謹慎を命じられました」

マイタの気分は高揚し、バジェホスの言葉は聞こえてもその意味がまったく伝わってこなかった。《機械となれ、一兵卒となれ》下士官は部下たちを大部屋へ追い立て、彼らはわけもわからぬまま指示に従うしかなかった。マイタは、下士官が全員を部屋に閉じ込めて南京錠を掛ける様子を見守った。すると下士官は、左手に自動小銃を、右手に大きな鍵を持って機敏な動作で駆け出し、格子ドアの一つを開けた。そこにウチュバンバの二人がいるのだろうか？　聞き耳を立てて事態の推移を注視していたことだろう。だが、ギンドの木が茂る中庭の牢獄に入れられていた別の囚人たちのところまでは、遠すぎて物音も届くまい。衛兵所前の持ち場から彼は、バジェホスに続いて出てくる二人の男を見つめた。そう、それまで名前しか知らなかった同志たちだ。どっちがコンドリで、どっちがセノン・ゴンサレスだろう？　名前を訊く前から、バジェホスと若い方の男——髪の長い白人——の間に口論が持ち上がった。東部の農民には肌も髪も明るい色の者が多いと聞いてはいたが、マイタは当惑を覚えた。アイーナ農園の占拠を指揮したインディオ扇動家だというが、まるで西洋人の二人組だった。一人はサンダル履きだった。

「今さら尻込みするのか、この野郎」一人に顔を近づけながらバジェホスが怒鳴る声が聞こえてきた。「やっと始まって、さあこれからって時に、尻込みするのか？」

「尻込みするわけじゃない」男は後ずさりしながら呟いた。「つまり……。つまりだな……」

「お前は臆病者だ、セノン」バジェホスは叫んだ。「いいだろう、監獄へ戻れ。裁判にかけられて、フロントン島に閉じ込められて腐り果てるがいい。本来ならお前の頭に一発ぶち込んでやりたいところだ、この野郎」

「まあ、待てよ、落ち着いて話そうじゃないか」あいだに割って入りながらコンドリが言った。こちらがサンダルの男であり、自分と同じくらいの年齢の男がいるとわかって、マイタはほっとした気分になった。「そう熱くなるなよ。ちょっとセノンと二人だけで話させてくれ」

下士官は大股歩きでマイタのもとへやって来た。

「カマ野郎め」すでに怒りは消え、軽蔑だけを込めてバジェホスは言った。「昨日の夜まではやる気満々だったのに、今になって迷いが出て、このままもう少し様子を見たいだとよ。それは迷いじゃねえ、臆病風って言うんだ」

ウチュバンバの若きリーダーは何を迷ってこんな揉め事を引き起こしたのだろう？　これから反乱が始まるという時になって、人数が足りないとでも思ったのだろうか？　彼とコンドリだけでは、他の仲間たちを反乱に引き込むことはできないと思ったのだろうか？　敗北を直感したのだろうか？　あるいは、ただ単にこれから殺し合いが始まるというので怯んだのだろうか？

コンドリとゴンサレスは小声で話していた。マイタの耳にも途切れ途切れに言葉が届き、時折大げさな仕草が目についた。コンドリがもう一人の腕を摑む瞬間もあった。彼のほうが指導的立場にあるらしく、相手は反論してはいても丁重な態度を崩さなかった。直後に二人は近づいてきた。

「もう大丈夫だ、バジェホス」コンドリは言った。「大丈夫、何も問題はない、すべて水に流してくれ」

「わかったよ、セノン」バジェホスは彼に手を差し出した。「カッとなって悪かったな。すべて水に流そうな」

若者は頷いた。握手を交わしながらバジェホスは繰り返した。《すべて水に流して、ペルーのために尽くすとしよう、セノン》ゴンサレスの顔には、決意より諦めの色が見えた。バジェホスはマイタのほうを向いた。

「武器をタクシーに積み込むんだ。俺は囚人の様子を見てくる」

彼がギンドのほうへ遠ざかる間に、マイタは入口へ走った。見張り窓から通りを眺めやると、タクシーもウビルスもラ・オローヤの鉱山労働者もおらず、隊長役のコルデロ・エスピノサに率いられたサン・ホセ校生の一団がいるだけだった。

「ここで何をしているんだ?」マイタは話しかけた。「なぜ持ち場にいない?」

「誰一人行方が知れず、持ち場に誰も現れなかったのです」微笑みを曇らせるように欠伸を漏らしながらコルデロ・エスピノサが言う。「みんな待ちくたびれてやってきたのです。飛脚をしようにも相手がいません。私は警察署の担当で、朝早くから張り込んでいましたが、誰も来ませんでした。しばらくしてエルナンド・ワサスキチェが現れ、自宅にもどこにもウビルス先生の姿が見当たらないと言ってきたのです。しかも、トラックを運転して高速道路を走り去る姿を見かけた者がいるといいます。直後に、リクランの連中は影も形もなく、ラ・オローヤの労働者も来なかったか、あるいはすでに帰ってしまったことがわかりました。みんな臆病風に吹かれたのです! 我々は広場に集まって、渋い顔で登校時間を待つばかりでした。ひどい仕打ちですよ、探偵ごっこをさせられていただけなんですから。そこにフェリシオ・タピアが現れて、リマの男だけは、リクランの連中に待ちぼうけを食わされた後、確かに刑務所へ向かったことを告げました。それで我々も刑務所まで様子を見に行ったわけです。すでにバジェホスとマイタは警備隊を閉じ込めて武器を確保し、コンドリとゴンサレスを解放していました。滑稽な状況でしょう?」

コルデロ・エスピノサ氏の言うとおりだ。これを滑稽と呼ばずして何と呼ぼう。刑務所を乗っ取り、十四丁の銃と千二百発の銃弾をせしめた。それなのに、計画に参加することになっていた三、四十名の革命戦士は誰一人現れなかったのだ。窓から様子を窺って、わずか七名の制服を着た少年と向き合ったマイタはどう思ったのだろうか?

「誰も来ない? 本当に誰も来ていないのか?」

「僕たちだけです」丸刈りに近いほど髪を短く刈り込んだ少年が答え、当惑しながらもマイタは、かつてウビルスに彼を紹介されたことを思い出した。《コルデロ・エスピノサ、学年のリーダーで、クラス一の秀才です》「他は全員逃げてしまったようです」

ショック、怒り、そして破局の予感に彼は打ちのめされたのだろうか？　あるいは、リクランの連中が広場に現れなかった夜明けから、いや、それどころか、リマでＰＯＲ（Ｔ）の同志に見捨てられた時から、さらには、ブラケールを通じて共産党を反乱に巻き込む試みが不発に終わった瞬間から、はっきり正体こそわからずとも内心抱いていた不安が現実化したことを冷静に確かめただけだろうか？　どの段階からかはともかく、このとどめの一撃をぼんやりと覚悟していたのだろうか？　革命は始まらないのか？　いや、もう始まっているじゃないか、マイタ、わからないのか、もう始まっているんだ。

「だからこうしてここまでやってきたんですよ」コルデロ・エスピノサは叫んだ。「僕たちが代わりを務めます」

隊長の周りに集結したサン・ホセ校生たちが首を振って頷き、賛同の意を示していることがマイタにはわかった。それでも、彼の頭に思いついたことといえば、刑務所の門にこれほどの数の学生が集まっていては、通行人か近隣住民の目をひいてしまうかもしれない、それだけだった。

「予め他の仲間と相談したわけでもなく、あの時その場で自分たちが義勇兵になろうと決めたんです」コルデロ・エスピノサ氏は振り返る。「他に誰も来なかったことを知らされたマイタの哀れな顔を見ていて、咄嗟にその場で思いついたんです」

我々は、法律事務所が立ち並ぶフニン通りの彼の事務所にいる。ここ数年の戦乱と惨事でこの地区の訴訟件数は激減していたものの、ハウハには相変わらず弁護士が多い。少し前までなら、ハウハの一家には、弁護士資格を義務づけられたような状態で生まれてくる息子が一人や二人はいるのが当たり前だった。田舎では、訴訟がサッカーやカーニバルと同じぐらい階級を越えて人気のあるスポーツなのだ。掃いて捨てるほどいるハウハ出身弁護士のなかでも、サン・ホセ校でかつて学年リーダーを務めた模範生――戦争で学校が閉鎖されるまで、母校で週二回政治経済学を講義していた――はエース格だ。彼の執務室には、出席した学会の参加証や、市会議員、ハウハ・ライオンズクラブ会長、東部高速道路推進評議会会長、その他、市民としてこなした様々な肩書きが燦然と飾られている。これまで話してきたなかで、あの一連の出来事について、的確に距離をとりながら、最も気さくに、そして最も客観的に話してくれる人物、私にはそう見える。この執務室は小ぎれいに片付いているというのに、入り口の廊下は、床に穴が開き、壁半分が崩れ落ちている。中へ通された時に、彼はこの部分を指差して言った。《テロリストが爆薬を放り込んだんです。そのままにしてあるのは、生き延びるために油断は禁物という事実を毎日自分に言い聞かせるためです》さらに、同じく気さくな調子で話してくれたところによれば、自宅への襲撃はもっと鮮やかだったという。ダイナマイト二本が爆発、家は全焼。《六十になる料理婦が犠牲になりました。幸い妻と息子はすでにハウハを離れていました》家族はリマに住んでおり、近々外国へ逃れる予定だという。彼も案件が片付き次第後を追う。こんな状態で命を危険に晒す意味がありますか、彼は言う。海兵隊が到着してもハウハの治安はよくなっていないのか？　むしろ悪化の一途だ。駐留する外国人に人々は恨みを抱き、実際に手を下したり、逆に何もしなかったりして——隠蔽、アリバイ作り、沈黙——、テロリストの手助けをしている。《ペルー人ゲリラとキューバとボリビアの国際共産主義軍の間でも似たようなことが起こっているようです。両者が反目し合っているのです。ご存知のとおり、ナショナリズムに勝るイデオロギーはありません》かつての学年リーダーに親近感を覚えずにはいられない。何でもごく自然な調子で、いたずらな感傷主義や傲慢もなく、ユーモアさえ込めて話してくれる。

「我々が義勇兵になるという提案を聞くと、みんな活気づきました」彼は続ける。「実際、我々七人は固い絆で結ばれていました。今と較べれば、まさに子供の遊びですね」

「ええ、そうです、僕たちが代わりを務めます」

「ドアを開けて、中へ通してやれ。やってやるさ」

「そうだ、マイタ、やってやるさ！」

「僕たちだって革命家だ、代わりは務まる」

彼らの話を聞きながらその顔を見つめるマイタの頭では、何かが音を立てて崩れ、混乱が支配していた。

「おいくつぐらいだったのですか？」

「私とワサスキチェが十七」コルデロ・エスピノサは言う。「他は十五か十六。幸運といえば幸運です。未成年で、法的責任は問えませんからね。未成年者対象の裁きを受けただけで、重罪には問われませんでした。かつてペルーの武装蜂起の先頭に立ったこの私が、今や武装グループに命を狙われているなんて、皮肉な話ですよね」

彼は肩をすくめる。

「その時点では、マイタもバジェホスももう後戻りのきかないところまで来ていたのでしょうね」私は言う。

「そんなことはありません。バジェホスには、閉じ込めていた大部屋から警備隊を解放して、罵倒してやることもできたはずです。《この刑務所が反乱軍の襲撃を受けたら、お前たちはまったく能無しで役に立たないことがこれでよくわかった。全員落第だ、ボンクラどもめ》」コルデロ・エスピノサ氏は私に煙草をすすめ、自分の煙草に火を点ける前にシガレット・ホルダーに差し込む。「きっと皆その話を信じたことでしょう。我々を学校へ行かせ、ゴンサレスとコンドリをまた幽閉して、逃げることもできたはずです。その時点ではまだ打つ手はあったのです。もちろん二人ともそんなことはしませんでした。マイタもバジェホスも頑なな男です。その点では、四十の男と二十の男は我々より子供じみていました」

つまり、まずマイタがそんなロマンチックな、大それた計画を受け入れたわけだ。躊躇と困惑が続いたのは数秒間だけだった。彼は腹を括った。門を開け、《はやく、はやく》とサン・ホセ校生に声を掛けると、彼らが中庭へ殺到する間に、通りの様子を確認した。車も人通りもなく、家は固く閉ざされている。力が戻り、再び血管を血が流れ、絶望することはないと自分に言い聞かせる。最後の少年が中へ通ると、彼は門を閉めた。七人の血気にはやる興奮した顔がそこに並んでいた。コンドリとゴンサレスはそれぞれモーゼル銃を構え、怪訝な表情で少年たちを眺めていた。四人の点呼を終えたバジェホスがギンドの木立の後ろから現れた。マイタが彼のほうへ進み出た。

「ウビルスその他の者は来ていない。だが、代わりに義勇兵が現れた」

バジェホスは呆然とその場に立ちつくしたのだろうか？　彼の顔が引きつるのにマイタは気づいただろうか？　必死に落ち着きを保とうとする若き下士官の様子に目を止めたのだろうか？　顔に軽く触れるぐらいの小声で、《ウビルスが来てないのか？　エセキエルも？　ロリートも？》と言うのを聞いたのだろうか？

「今さら後戻りはできない、同志」マイタは彼の腕を揺すった。「教えただろう、言ったじゃないか、行動には選別が伴うんだ。もはや後戻りはできない。無理だ。少年たちを受け入れるんだ。腹を括ってここまで来たんだ。折り紙つきの革命家たちじゃないか。ここで引き返せと言うのか？」

こう話しながらマイタは次第に確信を深め、心のなかでは、第二の声が呪文を唱えて理性を抑えつけていた。《機械のごとく、兵士のごとく》黙ったまま彼を見つめるバジェホスは、疑っていたのだろうか、相手が本心から言葉を発しているか確かめようとしていたのだろうか？　だが、マイタが黙ると、少尉はすっかり落ち着きを取り戻し、その場で覚悟を決めた。そして話を聞いていたサン・ホセ校生たちに近寄っていった。

「感無量だ」彼らの間に割って入りながら少尉は言った。「君たちのように勇気ある者がいることがわかって本当に嬉しい。よくぞ覚悟を決めてくれた。握手させてくれ」

それどころか、実際には彼ら一人ひとりを胸に強く押しつけて抱き締めた。気づくと輪の中心にいたマイタは、同志たちと抱擁を交わし、曇った目で、セノン・ゴンサレスとコンドリも仲間に加わっていることを確認した。感激で言葉も出なかった。喉が完全に詰まっていた。少年たちの多くが泣いており、少尉、マイタ、ゴンサレス、コンドリ、そして生徒たちを次々と抱擁しながら、歓喜の顔に涙を浮かべていた。《革命万歳》一人が叫び、別の一人が、《社会主義万歳》と応じた。バジェホスは二人を黙らせた。

「あれほどの幸福感は後にも先にも味わったことがないかもしれません」コルデロ・エスピノサ氏は言う。「美しいほどの純真、理想主義でした。髭が伸びて、背も高く、体も強くなったような気分でした。おそらく誰一人として売春宿へ行ったこともなかったと思いますよ。少なくとも私は童貞でした。まさに童貞を失うような思いだったのです」

「誰か武器を扱える者はいたのですか？」

「予備軍事訓練で射撃の授業がありました。猟銃を撃ったことのある者ぐらいはいたでしょう。いずれにせよ、その場でなんとかするしかありませんでした。抱擁を交わし合った後、バジェホスは真っ先にそれを思いついて、モーゼル銃の説明を始めました」

下士官がサン・ホセ校生に銃の扱い方を教える一方で、マイタはコンドリとセノン・ゴンサレスに事態を説明した。他に誰も参加者はいないと知っても、二人は表面上何の不満も見せなかった。反乱軍が彼らと未成年者だけだとわかっても、憤慨する様子はなかった。神妙な面持ちで話を最後まで聞き、何の質問もしなかった。バジェホスは少年たちにタクシーの調達を命じた。フェリシオ・タピアとワサスキチェが外へ駆け出した後、バジェホスはマイタと二人の農民リーダーのそばへ近寄り、計画の修正を提案した。二つのチームに分かれ、一方が警察署をおさえ、他方が市民警備隊の駐屯地をおさえる。話を聞きながらマイタは、目尻で農民リーダー二人の反応を探っていた。ゴンサレスは、《だから気が進まなかったんだ》とでも言ったのだろうか？　いや、黙って口をつぐんでいた。手に銃を持ったまま、感情を表に出すことなく下士官の説明を聞いていた。

「タクシーが来ました！」ペリコ・テモチェが門のところから叫んだ。

「私は本物のタクシー運転手ではありませんでした」オナカ氏は私にこう言いながら、普段は食料品や家庭用雑貨で溢れているが、今は空っぽの商品棚を憂鬱な表情で示している。「私の本業はこの店の経営です。今では信じられない話でしょうが、かつてはフニンで一番品揃えのいい店だったのですよ」

彼の黄色い顔は悲しみに歪む。オナカ氏は反乱軍の格好の標的らしく、この店はすでに何度も襲撃に遭っている。《八回です》彼は正す。《前回は三週間前、すでに海兵隊が到着した後です。アメリカ人がいようがいまいが変わらないということです。覆面をした男たちが六時頃現れてドアを閉め、食料はどこだ、この犬野郎、と言ってきました。何か隠すなんてね。どうぞ探して、あるだけ持ってってください、おかげさんで今やすっからかんですから。もちろん何も見つかるわけがありません。よかったらうちの女房でも連れてってくださいよ、残るはあいつだけですから。私はもう怖くなくなりました。この前は言ってやりましたよ、ひと思いに殺してください、遠慮しないで、どうせもう人生をめちゃめちゃにされたんだから、ってね。そしたら、ハゲタカにくれてやる銃弾はない、ですと。しかも午後六時、まだハウハの通りには警察も兵隊も海兵隊もいたんですよ。おわかりでしょう、みんな同じ穴のムジナですよ》息が上がって呼吸を整え、カウンターに寄りかかったまま目を近づけて新聞を読もうとしている妻のほうを一瞥する。二人ともかなりの歳だ。

「店はあいつ一人で切り盛りできるんで、私はフォードで白タクをしていたんです」オナカ氏は続ける。「おかげで不運にもバジェホスの騒ぎに巻き込まれたわけです。車が傷んで修理費がえらくかかりました。それに、拳骨を食らって眉のあたりを切られ、捜査で身の潔白が証明されるまで豚箱行きですよ」

落ちぶれた店の一角で、我々はカウンターを挟んで立ったまま向かい合っている。反対側の端にオナカ夫人がいて、誰かが蝋燭や煙草――それだけはふんだんにあるらしい――を買いに入ってくるたびに新聞から目を上げる。オナカ夫妻は日系人――二人とも移民の孫――だが、ハウハでは中国人《チーノ》と呼ばれており、オナカ氏も別にそれを正そうとはしない。コルデロ・エスピノサ氏と違って、彼は自分の不幸をユーモアで受け流そうとはしない。陰気に塞ぎ込み、世界を恨んでいるようだ。ハウハでは何十人もの人から話を聞いたが、おおっぴらにテロリストの悪口を言うのは彼とコルデロ・エスピノサ氏だけだ。他は、襲撃の被害を受けた人でさえ、革命軍について完全な沈黙を貫いている。

「ちょうど店を開けたところに、ビジャレアル通りに住むタピア家の息子がひょっこり現れたんです。急ぎの用です、オナカさん、病気の夫人を病院までお願いします。それで私は車のエンジンをかけて、タピアの坊主を横に乗せました。するとあいつは迫真の演技で、急いでください、夫人が死にそうなんです、とかぬかすんです。刑務所の前まで来ると、別のタクシーに武器を運び込んでいるところでした。私は車を後ろにつけて、バジェホス下士官に訊きました。病人はどこです？　返事はありません。すると、もう一人の、リマから来た男、マイタですか、そいつが胸に自動小銃を突きつけてきたんです。命が惜しければ言うとおりにしろ。汚い言い方ですが、クソをちびりそうになりましたよ。本当に肝を冷やしました。反乱軍を見たのはあれが初めてでした。バカですよね、当時は金もあったんだから、あの後妻とどこかへ逃げておけばよかったんです。そうすれば静かな老後を過ごせたのに」

コンドリ、マイタ、フェリシオ・タピア、コルデロ・エスピノサ、そしてテオフィロ・プエルタスが、銃と弾薬の半分を積み終えた後で車に乗り込んだ。マイタはオナカに発車を命じた。《少しでも怪しい素振りを見せたら撃つぞ》後部座席に座ると、口は乾ききっていたが、手には汗が滲んでいた。その横では、リーダーとプエルタスが銃を尻に敷いて体を寄せ合い、前の座席にはフェリシオ・タピアとコンドリが座った。

「よくぶつかりもせず、人を轢いたりもしなかったものだと今でも思いますよ」オナカ氏は歯のない口から声を出す。「強盗か殺人犯か脱獄囚だと思いましたが、それなら少尉が一緒にいるのはおかしいでしょう。タピア家の坊主や、いっぱしの紳士コルデロ氏の息子が殺人犯と一緒にいったい何をしているんだ？　カクメイとかなんとか、そんなことを口走っていました。何だそれは、どうやって食うんだ？　そしてマンコ・カパック通りの市民警備隊駐屯所まで行かされて、そこでリマの男とコンドリとタピアの坊主が降りました。後で少年たちは、見張り役に残された二人は、私が逃げようとしたら撃ち殺せとマイタに命令されていました。あれは単なる演技で、本当に撃つ気はなかったと言っていましたが、今となっては明らかなとおり、子供だって斧や石やナイフで人を殺せますからね。昔の常識は今では通用しません。まあ、落ち着いてくれ、撃つ必要はない、わかっているだろう、私はハエ一匹殺せない男だし、君たちにだって何度もツケ払いで物を売ってやったことがあるじゃないか。これはいったい何の真似だ？　奴らは中で何をするんだ？　警察の駐屯所だぞ。すると、この前家を焼かれて事務所まで吹っ飛ばされたコルデロの息子が言うんですよ、これは社会主義革命です、オナカさん。社会主義革命！　何？　何だって？　そんな言葉、それまで聞いたこともなかったと思います。それでわかったんですよ、四人の大人と七人のサン・ホセ校生が社会主義革命を起こすためにわざわざ私のフォードを選んだんだ、ってね。まったく、ふざけやがって」

駐屯所の入り口に見張りはおらず、マイタはコンドリとフェリシオ・タピアに合図した。まず自分が突入するから、援護してくれ。コンドリは冷静だったが、タピアは顔面蒼白で、マイタは、銃をしっかり握り過ぎていたせいで手が紫色になっていることに気づいた。彼は身を屈めて中へ入り、安全装置を外した自動小銃を構えて叫んだ。

「手を挙げろ、撃つぞ！」

薄闇に包まれた部屋には、Tシャツ短パン姿の男がおり、ちょうど欠伸をしかかっていたところで不意を突かれて、間抜けな表情で固まった。一瞬呆然と相手を見つめたが、マイタの後ろから、コンドリとフェリシオ・タピアが銃を構えて出てきたのを見て、ようやく両手を挙げた。

「見張っていろ」マイタは言って、奥へ駆けた。細い通路を突っ切って土の中庭へ出ると、上半身裸で制服のズボンとブーツを履いた二人の警備隊員が、泡の立つ桶で顔や腕を洗っているところだった。仲間だと思ったのか、その一人が彼に微笑みかけた。

「手を挙げろ、撃つぞ！」今度は普通の声でマイタは言った。「手を挙げろ、ちくしょうめ！」

二人とも大人しく従ったが、一人が慌てて動いたせいで桶をひっくり返した。水が地面を黒く染めた。《うるせえぞ、まったく》眠そうな声が届いた。中に何人いるのだろう？　コンドリが横に現れ、マイタは声の聞こえた部屋から目を離すことなく彼に耳打ちした。《こいつらを連れて行け》そして体を丸めたまま急ぎ足で中庭を横切り、蔓草の生い茂る下をくぐって部屋の敷居へ至ると、喉まで出かかっていた《手を挙げろ》の声を圧しとどめて仁王立ちになった。そこは寝室で、壁に沿って簡易ベッドが二列に並んでおり、そのうちの三つに人が寝そべっていた。二人は眠っており、一人は仰向けで煙草を吸っている。その横のトランジスターラジオからワイニートが流れていた。マイタの姿を認めると、男は仰天してひとっ跳びに立ち上がり、自動小銃をじっと見つめた。

「冗談かと思ったら」男は煙草を捨てて口ごもり、両手を頭へやった。

「残りの二人を起こせ」寝ている男たちを指差してマイタは言った。「発砲せねばならないような事態は勘弁してくれ」

相手に背を向けることも、武器から目を離すこともなく、警備隊員は蟹のように横向きに移動し、仲間たちのところまで来ると、その体を手で揺すった。

「起きろ、起きてくれ、よくわからん事態だ」

「私は、撃ち合いになってひと悶着あるのだろうと思っていました。マイタもコンドリもタピアの坊主も血塗れになって、そのどさくさに、私まで襲撃犯の一人として警備隊に撃たれるかもしれないと覚悟していました」オナカ氏は言う。「ですが、銃声はまったく聞こえませんでした。中で何が起こっているかまったくわからないまま、そこにバジェホスを乗せたタクシーが到着しました。すでにボリバル通りの警察署を抑え、ドンゴ中尉他三名の隊員を独房へぶち込んでいたのです。バジェホスは少年たちに問いを向け、どうだ？　まだわかりません。私は彼にすがりつきました、勘弁してください、少尉、妻が病気なんです。そんなに怖がることはありませんよ、オナカさん、我々誰も運転ができないので、あなたがいてくれないと困るんです。事のバカバカしさがわかるでしょう。革命を起こすとか息巻いて、誰一人車の運転もできなかったんですよ」

バジェホスとセノン・ゴンサレスが中へ入っていくと、ちょうどマイタとコンドリとタピアは警備隊員たちをベッドに縛り付けて寝室に閉じ込めたところだった。ライフルや拳銃が入り口に並べられていた。

「問題はない」二人の姿を見て安心したマイタが言った。「署のほうは？」

「問題なし」バジェホスは答えた。「お見事だ。これで十丁も銃が増えた」

「問題は人が足りないことだな」マイタは言った。

「大丈夫だ」モーゼル銃を確かめながら少尉は答えた。「ウチュバンバへ行けばいくらでも人はいる。そうだろう、コンドリ？」

万事こんなにうまくいくとは信じられないな、マイタ。

「さらに大量の銃が私のフォードに積み込まれました」オナカ氏は溜め息をつく。「電話局へ行くよう言われて、やむをえず指示に従いました」

「出社すると、車が二台止まっていて、その一台に、商店主で白タク運転手の中国人、あのオナカさんの姿が見えました」皺くちゃで小柄な老婆アドリアナ・テジョ夫人は、骨ばった手を見せながらしっかりした声で言う。「ひどい表情をしていて、寝起きが悪かったのか、ノイローゼにでもなったのかと思いましたよ。私の姿を見るなり、何人か降りてきて、一緒に事務所へ入っていこうとしました。不審に思うわけがないでしょう。当時のハウハには、革命はおろか、盗みさえもなかったんですから。まだ早いので、もう少し待ってください。ところが、彼らはまったく意にも介さずカウンターを飛び越え、一人が今は亡きアスンティータ・アシスの机をひっくり返したんです。何だこれは？　何を始めるんだ？　いったい何のつもりだ？　電話と電報の遮断。へえ、これで私は失業だ。ハハ、その時は本当にそう思いました。あんな状態でよくそんなに気楽にいられたものだと今では思います。それにしても、私たちの助っ人に来たというあのグリンゴどもの厚かましいこと。ろくにキリスト教徒の言葉もできないし、銃を構えたままずけずけ人の家に上がり込んできて。植民地じゃあるまいし。こんな屈辱に耐えているというのに、このペルーにはもう愛国者も残っていないんですかね」

マイタとバジェホスが通信用のキャビンを足でこじ開け、コードを引き抜きながら銃尾で電信盤を破壊し始めたのを見て、アドリアナ・テジョ夫人は通りへ逃げ出そうとした。だが、コンドリとセノン・ゴンサレスに取り押さえられ、少尉とマイタが作業を終えるまで放してもらえなかった。

「これでひと段落だな」バジェホスは言った。「警備隊はすべて幽閉し、電線も遮断したから、当面危険はない。あとは一緒に行動すればいい」

「ケーロには馬と人がいるのだろうか?」マイタが独り言のように言った。

バジェホスは肩をすくめた。今さら誰を信用できるだろう。

「農民さ」コンドリとセノン・ゴンサレスを指差しながらマイタが呟いた。二人は少尉の指示に従って夫人を解放したところで、夫人は怯えきったまま走り去っていった。「ウチュバンバまで辿り着ければ、間違いなく支援が得られる」

「もちろん辿り着けるさ」バジェホスは微笑んだ。「それに支援も得られる」

広場まで歩いて行こう、同志。バジェホスはグアルベルト・ブラボとペリコ・テモチェに指示を出し、アルマス広場とボロネシ通りの角までタクシーを移動させることにした。そこでまた合流しよう。残る者たちの先頭に立った後にバジェホスが下した命令を聞いて、マイタは鳥肌の立つ思いを味わった。《全体、前へ進め！》武器を構えたまま石畳の通りを広場に向かって行進する四人の大人と五人の学生、この正体不明の奇妙な集団は周りに当惑を引き起こさずにいなかったことだろう。人目を引き、歩道を進む人々の動きを止め、窓辺や戸口に集まる人々の眉を顰めさせたことだろう。この行進を見てハウハの人々はどう思ったのだろう?

「当時は朝寝坊だったので、ちょうど髭を剃っているところでした」かつてハウハの玄関口で帽子や宝くじなどを売ったことのあるドン・ホアキン・サムーディオは言う。「部屋から行進の様子を見て、建国祭の準備かと思いました。こんなに早くから？　それで頭を出して訊いてみたんです。何の行列だい？　答えの代わりに少尉は《革命万歳》と叫び、仲間たちもみんな《万歳、万歳》と声を合わせました。てっきり何かの遊びだと思って、何の革命だい、と訊くと、コルデロの息子が、《僕たちが起こしたこの社会主義革命です》と答えてきました。そのまま万歳と行進を続けながら銀行を襲撃したと知ったのは、後になってからです」

アルマス広場へなだれ込むと、マイタの目に入ったのは、わずかな数の通行人だけだった。無関心に視線を向けて、彼らの様子を窺っているだけだ。ポンチョ姿で包みを手にベンチに座っていたインディオの集団が、頭を動かして行進を目で追った。まだ集会を開けるほど人が集まってはいなかった。革命軍というよりボーイスカウトに似つかわしい、なんとも愚かしい行進だった。だが、バジェホスは先頭に立って行進を続け、サン・ホセ校生もコンドリもゴンサレスもそれに倣ったので、マイタもおとなしくついて行くしかなかった。警察を封じ込めて武器を抑え、電話も電信も遮断していたとはいえ、いかにも脆弱な集団であり、気持ちは昂ぶっていてもそこに不安が混じり、なんとも曖昧な気分だった。こんな状態で本当に革命が起こせるのだろうか？　彼は歯を食いしばった。できる。できるにきまっているじゃないか。

「歌でも歌うようにして正面から入ってきました」こう言うのはドン・エルネスト・ドゥラン・ワルカヤであり、かつて国際銀行の支店長だった彼は、今や全身に癌が回って動けず、オラベゴヤ療養所のベッドで寝たきりになっている。「窓から様子を見ながら私は、足並みのまったく揃っていない、最悪の行進だと思っていました。その後、まっすぐ国際銀行へ向かってきたので、またお祭りだとか行列だとか出し物だとか言って金をたかりに来たんだと思いました。しかし、入ってくるなり銃を突きつけ、《民衆の金を帝国主義者から取り返しに来た》とバジェホスが叫んだところで、ハッと我に返りました。そんなことが許されてたまるか。私は彼らに立ち向かいました」

「すごすごと机の下に隠れたんですよ」銀行を退職して、今はハーブティーを売るアデリータ・カンポスは言う。

「普段は、ちょっとの遅刻でもこっぴどく叱りつけ、女性が横を通れば手を伸ばしてくるようなマチョ気取りなのに、銃を見た途端、恥も外聞もなく、すごすごと机の下へ潜り込むんですから。支店長がそんな有様じゃ、他の行員に何ができます？　みんな震え上がっていました。少年たちより、大人たちのほうが恐かったですね。豚みたいな声で《ペルー万歳》、《革命万歳》とか叫び続けていて、興奮のあまり発砲するんじゃないかと気が気でなかったんです。それにひきかえ、窓口にいた老ロハスは咄嗟に機転を利かせました。おそらくもう亡くなったと思います、というか、もはやこのハウハには死ぬ人もいなくなって、みんな殺されるのですから、殺されたと言うべきでしょうかね。次は誰か、知れたもんじゃありません」

「私の窓口に近づいてくるのを見て、左側の引き出しを開けました」ハウハの老人ホームの小部屋で瀕死のまま生き長らえている元国際銀行員の老ロハスは言う。「そこには午前中の集金と、釣銭や両替用の小銭があるだけで、たいした額ではありませんでした。私は両手を挙げ、《何とか引っ掛かってくれ、お助けを、聖母様》と祈りました。奴らはまんまと引っ掛かってくれました。開いた引き出しから有り金すべて奪い取りましたが、わずか五万ソルぐらいでした。今ならともかく、当時としてはかなりの額でしたが、それでも右側の引き出しに入っていた額に較べれば、物の数ではありません。百万近くが金庫に移されずに残っていたのですからね。その後にやって来た連中と較べれば、まったくのひよっこですよ。シッ、シッ、ここだけの話ですよ」

「これだけか？」

「ええ、ええ、それですべてです」銀行員は震えた。「まだ早くて、ほとんど取引はありませんから」

「この金は我々が使うのではなく、革命に捧げられる」マイタが口を挟んだ。そして従業員たちの疑り深い顔に向かって続けた。「民衆のため、汗水垂らして働く人々のためだ。これは強盗ではなく徴発なのだ。怖がることはない。民衆の敵は銀行家、エリート層、帝国主義者たちであり、諸君も彼らに搾取されているのだから」

「ええ、もちろん」銀行員は震えた。「おっしゃるとおりです、旦那様」

広場へ出ると、少年たちはまた一斉に掛け声を上げた。現金の袋を持ったマイタはバジェホスに近寄り、先に地域銀行へ行こう、まだ集会を開けるほど人が集まっていない、と言った。人通りはまばらで、遠巻きに好奇心の視線を向けてくるばかりだった。

「急ごう」バジェホスは言った。「入り口を封鎖されてしまう前に到着せねば」

彼は駆け出し、来た時と同じ順序で整列して全員その後に続いた。数秒間走ったところでマイタは何も考えられなくなった。まだそれほどのスピードでもなく、試合前のウォーミングアップといったところだったが、またもや気分が悪くなって息が詰まり、こめかみが締めつけられた。もう二ブロック走って、ようやく地域銀行の入り口に達した時には、静かな星が幾つも頭の周りを駆け巡り、大きく口を開けて喘いでいた。ここで倒れるわけにはいかないぞ、マイタ。仲間とともに中へ入り、夢でも見ているような状態でカウンターに寄りかかって、目の前の女の怯えきった顔を見ながら、バジェホスの説明を聞いた。《これは革命の準備行動だ、民衆から奪い取られた金を取り返しに来た》抗議の声が上がり、少尉が男を一人突き飛ばして張り手を食らわせたのがわかった。立ち上がって加勢すべきところだったが、この支えを失えばそのまま倒れ込んでしまうのは明らかで、何もできなかった。両肘をカウンターについたまま、従業員の集団に向けて自動小銃を構え——叫び声を上げる者もいれば、抵抗する者を守ろうとしているように見える者もいた——、バジェホスに張り飛ばされた男の腕を抑えつけて大きな机に釘づけにするコンドリとセノン・ゴンサレスの姿を見つめた。下士官は自動小銃を近づけて脅しをかけていた。ようやく男は観念し、机の脇にあった金庫を開けた。コンドリが現金を袋に詰め終える頃になって、マイタの呼吸はやっと少し楽になってきた。もう一週間早く来て、高地に体を慣らしておくべきだったのに、へマばかりだな。

「気分が悪いのか?」立ち去り際にバジェホスが声を掛けた。

「走ったせいで高山病が出たようだ。いる者だけで集会を開こう。欠かすわけにはいかない」

「革命万歳」少年の一人が歓喜の叫びを上げた。

「万歳！」他のサン・ホセ校生も応じた。一人がモーゼル銃を空に向けて発砲すると、他の四名も同じことをした。革命万歳の叫び声と空への銃声とともに一団は広場へなだれ込み、近づいてくる人々に呼びかけた。

「誰も話を聞こうとはせず、集会は行われなかったとみんな言っています。確かに、ロータリーや中庭、アーチの下などで人々に声を掛けていましたが、誰も賛同しませんでした」と言うアンテロ・ウイルモは、かつては広場の写真売りだったが、現在は目が見えなくなって、朝八時から夜八時までカテドラルの入り口で祈祷書や版画、ロザリオなどを売っている。「トラック運転手にまで声を掛けてましたよ。《止まってください》、《降りてください》《ちょっと来てください》みんな不審そうな顔でさっさと走り去って行きました。でも、集会はあったんです。私はその場にいて、一部始終を見ました。当時はまだ催涙ガスなんてありませんでしたから、神の思し召しとはいえ、こんなふうに顔をやられる心配もありませんでした。今ではもう見えませんが、当時はちゃんとこの目で見たんです。本当ですよ、私一人のための集会です」

それが、首謀者のみならず、ハウハの人々についても大きな計算違いをしていた事実の最初の兆候だったのだろうか？　集会の役割は理論上明らかだった。午前中の出来事について町の人々に説明し、階級闘争におけるその歴史的・社会的意味を明らかにしたうえで、蜂起への決意を示して、必要があれば貧者に金の一部を分け与える。ところが、マイタがよじ登ったロータリー舞台の前には、広場の写真売りと五人のサン・ホセ校生がいるだけで、ベンチの上で固まったインディオの集団でさえこちらを見ないようにしている。カテドラルやカルメン校の辺りに固まる野次馬の集団に手と声でいくら呼びかけても無駄だった。サン・ホセ校生たちが近寄っていくと、皆逃げてしまう。銃声に震え上がってしまったのだろうか？　すでにニュースが広まって、厄介事に巻き込まれる事態や、警察の到着を恐れているのだろうか？　これ以上待って意味があるだろうか？　手をメガホン代わりにしてマイタは叫んだ。

「ブルジョア的秩序に対抗して、民衆が鎖を断ち切るべく、我々は立ち上がったのだ！　大衆への搾取を根絶する！　土地を農民の手に返す！　我が国における帝国主義の搾取にピリオドを打つ！」

「そんなに声を振り絞っても、遠すぎて聞こえやしないさ」ロータリー舞台の壁を飛び越えながらバジェホスは言った。「時間のムダだ」

マイタは頷き、彼の横について、グアルベルト・ブラボとペリコ・テモチェに見張られたタクシーの待つボロネシ通りとの角へ向かって歩き出した。まあ、集会は開けなかったが、少なくとも高山病は収まった。ケーロまで着けるだろうか？　馬とラバを手配した仲間たちが待っているだろうか？　テレパシーで通じたかのように、バジェホスの声が聞こえた。

「リクランの連中がケーロにいなくても、まったく問題はない。畜産共同体だから、家畜はごまんといる」

「それなら買い取るとしよう」右手に持っていた袋を示しながらマイタは言った。そして後ろについていたコンドリのほうを振り返った。「ウチュバンバまでの道程は？」

「雨が降らなければなんてことはない」コンドリは答えた。「何千回も行ったことがあるが、夜は寒いから辛いだけで、セルバまで着いてしまえば、そこから先は楽だ」

運転手の横に座っていたグアルベルト・ブラボとペリコ・テモチェは、タクシーを降りて迎えに出てきた。銀行まで一緒に行けなかったことが恨めしく、《どうだったんです、どうだったんです？》と頻りに訊いてきた。だが、バジェホスはすぐに出発の命令を下した。

「何があっても離れるな」コンドリと三人のサン・ホセ校生とともにすでにオナカ氏のタクシーに乗り込んでいたマイタに近寄って、少尉は言った。「焦る必要はない。とりあえずモリーノスまで行くぞ」

もう一台のタクシーへ向かう彼の姿を見ながらマイタは思った。《ケーロに着いたら、モーゼルをラバの背中に乗せて山を越え、セルバへ下りる。ウチュバンバでは農民たちに大歓迎されることだろう。彼らに武器の扱いを教えれば、そこが最初の基地になる》希望を失ってはいけない。脱走もあり、リクランの連中はケーロにいないかもしれないが、ためらっている場合ではない。今朝はすべてうまくいったじゃないか。

「我々もそう思っていました」と話す軍属医師フェリシオ・タピア大佐は、結婚して四人の子供をもうけており、うち一人は身体障害者、別の一人は軍人、こちらはアサンガロ地域で任務中に負傷している。フニン県全域の医療出張所を常時見回っており、今日はその途中でハウハに立ち寄った。「警備隊や中尉は幽閉されてしばらく出て来られないはずでしたし、通信も遮断しましたから、援軍を求めるとすればワンカーヨまで行かねばなりません。少なくとも、五、六時間の猶予があり、その間に我々は着実にセルバへ近づいているはずでした。敵と出くわす心配はありません。バジェホスは最高の地を選んでいたのです。我々が最も手を焼かされてきた地域です。不意打ちには理想の地形です。アカたちは隠れ家に身を潜め、これを一掃するとなれば、闇雲に絨毯爆撃をかけるか、大きな犠牲を覚悟して銃剣で虱潰《しらみ》しに捜索するしかありません。あの地域だけでどれほどの犠牲者が出たか知れたら、みんな唖然とすることでしょう。まあ、今さらペルーで唖然とする人などいないのかもしれませんが。何の話でしたっけ？　ああ、そうです、安心していたのです。ところが、ドンゴ中尉はすぐに幽閉から脱け出したのです。電話局へ行って、すべて破壊されていることがわかると、すぐに駅へ駆けつけ、電信機が無事であることを確認しました。すぐに電信を打ち、我々がハウハを出る頃には、すでに警察隊を乗せたバスがワンカーヨを出発していたのです。五時間どころか、二時間の猶予もなかったわけですね。愚かしい話です！　鉄道の電信なんて、ほんの数秒で遮断できたはずなのに」

「それなのになぜ手をつけなかったのですか？」

彼は肩をすくめ、鼻と口から煙を吐き出す。すでに老いの兆候が見え、ニコチンに汚れた口髭の下で息が上がっている。我々はハウハ兵営の救護室で話をしており、タピア大佐が時折目をやる待合室では、溢れんばかりの病人と怪我人の間を看護婦が歩き回っている。

「そういえばなぜでしょうね？　未熟だったんでしょう。当初の計画では、サン・ホセ校生を除いても四十人ほどが参加することになっていて、一つのチームが駅を抑えることになっていました。確かそうだったと思います。ところが、混乱のうちに計画は変更され、バジェホスがうっかりしたのでしょう。駅に電信機があることすら誰も思い出さなかったのかもしれません。いずれにせよ、我々は十分ゆとりがあるつもりで出発したのです」

実際にはそれほどゆとりがあったわけではなかった。オナカ氏（妻が病気なのにモリーノスなんかへ行っている場合じゃない、ガソリンが足らない、などと喚き散らしていた）がタクシーを発車させるとすぐ、時計屋が邪魔に入った。《ペドロ・バウティスタ・ロサダ時計宝石店》とゴシック体で書かれたガラス扉から、気性の荒い牛のように息巻く男が飛び出す姿がマイタの目にとまった。細身で眼鏡をかけた年配の男であり、猟銃を手に、怒りで顔を真っ赤にしている。マイタは咄嗟に自動小銃を構えたが、当の男が物に憑かれたように咆えながらも銃を構えてすらいないことを冷静に見てとって、事態を見守った。男は杖のように猟銃を振り回していた。

「クソ共産主義者どもめ、俺は怖くねえぞ」歩道の縁でふらつき、眼鏡が鼻の上で踊っていた。「クソ共産主義者どもめ！　タマがついてるならずってこい、ちくしょうめ！」

「止まるな、そのまま進め」マイタは運転手の肩を小突きながら指示した。あんな癇癪持ちの老人に誰も発砲しなくて正解だった。《スペイン人の爺さんです》フェリシオ・タピアが笑った。《ずってこいとはどういう意味でしょうね？》

「ハウハの人はみんな、ドン・ペドロは世界一温厚な方で、誰かに手出しするような人ではない、と言っています。あの朝、いったい何が原因で革命家たちを罵倒する気になったんですか？」

「さあ」ハウハへやってきて以来、四十年以上もの歳月を過ごしてきた時計屋の肘掛け椅子に腰掛けたドン・ペドロ・バウティスタ・ロサダは、ビクーニャのマントにくるまって、歯の抜けた涎まみれの口から鼻声で話している。「癪に障ったのかな。国際銀行へ押し入って、袋に金を詰めて出てくるのを見たからな。それ自体はなんてことはないんだが、革命の掛け声を上げながら発砲する音を聞いて、流れ弾が人に当たったらどうするんだ、いったい何の馬鹿騒ぎのつもりだ、なんて思って。それで猟銃を手に取ったんだ、いざという時のために今も脚に挟んでいるこれだよ。後で見てみたら撃てる状態ではなかったがね」

埃、がらくた、無秩序、信じられないほど老いた男、この光景を前に、子供の頃見た映画、『驚異の魔術師』を思い出す。ドン・ペドロの顔は干しブドウそのもので、眉毛が長く渦を巻いている。一人暮らしで、使用人は雇わない主義のため、料理も自分でするそうだ。

「他に何か覚えていませんか、ドン・ペドロ？　ワンカーヨから警官隊が到着して、ドンゴ中尉が反乱軍の追跡に案内人を募ったのに、あなたはそれを拒みましたよね。反乱軍への怒りはそれほどでもなかったのですか？あるいは、ハウハの山地に不案内だったとか」

「よく鹿を撃っていたから、この辺りの山なら誰よりもよく知っていたよ」鼻声とともに涎が垂れ、目から溢れる目やにを拭う。「だが、ワシは共産主義者も嫌なら、警官も嫌なんだ。まあ、この歳になれば自分の好みもよくわからんし、もう過去のことかもしれんがね。もう残る時計もわずかで、歯のない口から涎が出るばかりだ。ワシは無政府主義者だから、勝手に死なせてもらうさ。誰か邪な意図でここへ入ってきたら、テロリストだろうが密告者だろうが、容赦なくこの銃をぶっ放してやるさ。くたばれ、共産主義、ちくしょうめ。死ね、警察」

くっつくように並んだ二台のタクシーがサンタ・イサベル広場の脇を通り抜けた。本来なら、刑務所と警察署と市民警備隊駐屯地から奪った銃をここでリクランのトラックに積み込む予定だったが、身動きできないほどマイタの周りに身を寄せ合って車に乗り込んだ者の誰一人として、この変更を嘆いてはいなかった。サン・ホセ校生たちは、絶えず掛け声を上げて抱擁を交わし合っていた。コンドリは控え目な態度でその様子を見つめ、熱狂の輪には加わらなかった。マイタは黙っていたが、彼らの歓喜と興奮に感動を覚えずにはいなかった。もう一台のタクシーでも状況は同じだろう。同時に彼は神経過敏になった運転手にも目を光らせ、あまりに稚拙な運転ぶりに心配を募らせていた。車は上下左右に激しく揺れ、オナカ氏はあらゆる穴にはまり、あらゆる石に乗り上げ、前を横切るありとあらゆる犬、ロバ、馬、人を轢こうとした。怯えているせいなのか、わざとなのか、どちらだろう？　この先何が起こるか予感していたのだろうか？　ハウハからわずか数百メートル走ったところで、突如車道をはみ出し、側溝に沿って伸びる石塀に衝突して、泥よけがずたずたになったのはもちろん、乗っていた五人の者たちは、体をぺしゃんこにされながらガラスやドアに頭をぶつけた。誰もがオナカ氏がわざとやったのだと思って、彼を小突き回し、罵倒し、コンドリなど、拳固をお見舞いして眉に傷を負わせた。オナカ氏は、わざとではないと涙声で訴えた。車から降りると、マイタはユーカリの香りを感じた。近郊の山から吹いてくる冷たい風に乗ってきたらしい。バジェホスの乗るタクシーがバックで近づき、赤っぽい土埃を巻き上げた。

「悪い冗談のせいで、十五分か、もっと時間をロスしました」と言うのは、下請け契約のトラック運転手で、ソラマメとオユコ芋の畑も所有するフアン・ロサスであり、ヘルニアの手術を受けたばかりで、目下、ハウハの中心街に住む娘婿の家で療養中だ。「中国人の車に代わる車を調達せねばなりません。ところが、運の悪いことに、ロバ一頭通りはしません。普段ならモリーノスやケーロやブエナ・ビスタへ向かうトラックがひっきりなしに通るのに、その日に限って影も形もないのです。マイタはバジェホスに言いました。《お前のチームを連れて先に行っていろ》私もそっちのチームでした。《馬の調達を始めているんだ》もうこの時点になれば、リクランの連中がケーロで待っているなどと考える者は一人もいません。バジェホスは嫌がって、それでみんなその場にとどまりました。やっと軽トラックが一台現れ、幸いなことに、新車に近く、タイヤも新品同様、ガソリンも満タンでした。停車させて、嫌がる運転手と口論になり、最後は銃で脅すしかありませんでした。ようやく車を奪うと、少尉とコンドリとゴンサレスの三人が前に乗り込み、マイタと少年たち、つまり我々が、モーゼル銃を手に荷台へ上がりました。待っている間は不安でしたが、出発と同時にまた歌が始まりました」

穴だらけの車道で軽トラックは絶えず跳ね上がり、髪を逆立てたサン・ホセ校生たちは、拳を突き上げながら、ペルー万歳、社会主義革命万歳を連呼し続けていた。マイタは運転席の縁に腰掛けて彼らの様子を見ていたが、その時ふと思いついた。

「同志諸君、インターナショナルを歌おうじゃないか」

砂埃で白くなった顔が頷き、誰もが口々に言った。《そうだ、そうだ、歌おう》だが、すぐにわかったとおり、誰もインターナショナルの歌詞を知らず、そもそも聞いたこともないのだった。山岳地帯の澄みわたる空の下、皺くちゃの制服を着た少年たちは、誰か歌い出してくれないものかとマイタを見つめ、互いに顔を見合わせていた。彼は七人の少年たちに激しい愛情を感じた。まだ一人前の男にもなっていないのに、革命家たるには十分すぎるほどだった。政治経験とイデオロギー教育には欠けていたものの、十五、十六、十七という年頃の無邪気さで、すべてを投げ打って革命に臨んでいる。リマに残ったPOR（T）のベテラン革命家より、さらには、今朝雲散霧消した物知り顔のウビルス氏とその取り巻き労働者農民軍よりも、彼らのほうがはるかに尊いではないか。そう、実際に行動に乗り出しているのだから。マイタは彼らを抱き締めたくなった。

「歌詞を教えてやるよ」揺れる軽トラックの上で立ち上がりながら彼は言った。「さあ、後に続いて歌うんだ。起て、飢えたる者よ……」

こうして、気分が昂ぶって調子外れな甲高い声で、誰かが間違えたり音程を外したりするたびに笑いこけながら、少年たちは左拳を突き上げて、革命を、社会主義を、そしてペルーを喝采しながら進み続け、その姿が、ハウハ近郊のラバ追いや農民、わずかな数の旅人――ケーロから県都まで、滝や生い茂るチャグアルの間を抜けてぬかるんだ細い岩の道を辿って下りていく――に目撃された。インターナショナルをなんとか歌い切ろうとしばらく頑張っていたものの、そもそもマイタが音痴であり、誰も旋律を捉えることができぬまま、諦めるよりほかはなかった。結局彼らは国歌と国立ハウハ・サン・ホセ学院の校歌に終始し、やがてモリーノス橋まで到着した。軽トラックはそのまま走り続け、マイタは運転席の屋根を叩いて停止させねばならなかった。

「どうしたんだ？」半開きにしたドアから頭を出してバジェホスが言った。

「橋を壊すんじゃなかったのか？」

少尉はおかしな表情を見せた。

「手で壊すとでもいうのか？　ダイナマイトはウビルスのところに置いたままだ」

マイタは食い下がり、話し合いの時はいつもバジェホスが橋を壊そうと強硬に主張していたことを持ち出した。橋を壊せば、警察隊は徒歩か馬でケーロまで登らねばならず、そうなればもっと時間が稼げるはずだった。

「心配ない」バジェホスは言った。「時間はたっぷりある。歌を続けてくれ、景気づけにもってこいだ」

軽トラックは再び走り出し、七人のサン・ホセ校生は歌と談笑に戻ったが、今度はマイタは距離を置いた。運転席の屋根に腰掛けて過ぎゆく大木の景色を眺め、滝の音とヒワの囀りに耳を傾けながら、肺に酸素を注ぎ込むような澄んだ空気を肌に感じていた。高度は気にならなくなっていた。若者たちの歓声にまどろみながら、あれこれ物思いに耽り始めた。数年後、ペルーはどうなっているだろう？　少年たちの理想主義に感極まるこの軽トラックの雰囲気が国全体に広がって、陽気で勤勉な蜂の巣を作り出すだろうか。彼らとともに、農民は土地の、労働者は工場の所有者であることを意識し、官僚は、帝国主義者や億万長者や地方のボスや徒党にではなく、共同体全体に仕えるのだと自覚することだろう。差別と搾取の撤廃、遺産相続廃止による平等の確立、階級的軍隊に代わる人民軍の設立、私立学校の国有化、企業、銀行、商店、宅地の没収、これらを実現すれば、何百万というペルー人が、極貧層を先頭に、ようやく自分たちも進歩の道を進み始めたと実感することだろう。財産やコネに頼ることなく、最も勤勉で才能に恵まれた革命家が重要な役職をこなし、プロレタリアートとブルジョア、白人とインディオと黒人とアジア人、海岸部の住人と山間部の住人とセルバの住人、スペイン語話者とケチュア語話者、そうしたあらゆる階層間の隔たりを日々縮めながら、アメリカ合衆国へ逃げたり既得権益にしがみついて死んだりした少数者を除き、ありとあらゆる者たちが、国の発展のため、そして、文盲と息苦しい中央集権主義の根絶のため、懸命に力を合わせて努力することだろう。科学的思考を植えつけるとともに、宗教の靄は晴れていくことだろう。農民と労働者の議会が常に目を光らせ、工場であれ集団農場であれ官庁であれ、肥大して硬直した官僚が革命を凍結して私腹を肥やす事態を許さないだろう。そんな新しい社会で、まだ生きていれば何をしよう？　大臣、軍士官、外交官等、一切要職には就くまい。農村部、アンデスの共同農場や、アマゾンの入植地でなら、底辺の政治職ぐらい引き受けてもいいかもしれない。社会的、道徳的、性的、あらゆる偏見は少しずつ取り除かれ、労働と未来信奉のるつぼとなったペルーでは、彼がアナトリオと一緒に暮らしても——その頃には仲直りしていることだろう——誰も気にはしないし、節度を保って人目につかないようにしているかぎり、二人きりで愛と快楽に耽っていることを知ったところで、騒ぐ者は誰もいないことだろう。彼はそっと銃の握りを股間にあてた。美しいじゃないか、マイタ。ああ、美しい。だが、そんな日がどれほど遠く見えることか……。

9

フニン県最古の共同体の一つケーロでは、二十五年、いや、数世紀前からジャガイモやオユコ芋、ソラマメやコカが栽培され、ハウハから険しい山道を登ってようやく到達できる頂に家畜が放牧されている。雨で道がぬかるんでいなければ、ケーロまでの所要時間は約二時間。穴だらけの道のせいで、軽トラックは気の荒いラバも同然になるが、それを補って余りあるほど景色は美しい。双子の山間には、激しい水しぶきを飛ばしながら流れる落差の大きな川——モリーノス川がやがてケーロ川と名前を変える——と平行して、細い渓谷が走っている。日中の湿気でいっそう緑色を強めた葉をこんもり樹幹に茂らせたキングアルが、この細長い村——昼前に到着した——までの道に針を突き出している。

ケーロの状況について、ハウハでは相矛盾する話を聞いていた。戦禍を直接受けた地区であり、ここ数年は、反乱軍にも鎮圧軍にも絶え間なく襲撃され、公開処刑や大規模な作戦行動の舞台ともなった。革命軍が広場を要塞にしてケーロを抑えていると言う者もあれば、軍の砲兵中隊が駐屯し、アメリカ人軍事顧問を迎えて訓練場まで作られたと言う者もいた。ケーロは軍の収容所、拷問所となっているので立ち入りはできないと言われたことまである。《マンタロ渓谷全体から捕虜を集め、洗練の粋を極めた手法のかぎりを尽くして口を割らせた後、もうこれ以上何も絞り出せないとみるや、セルバのアカ軍が潜んでいると思しきあたりまでヘリコプターで連行し、上空から生きたまま突き落としている》単なるデマだ。ケーロには、反乱軍や正規軍の痕跡すら見当たらない。こうして現実が噂話を反証しても、今さら驚くには値しない。新聞やラジオやテレビであれ、人づてであれ、この国の情報はすでに客観性を失って空想と化している。我々にとって、情報とは現実の解釈でしかない。国で何が起こっているのか、誰もが内心知りようがないとわかっていても、五里霧中の状態を必死に脱け出そうとして、希望、恐怖、自分の都合に合わせて解釈する。真相は決してわからないから、ペルーの人々は嘘やでたらめをこしらえ、夢や幻想に逃避する。予期せぬ道程をたどって、ほとんど読書などする人のいないこのペルーの生活が文学となったのだ。今降り立った本物のケーロは、話に聞いていたフィクションのケーロとは縁もゆかりもない。戦争の痕跡はなく、どちらの陣営であれ、戦闘員などどこにも見当たらない。だが、なぜ村に人影がないのだろう？　戦える年頃の男は軍かゲリラに徴兵されたのだろうが、老人や子供の姿も見えない。畑仕事をしているのか、家にいるのか。きっと余所者の到来に怯えているのだろう。石の塔と瓦屋根の教会——一九四六年建立——や、イトスギとユーカリの木に囲まれた広場の丸いロータリー舞台を歩きながら、私は幻の町にいるような感覚に囚われる。革命家たちが到着したあの日の朝に見たケーロも同じ景色だったのだろうか？

「太陽が燦々と輝いて、共同作業のため、広場は人で溢れていました」灰色の雲に覆われた空を杖で示しながらドン・エウヘニオ・フェルナンデス・クリストバルが私に向かって言う。「私はこのロータリーにいました。連中はあの角から現れました。ちょうど今ぐらいの時間です」

ドン・エウヘニオは当時ケーロの治安判事だった。今は年金生活だ。しかも、驚くべきことに、あの一連の事件に——少なくとも、バジェホス、マイタ、コンドリ、セノン・ゴンサレス、そして七人の歩兵がここに到着して以降――どっぷり首を突っ込んでおきながら、その後判事の職に戻り、定年までケーロの町に何年も住み続けた。現在、彼はハウハの近郊に住んでいる。恐ろしい噂が立っているにもかかわらず、快くハウハまで一緒に来てくれた。《いつも冒険好きでしたから》彼は言った。あの日のこと、彼の長い人生で最も重要なあの日のことを話してほしいと頼むと、またもや快く話し始める。私の問いに対しては、無意味な細部まで、てきぱきと、迷うこともなく答える。迷うこともなければ、矛盾することもなく、途中で話をやめることもないから、記憶について疑念を挟む余地をまったく残さない。彼がいろいろ私に隠し、情報を歪めていることはわかっているが、八十の老人にしては堂々たる振る舞いだ。あの冒険で彼が正確にはどんな役割を担ったのだろうか？　それは誰にもわからない。彼にはわかっているのだろうか、それとも、自分でこしらえた話が彼の頭のなかで真実とすりかわってしまったのだろうか？

「ハウハからトラックに人が乗って来ることは珍しくありませんでしたから、別に気にもなりませんでした。あそこの、タデオ・カンチスの家の脇に奴らは整列しました。腹を空かせていて、どこで食事ができるか訊いていました」

「武器を持っていたのに、気にならなかったのですか、ドン・エウヘニオ？　各自銃を持っていたばかりか、かなりの武器を軽トラックに積んでいたんですよ」

「狩にでも行くのかと私は訊きました」ドン・エウヘニオは答える。「今は鹿を撃つにはいい時期じゃありませんよ、少尉」

「射撃練習ですよ、先生」バジェホスはそう答えたという。「上の荒野でね」

「サン・ホセ校の少年たちが練習に来ても、何の不思議もないでしょう？」自問するようにドン・エウヘニオは言う。「軍事教練の授業はありましたし、相手は軍の少尉でしょう。私は説明に納得しました」

「一つ言ってもいいか？　ここへ来るまで一縷の望みを抱いていたんだ」

「リクランの連中が馬を連れて待っている、ということか？」バジェホスは微笑んだ。

「それにチャト・ウビルスと鉱山労働者たち」マイタは告白した。「ああ、希望にすがりついていた」

彼はケーロの緑色の小広場をじっと見つめ、意志の力で不在者の姿を浮かび上がらせようとでもしているようだった。眉は引き締まり、口は震えていた。もう少し向こうでは、コンドリとセノン・ゴンサレスが村人の集団と話をしていた。サン・ホセ校生たちは軽トラックの脇にとどまり、モーゼル銃を見張っていた。

「これでとどめを刺されたな」ほとんど聞こえないような声で彼は言った。

「何か問題があって到着が遅れているのかもしれませんよ」横から治安判事が口を挟んだ。

「問題などない、自分の意志で来なかっただけだ」マイタは言った。「予想された結果かもしれない。嘆いても時間のムダだ。いない者はいない、それだけだ」

「そのとおり」バジェホスは彼の肩を叩いた。「下手な道連れがいるより、信頼できる仲間だけのほうがいいさ、ちくしょうめ」

マイタは気を引き締めた。落胆している場合ではない。やることはいくらでもある。家畜と食料を調達し、先へ進むことだ。一つのことに集中しよう、マイタ。山を越え、ウチュバンバを目指す。そこまで辿り着けばもう安全で、部隊を増員し、落ち着いて戦略を練り直すことができる。ここまで来る途中、ずっと軽トラックの上でじっとしていたおかげで、高山病は収まっていた。だが、ケーロへ着いて動き始めた途端、またこめかみが押さえつけられ、動悸、立ちくらみ、眩暈が戻ってきた。ラバを借りるため、バジェホスと治安判事に挟まれてケーロの家を一軒一軒訪ねて歩く間、体調が悪いことを悟られぬよう必死だった。この村をよく知るコンドリとセノン・ゴンサレスは、当面の食事と今後の食料の調達にかかった。もちろん現金払い。

本来ならここで集会を開き、農民たちに蜂起の意味を説明すべきところだった。だが、バジェホスと言葉を交わすまでもなく、そんなことは不可能だと諦めた。今朝の失敗もあり、バジェホスに話を持ちかける気にすらならなかった。この落胆はなぜだ？　どうしても気分が晴れない。ここへ来るまでは誰もが陽気で、じっくり考えてみることもなかった。だが、今改めて状況を考えてみると、頑固な四人の大人と七人の少年がいくら必死に計画を進めようとしても、それが刻々と崩れ落ちつつあるのは明らかだった。それは敗北主義だ、マイタ、失敗へしか行きつかない。思い出せ、機械になるんだ。彼は微笑み、立ち寄った家から出てきた女と治安判事がケチュア語で話す内容がわかっているような顔をした。フランス語より、ケチュア語を学ぶべきだったな。

「ここに長く居過ぎたせいで失敗したんです」短くなった煙草を最後まで吸い切りながらドン・エウヘニオは言う。「何時間？　少なくとも二時間はいました。十時頃着いて、奴らが出発したのは正午過ぎですから」

《奴らが》ではなく、《我々が》と言うべきだろう。彼も一緒に行ったのだから。だが、八十歳を過ぎたドン・エウヘニオは、自分が反乱軍の仲間だったことを臭わせる発言は決して漏らさない。鉛色に背を丸めた雲から執拗な雨が村に降り注ぐなか、我々はロータリー舞台を見上げる。激しい雨が束の間だけ降った後、美しい虹が出る。空が晴れ渡った後も、リマの霧雨のような目に見えないほど細かい雨が必ず残り、ケーロの小広場の草を輝かせる。まだここに住んでいる人々が少しずつ息を吹き返す。幻のような住人が家から顔を出し、ペチコートを何枚も重ね着してどこにいるかわからないようなインディオ女性や、帽子を被った子供、サンダル履きの老いた農夫などの姿が見え始める。近寄ってドン・エウヘニオに挨拶し、抱擁を交わし合う。少し言葉を交わしてすぐ立ち去る者もいれば、しばらく我々のもとに残る者もいる。あの遠い日の出来事について話を聞きながら、ほとんどわからないぐらい軽く頷き、時折口を挟む者もいる。だが、村の現状について探ろうとすると、誰もが固く口を閉ざす。あるいは、口からでまかせを言う。兵士もゲリラも見たことはない、戦争のことはわからない。予想通り、兵隊になれる年齢の者は男も女もいない。チョッキで体を締めつけ、ウールの帽子を目深に被って、つるつるのジャケットに大きすぎる肩パットを付けた旧ケーロ治安判事は、まるでおとぎ話の登場人物であり、アンデスの頂から生まれてきた小人のようだ。彼の声には、坑道から聞こえてくるような金属的響きがある。

「なぜあれほど長くケーロにいたのか？」チョッキのボタンホールに両手の親指を突っ込み、まるで雲の上に答えがあるとでもいうように彼は問いかける。「それは、ラバの調達が容易ではなかったからです。ここの人たちは、大事な仕事の道具をそれほど簡単に手放しはしません。かなりの金額を提示しても、貸してくれるという人はいませんでした。ようやく説き伏せることができたのは、アルマラス家の未亡人テオフラシア・ソトだけです。そういえば、ドニャ・テオフラシアはどうしています？」ざわざわとケチュア語の言葉が聞こえ、女性の一人が十字を切る。「ああ、亡くなったんですか。爆撃で？　それでは、やはりゲリラが来たんですね。もう出て行った？　だいぶ犠牲者が出たんですか？　それで、ドニャ・テオフラシアの息子さんがなぜ処刑されたんです？」

村人たちとケチュア語で交わす会話にドン・エウヘニオは時折スペイン語を挟んでくれるので、私にもなんとなく話の内容がわかり、マイタの物語と村の現状が斜めに重なり合ってくる。ケーロにやって来たゲリラは、ここで多くの者を処刑し、犠牲者の一人がドニャ・テオフラシアの息子だった。だが、村の上空に飛行機が現れ、機銃掃射を浴びせ始めたところでゲリラは退散した。飛行機の音を聞きつけて様子を見に外へ出てきたドニャ・テオフラシアもそこで命を落とした。教会の入り口のところで亡くなったという。

「気の毒な亡くなり方ですね」ドン・エウヘニオは言う。「そこの狭い通りに住んでいました。腰が曲がっていて、噂によれば、黒魔術が使えたそうです。そうそう、何度も頼み込んだ末、ようやく彼女がラバを貸してくれることになったんですが、家畜は放し飼いになっていて、集めるのに一時間以上かかりました。それに、食事に時間がかかったんです。言ったとおり、腹を空かせていて、旅人に食事や宿を提供することのあったヘルトルディス・サポラクのところで食事の準備を頼んでいました」

「ずいぶんのんびりしていたんですね」

「鶏スープを食べ始めた頃には、警察隊が目と鼻の先まで迫っていました」ドン・エウヘニオは頷く。

このあたりの時系列は明らかで、みんなの意見が一致している。事件の一時間前、シルバという名字の中尉とリトゥーマという名の伍長に率いられた市民警備隊がバスでワンカーヨからハウハに到着した。わずかな時間の滞在で案内役を調達し、ドンゴ中尉とその指揮下の警備隊員を部隊に加えると、そのまますぐに追跡に乗り出した。

「しかし、先生、なぜ奴らと一緒に出発したのですか?」反応を見ようと出し抜けに私は訊いてみる。

少尉は彼にケーロに残るよう言った。マイタも同意見だった。町と農園の橋渡し役が必要であり、こんな事態となった今、援護網の確立、賛同者の徴集、情報集めに誰か残っていたほうがいい。彼ほどの適任者は他にいない。だが、説得もむなしかった。バジェホスが強要し、マイタが説き伏せても、小役人の固い決意は揺るがなかった。冗談じゃありません、このまま警察を迎え入れて尻ぬぐいなんぞご免です、何としても一緒に行きます。最初は単なる意見交換だったのだが、次第に議論は激しさを増した。バジェホスも治安判事も語気を強め、脂とニンニクの臭いの立ち込める暗い一角では、コンドリとセノン・ゴンサレス、そしてサン・ホセ校生たちが食事の手を止めて聞き耳を立てているのがマイタにもわかった。これ以上議論を過熱させるのはよくない。すでに問題は山積しており、ただでさえ少ないグループ内で仲間割れをしている場合ではない。

「このまま議論を続けても無駄だ、同志。行きたいというのならそうしてもらおう」

少尉の反論を恐れたが、バジェホスは話を止めて食事に集中した。判事もこれに倣い、しばらくすると緊張は解けた。食事の間、バジェホスは学年リーダーのコルデロ・エスピノサを高台に立たせて通りを見張らせていた。ケーロでの小休止は長引き過ぎており、焦げた鶏肉に歯を立てながらマイタは、こんなにぐずぐずしていては危険だと思っていた。

「さっさと出発すべきだな」

バジェホスは時計をちらっと見て頷いたが、慌てることなく食事を続けた。内心出発せねばならないことはわかっていた。それはそうだが、億劫だった。立ち上がって脚を伸ばし、筋肉をほぐして山へ繰り出せば、いったい何時間ぶっ続けで歩き続けねばならないことだろう。それに、もし高山病で倒れたりしたら？ 荷物のようにラバの背に担ぎ上げられることだろう。高山病にやられるなど笑止千万。彼にとっては、革命戦士にあるまじき贅沢に等しかった。だが、肉体的不調をどうすることもできない。悪寒、頭痛、全身の脱力感。そしてとりわけ胸を引き裂くような動悸。バジェホスと治安判事が陽気に話しているのを見て彼はほっとした。リクランの連中が臆病風に吹かれたのはどういうわけだろう？ 昨日会合を開いて参加の中止を決めたのだろうか？ チャト・ウビルスから中止の指令が出ていたのだろうか？ ウビルスと鉱山労働者とリクランの連中が、相互に連絡を取ることもなく、それぞれ独自に中止を決めたとすれば、できすぎた偶然ではないか？ それがどうかしたのか、マイタ？ どうでもいいことだ。もっと後で、歴史が清算されて真実が明らかになれば、その時には重要な意味を持ってくることだろう（だが、今歴史を再現しているこの私には、事態はそれほど単純ではなく、必ずしも時とともに真実が明らかになるのではないことがわかっている。この件についても、最後の最後に現れなかった者たちが、果たして逃げたのか、それとも単に首謀者たちが勇み足で立ったのか、あるいは、数日、数時間前からの連係ミスに起因するのか、それは正確にはわからない。当事者たちにもわからないのに、私にわかるわけがない）。最後の一口を飲み込んで、手をハンカチで拭った。部屋は薄暗く、最初はハエも見えなかったが、今ではそれが目につくようになった。壁や天井を埋め尽くし、食事を盛った皿や会食者の指の上を遠慮なく這い回っている。ケーロのあばら家はどこも同じなのだろう。電気も水も、下水もトイレもない。ハエやシラミ、その他いろいろな虫がみすぼらしい家具の一部となり、タンスや皮膚にまで巣食って、日干しレンガと葦の壁に寄せられた粗末なベッドや、ドアに釘づけのまま色褪せた聖人聖母画、そんなもののすべてを我が物顔に闊歩している。夜小便がしたくなれば、わざわざ起き上がって外へ出て行く気にもなるまい。就寝用ベッドや料理用竈の脇で用を足すのだろう。床は土だから、尿はすべて吸い込まれ、跡は残らない。室内にはすでにゴミや垢の臭いが充満しており、今さらそこに尿の臭いが混ざったところで、どうということはない。夜大便のほうをしたくなったらどうする？　寒風が吹き荒れ、雨まで降るなか、暗闇へ出て行くのだろうか？　いや、やはりベッドと竈の間で用を足すことだろう。彼らが中へ通された時、この家の夫人――背中で長い三つ編みを揺らした皺だらけ、目やにだらけのインディオ老婆――は、部屋を這い回っていたテンジクネズミを収納箱の後ろに集めていた。この小動物たちも、人間の体に暖を求め、彼女の脇に体を丸めて眠るのだろうか？　身に着けたペチコートを何カ月、何年前から替えていないのだろう？　まるで彼女とともに、その体にへばりついて一緒に老いてきたようではないか。どのくらい前から体を石鹸で洗っていないのだろう？　何カ月、何年？　一度でも全身を洗ったことがあるのだろうか？　高山病は消え、代わりに悲しみにとりつかれた。そうだ、マイタ、何百万というペルー人が、この女と同じく――彼女のスペイン語は稚拙で、頑張ってはみたがわずかな言葉しか交わすことができなかった――、こんな電気も水もないみすぼらしい掃き溜めで、尿と糞にまみれて、植物も同然の暮らし、野蛮も同然の毎日、動物と変わらぬ原始生活を送っているのだ。ちょっと目を開くだけで、自分たちのしたこと、これからすることの正しさがわかるではないか。この女と同じ生活を送るペルー人が自分たちの持つ力を理解し、それを意識的に使うようになれば、ペルーに君臨する搾取と隷属と恐怖のピラミッドは、虫に食われた屋根のように崩れ落ちるのだ。反乱が非人間的生活に人間性を取り戻す第一歩になるのだとわかれば、革命は全国に広がるだろう。

「よし、行くぞ」立ち上がりながらバジェホスは言った。「武器を運ぼう」

全員急いで通りへ出た。薄闇から外へ出て、マイタの心にも活気が戻ってきた。軽トラックから銃を運び出してラバの背に乗せていたサン・ホセ校生の手伝いに向かった。ケーロの小広場では、インディオたちが無関心に自分たちの商売を続けていた。

「私は簡単に納得しました」お人好しな自分に同情でもするような呆れ顔でドン・エウヘニオは言う。「バジェホス少尉の説明では、少年たちの訓練を行うほか、アイーナ農園をウチュバンバのコミューンに引き渡すということでした。コンドリがその代表で、セノン・ゴンサレスが副代表だったことはご存知でしょう。そりゃ、私も信じますよ。数カ月前からアイーナではいろいろ揉めていましたからね。ウチュバンバの農民たちが農園の土地を占拠して、植民地時代からの権利を盾に所有権を要求していました。少尉は県の軍事代表ですよ。治安判事である私も、しかるべく協力するのが当然の義務でしょう。当時私はすでに六十近く、道のりが大変なのはわかっていましたが、喜んで付き従いました。当時なら誰でもそうしていたでしょう」

落ち着き払ったその顔を見ていれば、確かにそう思えてくる。陽が射し始め、ドン・エウヘニオの顔が輝く。

「それでは、銃撃が始まった時には驚いたでしょう」

「びっくり仰天ですよ」ためらうこともなく彼は答える。「出発から程なくして、ワイハコの沢に差し掛かったところで銃撃戦が始まりました」

軽く目を細めると、瞼に皺が走って眉が険しくなり、潤んだ目つきになる。太陽がまぶしいせいだろう。あの日の午後を思い出したくらいのことで、元ケーロ治安判事の目から涙が溢れることなど私には信じられない。とはいえ、この歳になれば、痛ましいことも含め、過去はすべて懐かしく思えてくるのだろうか。

「慌てて出発したせいで、必要最低限の荷物すら持ってはいませんでした」彼は呟く。「このとおり、ネクタイとチョッキと帽子という姿で出発しました。お祭り騒ぎが始まったのは、歩き始めて一時間か一時間半後のことです」

彼が笑い声を上げると、我々を囲む者たちも即座に笑い出す。男四人に女二人、皆かなりの高齢だ。ロータリーの錆びついた手摺りのあたりには子供の姿も見える。警官隊が到着した時この広場にいたのか、大人たちに訊ねてみる。許可でも求めるように元判事をちらっと横目で見た後、彼らは頷く。最高齢の農夫に向かって私はもう一度訊く。どんな状況だったのか、反乱軍が去った後、いったい何があったのか。農夫は道と広場の合流点を指差す。唸るような音と煙を立てながら、警官隊の乗ったバスがあそこから現れた。何人ぐらいの部隊か？　相当な数だった。相当な数とは？　五十人ぐらいだろうか。老人につられて他の者たちも口を開き、すぐにめいめい思い出を語り始める。スペイン語にケチュア語が混ざるうえ、二十五年前の事件が数日、数週間前——それさえ明らかではない——の爆撃やゲリラの処刑と交錯する迷宮に取り込まれ、話の筋を追うのは容易ではない。農民たちの頭では、私にはよくわからない、そしてペルー人のごく一部にしかわからない連想が当たり前のように起こる。ようやくわかったのは、五、六十人の警官隊が、反乱軍がまだケーロに隠れていると思って、あちこちの家で住人たちにあれこれ質問をぶつけながら、三十分もの間村を捜索したということだった。革命軍の居場所？　それとも共産主義者の居場所？　いや、あの時はそんな表現は使っていなかった。盗人、泥棒、盗賊、そんなふうに呼んでいた。間違いないか？

「確かですよ」彼らに代わってドン・エウヘニオが答える。「時代が違いますよ、当時これが革命だと思う者がどこにいたでしょう。しかも、ハウハを出発する前に銀行を襲っていたのですからね……」

彼が笑うと、また全員が笑う。警官隊がいた三十分の間に、村人と揉め事は起こらなかったのか？　何も起こってはいない。すぐさま警官たちは、《盗人ども》がすでに村を離れており、ケーロの住民はこの事件と無関係、ハウハの事件について何も知らない、という確証を得た。確かに時代が違う。当時の警察は、ポンチョとサンダルを身に着けた男は誰でも——そうでないという確たる証拠でもないかぎり——反乱軍の共犯者だと決めてかかったりはしない。アンデス地域の住民は反乱軍の共犯者か鎮圧軍の共犯者のどちらか、そんな極端な状態になってしまったのは最近のことだ。

「そしてその間」こう言う治安判事の目がまた潤んでくる。「我々はずぶ濡れで歩き続けていました」

雨が降り始めたのは、ケーロを出発して十五分後のことだった。大粒の激しい雨に、時折雹のようなものまで混じった。小降りになるまで雨宿りできる場所を探したが、そんな場所はどこにもなかった。《ずいぶん景色が変わるものだな》マイタは思った。雨が辛いと思わなかったのは彼だけかもしれない。髪を塗らし、肌を伝って流れ、唇から滴り落ちる雨が、彼にとっては香油にも等しかった。ケーロの耕地を過ぎると、あとはずっと登り坂が続く。別の地域、別の国に入りでもしたように、ハウハからケーロまでとはまったく違う景色が広がっている。密生するキングアルも草の茂みも、鳥の囀りも滝の音も、野生の花も、道端でそよぐ葦もまったくなっていた。剝き出しの斜面には道の痕跡すら見えず、時折現れる植物といえば、蝋燭立てのような形に棘だらけの腕を捩じらせた大きなサボテンだけだった。不吉な空気を漂わせる石と岩で大地は黒ずみ、湾曲している。彼らは三チームに分かれて進んだ。先鋒に、武器を乗せたラバとともに、コンドリと三人のサン・ホセ校生、次に、数百メートル離れて、セノン・ゴンサレスを隊長に、残りのサン・ホセ校生、そしてしんがりから、少尉とマイタと治安判事が全体に目を光らせていた。治安判事もアイーナまでの道を知り尽くしており、他のチームとはぐれても安心だった。だが、これまでのところ、前方のやや上がった位置、山並みの麓あたりを進む両チームの姿が、土地の高低差と雨の激しさによって見えたり隠れたりする二つの染みのように、しっかりとマイタの目に映っていた。空が灰色で夕暮れが近いように見えるが、まだ午後半ばぐらいだろうか。《何時だ?》彼はバジェホスに訊いた。《二時半》その答えを聞いてマイタは、サレジオ学院時代、時間を訊かれた時に生徒たちがよく飛ばしていた冗談を思い出した。《針がてっぺんを指してる、ほら見ろ》と言って股間を指差すのだ。思わず彼は微笑み、油断したせいで転びそうになった。《銃口を下に向けろ、水が入るぞ》バジェホスは言った。雨で地面はぬかるみ、マイタは石づたいに進もうとしたが、雨で地盤が緩んでいるせいで石はぐらつき、しょっちゅう足をとられた。それに引き換え、彼の右を進むケーロ治安判事は――小さい体を丸め、ずぶ濡れの帽子を被ったまま、カラフルなハンカチで鼻と口を覆って、年季の入ったブーツを泥だらけにして歩いている――、山道をまったく苦にしていなかった。バジェホスも少し前を軽々と進んでおり、自動小銃を下げた肩を丸め気味にして足元に目を光らせていた。彼の歩くスピードは速く、マイタとドン・エウヘニオは時折小走りに進まなければ追いつくことができなかった。ケーロを出発して以来、ほとんど言葉を交わしてはいなかった。アンデス山脈の東斜面にあるビエナ渓谷まで辿り着くのが当面の目標であり、そこまで行けば気候もかなり穏やかになる。コンドリとセノン・ゴンサレスは、急げば日暮れ前に辿り着けると考えていた。雪や嵐の危険があり、プーナで夜明かしは勧められない。疲れていたうえ、時折高山病を感じることもあったが、マイタの気分は上々だった。嫌われ続けていたアンデス山脈にもようやく好かれ始めてきたのだろうか。洗礼の儀式は終わったのだろうか。だが、少し後でバジェホスが小休止を提案すると、疲れ果てた彼の体はぬかるんだ地面に崩れ落ちた。雨は止み、空は明るみ始めていたが、他の二つのチームは見えなくなっていた。イチュの湿った先端が突き出す岩肌に挟まれた深い窪地に差し掛かっていたのだ。バジェホスは彼の横に座り、自動小銃を取り上げて、安全装置を動かしながら入念に状態を調べた。そして無言で銃を返すと、煙草に火を点けた。水滴だらけの若々しい顔に不安と緊張が浮かんでいることが、煙越しにもマイタの目には明らかだった。

「いつも楽観的なお前がどうした」彼は言った。

「今も楽観しているさ」煙草を吸って鼻と口から煙を吐き出しながらバジェホスは答えた。「ただな……」

「ただ今朝のことがどうにも納得いかない」マイタが言った。「やっと政治の実態がわかっただろう。革命は妖精物語のように一筋縄ではいかないんだ」

「今朝の話はどうでもいい」バジェホスが遮った。「今もっと重要なことがある」

いびきが聞こえてきた。治安判事が地面に仰向けに寝そべり、帽子で顔を覆って、どうやら眠っているようだった。

バジェホスは時計を見た。

「俺の計算が間違っていなければ、警官隊がそろそろハウハへ着く頃だ。つまり四時間分ぐらいのゆとりがあるわけだ。それに、この荒野の我々はまさに藁に落ちた針も同然だ。もう危険は抜けたと思う。さて、判事を起こして出発しよう」

バジェホスの言葉の最後の部分を聞くや否や、ドン・エウヘニオは体を起こし、ずぶ濡れの帽子を被った。「いつでも準備万全です、少尉」軍人風に敬礼しながら彼は言った。「私はフクロウと同じで、片目を開けたまま眠りますから」

「我々とここまで一緒というだけで驚きですよ、判事」マイタは言った。「歳も歳で要職にいらっしゃるのですから、もっと養生しないと」

「まあ、率直に言って、前もって誰かに話を聞いていれば、私も逃げ出していたことでしょう」恥じらうこともなく治安判事は言った。「ところが、私のことを思い出す者もなく、まったく無視されたようです。となれば、他にどんな手がありますか？　贖罪のヤギとして向こうで警察を待つなんてまっぴらご免です」

マイタは笑った。再び彼らは行進を始め、足を滑らせながら窪地をよじ登っていたところで、バジェホスはじっと身を屈め、聞き耳を立てながら辺りの様子を窺い始めた。

「銃声だ」小声でこう言ったのが聞こえた。

「雷鳴だろう」マイタは言った。「本当に銃声か？」

「どこから聞こえたのかな」バジェホスは遠ざかりながら言った。「ここでじっとしていてくれ」

「そんな話が警察に信じてもらえたのですか、ドン・エウヘニオ？」

「もちろんです。事実ですからね。しかし、納得してもらうまでが大変でした」

両手の親指をチョッキに差し込んで皺だらけの顔を天に向けながら彼は話を続け――今やケーロのロータリーには二十人ほどの老人と子供が集まり、我々を囲んでいる――、ハウハの警察署に三日間、その後、ワンカーヨの市民警備隊司令部に二週間拘束され、反乱軍への協力について自供するよう強要されたことを語る。だが、もちろん彼は、何度も頑強に自分は騙されたのだと主張し続け、ウチュバンバの農民たちにアイーナ農園を引き渡すのに判事の立ち合いが必要だ、携行する武器はサン・ホセ校生の予備軍事訓練用だ、そんな話を真に受けただけだと繰り返した。そう、疑わしきは罰せずで、三週間後、彼はケーロへ戻り、絶好の話のネタとともに、晴れて治安判事の職に復帰した。彼は笑い声を上げ、その声には愚弄の調子が感じられる。空気は乾き、町の家並みとその周りを囲む大地と山並みが、黄土色と黒と金色と緑のコントラストを生み出している。《瀕死の大地を見るのは辛いですね》、ドン・エウヘニオは嘆く。《かつては豊かな耕地だったんですよ。なんて戦争でしょうね！　ケーロを破滅させるなんて、許されませんよ。二十五年前だってこの村は相当に貧しかったのに、下には下があるもので、不幸に際限はありませんね》現在のことで話をはぐらかされないよう、私は過去へ、作り話へ彼を引き戻す。銃撃戦の間どうしていたのです？　ワイハコの渓谷から出られたのですか？　最初から最後まで、事の顚末を仔細漏らさず話してください、ドン・エウヘニオ。

銃声だ、間違いない。マイタは受動小銃を握ったまま地面に片膝をつき、あちこち見渡した。だが、窪地に差し掛かっていて、視界は狭く、山並みにギザギザを刻まれた地平線しか見えなかった。羽ばたく影が横切った。コンドルだろうか？　写真で見たことはあったが、実物を見た記憶はなかった。治安判事が十字を切り、目を閉じて両手を合わせて祈り始めたのがわかった。前と同じ方向から一斉掃射の音が聞こえてきた。バジェホスはいつ戻ってくるのだろう？　願いに応えるように、少尉の顔が高みの縁から覗いた。そしてその後ろには、第二チームのサン・ホセ校生の顔も見える。ペリコ・テモチェだ。二人は斜面に沿って近づいてきた。テモチェの顔は青ざめ、どこかで転んだのか、両手とモーゼル銃の銃尾が泥だらけだった。

「先鋒が銃撃に遭っている」バジェホスは言った。「だが、だいぶ距離がある。第二チームからは見えない」

「どうする？」マイタは言った。

「前進あるのみ」力を込めてバジェホスは答えた。「重要なのは第一チームで、武器を守らねばならない。奴らをなんとかこっちへ引きつけて、逃げられるよう時間を稼ごう。行くぞ。互いの距離を十分取るんだ」

窪地の壁をよじ登りながらマイタは、なぜ誰もドン・エウヘニオに銃を渡そうとしないのか、また、彼のほうでも欲しがらないのか、ふと疑問に思った。その気になれば判事は強者だろう。動揺する様子もないし、怖気づいてもいない。落ち着き払っている。銃声を聞いても驚きもしない。少尉の言うほど猶予があるとはまったく思っておらず、むしろハウハを出てからずっと銃声を待っていたかのようだ。ケーロであれほどぐずぐずしているべきではなかったのだ。

窪地を抜けたところで彼らはうずくまって周りを見渡した。誰もいない。起伏の多い黒い土地がずっと登り坂で伸びており、ところどころに茂みや岩場があるので、頂上の向こうから追跡部隊が現れた時には、そこに隠れればよさそうだった。

「岩に身を隠しながら進むんだ」バジェホスは言った。左手に自動小銃を持ち、右手でもっと距離を開けるよう指示していた。身を屈めて周りを見回しながら小走りに遠ざかっていくと、その後ろに判事が続いた。しばらくすると、マイタとペリコ・テモチェは完全に引き離された。銃声は止んでいた。空は晴れ始め、少なくなった雲は、嵐を孕んだ分厚い鉛色から白いスポンジのように変わっていった。《運が悪い、今は降ってくれたほうが好都合なのに》彼は思った。いつまた呼吸困難と不整脈と疲労感に襲われることかとびくびくして、心臓を気にしながら進んでいたが、何事もなく、少し悪寒はあったものの、気分は上々だった。目を凝らして、先行する二チームの姿を捉えようとしてみた。起伏の多い土地で、死角になる部分が多く、視線は届かなかった。一瞬だけ、二つの小さな高台の間を進む点がいくつか見えたような気がして、手でペリコ・テモチェを呼んだ。

「あれがお前のチームか？」

少年は黙ったまま何度も頷いた。怯えた顔をしていると、もっと子供っぽく見える。誰に盗られるわけでもないのにしっかりと銃を握り締め、緊張で声も出ないようだった。

「もう聞こえないな」相手を元気づけようとしてマイタは言った。「思い過ごしだったかもしれない」

「いいえ、思い過ごしではありません」ペリコ・テモチェが呟いた。「本当の銃声です」

そして、喉の奥から小さな声を振り絞って説明した。最初の銃声とともに、前方を進む先鋒部隊が散り散りになり、おそらくコンドリと思われる者が銃を持ち上げて反撃に出る様子を、彼のチーム全員が見ていたという。セノン・ゴンサレスが叫んだ。《伏せろ、伏せろ》バジェホスが現れて行軍を続けるよう命じるまで、彼らはそこに伏せていた。バジェホスは彼を伝令役に選んで同行を命じた。

「そうだろうな」マイタが微笑んだ。「お前が一番すばしっこいからな。一番勇敢なのもお前かな」

少年は口を閉じたままかすかに微笑んだ。左右を確かめながら二人一緒に進んでいた。バジェホスと治安判事からすでに二十メートルは引き離されていた。数分後、再び銃声が聞こえた。

「おかしなことに、銃撃戦の最中に私は風邪をひいたんです」ドン・エウヘニオが言う。「ひどい雨でずぶ濡れでしたからね」

そう、チョッキと帽子の小男は、ゲリラ兵たちに囲まれて、頂から狙いを定めた警備隊の銃撃に晒されながら、くしゃみを始める。困らせてやろうと思って私は質問を向け、いったいいつ彼らが反乱軍で、訓練や農園の引き渡しがでまかせだとわかったのか訊いてみる。動じる様子はない。

「銃撃戦が始まって」堂々たる話しぶりだ。「すべてがわかりました。まったく、考えてみてくださいよ。気づいてみれば、銃撃戦に巻き込まれているんですからね」

彼が間を取り、再び潤み始めたその目を見ていると、忘れ難きあの午後から二、三日経ったある日の午後、パリで私の身に起こった出来事が記憶に舞い戻ってくる。当時は、毎日同じ時間に宗教儀式のように執筆の手を止めて『ル・モンド』を買いに出かけ、角のビストロ「ル・トゥルノン」でエスプレッソを飲みながら記事を読んでいた。名前の綴りが違っており、yがiになっていたが、その人物は、間違いなくサレジオ学院の我が学友だった。目立たない位置に、わずか六行か七行、百語にも満たない短い記事があり、ペルーでの事件を伝えていた。《武装蜂起未遂》とかそんな見出しであり、反乱が他の地域に波及したかどうかは不明だったが、首謀者は全員殺されたか拘束されたということだった。マイタが死亡あるいは収監？　真っ先にこれが頭に浮かぶとともに、口からゴロワーズが落ち、何度記事を読み返しても、遠い祖国でこんなことが起こるとは、しかも、その主犯が一緒に『モンテ・クリスト伯』を読んでいた同級生だとは、どうしても信じられなかった。だが、yをiに変えられた『ル・モンド』のマイタが彼であることには、最初の瞬間から確信があった。

「捕まった者たちがここへ着いたのは何時頃だったかな？」尋問でも受けているようにドン・エウヘニオは私の問いを繰り返す。実際にはケーロの老人たちに質問を向けているのだが、住人たちの信頼を受けた治安判事がこうして関心を示してくれるのは好都合だ。「日が暮れた後だったよな？」

頭を振って否定する波が広がり、我先にと皆一斉に話し出す。まだ日は暮れておらず、午後遅い時間だった。警備隊は二隊に分かれて戻ってきた。最初の一隊は、ドニャ・テオフラシアのラバの背に寝かせたウチュバンバのコミューンの代表を連れていた。コンドリはすでに死んでいたのか？　瀕死の状態だった。背中と首、計二発撃たれて、血塗れになっていた。手を縛られたサン・ホセ校生も数人連行されていた。当時はまだ捕虜という選択肢もあったのだ。今では、捕虜になるぐらいなら戦死したほうがいい。拷問にかけられた後、どのみち殺されるのだから。そうでしょう？　脱走を試みたりすることのないよう、少年たちの靴の紐は外されていた。彼らは卵でも踏むような足取りで、足を引きずりながら歩いていたが、靴を失くしている者も少なくなかった。コンドリは統治責任者の中尉の家に運ばれ、治療を受けたが、今さら無駄な努力で、すぐに息を引き取った。その約三十分後、別の部隊が到着した。バジェホスは仲間たちを急かせた。

「急げ、もっと急ぐんだ」彼の叫び声が聞こえた。

マイタは必死に頑張ったが無理だった。今や、ペリコ・テモチェにも数メートル置いていかれている。散発的に銃声が聞こえたが、その出所は不明で、遠ざかっているのか近づいているのかさえわからなかった。体が震えたが、それは高山病のせいではなく、寒さのせいだった。するとバジェホスが自動小銃を持ち上げたのが見えた。

銃声が鼓膜をつんざいた。少尉が銃撃した頂を見つめたが、見えたのは、岩と土、イチュの茂みと切り立った尾根、青い空と白い雲だけだった。彼も同じ方向に狙いを定め、引き金に指をあてた。

「なぜ止まるんだ」バジェホスが再び急かした。「進め、速く」

マイタは指示に従い、しばらくの間、身を屈めて早足で歩き続けた。岩に飛び移り、必死に駆け、躓きながら、骨まで染み入る寒さと狂ったような鼓動を感じていた。新たな銃声が聞こえ、ある一瞬には、すぐそばでその一発が石を砕いたように思った。だが、いくら頂のほうへ目をやっても、銃撃者の姿は見えなかった。ようやく何も考えない機械、疑念も記憶もない機械となり、遅れまいとして走り続けることだけに集中する肉体となっていた。突如膝が折れ、息を荒げてその場に立ちつくした。ふらふらともう数歩進んだ後、苔むした石の後ろで体を丸めた。治安判事とバジェホスとペリコ・テモチェは速足で前進を続けている。もう追いつくことはできないぞ、マイタ。少尉は振り向き、マイタは先を急げと身振りで示した。そしてその時、今度は紛れもない銃弾が数歩先に炸裂したのがわかった。地面に小さな穴が開き、そこから煙の筋が立ち昇っている。できるだけ体を丸め、目を凝らして探してみると、右手の岩場に潜む警備隊員の頭と狙いを定めた銃の先がはっきり見えた。反対側に身を隠さねばならなかったのだ。這って石の上を進み、地面に突っ伏すと、頭の上を銃弾が過ぎていくのがわかった。ようやく、バジェホスに教わったとおりに狙いを定めて――照準器を的に合わせねばならない――発砲したが、警備隊員はすでにそこにはいなかった。一斉掃射の反動で彼の体は震え、頭がくらくらした。銃弾は、警備隊員の顔が見えた一メートルほど下の岩肌を削った。

「走れ、走るんだ、俺が援護射撃する」バジェホスの叫び声が聞こえた。少尉は岩のほうを銃撃した。

マイタは再び身を起こして走った。寒さで体の感覚がなくなり、骨が皮の下で軋むようだった。発熱にも似た凍るようで身を焼く寒さに汗が噴き出てきた。バジェホスのところまで辿り着くと、同じく岩のほうに狙いを定めた。

「そこに三、四人隠れている」少尉は指差しながら言った。「ジャンプしながら坂を登って進もう。じっとしていると囲まれてしまう。他の者たちとの連絡を断たれたら終わりだ。援護射撃してくれ」

そして彼は返事も待たずに立ち上がって走り出した。マイタは、引き金に指をあてて右手の岩場をじっと見つめていたが、人影は見えなかった。その後、バジェホスを探し、かなり遠くにその姿を認めると、援護射撃するから進めと指示しているのがわかった。駆け出して数歩でまた銃声が聞こえたが、立ち止まることなく進み続け、しばらくすると、発砲していたのは少尉だったことがわかった。追いつくと、そこにペリコ・テモチェも治安判事もいた。少年は、腰から提げた袋から五発入りの弾薬入れを取り出し、モーゼル銃を装塡していた。彼も銃撃戦に加わっていたわけだ。

「他のチームはどうした?」マイタは訊いた。目の前の岩場に視界を遮られていた。

「見失ってしまったが、前進あるのみだとわかっている」周りから目を離すことなく、熱を込めて言った。そして間を置いた後に続けた。「囲まれたら一巻の終わりだ。暗くなるまで前進を続けよう。夜になれば危険はない。暗闇で追跡するのは不可能だ」

《暗くなるまでか》マイタは思った。どのくらい時間があるだろう? 三時間、五時間、六時間? 敢えてバジェホスには何も訊かなかった。そのかわり、上着の内側に手を突っ込んで、もう一度——すでに十回以上は同じ動作を行っていた——まだ弾薬がたっぷり残っていることを確かめた。

「二人ずつ進もう」バジェホスが言った。「俺と判事、お前とペリコ。互いに援護し合うんだ。いいか、慎重に身を屈めて進むんだ。行こう、判事」

彼は駆け出し、今や治安判事も拳銃を握っていることにマイタは気づいた。どこで手に入れたのだろう? 少尉のものだろう。だから弾薬帯が開いたままなんだ。その時頭上から、銃身に挟まれたような人影が浮かび上がるのが見えた。一人が叫んだ。《降参しろ、ちくしょうめ》彼とペリコは同時に発砲した。

「あの日に全員捕まったわけではありません」ドン・エウヘニオは言う。「サン・ホセ校生が二人逃げたのです。テオフィロ・プエルタスとフェリシオ・タピアです」

その話は当人たちの口から聞いていたが、どこまで一致してどこから食い違うか確かめるため、そのまま話させておく。細部に多少の違いはあれ、元ケーロ治安判事の言うことは、これまで聞いてきた話と変わらない。掃討作戦に乗り出した警備隊はいくつかの部隊に分かれており、コンドリに率いられたプエルタスとフェリシオの先鋒部隊がまずその網にかかった。バジェホスの指示に従って、コンドリは敵の攻撃をかわしながら前進を続けようと試みたが、間もなく負傷し、これで皆怖気づいた。少年たちは武器を乗せたラバを見捨てて逃げ出し、ビスカチャの住む洞穴に隠れた。寒さに凍えながらそこで一晩過ごした後、翌日には、空腹と風邪をこらえてわけもわからぬまま道を引き返し、誰にも発見されることなくハウハまで辿り着いた。二人は、両親に付き添われて警察署に出頭した。

「フェリシオは顔を腫らしていました」治安判事は言う。「革命の真似事なんかしたというので、家で張り飛ばされたんです」

ロータリーのもとで我々を囲んでいたケーロの住人は、今では二人の老人だけになっている。警備隊と揉み合いでもした後のようなずたずたのシャツに裸足という格好でセノン・ゴンサレスが馬に繋がれてケーロに戻ってきた時のことは、二人ともよく覚えている。彼の後ろには、同じように縛られた残りのサン・ホセ校生が靴の紐を外された状態で進んでいた。そのうち一人は──誰かはわからない──泣いていた。浅黒で、最年少の一人だという。殴られたから泣いていたのか、あるいは、傷を負ったか、怯えていたのだろうか？　わからない。哀れな少尉の命運を嘆いていたのかもしれない。

そして二人組で登り続け、マイタには何時間とも思われる間ずっと登り続けたが、陽が傾く様子はまったくなく、実はそれほどの時間ではなかったのだろう。バジェホスと判事、マイタとペリコ・テモチェが組んで、あるいは、バジェホスとペリコ、マイタと判事が組んで、一方が駆ける時には他方が援護射撃することを続けながら一緒に進んでいくうちに、次第に志気は回復し、息が乱れることもなくなった。ひっきりなしに警備隊の顔が現れ、交戦があったが、弾が命中することはなさそうだった。バジェホスの予想とは違って、三、四人どころか、相当な数でなければ、これほどあちこちに次から次へと現れることは不可能だった。両側の高みにもその姿は見えたが、最も危険なのは右側であり、すぐそこまでせり出した岩の後ろに警備隊が身を隠していた。尾根伝いに追跡しており、やっと引き離せたと思っても、すぐまたそばに迫ってきた。マイタはすでに何度か弾を装塡していた。気分は悪くない。確かに寒くはあったが、この高度でも、大変な労力を要する逃走にしっかりと体がついてきた。誰も負傷していないとは不思議だ、彼は思った。すでに相当な数の銃弾を撃たれているというのに。それは、警備隊員が皆一様に慎重で、反乱軍の絶好の標的になることを恐れるあまり、義理立てのつもりだろうか、かろうじて頭だけ出して十分狙いもつけず闇雲に発砲していたからだった。まるで遊びか、騒々しいだけで人畜無害な儀式のように思われることもあった。こんなことを夕暮れまで続けるのだろうか？　逃げ切れるだろうか？　夜の帳《とばり》が降りること、この明るい空が闇に包まれることなど、まったくありそうもなかった。落胆はなかった。驕りも悲壮感もなく彼は思った。《こんな状態でも、これがお前の望んだことじゃないか、マイタ》

「さあ、ドン・エウヘニオ、行きましょう。援護射撃してくれています」

「あなただけ行ってください、私はもう足がもちません」治安判事はゆっくりと言った。「私はここに残ります。これも持っていってください」

　手渡しする気力もなく彼は拳銃を放り投げ、マイタは身を屈めて拾わねばならなかった。ドン・エウヘニオは脚を投げ出して座り込んでいた。大量の汗をかき、空気が足りないとでもいうように苦しそうな顔で口を歪めていた。体力の限界に達してもうどうでもよくなった、そんな男の姿勢と表情だった。議論しても無駄なのは明らかだった。

「幸運を祈ります、ドン・エウヘニオ」こう言って彼は走り出した。猛スピードで三十メートルか四十メートル走ってバジェホスとペリコ・テモチェに追いつくまで、銃声は聞こえなかった。二人は地面に膝をついて銃を撃っていた。治安判事のことを説明しようとしたが、息が切れて声が出なかった。膝をついたまま自分も銃撃に加わろうとしたが、自動小銃は詰まっていた。拳銃を手にして、残っていた三発を発射したが、ただ遊びで撃っているような感覚しかなかった。敵はすぐ近くに身を隠しており、一列に並んだ銃が狙いをつけていた。軍帽が見え隠れした。脅しつける叫び声が風に乗ってはっきり聞こえてきた。《降参しろ、ちくしょうめ》、《観念しろ、愚か者どもめ》、《もう仲間たちは降参したぞ》、《もう終わりだ、犬どもめ》ふと彼は思いついた。《生け捕りにするよう命令されているのだろう》だから負傷者が出ないのだ。ただ脅しのためだけに撃っていたのだ。先鋒部隊が投降したというのは本当だろうか？　ようやく少し落ち着いて、バジェホスにドン・エウヘニオのことを話そうとしたが、熱のこもった動作に遮られた。

「走れ、俺が援護する」その声と顔からは、この時ばかりは少尉も危機感を募らせていることが伝わってきた。「急げ、ここは危険だ。囲まれるぞ。走れ、走るんだ」

そして彼の腕を叩いた。ペリコ・テモチェが走り出し、彼も立ち上がって後に続いた。すぐに銃弾が次々と体をかすめたが、彼は立ち止まることなく、息を切らせ、氷のようなものが筋肉を、骨を、そして血を貫くような感覚を味わいながら走り続けた。躓き、二度転び、左手に持っていた拳銃をなくしたが、立ち上がって必死の思いで走り続けた。やがてついに脚が止まり、膝から崩れ落ちて地面にうずくまった。

「かなり引き離しましたよ」ペリコ・テモチェの声が聞こえた。そして一瞬の後、「バジェホスはどこです？　見えますか？」荒い息とともに長い間があった。「マイタ、マイタ、あいつら、仕留めやがったようですよ」

汗に視界を遮られながらも、下のほう、バジェホスが援護射撃していたあたりで――二人は二百メートルほど走っていた――緑っぽい影がうごめく様子に気がついた。

「走ろう、走ろう」喘ぐように言って立ち上がろうとしたが、腕も脚もいうことをきかず、唸り声をあげることしかできなかった。「走れ、ペリコ、俺が援護する。走れ、走るんだ」

「バジェホスが運ばれてきたのは夜になってからでした。私もこの目で見ました。お二人はどうです？」治安判事が言う。ロータリーにとどまっていた二人の老人も首を振って頷く。ドン・エウヘニオは再び盾のついた地方政府庁舎を指差す。「あそこから見たんですよ。あのバルコニー付きの部屋に我々は拘束されていたんです。馬に乗せられて、毛布で全身を覆われていましたが、傷口から流れ出た血が固まっていたせいで、剝がすのがひと苦労だったそうです。そう、ケーロについた時には完全に息絶えていました」

　バジェホスがどんな状況で誰に殺されたのか、説明する彼の声に耳を傾ける。ハウハやリマで何人もの口から何度も聞いた話だから、もはや新たな情報など出てくる余地がないことはよくわかっている。元ケーロ治安判事の話を聞いても、幾つもある仮説のどれが正しいのか、わかるはずはない。反乱軍と警備隊の銃撃戦の最中に死んだ。負傷しただけだったが、警察署を襲撃されて独房に閉じ込められた屈辱の腹いせとばかり、ドンゴ中尉がとどめをさした。無傷で捕虜になったが、気紛れで反乱を起こしかねない士官への見せしめとして、上層部の命令により、ワイハコのプーナで処刑された。等々。過去を振り返って独り言でも言っているような調子で治安判事はこうした仮説をすべて列挙し、控え目にではあるが、自分としては、少尉がドンゴ中尉の手で射殺されたという説に同意していることを示す。個人的恨み、理想主義者と順応主義者の、反乱者と政府当局の対立。我が国民のロマン主義的気質にはこうしたイメージがよく馴染む。もちろん、だからといって、それが正しくないというわけではない。確かなのは、この歴史の空白——バジェホスがいかなる状況で死んだのか——は決して埋まらないということだ。何発銃弾を浴びたのかさえわかってはいない。死後解剖は行われず、死亡証明書にもこの点は記載されていない。項《うなじ》に一発だと言う者から、蜂の巣にされたという者まで、証人たちは勝手な説をこしらえる。唯一確実なのは、馬でケーロへ連れられてきた時にはすでに死んでおり、遺体はここからハウハへ移送されて、翌日両親に引き取られ、さらにリマまで運ばれたということだ。そしてスルコ地区の古い霊園に埋葬された。今では霊園として機能しておらず、古くなった墓碑銘が崩れ落ち、通路は雑草に覆われている。少尉の墓には名前と命日が記載されているだけで、周りは伸び放題の雑草に囲まれている。

「マイタが連行されてきたところもご覧になったのですか、ドン・エウヘニオ?」

下のほうでバジェホスがいたあたりに集まってきた警備隊をじっと見つめていたマイタは、ようやく呼吸を取り戻し、生き返った気分を味わっていた。地面にうずくまったまま、詰まった銃を虚空に向けていた。バジェホスのこと、彼の身に何が起こったのかは考えないようにして、気力を振り絞って立ち上がり、ペリコ・テモチェに追いつくことだけに意識を集中しようとした。息を吸って体を伸ばした後、体を折り曲げるようにして駆け出し、銃声も足元も気にすることなく、体がいうことをきかなくなるまで走り続けた。そして地面に突っ伏し、目を閉じて体に銃弾が撃ち込まれる瞬間を待ち構えた。お前の命ももう終わりだ、マイタ、死とはこういうものなんだ。

「どうしましょう、どうしましょう」脇からサン・ホセ校生が呟いた。

「俺が援護する」自動小銃を握って狙いをつけようとしながら彼は喘いだ。

「囲まれていますよ」少年は涙声になった。「このままでは殺されます」

額から流れる汗を通して全方向を囲む警備隊員の姿が見え、伏せた者もしゃがんだ者もいることがわかった。銃口が彼ら二人に向けられている。口が動いており、意味不明の音が届いてきた。意味がわからずとも何を言っているのかは明らかだった。《投降しろ！　武器を捨てろ！》投降?　いずれにせよ、殺されるか、拷問にかけられるかだ。渾身の力を込めて引き金を引いたが、銃は詰まったままだった。ペリコ・テモチェの嘆きを聞きながら数秒間むなしく体をもがいた。

「武器を捨てろ！　手を頭の後ろに回せ！」近くから唸り声が聞こえた。「さもないと撃つぞ」

「泣くな、無様な姿を晒すんじゃない」マイタはサン・ホセ校生に言った。「さあ、ペリコ、銃を捨てろ」自動小銃を放り、ペリコ・テモチェも同じことをしたのを見ると、両手を頭の後ろに回して立ち上がった。

「リトゥーマ軍曹！」拡声器から出てきたような声だった。「所持品を調べろ。少しでも動いたら撃っていい」

「はい、中尉」

銃を構えた制服姿の男たちがあちこちから駆け寄ってきた。じっとして動くこともできず――疲労と悪寒が刻々と膨れ上がっていた――、殴られるにちがいないと思って彼は待ち構えた。だが、足から頭まで荒っぽく体を探られただけだった。腰から下げていた袋が奪われ、泥棒盗人呼ばわりで、靴の紐を外すよう命じられた。そして縄で両手を背中で縛られた。ペリコ・テモチェも同じことをされ、その間、まだ子供の分際で盗みを働くなど恥を知れと諭すリトゥーマ軍曹の声が聞こえてきた。盗み？　家畜泥棒だと思われているのか？　警備隊の無知ぶりに笑いが込み上げてきた。だが、その時背中を銃尾で小突かれ、歩くよう命じられた。緩んだ靴のなかで足が踊り、すり足で進むしかなかった。すでに先ほどまでの機械ではなくなっていた。思考と疑念と記憶と問いが戻ってきた。体が震えるのが感じられた。この先苦汁を嘗《な》めるぐらいなら、死んだほうがよかったのではないか？　いや、マイタ、そうではない。

「ハウハに戻るのが遅れたのは、二人の死者のせいではありません」治安判事は言う。「原因はお金でした。どこへいったのか？　必死に探したのですが、とうとう出てきませんでした。マイタやセノン・ゴンサレス、それにサン・ホセ校生によれば、ラバ代としてアルマラス未亡人テオフラシア・ソトに払った額と、昼食代としてヘルトルディス・サポラクに払った額以外はラバに積んでいたといいます。ところが、コンドリのチームを捕虜にした警備隊は、モーゼル銃に弾薬、鍋釜以外、びた一文見つからなかったと言っています。いったい金がどこへ消えたのか、調べるのにずいぶん手間取りました。そのせいで、ハウハに着いたのは夜明け頃でした」

我々も予定より遅れて着くことになりそうだ。ケーロのロータリーで何時間も話し込んでしまった。しかもこの地域の夕暮れは早い。軽トラックはヘッドライトを点し、草木の生い茂る景色のなかで、黒い木の幹や、道に散らばる石や砂利だけが、光を浴びてちらちらと浮かび上がる。カーブの向こうにゲリラが潜んでいるのではないか、地雷が爆発するのではないか、外出禁止の時間帯にハウハに着いて拘束されるのではないか、そんな不安が頭をよぎる。

「銀行強盗で得た金はどこへ消えたんでしょうね?」もはやとめどなく過去の出来事に思いをめぐらせ続けながら、ドン・エウヘニオは自分に問いかけている。「警備隊員たちが山分けしたんですかね?」

これもまた残された謎の一つだ。この件については、一つ大きな手掛りがあるが、嘘が多すぎてぼやけてしまう。反乱者たちがハウハから持ち出した額はいくらぐらいになるだろうか? 私のみるところ、銀行員たちの証言する金額は誇張であり、他方、金を数えるゆとりなどない反乱軍に金額が把握できたはずはない。袋に入れてラバに乗せただけだろう。途中数えた者がいるだろうか? おそらく誰もいまい。また、警備隊員のなかに一部をせしめた者がいるのも確からしく、銀行に返された額はわずか一万五千ソル、反乱軍が《徴発》した額より、そしてもちろん、銀行員たちが盗まれたと証言する額よりずいぶん少ない。

「そこがこの事件の最も悲しい部分だな」私は思わず独り言を言う。「たとえ無謀な革命とはいえ、ともかく革命として始まったはずなのに、終わってみれば、誰がいくら盗んだかあれこれ取り沙汰されるだけとは」

「人生なんてそんなものでしょう」ドン・エウヘニオが哲学を引き出す。

明日、明後日、そしてその後、リマの新聞が何を書きたてるか、そして、新聞の書きたてる誇張とデタラメだらけの派手な三面記事を読んで、PORやPOR(T)の同志たちや宿敵の共産党員たちが何を言い出すか、彼は考えてみた。POR(T)の委員会でこの事件から革命的教訓を引き出す男たちの姿が目に浮かび、これでトロツキー派マルクス主義に基づく党の科学的分析の正確さが証明された、うまくいくはずもないプチブル的冒険に不信感を抱いて手を引いた党の判断は正しかった、そんな議論が、かつての同志一人ひとりの口調と抑揚まで含めて、はっきり聞こえてくるようだった。その不信感を口実に手を引いたからこそ蜂起は失敗したのだ、そんなことを臭わせる同志はいるだろうか？　そんな考えは彼らの頭の片隅にもあるまい。ＰＯＲ（Ｔ）の闘士が一致団結して協力していれば別の結果になっていただろうか？　そうだろう、彼は思った。彼らが参加していれば、鉱山労働者やウビルス氏、リクランの連中が逃げ出すこともなく、蜂起はもっと綿密な計画に基づいて遂行され、今頃アイーナに着いていたかもしれない。本当にそう思うか、マイタ？　冷静に考えているか？　そうとは言い切れない。まだ終わったばかりで、冷静にはなれない。少し時間を置いた後で落ち着いて最初から事件を分析し、他の参加予定者やＰＯＲ（Ｔ）の協力を得て別の形で反乱が始まっていればもっとうまくいったのか、あるいは、敗北の時間を遅らせてもっと多くの犠牲者を出すだけで大差はなかったのか、冷静な頭で考えてみる必要があるだろう。悲しみとともに、胸でアナトリオの頭を支えていたい、疲れ果てて彼の上で眠るアナトリオの落ち着いた規則正しい、ほとんど音楽のような寝息を聞いていたい、そんな欲望が湧き起こってきた。溜め息が漏れ、歯がガタガタいっているのがわかった。背中を銃尾で小突かれた。《急げ》バジェホスの姿が脳裏をよぎるたびに、耐え難い悪寒に囚われ、必死にその姿を掻き消した。捕まったのか、負傷したのか、死んだのか、殴られているのか、とどめを刺されているのか、そんなことは考えないようにした。そんなことばかり考えていると、意気消沈して、この先を耐え抜く気力もなくなってしまうだろう。鞭のように顔を打ちつける寒風に耐えるよりもっと大きな試練を耐え抜く気力が必要なのだ。ペリコ・テモチェはどこへ連れて行かれたのだろう？　他の連中は？　逃げのびた者はいるのだろうか？　二列の市民警備隊に挟まれて、彼は孤立無援だった。時折虫けらでも見るようにちらりと一瞥する者もいたが、過ぎたことはもう忘れたとでも言わんばかり、散歩から帰るように陽気に談笑し、両手をポケットに突っ込んで煙草をふかす者ばかりだった。《これでもう高山病にやられることもあるまい》彼は思った。数時間前に登ったはずの場所を確認しようとしたが、すでに雨は止んでおり、色彩のコントラストがはっきりして事物の角がとれたせいで、景色ががらりと変わっていた。地面はぬかるんで、しょっちゅう靴が脱げた。立ち止まって履き直すたびに、後ろを行く警備隊員に小突かれた。後悔していないか、マイタ？早まったことをしたんじゃないか？　無責任な振る舞いではなかったか？　いや、そんなことはない。まったく逆だ。間違いも軽率な行為もあり、失敗はしたが、自分のことを誇らしく思った。生まれて初めて価値のあることを成し遂げた、微力ながら革命に貢献できた、そんな感覚だった。これまで拘束された時とは違って、今回は徒労感に打ちのめされるようなこともない。失敗はしたが、やるべきことはやったのだ。腹を括った四人の男と数名の学生で町を占拠し、治安維持部隊を武装解除させ、銀行から資金を徴発し、山へ逃げたのだ。為せば成る、それを証明したのだ。以後、これが左翼にとって先例となるだろう。この国からも、口先で革命を唱えるだけではなく、実際に革命を起こそうとする者が現れたのだ。《これでどんなものかわかっただろう》そう考えたところでまた靴が脱げた。履き直していると、また銃尾で一突きされた。

道中眠ってしまったドン・エウヘニオを起こし、一緒に来てくれたことと思い出話をしてくれたことへの感謝を伝えて、ハウハ郊外の家の前で彼と別れる。その後私はアルベルゲ・デ・パカに向かう。まだキッチンは開いており、食事もできるというが、ビール一本で十分だ。沼に面した小さなテラスへ出てビールを飲む。一面の星空に白く丸く光る月に照らされて、滑らかな水面と、岸辺に生い茂る草が見える。夜のパカではあらゆる音が聞こえ、風の音、蛙の鳴き声、夜行性の鳥の鳴き声などが混ざり合う。だが、今日は違う。今晩にかぎって動物たちは静まりかえっている。宿泊客はビール会社の営業にやってきた二人の出張者だけで、食堂で団欒する声がガラス越しに聞こえてくる。

これがあの物語の中心的事件の顚末、ドラマの核心なのだ。十二時間にも満たない事件。夜明けに刑務所の占拠で始まり、夕暮れ時にバジェホスとコンドリの死、そして残りのメンバーの拘束で終わった。拘束された者たちはハウハの警察署へ連行され、そこに一週間拘置された後、ワンカーヨの刑務所へ送られて一カ月幽閉された。未成年者担当判事の配慮で、頃合いを見計らってサン・ホセ校生は釈放され、監視生活のような形で家族のもとに返された。ケーロ治安判事は、三週間後に、文字通り《無罪放免》で職に復帰した。マイタとセノン・ゴンサレスはリマへ送られ、まずセクスト、次いでフロントン、後に再びセクストに収監された。数年後、ペルー新大統領就任を機に二人とも——一度も裁判は行われなかった——恩赦を受けて出獄した。セノン・ゴンサレスは、一九七一年の農地改革でアイーナ農園の所有者となったウチュバンバ農業組合の指導部に今もおり、民主行動党地域責任者も務めた。

最初の数日間は、新聞各紙が大々的にこの事件を取り上げ、マイタの人物像とともに、共産主義革命の試みと見なされたこの蜂起をめぐって、一面に大見出しが躍ったほか、関連記事や社説が飛び交った。『ラ・プレンサ』紙には、独房の格子の向こうで誰か判別もつかない彼の写真が掲載された。だが、事実上一週間でこの話題は消滅した。その後、キューバ革命に刺激されて、一九六三年、六四年、六五年、六六年に山間部やセルバ地帯でゲリラ活動が起こったが、ペルーに社会主義を打ち立てるために大衆武装蜂起を画策した最初の事例が、ハウハで起こったこの取るに足らない逸話、歳月とともにぼやけ、今や首謀者が誰だったのかさえ誰も思い出せないこの愚かしい逸話だったことを指摘する新聞はなかった。

そろそろ寝ようと思ったところで、ようやく響きのいい音が聞こえてくる。いや、鳥ではない。風が宿のテラスにパカ沼の水を打ちつけているのだ。優しい音楽、そしてハウハの夜を飾る一面の美しい星空を見ていると、人々が仲良く幸せに暮らす平和な国にいるような気になってくる。景色までがフィクションなのだ。

10

初めてルリガンチョに来たのは五年前のことだ。二号棟の囚人たちが図書室を開設し、誰だかの発案で私の名前をつけたいというので招待され、私としても、リマの刑務所が噂通りの場所なのか確かめたいという好奇心があって、行ってみることにした。

道中、闘牛場の前を抜けて、サラテ地区を横切ると、スラム街が現れ、続いて「闇養豚場」と呼ばれるゴミ捨て場で豚が餌を漁っている。そこで舗装は途切れ、道は穴ぼこだらけになる。そして、じめじめした朝靄で輪郭のぼやけたセメントの建物が幾つも現れ、その味気ない色が周りを囲む砂地と溶け合っている。かなり遠くからでさえ、無数に開いた窓にはガラスが嵌められておらず——最初からなかったのだろうか——、等間隔に仕切られた四角い枠から顔や目が外の様子を窺っていることがわかる。

初めての訪問で覚えていることといえば、千五百人収容の施設に押し込められて窒息しそうになっていた六千人の集団、表現できないほどの不潔さ、ちょっとしたきっかけですぐ喧嘩や犯罪が起こりそうなほど鬱屈した暴力の雰囲気、そうしたことばかりだ。そんな烏合の衆、いや、人間の集団より野獣の群に近い没個性的群衆に混じって、マイタもその場にいたことは今や間違いない。彼の姿を見たか、あるいは、会釈ぐらい交わしたかもしれない。当時は二号棟にいたのだろうか？　図書室の開設セレモニーにいたのだろうか？

収容棟は二列に並んでおり、奇数号が前方、偶数号が後方に位置する。鉄条網のついた西側の塀にへばりついた妙な建物には同性愛者が隔離されており、この棟が全体の調和を乱している。偶数号棟には再犯者や重犯罪者、奇数号棟には初犯者や刑の軽い者、判決の確定していない者が入る。つまり、ここ数年マイタは偶数号棟にいるはずだ。収監者は、出身地区――エル・アグスティーノ、ビジャ・エルサルバドル、ラ・ビクトリア、エル・ポルベニール――によって決まった場所に振り分けられる。マイタはどこに入れられたのだろうか？

車はゆっくり進み、どうやらこの二度目のルリガンチョ訪問を無意識のうちに先延ばしにしようと、次第にスピードをゆるめていたことに気づかされる。一年前に調査を始め、様々な人に話を聞きながら想像し、書き進めてきた人物とついに対面するのが恐いのだろうか？　それとも、刑務所に対する嫌悪感のほうがマイタに会う好奇心に勝っているのだろうか？　最初の訪問を終えた私は、思わずこんなことを考えた。《囚人たちが動物同然の生活をしているなどデタラメだ。動物のほうが自由に動いている。それに、犬舎や鶏舎、厩舎のほうがルリガンチョより清潔だ》

収容棟の間を走る道は、皮肉にも「連帯通り」と呼ばれているが、この込み合った狭い通路は、昼でも薄暗く、夜は闇に包まれ、徒党を組んだごろつきや殺人鬼が血なまぐさい衝突を繰り広げる舞台となるばかりか、ポン引きが少年を取引する場所にもなる。今でもよく覚えているが、これこそまさに悪夢の通路であり、半裸の黒人や刺青を入れたチョロ、まさにセルバのようなぼさぼさの毛が腰まで伸びたムラート、髭面で呆けた白人、青い目で傷だらけの顔をした外国人、痩せこけた中国人、壁際に丸まったインディオ、独り言を叫ぶ狂人、そんな正気を失った地獄の民の間を進まねばならない。数年前からマイタは、「連帯通り」のキオスクで食料や飲料を売っているという。だが、どれほど記憶の糸を手繰っても、あの蒸し暑い通路に売店があったことは思い出せない。あまりの動揺に気づかなかったのだろうか？　あるいは、キオスクとは名ばかりで、マイタは地面に敷いた茣蓙《ござ》にしゃがんでジュースやフルーツ、煙草や炭酸飲料を売っていただけなのだろうか？

　二号棟まで着くためには、奇数号棟をすべてやり過ごした後、二度も鉄条網の柵を越えねばならなかった。刑務所長は最初の鉄条網のところで私に辞去の言葉を告げ、ここから先、国家警察も含め、武装者は一切立ち入り禁止なので、すべて自己責任で行ってもらうしかない、と通達した。柵を越えた途端、大勢の人間が私に向かって殺到し、大げさな身振りで我先に誰もが話し始めた。私を招待した者たちの一団に囲まれ、輪の中心で進むような形になったが、その外では、囚人たちが私をどこかのお偉方だと勘違いしたらしく、陳情、讒言、職権乱用に対する抗議、待遇改善要求、様々な内容の怒号が飛び交った。まともに話せる者もいたが、大半はまったく意味不明だった。誰もが落ち着きを失って、暴力的になるか、呆然としているようだった。歩いていくうちに、ひどい悪臭とハエの群の原因がわかった。左手に、何カ月、何年にもわたり刑務所から出た廃棄物が一メートル以上の山になって積み上げられていたのだ。ゴミの山で大の字になって眠っている囚人までいた。危険度が低い者を収容する棟、すなわち奇数号棟に振り分けられる狂人の一人だという。あの最初の訪問を終えた後、奇跡的なのはルリガンチョに狂人がいることではなく、あれほど少数しか狂人がいないことだ、あんなおぞましいゴミ溜めに住む六千人の囚人全員が気狂いにならないことのほうがよほど不思議だ、そう思ったことを今でも覚えている。マイタは発狂していないだろうか？

　ハウハの事件で四年間収監された後も、マイタは何度か刑務所暮らしをしており、その最初は、恩赦を受けたわずか七カ月後だった。ただ、ハウハの時と違って、これ以降マイタにかけられた嫌疑についてはほとんど文書が残っておらず、事情を知る人も口を開こうとしないため、彼の刑事犯罪歴を辿るのは非常に難しい。国立図書館の雑誌新聞資料室で私が見つけた新聞記事はいずれも短く、どうやら主犯格だったらしい幾つかの襲撃事件で彼がいかなる役割を果たしたのかはまったくわからず、それが政治犯罪だったのか一般犯罪だったのかさえ判別がつかない。マイタのことだから、政治目的以外の犯罪に手を染めることは考えにくいが、とはいえ、彼について私に何がわかるだろう。私が調べてきたのはあくまで四十歳前後のマイタであり、今や彼は六十過ぎなのだ。別人になっているかもしれない。

この十年、ルリガンチョの何号棟で過ごしてきたのだろう？　四号棟、六号棟、八号棟？　どれも私が見た棟と似たり寄ったりだろう。低い屋根、不気味な光（電気が通じていればの話だが）、じめじめとした寒さ、サッシの錆びた窓、下水のような坑道。衛生観念のかけらもなく、糞と虫とゴミの間で寝る場所を確保するために格闘する日々。図書室——数冊の古本がペンキ塗りの箱に収められているだけ——の開設セレモニーでは、何人もの酔っ払いがふらついていた。ブリキ缶に注いで振る舞われた乾杯用の酒は、キャッサバを発酵させた強烈なチチャ酒であり、収容所内で密造しているらしかった。かつての学友も、落ち込んだ時や、何かいいことがあった時に、こんな酒を飲んで酔っ払うことがあるのだろうか？

ハウハの一件の後、マイタを刑務所に逆戻りさせる事件が起こったのは、今から二十一年前のことであり、その舞台となったのは、ラ・ビクトリア地区でも悪名高いワティカ通り、すなわち、売春婦の溜まり場となっている一角のすぐ近くだった。この事件を伝えた唯一の新聞『ラ・クロニカ』によれば、三人の男が、テオドロ・ルイス・カンディア氏の修理工場に使われていたガレージを不法占拠したという。氏がこの場所へ着いてみると、三人の男が銃を構えて待っていた。見習いのエリセノ・カラビアス・ロペスもこの時一緒に人質になった。三人の標的は民衆銀行であり、ガレージの奥に開いた窓が、この支店の防犯用裏口の前に広がる空き地に向いていたのだ。毎日正午頃、軽トラックがこの空き地に停まり、支店に貯まった現金をこの裏口から運び出して本店へ持ち帰ることもあれば、取引に必要な現金を本店から支店に運び込むこともあった。その時間まで三人は、二人の人質とともに待機することにして、煙草をふかしながら窓越しに様子を窺い続けた。三人とも覆面をしていたが、機械工も見習いも、その一人がマイタだったと証言した。さらに、命令を下していたのも彼だったという。

エンジン音が聞こえると、三人は窓から空き地へ飛び出した。従業員が三百万ソル入りの厳封袋をトラックに積み終えたところで、運転手と警備員は不意を突かれて武器を奪われた。この二人を地面に伏せさせた後、三人組の一人が空き地から七月二十八日大通りへ出るための扉を開け、すでに現金もろとも他の二人が発車させていた軽トラックに飛び乗った。そのまま軽トラックはスピードを上げたが、緊張のせいか、そもそも運転の下手な男だったのか、軽トラックは包丁研ぎ師を轢き、さらにタクシーと衝突した。『ラ・クロニカ』によれば、二回転して逆さまに止まったという。それでも強盗たちは車から這い出して逃げたが、マイタは数時間後に捕まった。奪われた金が戻ったのか、他の二人がその後捕まったのか、いずれも私には調べがつかなかった。

この強盗事件でマイタが裁判にかけられたかどうかも私にはわからない。ラ・ビクトリア警察署に保管されていた調書に目を通すことができたが、そこには、細部に多少の違いはあれ、『ラ・クロニカ』の記事（湿気で紙が傷んでおり、文字の判別すら難しい）がそのままなぞられているだけだった。起訴された形跡はない。法務省には、容疑者氏名とその嫌疑の概要を記したファイルが保管されるが、マイタのファイルには曖昧な記録しか残されていない。一九六三年四月十六日という日付が記されているが、これは警察署から刑務所へ移された日のことだろう。そして、《銀行強盗未遂、負傷者あり、監禁、交通事故、ひき逃げ》とあり、最後に担当判事の名前が書かれている。それだけだ。起訴が遅れたのか、判事が亡くなったか失職して法的手続きが止まったのか、あるいは、書類がなくなったか、可能性はいろいろ考えられる。この事件でマイタは何年ルリガンチョへ入れられたのか？　それもわからない。入所の記録はあっても、出所の記録がないのだ。これも直接彼に訊いてみたいことの一つだ。いずれにせよ、その後彼の足取りは消え、十年前、再び刑務所に入るまでのことはまったくわからない。この時は、手続きに則って裁判が行われ、《脅迫、誘拐、強盗により人命を奪った》という判決が下って、懲役十五年を言い渡された。ファイルの記録が正しければ、すでに十一年近くルリガンチョで過ごしていることになる。

ようやく着いた。規則に従うしかない。爪先から頭まで、国家警備隊のボディーチェックを受け、訪問が終わるまで、身分証明書を留置所に置いていかねばならない。所長の指示で、彼の執務室へ通すよう言い渡されている。文民職員に案内され、鉄条網の外にある中庭に差し掛かると、そこから刑務所全体を見渡すことができる。このあたりが、刑務所で最も清潔で、設備のましな一角だろう。

所長室は、塗装の剝げた寒々しいコンクリート造りの建物の二階にある。金属製の机と椅子が二脚あるだけの小さな部屋だ。壁は完全に剝き出しで、机の上には紙と鉛筆すら見えない。五年前と同じ所長ではなく、若い男だ。私の来訪の動機についてはすでに報告を受けており、対象の囚人を連れてくるよう指示を出す。他に静かに話せる場所はないので、インタビューにこの部屋を使っていいという。《ご覧のとおり、ルリガンチョは人が多すぎで足の踏み場もありませんから》待っている間に彼は話を始め、いくら努力しても事態は改善されないとこぼす。近頃では、面会に制限が設けられると思い込んだ囚人たちがハンガー・ストライキを画策しているという。所長によれば、それは単なる思い過ごしにすぎない。施設内に薬物やアルコールや武器を持ち込む来訪者がいるので、その対策として、男性、女性を一日ごと交互に受け入れることにしたのだという。そうすれば、一日あたりの来訪者は減るし、もっと厳重に身体検査することもできる。コカインの闇取引を止めるだけでも、ずいぶん死者の数は減るだろう。殺し合いの喧嘩にまでなるのは、主に薬物が原因なのだ。アルコールや金、同性愛の比ではない。薬物なのだ。だが、現状では十分にコントロールできてはいない。警備員や看守も麻薬取引に加担しているのではないか？　彼は私を見つめて言う。《わかりきったことを今さら》

「それも避けられない事態なのです。どんな対策を講じても、必ず抜け道を見つけ出す者がいます。一回数ミリグラムのコカインを持ち込むだけで、末端の警備員でも給料と同額を稼ぐことができます。彼らの給料がいくらかご存知ですか？　おわかりでしょう。あれこれルリガンチョの問題が取り沙汰されることがありますが、まったく無意味です。国全体の問題なのですから」

　明白な事実を最初から明らかにしておくほうがいいとでもいうように、彼は淡々と話している。仕事熱心な善意の男らしい。確かに、お世辞にも羨ましいと言える職ではない。ドアがノックされて話が途切れる。

「この男です」彼は言ってドアを開けて出て行こうとする。「どうぞごゆっくり」

　部屋に入ってきたのは、色白で巻き毛、髭の薄い痩せた男であり、だぶだぶのジャンパーを纏った体が頭から爪先までぶるぶる震えている。ぼろぼろのサンダルを履いて、怯えた目の焦点が定まらない。なぜこんな震え方をしているのだろう？　病気なのか、それとも、怯えているのか？　言葉が出てこない。これがマイタなのか？　写真で見た姿にまったく似ていない。それに、二十歳以上も年下に見える。

「私が話を聞きたいのはアレハンドロ・マイタですよ」私はどもりがちに言う。

「私がアレハンドロ・マイタです」消え入りそうな小声で彼は答える。手も肌も、そして髪の毛一本一本まで不安に囚われているようだ。

「バジェホス少尉とハウハの事件を起こした……？」私はためらう。

「ああ、ちがいます、それは別人です」合点がいって彼は大声で言う。「彼ならもうここにはいません」

　所長室まで連れて来られたことで晒されていた危険から逃れられたとでもいうように、彼は安堵の胸を撫で下ろしている。踵を返してドアをノックすると、ドアが開いて、二人の男に付き添われた所長が姿を見せる。ずっと震えたまま、巻き毛の男は、私の目的が彼ではなく別のマイタであることを告げる。脚は震えながらも、音も立てずサンダルをひきずっていそいそと出て行く。

「誰のことだ、カリージョ？」所長は付き添いの一人に訊ねる。

「ええ、わかりますよ、もちろん」白髪交じりの髪を丸刈りにした男が、ベルトに収まりきらない腹を突き出しながら言う。「別のマイタね、政治系の男だったでしょう?」

「ええ」私は言う。「私が会いたいのはそちらです」

「タッチの差でしたね」即座に彼は応じる。「先月出所しました」

これで彼は行方知れず、もう会えないだろう、それでよかったのかもしれない、そんな思いが頭をよぎる。生身のマイタに会えば、執筆の参考になるどころか、これまでの努力が水の泡になってしまうかもしれない。どこへ行ったかわからないのか? 誰も住所を知らないのか? 居所など見当もつかない。所長には、一人で帰れるから大丈夫だと告げるが、カリージョがついてくるので、階段を降りながら、マイタのことをよく覚えているか訊いてみる。もちろんよく覚えている。カリージョは最古参の囚人と同じくらい前からここで勤務している。最初は単なる見習いだったが、今や副所長だという。どんな光景を見てきたことだろう!

「礼儀正しく穏やかな服役者で、決して問題を起こすことはありませんでした」彼は言う。「四号棟で食料品店の経営を許されていました。大変な働き者です。服役しながら家族に仕送りしていました。前回は十年以上服役したはずです」

「家族?」

「妻、それから子供が三人か四人です」彼は言う。「奥さんは毎週会いに来ていました。チョロのマイタ、忘れはしませんよ。卵でも踏むように歩く男でしょう?」

留置所へ向かって、鉄条網に挟まれた中庭を進んでいると、副所長が立ち止まる。

「待ってください。アリスペなら居所を知っているかもしれません。四号棟の売店を譲り受けた男で、今もマイタの協力を受けているはずです。呼んでみましょう、何かわかるかもしれません」

カリージョと私は中庭で鉄条網に向かって立っている。手持ち無沙汰にルリガンチョについて訊いてみると、彼も所長と同意見で、ここでは問題が後を絶たないという。ええ、そうです、隣人に想像もできないような悪さをするためだけに生まれてきたような悪人がここにはいくらでもいますから。かなり離れた位置に、収容棟の左右対称を崩す同性愛者専用の小屋が見える。まだあそこに隔離しているのですか？　ええ。塀や柵を乗り越える囚人や同性愛者は多く、相変わらず人身売買は続いていて、たいした役には立っていないが、それでも、ああして隔離しておけば少しは問題が減る。同性愛者が同じ棟にいた頃は、喧嘩や殺人の数が今の比ではなかった。前回来た時、新顔への強姦行為について刑務所付きの医師に話を聞いたことを思い出す。《最も多い症状は、直腸の膿み、壊疽、癌です》まだそんなに強姦が多いのかカリージョに訊いてみる。彼は笑う。《欲望を抱えた男がこれだけいれば、避けられない事態でしょう。なんとか処理するしかありませんからね》呼ばれた服役囚がついに現れる。マイタを探している理由を説明し、どこにいるか知りませんか？

身なりも比較的きっちりしており、悪い男には見えない。口を開くことなく私の話を聞いている。だが、疑っている様子は明らかで、これは手掛りは得られまいと判断する。そこで、今度マイタに会ったら私の電話番号を渡してほしいと伝える。すると彼は突如口を切る。

「アイスクリーム屋に勤務しています」彼は言う。「ミラフローレスの」

街路樹の多いボロネシ通りにずいぶん前からある小さなアイスクリーム屋で、少年時代、あの近くに、フローラ・フローレスという庭園のような名前のかわいい女の子が住んでいたから、私もよく覚えている。店は当時からあったはずで、美しいフローラとルクマのアイスクリームを食べに入ったことがあったと思う。ガレージか何かだったのか、とにかく小さな店で、典型的な五〇年代ミラフローレス風の屋敷――二階建てで、門から広がる庭には、ゼラニウムやブーゲンビリア、ホウオウボクの赤い花がもれなく咲いている――が立ち並び、店などほとんどないあの通りにまったく似つかわしくない。そうだ、記憶していたとおり、フローラが愛くるしい顔とまばゆい目を見せてよく現れたあのバルコニーの家の少し先に店がある。アイスクリーム屋の数メートル手前に車を停めるが、手がいうことをきかず、なかなかキーを抜くことができない。

多少今風にはなっているものの、やはり小さな店で、花柄のビニールに覆われたテーブルが数卓壁に寄せられているが、今は誰も客がいない。店員はマイタだ。シャツ姿で、写真より少し太って老けているが、集団に紛れていても一目で彼だとわかったことだろう。

「アレハンドロ・マイタ」手を差し出しながら私は言う。「そうですね？」

数秒間私を見つめた後、かなり歯の抜けた口を開けて微笑む。目をしばたたかせて誰か思い出そうとするが、最後には諦める。

「すみません、どなたですか？」彼は言う。「一瞬サントスかと思いましたが、君、あなたはサントスではありませんね」

「ずっとお会いしたいと思っていました」カウンターに肘を突きながら私は言う。「驚かれるかもしれません。ついさっきルリガンチョへ行ってきたところです。四号棟の商売仲間アリスペさんから居所をうかがいました」

注意深く相手の反応を窺う。驚きも不安も見えない。浅黒い顔に微笑みの名残をとどめながら、興味深げに私を見ている。粗末な綿のシャツを着ており、旋盤工か農夫のように荒れた手が目につく。だが、最も目立つのはその愚かしい髪型だ。無理やりでたらめに切ったようで、モップのような頭の形が笑いを誘う。かつて私も、パリで過ごした最初の年、あまりに貧乏で、ベルリッツのスペイン語教師の同僚とともに、バスティーユの近くの理容学校へ髪を切ってもらいに行っていたことを思い出す。まだうら若い見習いたちがタダで切ってくれるのだが、その結果できあがる髪型は、今目の前にいる架空の旧学友のそれと瓜二つだった。疲れた黒い目――その周りは皺だらけだ――を細めて私を見つめるうちに、その瞳に不信感が浮かび上がってくる。

「様々な知り合いに話を聞いたりしながら、この一年ずっとあなたのことを調べてきました」私は言う。「空想を膨らませ、夢に見ることまでありました。史実とは縁遠いながらも、ハウハの事件に関わる小説を書き終えたところです」

今度は驚いた様子で黙ったまま私を見つめ、話の意味がわからないのか、耳を疑っているのか、不安に囚われ始める。

「しかし……」彼は口ごもる。「いったいなぜまた、そんな話を……」

「自分でも理由はわかりませんが、とにかくこの一年ずっとかかりきりだったのです」彼の不安を見て私も不安になり、これ以上話を聞けなくなる事態を恐れて、私はあたふたと言い添える。そして続ける。「小説には真実より嘘が多いのが常で、事件を忠実になぞってはいません。いろいろ話を聞いて調べてきたのは、ハウハの事件の真相を語るためではなく、どんな嘘をついているか知りながら嘘を書くためです」

この言葉を聞いて、相手が落ち着くどころか余計混乱して警戒心を強めていることがわかる。目をしばたたかせ、黙ったまま口を半開きにしている。

「ああ、作家さんでしたか」出口を見つけたらしい。「そうか、やっと誰だかわかりました。数年前、あなたの小説を一作読んだと思います」

その時、汗まみれの少年三人組が入ってくる。格好を見るかぎり、何かスポーツをしていたらしい。炭酸飲料とアイスクリームを注文する。応対するマイタを眺め、その動きを観察する。冷蔵庫や棚を開け、カップを満たし、栓を抜き、グラスを渡すその動作は、長年この仕事をしてきた者らしく、きびきびとして手慣れたものだ。ルリガンチョの四号棟で、十年にわたって毎日午前も午後も囚人相手にフルーツ・ジュースやクラッカー、コーヒーや煙草を売り続けるマイタの姿を想像してみる。肉体的にはさほどやつれているように見えない。六十を過ぎても堂々とした体格を維持している。三人の少年から金を受け取った後、わざとらしい笑みを浮かべながら私のもとへ戻ってくる。

「さてさて」彼は呟く。「まさかそんなことが起こるとは。小説だなんて」

そして、信じられないとでもいうように、頭を右から左へ、左から右へ動かす。

「もちろん本名は伏せてあります」私は言う。「日付も場所も登場人物も変えて、複雑にした部分も付け足した部分も省いた部分もたくさんあります。それに、戦争とテロと外国軍の介入で荒廃した黙示録的ペルーを設定しました。もちろん、誰も事実と照合することはできないでしょうし、皆ただの空想だと思うことでしょう。しかも、あなたと私が中学時代の学友で、同じ年、生涯の友人という設定になっています」

「もちろん」彼はゆっくり発音しながら不安げに私のほうを窺い、少しずつ謎解きでもしようとしている。

「少し話を聞かせてもらえませんか」私は付け加える。「いくつかお聞きして、はっきりさせたいところがあるのです。もちろん、できる範囲で結構ですし、無理強いするつもりはありません。まだいくつか頭で疑問が渦巻いているんです。それに、この会話が小説の最終章になります。断られてしまうと、小説が宙ぶらりんになります」

私は笑い、彼も笑い、三人の少年たちの笑い声まで聞こえるが、こちらは誰かが披露した冗談を笑っているだけだ。そこに夫人が一人入ってきて、ピスタチオとチョコレートを半々で一ポンド、持ち帰り用に注文する。応対を終えると、マイタはまた私のもとへ戻ってくる。

「二、三年前、革命前衛隊の若者たちが私を訪ねてルリガンチョまで来たことがあります」彼は言う。「ハウハの事件について知りたいので、何か書いてくれというのです。私は断りました」

「これはまったく別の話です」私は言う。「政治的に興味があるのではなく、あくまで文学、つまり……」

「ええ、わかっています」彼は手を上げて私を遮る。「わかりました、それでは、一晩だけ時間をとりましょう。仕事が忙しいですし、実のところ、あまり触れたい話題でもありませんので、それで勘弁してください。来週の火曜日でいかがですか？　水曜日は十一時にここへ来ればいいので、前日は少し夜更かししても大丈夫で、私には好都合です。他の日は六時に家を出て、三本もバスを乗り継いでここまで来ます」

午後八時すぎ、仕事を終えた彼をここまで迎えに来ることにする。帰り際、彼が私を呼び止める。

「おひとつアイスクリームをどうぞ。おいしいですよ。今後ぜひごひいきに」

バランコへ帰る前に、この辺りを少し散歩して頭を整理してみる。美しいフローラ・フローレスの住んでいた家のバルコニーの下で一瞬だけ立ち止まる。栗色の髪に長い脚、アクアマリンの目をした少女だった。黒の水着と白のサンダルでミラフローレスの砂利っぽいビーチに彼女が現れると、朝は光に溢れて太陽が熱く、波まで陽気に打ち寄せてきた。パイロットと結婚したが、そのわずか数カ月後、夫はリマとティンゴ・マリアの間で山の頂に激突して亡くなった。数年後に聞いた話では、フローラは再婚し、マイアミに住み始めたという。グラウ大通りまで歩いてみる。かつてこの角には、「近所」の少年たちがよくたむろしており、ディエゴ・フェレー通りやコロン通り——ミラフローレスの反対側——で「近所」をはっていた我々と、テラサス・クラブで激しくミニサッカーを競ったものだ。少年時代の私はその試合をいつも心待ちにしていたが、ベンチスタートにされるとひどく幻滅した。三十分後、車へ戻ってみると、マイタと対面したショックからようやく少し立ち直った気がする。

マイタが再びルリガンチョへ戻って十年の刑期を過ごすに至ったいきさつについては、新聞や警察調書に詳しい記録が残っている。マグダレーナ・ビエハ地区の、人類学博物館に近い辺りで、一九七三年一月ある日の未明に事件は起こった。融資銀行プエブロ・リブレ支店長が自宅の小さな中庭に水を撒いていたところ——毎朝着替える前に行っていた習慣だった——、呼び鈴が鳴った。牛乳配達が普段より早く来たのだろうと思って出て行くと、ドア口にいたのは、防寒マスクで顔を覆った四人の男であり、彼に向かって銃を突きつけていた。そのまま彼らは夫人のいる寝室へ押し入ってベッドに縛りつけ、さらに——家の内部を知り尽くしているようだった——観光学を専攻する十九歳の一人娘の寝室に向かった。彼女が着替えを終えるまで待った後、四人組は父親に言葉を向け、娘の命が惜しければ、アタッシュケースに現金五千万ソルを詰めて国立スタジアム近隣のロス・ガリフォス公園まで持ってこい、と告げた。そして、前日に盗んだタクシーで娘を連れ去った。

フエンテス氏は警察に通報し、その指示に従って、紙束を詰めたアタッシュケースを持ってロス・ガリフォス公園へ行った。周りには私服姿の捜査員が張り込んでいた。彼に近づく者は誰も現れず、フエンテス氏にはその後三日間何の連絡もなかった。夫婦が絶望しきっていたところで新たな連絡が入った。誘拐犯たちは警察が通報を受けていることを嗅ぎつけていた。最後のチャンスをやる、金をアビアシオン大通りの某所まで持ってこい。フエンテス氏は、五千万ソルという大金は調達できない、銀行からそんな融資は受けられない、だが、貯金をすべてはたいて約五百万ソルなら準備できる、と説明した。誘拐犯たちはこれをきっぱり撥ねつけた。五千万、さもなくば娘の命はない。フエンテス氏は金の工面に乗り出し、あちこち回って九百万ソルを掻き集めて、今度は警察に通報することなく、指示された場所まで運んだ。猛スピードで車が近づき、助手席に乗っていた男が何も言わずアタッシュケースをひったくった。数時間後、娘は自宅に現れた。三日三晩、目隠しをされたままクロロフォルムで半分眠らされていた後、彼女は誘拐犯に連れ出されてコロニアル大通りで降ろされ、そこからタクシーに乗ってきたという。そのあまりの動顚ぶりに、両親は彼女を雇用者病院に入院させた。虫垂炎の手術を受けた女性と同室だったが、数日後、部屋から起き出した彼女は、黙ったまま虚空に身を投げた。

少女の自殺は大々的に新聞に取り上げられ、世論は大騒ぎを始めた。数日後、警察は主犯格の男——マイタ——を拘束し、共犯者も追跡中であることを公表した。警察によれば、マイタは容疑を認め、細部について自供したという。その後、金が戻ってくることもなければ、共犯者が捕まることもなかった。裁判では、マイタは誘拐への関与を否定し、身に覚えがないと述べたうえで、拷問により虚偽の自白を強要されたと主張した。裁判は数カ月続き、最初こそマスコミが取り上げたものの、やがて忘れられた。マイタは無実を主張したが、裁判所は誘拐、脅迫、過失致死の罪を認め、懲役十五年の判決を言い渡した。誘拐の行われた日、パカスマヨで職探しをしていたとマイタは繰り返し主張したが、アリバイは立証されなかった。フエンテス夫妻の証言が彼にとっては決定打になった。二人は、マイタの体形と声が覆面男の一人と完全に一致していると言い張った。マイタの弁護を担当したのは怪しい二流弁護士であり、裁判の過程でもずっとヘマばかりしていたが、判決を不服として上告した。約二年後、最高裁判所はマイタの有罪を確定させた。刑期の約三分の二を終えたところで釈放されたのは、ルリガンチョのカリージョ氏が言っていたとおり、十年の間マイタがずっと模範囚だったからだろう。

火曜日の夜八時、アイスクリーム屋に迎えに行くと、マイタは、どうやら仕事用の服を入れているらしいアタッシュケースを持って待っている。顔を洗って、例のおかしな髪を整えたようで、首に水滴が残っている。青いストライプのシャツ、継ぎはぎだらけで色褪せたチェック模様のジャンパー、皺だらけのカーキ色のズボン、長歩きに耐えるための厚底靴、という出で立ち。腹は減っていないか？　レストランでも行こうか？　夜は何も口にしない、静かな場所がいい、と彼は答える。数分後、我々は我が家の書斎に向き合って座り、炭酸飲料を飲み始めた。ビール等、アルコールはいらないという。何年も前に酒も煙草もやめた。

暗い雰囲気で対話は始まる。サレジオ学院について訊いてみる。あそこで学んだのでしょう？　そう。あの頃の学友には何年も前から会ったことはなく、専門職に就いた者や、商売を始めた者、政治家になった者など、ごく数名については何かの拍子に新聞で読んだりしたことがある。司祭たちについても同様だが、つい先日、通りで偶然ルイス神父に会ったという。幼稚園児を担当していた教員だ。歳も歳で、腰が曲がってほとんど目も見えず、箒の柄にすがって足を引きずりながら歩いていた。ブラジル大通りをよく散歩するようで、知ったような顔で話してはいても――マイタは微笑む――、相手が誰か、もちろんまったくわかっていなかった。百歳か、そのぐらいだろう。

ハウハの冒険についてこれまで私が集めてきた資料――新聞の切り抜き、文書のコピー、写真、ルートを示した地図、関係者と証言者の目録、メモやインタビューのノート――を見せると、仰天と当惑の入り混じったような表情で紙の束を探り、目を走らせ、指を動かす。何度もトイレに立つ。説明によれば、腎臓に問題があり、ひっきりなしに尿意を催すものの、ほとんどの場合まったく出ないか、少量しか出ない。

「家からアイスクリーム屋までバスに乗っている時は大変です。前にも言ったとおり、二時間かかりますからね。

ことうありまう。


乗る前にいくらトイレに行っても我慢できません。時にはこらえきれず、子供のようにズボンを濡らしてしまうこともあります」

「ルリガンチョの生活は大変だったのですか?」私は間抜けな問いを発する。

彼は当惑して私を見つめる。外のバランコ海岸通りは静まりかえっている。波の音すら聞こえない。

「王様のような暮らしじゃありませんね」しばらくしてから恥じ入ったような調子で彼は答える。「とりわけ最初はこたえます。ですが、人間は何にでも慣れるものです」

話に聞いていたマイタと一致する点がやっと現れる。羞恥心、自分の問題に触れたがらず、内面を明かそうとはしない、そんな遠慮深さ。だが国家警備隊にだけはどうしても馴染めなかった、彼は出し抜けに言う。彼らが囚人たちに引き起こす感情を目にして、初めて本当の憎念がいかなるものか知った。もちろん、パニックのような恐怖と入り混じった憎念。騒ぎやストを静めようと鉄条網を越えてくると、罪人も善人もかまわず容赦なく殴りつけて発砲する。

「昨年末でしたよね?」私は言う。「惨殺が行われたのは」

「十二月三十一日です」彼は頷く。「クリスマスパーティーの余興のようなつもりで、百人ぐらいで束になって入ってきました。皆泥酔状態で、ボーナスでも貰うような乱痴気騒ぎですよ」

深夜零時頃。収容棟のドアや窓から一斉掃射が始まった。金、酒、マリファアナ、コカイン、その他収容所にあったありとあらゆるものを奪い取り、明け方まで、囚人たちを銃撃し、銃尾で殴り、蛙の真似をさせ、暗い通路を走らせ、その頭を足蹴にして歯を折り、心ゆくまで楽しんでいった。

「公式発表では死者三十五名ですが」彼は言う。「実際には倍かそれ以上でしょう。新聞の報道では、脱獄を防ぐためにやむをえなかったということになっています」

疲れたような表情になり、声は囁きのようになる。囚人たちはラグビーのように互いに体を寄せ合い、体を重ねて山を作ることで身を守ろうとした。だが、収監中にはもっとひどいこともあった。おそらく最悪の経験は、最初の数カ月間、起訴手続きのため、金網付きの護送車にすし詰めの状態でルリガンチョから法務省まで移送された時のことだろう。囚人たちは、しゃがんで頭を床につけた状態でずっと耐えねばならず、頭を少し持ち上げて様子を窺うような仕草でも見せれば、容赦なく滅多打ちにされた。もちろん帰路も同じ。留置所を出て護送車に乗るまで、二列に並んだ国家警備隊の間を全速力で通り抜けねばならないが、その間ずっと棒の殴打や足蹴り、唾棄を受けることになるから、囚人たちは、手で頭を守るかそれとも睾丸を守るか、どちらかを選ぶしかない。トイレから戻ってきた彼は、何か考え込むような様子で目を伏せたまま付け加える。

「警備隊殺害などのニュースを見ると嬉しくなります」

突如として言葉に深い怨念がこもるが、私がもう一人のマイタ、妙な震え方をしていたあの巻き毛の痩せた男について質問を向けると、それもすぐに消え失せる。

「あのコソ泥はヤクのやり過ぎで頭が溶けかかっています」彼は言う。「もう長くはもたないでしょう」

四号棟でアリスペと経営していた売店の話になると、彼の声と表情は緩む。

「あれは本当の革命でした」誇らしげに彼は言う。「みんなから尊敬されました。フルーツ・ジュースにせよ、コーヒーにせよ、水はちゃんと煮沸消毒しましたし、食器も使用後にちゃんと洗っていました。衛生第一です。革命ですよ。信用貸しまで始めたんですから。信じられないかもしれませんが、強盗に遭ったのはたった一度だけです。脚に傷を負いましたが、何も盗まれずに済みました。金を我々に預ける者まで多くなって、我々が銀行の役回りをこなすようになったほどです」

どういう理由なのか、私にとって関心のある話題、つまりハウハの事件について話すのは気乗りがしないらしい。なんとか私は話をそちらに向けようとするが、彼は少し記憶を辿っただけですぐに話を切り上げ、今のことを口にし始める。たとえば家族のこと。二度のルリガンチョ収監に挟まれた保釈期間に結婚したが、実際には、妻とは最初の刑期中に刑務所で知り合ったという。彼女の兄も服役中で、面会に来た時に紹介された。その後手紙のやり取りがあり、保釈されて出てきたところで結婚した。男三人に女一人、計四人の子供がいる。再び彼が収監されて、妻は大変な苦労を味わった。最初の数年は子供たちを養っていくのに必死で、何度も挫けそうになったが、やがて売店の売り上げで仕送りができるようになった。最初の頃、妻は服を編み、あちこち家を回って訪問販売した。ルリガンチョでも上着の需要はあり、マイタも販売に協力したという。

聞きながら私は彼の様子を観察する。最初見た時は、健康で強い体を維持していると思ったが、どうやら間違っていたらしい。健康状態は優れないようだ。腎臓の問題でひっきりなしにトイレに駆け込まねばならないだけではない。不意に気分が悪くなることがあるのか、大量の汗をかき、顔を上気させることもある。ハンカチで額の汗を拭い、時々痙攣したように話が途切れる。大丈夫ですか？　このへんで打ち切りましょうか？　いえ、まったく問題はありません、続けましょう。

「バジェホスやハウハの話には気乗りがしない様子ですね」出し抜けに私は言う。「あの失敗がまだ引っ掛かっているのですか？　その後もあの事件にずっとつきまとわれ続けたのですか？」

彼は何度も首を振る。

「気乗りがしないのは、あなたのほうが私より詳しいからですよ」彼は微笑む。「いや、冗談です。もう忘れてしまったことも多いですし、はっきり覚えていないこともたくさんあります。いろいろ話して協力したいところなのですが、何がどう起こったのか、もう自分でもよくわかりません。ずいぶん昔のことですから」

逃げ口上、あるいはポーズだろうか？　そうでもないらしい。確かに彼の記憶は曖昧で、間違うことも多い。しょっちゅう私が訂正せねばならない。この一年執拗にこの事件ばかり調べてきた私としては、首謀者もずっとこの事件につきまとわれ続け、四半世紀前の数時間に起こったあの出来事を記憶のなかで繰り返し反芻し続けているのだろうと勝手に思い込んでいたが、そうではないと思い知らされて、私は驚きを隠せない。確かに、考えてみればそんなはずはない。ハウハの事件は、マイタにとっては人生の一つの挿話にすぎず、その前であれ後であれ、もっといろいろなこと、おそらくもっと深刻なことが彼の身に起こっていても不思議はない。ハウハの記憶を色褪せさせるほどの体験もあったことだろう。

「ひとつ、私にとってまったく不可解なことがあります」私は言う。「あれは裏切りだったのですか？　なぜ参加予定者が姿をくらませてしまったのですか？　ウビルスが指示を撤回したのですか？　だとすればなぜ？　怖気づいたのですか？　計画がうまくいくと思っていなかったのですか？　あるいは、ウビルスの言うように、バジェホスが蜂起の日を前倒しにしたのですか？」

マイタは黙ったまましばらく考える。そして肩をすくめる。

「これまでもこれからも、はっきりはわからないでしょう」彼は呟く。「あの日の私は裏切りだと思いましたが、その後真相は闇に包まれました。私だって、計画の実行日を前もって知らされていなかったのですから。情報を外へ漏らさないために、バジェホスとウビルスが二人だけで決めたのです。ウビルスがこれまでずっと言ってきたのは、本当の実行予定日は四日後で、二日前にアプラ党員と起こしたいさかいが原因で異動になることを知ったバジェホスが急遽予定を早めた、ということです」

いさかいの話は事実であり、当時のハウハの小新聞にも記事が掲載されている。カテドラルのアトリウムからアヤ・デ・ラ・トーレが演説をぶつというので、アルマス広場でアプラ党の集会が行われた。私服姿のバジェホスとチャト・ウビルス、さらに数名の友人たちは、広場の角に陣取り、入ってきた隊列に腐った卵を投げつけた。アプラの用心棒たちがこれを蹴散らし、衝突にまでは至らなかったが、バジェホスとウビルスと友人たちはエセキエルの床屋に避難した。ここまでは間違いない。ウビルス他、ハウハの証言者数名によれば、アプラ党員にはバジェホスの面《つら》が割れており、現職の下士官で、刑務所の所長を務める男が、政府公認の政治集会の妨害に加担するとはどういうことだと主張して、彼らは猛抗議したという。その結果、バジェホスに異動が言い渡された可能性はある。直属の上司から急遽ワンカーヨへ呼び出されたという噂もある。それでバジェホスは、他の仲間に知らせることなく、蜂起の日を四日早めた、というわけだ。ウビルスの証言では、彼が事件について知ったのは、少尉がすでに命を落とし、反乱軍が拘束された後のことだった。

「かつては私も、反乱の日が前倒しになったという話を信用していませんでした」マイタは言う。「ですが、その後わからなくなりました。その後の数カ月、数年の間に、セクストやフロントン、それにルリガンチョで、あの時の参加予定者と顔を合わせることがありました。組合問題とか政治問題とか、別件で拘束されて刑務所送りになった者が何人かいますからね。全員口を揃えて言っていたのは、あの蜂起はまったく想定外で、ウビルスには別の日を告げられていた、予定の撤回や変更はなかった、ということです。率直に言って、私にもわかりません。決行予定日を知っていたのはバジェホスとウビルスだけです。前倒しになったとか、私はそんな話は聞いたことがありません。とはいえ、その可能性がないとは言えません。バジェホスは衝動的なタイプで、孤立する危険を冒してでもそんなことをやりかねませんでした。当時のいわゆる義勇兵ですね」

少尉の批判だろうか？　いや、距離を置いた客観的な評価だ。彼によれば、あの日の夜、バジェホスの遺族は遺体の引き取りに来たが、父親は挨拶さえ拒んだという。尋問の最中にバジェホス氏が現れたので、マイタは手を差し出したが、完全に無視され、それどころか、すべての責任を押しつけてくるような怒りと涙で睨みつけられた。

「どうでしょうね、それもあったかもしれませんし」彼は繰り返す。「誤解もあったかもしれません。つまり、実際に確約されていたわけではない支援までバジェホスはあてにしていた、ということです。リクランで私も参加した打ち合わせでは、ウビルスも鉱山労働者たちも革命を口にし、誰もが賛同しているように見えました。しかし、本当に初日から銃を握って山へ逃げ込むつもりまであったのかどうか。そこまでの言葉は私も聞いていません。バジェホスにとってはそれが当然のこと、口に出す必要のないことであっても、実際に彼らが示していたのは曖昧な約束だけ、道徳的支援や後方支援の意図だけで、おのおの普段通りの生活を続けていたのかもしれません。あるいは、口約束はしたものの、怖気づいて、あるいは計画に疑念を抱いて尻込みしたのかもしれません。私には何とも言えません。本当にわかりません」

椅子の肘掛けを指で打ちつけている。長い沈黙が流れる。

「あんな冒険に乗り出したことを悔やんだことはありませんか?」私は訊く。「この数年も含め、刑務所ではあの事件について何度も考えることがあったのではありませんか?」

「後悔するのはキリスト教徒だけです。私はもう何年も前に信仰は捨てました。革命家は後悔などしません。自己批判と後悔は違います。私は自分なりに自己批判し、それですべてにケリをつけました」怒っているようにも見えるが、数秒後には微笑みを取り戻す。「政治について話し、政治的事件のことを思い出すのがどれほど私にとって奇妙に思われるか、おわかりにはならないでしょう。時の奥底から甦った亡霊に、死人や忘れていた物事を突きつけられるような気分です」

この十年に政治への興味を失ったのか?　それとも、その前に投獄された時からか?　ハウハで捕まった時からか?　記憶をはっきりさせようとして、マイタは黙って考え込む。覚えていないのか?

「そんなことは今の今まで考えたこともありませんでした」額を拭いながら彼は呟く。「実のところ、私が決めたのではありません。勝手に起こったこと、やむにやまれぬ事態だったのです。ご存知のとおり、武装蜂起に加わるためハウハへ発った時には、同志たちとも党とも自分の過去ともすっぱり手を切っていました。政治的に私は完全に孤立していました。その後の新たな同志たちとは、数時間の付き合いがあっただけです。バジェホスは死に、コンドリも死に、セノン・ゴンサレスは自分の村へ帰り、サン・ホセ校生は学校へ戻った。おわかりでしょう、私が政治を捨てたのではなく、政治が私を捨てたのです」

彼の話し方にはどこか信じられないところがある。抑えた声、泳いだ目、貧乏ゆすり。この夜初めて、私は彼の嘘を確信する。POR（T）のかつての同志と再会することはなかったのか？

「ハウハの一件があって、刑務所に入れられた後は、みんな優しく接してくれました」彼は声を上げる。「面会に来て、煙草なんかをくれたほか、新政府の公表した恩赦の対象に私も含まれるよう画策してくれました。しかしその後、ラ・コンベンシオン地方でウーゴ・ブランコの一件があってPOR（T）は解党し、私が出所する頃には、POR（T）もただのPORもなくなっていました。アルゼンチンから来た人々によって別のトロツキー派集団が幾つか結成されていましたが、私と接点はありませんでしたし、そもそも私が政治への興味を失っていたのです」

この最後の言葉とともに彼は立ち上がってトイレへ向かう。

戻ってくると、顔まで洗ったらしい。本当に何も食べなくていいのか？　同じ答えを繰り返し、夜は何も食べないと言い張る。二人とも黙ったまま、しばらくそれぞれにじっと考え込んでいる。バランコの海岸通りでは完全な沈黙が続いている。どうやら、闇夜に守られた静かな恋人たちがいるだけで、金曜土曜になれば大挙して大騒ぎを起こす酔っ払いやマリファナ常習者はいないようだ。私が口を開き、小説の主人公はカタコンベの革命家で、自分の属するグループとたいして変わらぬ泡沫集団との抗争や騙し合いに明け暮れた末、バジェホスの計画に賛同してというよりは——おそらく内心はその成功の可能性に懐疑的ですらある——、単に行動への道が開かれたという理由からハウハの冒険に乗り出す、と説明する。具体的な行動を起こす、一目でわかる変化を現実世界に引き起こす、そんな可能性を考えただけで彼は熱狂する。衝動的な若者を前に彼は、それまでの革命家生活の空虚さを痛感する。だからこそ、自殺行為にも等しいと内心わかっていながら武装蜂起に乗り出す。

「あなたもこの人物と同様ではありませんか？」私は訊く。「思い当たるフシはありませんか、バジェホスに協力した理由とか、そんなことで？」

マイタは目をしばたたかせながら私を見つめて考え込むばかりで、どう答えればいいのかわからない。コップを手に取って炭酸飲料の残りを飲み干す。その当惑自体が答えらしい。

「失敗した後で振り返れば、こういう話は最初から不可能だったように見えるものです」彼は考える。「成功した後なら、だれの目にも完璧なプランだったように見えます。キューバ革命を見てください。フィデルとともにグランマで上陸した者がいったい何人いたか。ほんの一握りでしょう。ハウハの我々より少なかったぐらいかもしれません。それでも、彼らは成功し、私たちは失敗しました」

少し考え続ける。

「私には狂気の沙汰とは思われませんでしたし、自殺行為なんてとんでもない」彼は言う。「計画は万全でした。モリーノ橋を壊して、警察の動きを遅らせていれば、おそらく山を越えられていたでしょう。セルバへの下り道に差し掛かれば、もはや追いつかれる心配はない。おそらくは……」

声が途切れる。自分の言っていることに自信がないのは明らかで、自分でも信じていないことをいくら相手に訴えても無駄だと気づいたのだろう。かつての学友と想定した男は、今は何を信じているのだろう？ 半世紀前、サレジオ学院時代には熱狂的に神を信じていた。やがて彼の心のなかで神が死に、同じくらい狂信的に革命を、マルクスを、レーニンを、そしてトロツキーを信じた。そして、ハウハの事件が、いや、むしろ、その前の数年にわたる長く味気ない党員活動が、革命の熱狂に水を差す。それに取って代わったものは何か？ 何もない。だから空虚な男、言葉を裏付ける感情を欠いた男という印象を与えるのだ。銀行強盗や身代金目的の誘拐に乗り出した彼は、手段を選ばず金を得ることしか考えなくなっていたのだろうか？ なぜかそうは認めたくない。必死に日銭を稼ぐ姿を見た後、厚底の靴を履いてみすぼらしい服を着た彼を前にしては、なおさらそうは認めたくない。

「気に障るようならこの話はやめましょう」私は告げる。「しかし、私としては訊かずにはいられません、マイタさん。ハウハの一件で投獄され、出所した後、なぜ銀行強盗や誘拐に乗り出したのか、そこが理解できないのです。話してもらえますか?」

「いや、その話はお断りです」かなり強い口調で彼は間髪を入れず答える。だが、すぐにそれを打ち消す言葉が出てくる。「私は無関係です。証拠はデタラメで、偽の証人に私の告発を強要しただけです。誰かに罪を着せる必要があり、犯罪歴のある私が一番好都合だった、それだけです。私への有罪判決は司法の汚点です」

時とともに修正不可能な事実となっていた問題を今さら蒸し返しても無駄だと悟った徒労感に意志を挫かれたのか、ここでまた声が途切れる。真実を話しているのだろうか? ラ・ビクトリアの強盗とも、プエブロ・リブレの誘拐事件とも無関係、そんなことがありえるだろうか? この国の刑務所には無実の罪を着せられた者が多く収監されているし——塀の外でのうのうと暮らしている犯罪者と同じくらいの数かもしれない——、前科者のマイタが判事や警察に贖罪の羊《スケープ・ゴート》に仕立て上げられても不思議はない。だが、今目の前にいる男には、無気力、道徳的喪失感、あるいはシニスムのような心理状態が垣間見え、凶悪犯罪に加担することすらありえるようにも思えてくる。

「私の小説の主人公は同性愛者です」しばらく経った後で私が言う。

彼は蜂に刺されたように頭を上げる。不快感に顔が歪む。背もたれが広く丈の低い肘掛け椅子に座るマイタが、今度こそ六十を越えた男に見えてくる。緊張して脚を伸ばし、両手を擦り合わせている。

「なぜです?」ようやく彼は訊ねる。

私は不意を突かれる。わかるはずがない。だが、適当な説明をこしらえる。

「彼の疎外感、それから矛盾を背負った男という性格を際立たせるためです。そして、そうした偏見から社会を解き放とうとしているはずの者たちの間にも偏見がはびこっていることを示すためです。とはいえ、正確な理由は私にもわかりません」

不快の表情が露わになる。手を伸ばして、本の上に乗っていたコップを掴むが、しばらくいじっていた後、空だと気づいて元に戻す。

「私はずっと偏見とは無縁でしたが」沈黙の後に彼は呟く。「同性愛者だけは別かもしれません。セクストでもフロントンでも、いろいろこの目で見てきましたからね。ルリガンチョでは、事態はもっと深刻です」

しばらく考え込む。不快の顰め面が緩むが、完全には消えない。その口ぶりには同情のかけらも感じられない。

「眉を剃り、焦げたマッチで睫毛をカールさせ、口紅を塗り、スカートを履き、鬘までつけて、ポン引きにいたぶられる売春婦も同然の有様です。反吐《へど》が出るのも当然でしょう。人間があそこまで堕ちるとは信じられません。煙草一本のためだけに男ならだれかれ構わずモノをしゃぶる変態など……」額はまた汗に覆われ、彼の息が上がる。そして歯の間からぶつぶつと付け加える。「中国の毛沢東は全員銃殺刑にしたそうですね。本当ですかね?」

また立ち上がってトイレへ駆け込み、待つ間私は窓から外を眺める。リマの空はいつもたいてい曇っているが、今夜は星が見え、落ち着いた光を放つものもあれば、黒い染みとなった海の上で瞬くものもある。マイタもルリガンチョではこんな夜に星を眺め、その清らかで落ち着いた光景、監獄内の暴力的退廃の世界とは劇的な対照をなす優雅さに見とれたことだろう、そんな気がしてくる。

戻ってくると彼は、一度も外国へ行かなかったことが心残りだと切り出す。刑務所から出るたびに、この国を出て行きたい、外国でゼロからやり直したい、そう強く願った。あらゆる手を試してみたが、困難を乗り越えられなかった。金銭的問題、手続き上の問題、その両方。一度、ベネズエラ行きのバスに乗って国境まで行ったが、パスポートに不備があるというので、エクアドルの税関で彼は降ろされた。

「とはいえ、外国行きの希望は失っていません」唸るように彼は言う。「家族がいるので大変ですがね。実現したいものです。ここではいい職に就けそうにありません。無理です。どこを見てもまったく無理です。私は希望を失っていません」

だが、ペルーに対する希望はすっかり失っている、私は思う。すっかり失望している、そうだろう、マイタ?

かつてはこの不幸な国にも未来がある、そう信じて、そう信じようと努めてきたのに。もう匙を投げたのだろう？　良くなることはない、悪くなるばかり、そう思っている。振る舞いから察するかぎり、そう思っているようにしか見えない。飢えも憎しみも弾圧も無知も暴力も野蛮もひどくなるばかり。他の大多数と同じく、もはやお前も、泥船から逃げ出すことしか考えていないのだろう。

「ベネズエラでもいいし、メキシコにも石油のおかげで職があるようですね。英語はできませんが、アメリカでもいいです。それが今の望みです」

心のこもっていない発言にまたもや声は途切れる。その瞬間私の思いも途切れる。対話を続ける関心が失せたのだ。これ以上偽の旧学友と話を続けても、これまで調べてきた以上のことはもはや得られまい。苦痛と怨念に打ちのめされて記憶まで失った男、そんな確信を得て気が滅入ってくる。今目の前にいるのは、小説のマイタ、頑強な楽観主義者で信念に貫かれた男、恐怖や苦難の瞬間はあっても人生を愛し続ける男、そんなマイタとは根本的に違う人物だ。すでに真夜中近く、こんな時間まで無理やり彼を引き止めて、もはや先の見えた意味のない会話を続けている自分が煩わしく思えてくる。彼にとっても、過去をあれこれ詮索し、トイレと書斎を行き来し、動物的単調さに貫かれた日常生活をこうして乱されるのは苦痛にちがいない。

「ずいぶん遅くまでお引き止めしてしまいましたね」私は言う。

「確かに、いつも早寝ですから」ほっとしたように彼は答え、感謝の微笑で会話を締めくくろうとする。「まあ、今では四時間か五時間眠れば十分です。若い頃はよく寝ましたが」

我々は立ち上がって外まで歩き、そこでマイタは中心街行きのバスについて訊ねる。私が家まで送ると言うと、近くまで行ってくれるだけで十分だと呟く。リマックまで行けば、あとはバス一本だから。

レプブリカ大通りにほとんど車は走っていない。霧雨がフロントガラスを曇らせる。ハビエル・プラド大通りを走る間、南部の旱魃や北部の洪水、国境地帯の抗争について当たり障りのない言葉を交わす。橋まで来たところでマイタは、明らかに気分が悪そうに、ちょっと降りさせてほしいと呟く。私は車を停め、助手席から降りた彼は、ドアを盾にして車の脇で小便する。戻ってくると、夜は湿気のせいで腎臓の障害がさらに悪くなることを小声で説明する。医者には行ったのか？ 治療を受けているのか？ まず保険の問題を片付けねばならない。保険証を貰ったら雇用者病院で診察を受けるつもりでいるが、どうやら慢性的疾患で、治療の見込みはないらしい。

グラウ広場まで二人とも黙り込む。薬売りを追い越したところで、突如、まるで別人が話し始めたような声が聞こえる。

「確かに二度の襲撃がありました。私が捕まるきっかけとなったラ・ビクトリアの銀行強盗以前のことです。さっきも言ったとおり、プエブロ・リブレの誘拐事件とも私は無関係です。事件が起こった日、私はパカスマヨの製糖工場にいて、リマにはいませんでした」

彼は黙る。私も先を促したりしないし、質問を向けたりもしない。ゆっくり車を進め、自分から先を続けるのを待ってみるが、このまま黙ってしまうかもしれない。声に込められた感情と告白のような口調は意外だった。中心街の通りは暗く、人通りもない。車のエンジン音しか聞こえない。

「ハウハの一件があって、刑務所で四年過ごした後のことです」前方を見ながら彼は言う。「クスコのラ・コンベンシオン渓谷で起こった事件のことはご記憶でしょう？ ウーゴ・ブランコが農民たちを組合に組織して、農地を占拠していました。それまで左翼が行ってきたこととまったく違う、重要な出来事でした。我々と同じ目に遭わぬよう、支援せねばと思いました」

アバンカイ大通りの信号が赤でブレーキをかけ、マイタも一瞬だけ間を置く。隣にいる男がさっきまで家の書斎にいた男とも、私の小説のマイタとも別人であるように思えてくる。徹底的に痛めつけられはしたものの、記憶だけは確かな第三のマイタ。

「それで、資金援助をしようということになったんです」小声で彼は続ける。「徴発作戦を二つ計画しました。

当時としてはそれが最も有効な支援でした」

　誰と組んで銀行強盗をしたのか、かつてのＰＯＲ（Ｔ）かＰＯＲの同志か、獄中で知り合った革命家たちか、それとも誰か他の者たちか、それは訊かない。当時は――一九六〇年代初頭――直接行動を後押しする空気に満ちており、無数の若者たちが、直接行動に乗り出さないまでも、昼夜その話を繰り返していた。彼らと接触して幻想を吹き込み、「徴発」という贖罪の言葉で神聖化された行動に巻き込むことぐらい、マイタには造作もなかったことだろう。ハウハの事件のおかげで、マイタは急進左翼の間でかなりの名声を勝ち得ていたはずだ。彼自身が作戦のブレーンだったのかも訊きはしない。

「両方とも計画通りに事は運びました」彼は付け加える。「逮捕者も負傷者もゼロ。リマの違う場所で二日連続して決行しました。徴発額は……」一瞬ためらった後、曖昧な言い方をする。「数百万にはなったでしょうか」

　また彼は黙る。これに続く部分が最も話しにくいらしく、神経を集中させて言葉を選んでいるらしい。霧で途切れ途切れになった影の塊のようなアチョ広場に差し掛かっている。どっちへ進めばいい？　ああ、もちろん家まで送るつもりだ。彼はサラテ区のほうを指差す。すでに自由の身となっているのに、まだルリガンチョの近くに住んでいるとは、なんとも苦々しい逆説だ。ここから先、通りは穴ぼこと水たまりとゴミ溜めの連続になる。車は上下左右に揺れる。

「私はすでに当局にマークされていましたから、誰か別の者をクスコへ遣って、ウーゴ・ブランコの仲間に金を届けさせようということになりました。ところが、何とも初歩的な不注意で、別途後から私も単独で行くことになったんです。仲間たちは二つのグループに分かれて出発し、私もその手伝いをしました。一方はトラックで、もう一方はレンタカーに乗り込みました」

　再び黙り込んで咳をする。そして素っ気ない調子に皮肉を込めてそそくさと付け加える。

「その直後に警察に捕まりました。容疑は二度の徴発ではなく、ラ・ビクトリアの銀行強盗でした。私は無関係で、何も知るわけがありません。何たる偶然、私は思いました。奇遇、しかも好都合だ、私は思いました。おかげで捜査は攪乱され、混乱するでしょう。これで二度の徴発と私を結ぶ線が途絶える。ところが、偶然などではなかったのです……」

突如私の頭にこの続きがひらめき、話がどんな結末へ向かっているのかはっきりと見えてくる。

「その数年後まで私は正確な事実を知りませんでした。おそらく事実を直視したくなかったのでしょう」赤らんだ顔で欠伸を漏らし、嚙み砕くように話し出す。「言われてみれば、確かにルリガンチョでも、どこの幽霊集団が作ったのか知りませんが、私を中傷するガリ版のビラを見たことがありました。私を泥棒呼ばわりして、ラ・ビクトリアの銀行強盗で得た金を着服したとか書きたてていました。私はたいして気にもかけず、政治生活には付き物のさもしい誹謗中傷だと割り切りました。釈放されてルリガンチョを出所したのは、その十八カ月後です。私は二度の徴発に関わった仲間を探し、なぜこの間一言も伝言をくれなかったのか、連絡を取ってくれなかったのか、訊こうと思いました。そしてようやく仲間の一人を見つけ、話を聞くことができました」

歯の抜けた口を半ば開いて微笑んでいる。霧雨は止んでおり、ヘッドライドに照らされた三角形のなかに、土や石、ゴミや粗末な家の壁面が浮かび上がる。

「金はウーゴ・ブランコのもとには届かなかった、そういうことですか？」私は訊く。

「その男によれば、彼は反対して、そんなさもしい真似はやめるよう仲間たちを説き伏せたといいます」マイタは言う。「嘘八百を並べて、他人にすべて罪を押しつけようとしていました。私に相談するようにも言ったそうですが、誰も意に介さなかったといいます。《マイタは狂人だ》、《あのカタブツには理屈も通じまい》私についてそんな言葉が飛び交ったそうです。嘘八百とはいえ、なかには真実もあったことでしょう」

溜め息をつき、車を停めるよう私に言う。ドアの脇に立ってズボンの前を広げ、少し後に閉じる様子を見つめながら、実物のマイタは狂人と呼べるだろうか、私の小説のマイタは狂人だろうか、と考えてみる。そう、間違いなく二人とも狂人だ。おそらく同じ種類の狂人ではないが。

「そうです、当時の私には通じなかったことでしょう」助手席へ戻り、優しい声で続ける。「そうです、革命の金には血が通っている、それを横領する者は、革命家でなく単なる泥棒だ、私はこう言っていたことでしょう」

また深く息をつく。闇に包まれた通りをゆっくり進んでいると、両側には、一人、二人、時には家族まるごと、新聞紙にくるまって夜空の下で寝ているのがわかる。痩せこけた犬が車に向かって吠え、その目がライトを浴びてぎらつく。

「もちろん私がそんなことを許していたはずがありません」彼は繰り返す。「だからこそ私を告発し、ラ・ビクトリアの銀行強盗の罪を着せたのです。私なら銃でも抜きかねないことがわかっていたからです。私を告発すれば一石二鳥です。彼らにとっては厄介払い、警察にとってはこれで一件落着ですからね。身の危険を冒してまで徴発した金をウーゴ・ブランコに届けようとする仲間を私が告発するはずがないことも、連中は重々承知でした。事実、尋問の場で私に罪が着せられていることを知ると、私は《しめしめ、これでばれないぞ》と思いました。その後もしばらくはしらばっくれていました。絶好のアリバイだと思っていましたからね」

真顔でゆっくりと笑う。沈黙が戻り、これで話は終わりだろうと私は思う。それに、これ以上何も話してもらう必要はない。それが事実だとすれば、何が彼を打ちのめしたのか、なぜマイタが今私の横にいる亡霊に成り果ててしまったのか、ようやくはっきりする。原因は、ハウハの失敗でも、獄中で過ごした長い歳月でも、他人の罪を償ったことでもない。そうではなく、おそらくは、自分の行った徴発が単なる強盗にすぎなかった、その事実なのだ。自らの哲学に従えば、《客観的に見て》彼の行ったことは一般犯罪にすぎない、その事実なのだ。あるいはむしろ、活動歴も逮捕歴もずっと短い仲間たちによってお人好しのお馬鹿さんに祀り上げられたことだろうか？　それで革命に失望し、自分自身のまがい物でしかないこんな姿に成り果てたのだろうか？

「しばらくの間は、奴らを一人ひとり訪ねて行って、釈明を求めようかとも思いました」彼は言う。

「まるで『モンテ・クリスト伯』ですね」私が口を挟む。「読んだことはありますか？」

しかし、マイタは私の話など聞いていない。

「しかし、後には怒りや憎しみも消えました」彼は続ける。「許したということかもしれません。知るかぎりでは、みんな私と同じくらい、あるいはもっとひどい目に遭っていますからね。一人だけ、国会議員になったのがいますが」

苦々しく笑った後に彼は黙り込む。

許したわけではあるまい、私は思う。これまでのことについて、自分を許したわけでもあるまい。具体的な名前や情報について訊いて、もっと探ってみるべきだろうか？　だが、こんな告白はあくまで例外で、弱みを見せたことを後で後悔するのかもしれない。ルリガンチョのコンクリートと鉄条網の間で、仲間に愚弄された事実を噛みしめるのはどんな気分だろうかと考えてみる。だが、この話が誇張か、単なる嘘だったらどうなる？　自らの汚点となった犯罪歴から免れるために計算づくでひと芝居打ったのではないだろうか？　ちらりと彼のほうを見やる。寒そうに欠伸をして体を伸ばしている。ルリガンチョの手前で道は二つに分かれ、右へ入るよう指示される。舗装は途切れ、土の上に道の痕跡が残っているが、やがてそれも更地となって消える。

「もう少し先に私の住むスラムがあります」彼は言う。「毎日ここまで歩いてバスを拾っています。一人でここまで戻って来る自信はありますか？」

私は大丈夫だと答える。アイスクリーム屋でいくら稼いでいるのか、バス代にいくらかかるのか、残りを何に使うのか、訊いてみたい気もする。他の仕事はなかったのか、よかったら力になれるかもしれない……。だが、すべての問いが喉元で掻き消される。

「いつだったか、セルバならいい仕事があるかもしれないという話もありました」彼の声が聞こえる。「何度も考えてみました。外国へ行くのが難しいなら、せめてプカルパかイキートスには行けるかもしれない。製材所や石油関連の仕事があるかもしれないという噂でしたが、実際には噂にすぎなかったようです。セルバでも事態はここと変わりません。同じスラムにも、プカルパから戻ってきた人がいます。どこへ行っても同じです。仕事があるのはコカインの売人だけです」

ようやく更地を抜け、途切れ途切れに低い影が集まっているのが暗闇でもかすかにわかる。これが家なのだ。日干しレンガ、トタン屋根、支柱、むしろ、それがすべてで、ようやく完成しかかってきたところを火事で中断されたようにしか見えない。舗装も歩道もなく、電気もないし、上下水道もあるはずはない。

「ここまで来るのは初めてです」私は言う。「広いですね」

「左手にルリガンチョの光が見えます」スラムの細い道を案内しながらマイタは言う。「妻がこのスラムの設立者の一人なのです。八年前のことです。二百ほどの家族が参加しました。夜、いくつかの集団に分かれて、見つかることなくやって来たのです。夜明けまで、支柱を打ち込み、ロープを張る作業を続け、翌朝警備隊が到着した時には、すでにスラムになっていました。もはや撤去させる術はありません」

「つまり、自分の家も見たことがないままルリガンチョを出所したのですね」私は訊く。

彼は首を振って頷く。彼の話では、十一年ぶりに出獄して、今我々が辿ってきた更地を一人で歩いて横切り、歯を剝き出しにして寄ってくる犬を石で追っ払いながらここまで辿り着いたという。最初の家で、《マイタ夫人の家はどこだい?》と訊ね、あれこれ訊きながら自宅を見つけて家族を仰天させた。

家の前まで着き、ヘッドライトの三角形にその姿を捕える。前面と側面はレンガ造りだが、まだ天井は張られておらず、一定間隔ごとに石を盛って辛うじてトタン板を支えているだけだ。ドアは単なる一枚の板で、釘と紐で壁に固定されている。

「目下のところ、水道を引くため格闘中です」マイタは言う。「死活問題です。もちろんゴミ問題も深刻です。本当に大通りまで一人で戻れますか?」

大丈夫だと答えた後、またしばらくしたら会いに行ってもいいだろうか、ハウハの話をもっと聞きたいのだが、と訊いてみる。もっと詳しいことを思い出すかもしれない。彼は頷き、握手して別れる。

さしたる困難もなく、サラテへ向かう道まで引き返すことができる。ゆっくり車を走らせ、時々停車しながら、名前も知らぬこのスラムに息づく貧困と醜さ、よるべなさと絶望に目を留める。人ひとり、動物一匹見当たらない。本当に、そこらじゅうゴミだらけだ。察するに、住民たちは、他に手段はないと諦めて、やむなく家からポイ捨てを繰り返しているのだろう。市のゴミ収集車が来ることもなく、住人同士話し合って、もっと向こうの空き地に捨てるか埋めるか、あるいは燃やすか、そんな活動を組織する気力もなさそうだ。ここでも皆がっくりとうなだれ、匙を投げてしまったのだろう。あばら家の前に積み上げられたゴミの山に閉ざされたこの地は、昼間どんなおぞましい姿を見せるだろうかと考えてみる。近所の子供たちがゴミの間を駆け回り、ハエやゴキブリ、ネズミ、その他の害虫がうようよしていることだろう。疫病、悪臭、早すぎる死、そんなことが頭に浮かぶ。

まだマイタの住むスラムを埋め尽くすゴミについて考えているうちに、左手にルリガンチョの塊が見え、奇数号棟の前に広がる広大なゴミ溜めに裸で眠っていた狂人のことを思い出す。そして少し後で、サラテとアチョ広場を抜けてアバンカイ大通りに入り、レプブリカ大通り、さらにはサン・イシドロ、ミラフローレス、バランコへと一直線に続く道に差し掛かると、幸運に恵まれた私が住む地区の海岸通りが頭に浮かんでくるが、続いて脳裏をよぎるのは——明日ジョギングに出てまた目にすることになるだろう——、少し首を伸ばして崖のほうへ視線を向ければ嫌でも目撃する光景、海へ下りていく斜面を覆い尽くすゴミの山だ。思い返せば、一年前、今終えつつあるこの物語に着手した時も、ペルーの首都のあちこちに迫り来るゴミの山を書き出しに使ったのだ。

ペルー関連用語集

本邦において、必ずしも一般に知られていると思われないペルーに関する地名や人物などを用語集として簡単に紹介しておく。

首都リマ関連

アグア・ドゥルセ〔Agua Dulce〕……リマ市チョリージョス地区のペルー軍学校の近くにある海水浴場。

サン・フアン・デ・ルリガンチョ地区〔San Juan de Lurigancho〕……比較的新しい地区であり、一九六〇年代にリマ市の一地区として公的に認定された。ペルー各地からの国内移民が人口の多くを占め、今日ではリマ市で最も人口の多い地区となっている一方、治安の面で問題を抱えている。

チャカリージャ〔Chacarilla〕……スルコ地区の中の区域（町）の一つで、高級住宅街。なおスルコ地区の住民は社会経済階層でいうところの上層から中上層が多くを占めるが、中層以下の世帯が多いエリアもあるため、小説中ではスルコという地区名ではなく、その中の高級住宅街としての町名を挙げているものと思われる。

デサンパラードス駅〔**estación de Desamparados**〕……リマ市中心部の大統領官邸付近に存在した鉄道駅。

バランコ地区〔**Barranco**〕……ミラフローレス地区とチョリージョス地区に挟まれ、海岸に面した地区。趣味の良いバーやレストラン等が多く、芸術家が集う街として知られる。バルガス・ジョサの自宅所在地。

マグダレーナ地区〔**Magdalena**〕……正式名称はマグダレーナ・デル・マール地区〔**Magdalena del Mar**〕。海岸に面しているが、ミラフローレス地区やサン・イシドロ地区より大衆的。バルガス・ジョサは十歳頃ここに一年ほど住んでいた。

マグダレーナ・ビエハ地区〔**Magdalena Vieja**〕……プエブロ・リブレ地区の旧称。

ミラフローレス地区〔**Miraflores**〕……海岸に面した瀟洒な地区。小綺麗なカフェ、レストラン、商店等が立ち並び、リマ市有数の高級住宅街が広がる。バルガス・ジョサは十一～十四歳の頃、週末毎に海岸にほど近いディエゴ・フェレー通りの親戚宅で過ごし、その後家族とともに近隣のポルタ通りや、ファン・ファニング通りに移り住んだ。

ラス・カスアリーナス〔**Las Casuarinas**〕……スルコ地区の中の細分された区域（町）の一つ。一九五〇年代に開発された高級住宅街。今日では、隣の貧困地区との境界に建てられた「恥の壁〔**el muro de vergüenza**〕」でも知られる。

ラ・ビクトリア地区〔**La Victoria**〕……煤けた街並みの大衆的な地区であり、猥雑な商業地区でもある。

ラ・プンタ〔**La Punta**〕……首都リマに隣接する港湾都市カヤオの、太平洋に突出したエリア。

ルリガンチョ〔**Lurigancho**〕……刑務所の名称であり、サン・ファン・デ・ルリガンチョ地区に位置する。

エル・トリウンフォ〔El Triunfo〕……スルキージョ地区に存在した安酒場。バルガス・ジョサの自伝『水を得た魚』でも若い頃の溜まり場の一つとして挙げられている。他に短編作家フリオ・ラモン・リベイロ等も学生時代に常連だった。

カフェ・ハイチ〔Café Haití〕……ミラフローレス地区の中心部にある一九六二年オープンの高級カフェ。客層としてはチョロは少なく白人系ペルー人や外国人が多い。

コスタ・ベルデ〔Costa Verde〕……リマ市太平洋岸の眺望に優れた高級レストラン。バランコ地区（ミラフローレス地区との境界付近）に位置する。

サン・マルコス〔San Marcos〕……国立サン・マルコス大学〔Universidad Nacional Mayor de San Marcos〕のこと。一五五一年に創立された南北アメリカ大陸最古の大学で、現代ペルーにおける国立大学の最高峰とされる。他の国立大学と同様に授業料は無料で、入学に際しての競争は熾烈である。左翼学生運動が盛んであり、たびたび閉鎖の憂き目にあっている。

スイソ・デ・ラ・エラドゥーラ〔Suizo de la Herradura〕……リマ市太平洋岸の眺望に優れた高級レストラン。チョリージョス地区に位置する。

ティエンデシータ・ブランカ〔Tiendecita Blanca〕……ミラフローレス中心部でカフェ・ハイチと双璧をなす老舗カフェ・レストラン。

パラダ市場〔Parada〕……ラ・ビクトリア地区にある猥雑な市場。

ペニテンシアリア〔Penitenciaría〕……現在のリマ市中心部にかつて存在していた刑務所で、別名パノプティコ〔Panóptico〕。

政治関連

POR(T)〔POR（T）〕……革命的労働党〔Partido Obrero Revolucionario = POR〕から分派したトロツキー派革命的労働党〔Partido Obrero Revolucionario Trotskista〕の略語。

MIR〔MIR〕……左翼革命運動〔Movimiento de Izquierda Revolucionaria〕の略語。

FLN〔FLN〕……民族解放戦線〔Frente de Liberación Nacional〕の略語。

アヤ・デ・ラ・トーレ〔Haya de la Torre〕……アプラ党の創設者。

ウーゴ・ブランコ〔Hugo Blanco〕……クスコ県出身のトロツキー派革命家、農民蜂起指導者。

ペルーの地理

アサンガロ地域〔región de Azángaro〕……ペルー南部プーノ県のティティカカ湖北岸に位置する。

セルバ〔selva〕……アンデス山脈の東側に広がる熱帯降雨林地帯。

ティンゴ・マリア〔Tingo Maria〕……ワヌコ県の都市で、アンデス山脈東斜面に位置する。

ハウハ〔Jauja〕……ペルー中部フニン県、海抜三三〇〇メートルほどの冷涼な高地にある都市。スペイン人征服者たちによって建設された最初期の都市であり、かつてインカ帝国と争ったワンカ族の土地だったことでも知られる。

パカスマヨ〔Pacasmayo〕……ペルー北部ラ・リベルタ県の太平洋に面した港町。リマからパン・アメリカン・ハイウェイを七〇〇キロ弱北上したところにある。

プーナ〔puna〕……海抜四〇〇〇～四八〇〇メートル（地域によってはもう少し低い）ほどの高地にある寒冷湿潤な気候の環境帯を指す。地域によっては森林限界を超えるため、しばしば草原が広がる。

プカルパ〔Pucallpa〕……ウカヤリ県の県都であり、アンデス山脈東側の熱帯低地に位置する。

ユリマグアス〔Yurimaguas〕……ペルー北部のロレト県の都市であり、アンデス山脈東側の熱帯低地に位置する。

ペルーの風習関連

アリアンサ対ウーのクラシコ〔clásico Alianza-U〕……ペルーの国民的二大サッカーチームであるアリアンサ〔Alianza〕対ウニベルシタリオ〔Universitario〕の試合。

イチュ〔ichu〕……イネ科の草本類。リャマやアルパカの飼料となる。

インカ〔Inca〕……インカはペルーの紙巻タバコの銘柄で、フィルターなし（両切りタバコ）の強い刺激が特徴。安価であることなどから、一般に労働者等が吸うものとみなされている。

タマル〔tamal〕……バナナの葉等で包んだトウモロコシ粉のちまきのような大衆的ペルー料理。卵焼きに似たやや細長い形状で、厚みと張りがある。

チョロ〔cholo〕……先住民系ペルー人や混血を指す（文脈によって意味が変わる）。

パステウリーナ〔Pasteurina〕……かつてペルーで販売されていた炭酸ジュースの銘柄。

ワイニート〔huaynito〕……ワイニートまたはワイノ〔huayno〕は先スペイン期の音楽に起源を持つアンデスの民族音楽の一ジャンル。弦楽器をはじめとするヨーロッパ由来の要素も混淆している。また音楽や踊りには地域差がみられる。

ワラチャ〔huaracha〕……キューバの伝統音楽の一ジャンル。

太平洋戦争〔guerra del Pacífico〕……十九世紀後半にペルーとボリビアの連合軍対チリで行われた戦争。チリが勝利した。

宴会〔pachamanca〕……パチャマンカ〔pachamanca〕は、基本的に屋外で地面に穴を掘り焼石を敷いて行う伝統的蒸し焼き料理。バーベキューのように大勢で楽しむ。

ルクマ〔lúcuma〕……南米原産の果物。しばしばアイスクリームに用いられ、やや柿や栗を思わせる味がする。

（作成・芝田幸一郎）

訳者あとがき

まずは、二〇〇〇年七月にマリオ・バルガス・ジョサ自身が『マイタの物語』の再版に寄せた序文をまるごとここに引用しておこう。

この小説が生まれるきっかけとなったのは、一九六〇年代初頭に『ル・モンド』で読んだニュース短報であり、その時私は、下士官と組合運動家と数名の学生がペルー山間部で極小規模の反乱を起こして即刻鎮圧されたことを知った。二十年後、空想と資料収集をもとにこの話を再構築し、客観的歴史の隠れ蓑を着せるか、創造物としての文学性を際立たせるか、二つの選択肢をぶつけながら、フィクションの二面性を示そうと試みた。
マイタの物語は時と場所と密接に結びついており、当時のラテンアメリカでは、銃撃戦によらずして自由と正義を勝ち取ることはできない、という見解が血気に逸る勇敢な理想主義者（私もその一人だった）に宗教のごとく崇められていた事実を理解しておく必要がある。この幻想が幾多の流血沙汰を引き起こし、多くの寛容な若者の命を奪ったばかりか、残虐な軍事独裁政権の誕生を正当化し、結果的にラテンアメリカの民主化を二十年も遅らせることになった。だが、こうした事情は小説の中心テーマの背景でしかない。フィクションの二面的性格は、政治の世界に浸透すればこれを歪曲して暴力を生み出すが、文学においてはむしろ感動的なドラマとなり、手引きとして人生を豊かにしてくれる。表面上の体裁とは裏腹に、この小説はこれまでひどい誤解と中傷に晒されてきた。ここに政治的批判しか見いだせない激情的批評家——ああ、イデオロギーの亡霊——は多いようだが、『マイタの物語』は、これまで私の書いたあらゆる小説のなかで最も文学的な作品だと思う。

執筆は一九八三年から八四年にかけてリマとロンドンで行ったが、書き終えたと思っていたところで、突如としてマイタのモデルとなった実在の人物が現れ、最終章を書き直さねばならなくなった。打ちひしがれて記憶も覚束なくなっていたこの男は、自らの起こした偉業を私の口から聞いて当惑しきりだった。

マイタのモデルとなった人物と対面する約十年前、バルガス・ジョサは長編第四作『パンタレオン大尉と女たち』(一九七三)をめぐって、似たような体験を味わっていた。ペルーの軍部で実際に検討された慰安婦部隊の組織計画を出発点に、巧みなユーモアで軍部の腐敗を暴き出したこの小説は、発売当初から好調な売れ行きを示し、そのおかげもあってか、思いもよらぬ事件が作者の身に起こった。一人の男が頻りにバルガス・ジョサの自宅に電話をかけ、応対する妻パトリアシアに対し、本人と直接話をさせてほしいとしつこく食い下がってくるという。やむなくバルガス・ジョサが電話に出ると、男はなんと、自分が本物の慰安婦部隊長パンタレオン・パントハ大尉だと名乗り出たうえ、小説に書かれていない面白い逸話がまだたくさんあるから会って話をしたいという。どうやら本当に元軍人らしいこの人物にバルガス・ジョサは興味をひかれたが、最終的に彼は、事実のほうが小説よりはるかに面白いのではないかと不安に駆られ、これ以上の応対はしなかった。『マイタの物語』をすでにほぼ書き終えていた一九八四年、主人公のモデルとなったトロツキー派の組合運動家ハシント・レンテリーアがルリガンチョ刑務所で服役中であるという情報が入ってきた時も、この人物に会わないまま小説を刊行するか、あるいは、会ったとしても小説に反映させないという選択肢がバルガス・ジョサにはあったはずだ。一方が刊行後の小説、他方が刊行前の小説であれば、対応に違いが出るのは当然だし、直前の十年間に『世界終末戦争』(一九八一)などの名作でさらに大きな成功を手にして作家の地位を揺るぎないものにしていた作者が、創作への自信から余裕を持って面会に臨めたと考えることは可能だろう。だが、二つの対照的な反応には、実はもっと大きな意味がある。これこそ両作品を隔てる十年の間にバルガス・ジョサが経験した思想的変化の反映であり、『パンタレオン大尉と女たち』と『マイタの物語』の本質的相違を解き明かす鍵もここにあると言えるだろう。

密林地帯で性欲に駆られた兵士たちが現地の乙女を強姦する事態を避けるため、軍内部に「公認慰安婦部隊」を結成する、という話はいかにも不条理で小説の題材になりそうだが、それに較べ、『マイタの物語』の出発点となったのは、完全に忘却の淵に追いやられていた逸話だった。その舞台は、小説に描かれているとおり、ペルー中部フニン県の県都、標高三千メートルのアンデス高地にある風光明媚な町ハウハ、事件が起こったのは、一九五八年ではなく(五八年当時バルガス・ジョサはパリにはいない)一九六二年の五月二十九日、首謀者は、国家警備隊下士官フランシスコ・バジェホ、農民指導者ウンベルト・マイタ、そして首都の組合運動家ハシント・レンテリーアだった。社会主義革命を目論む三人は、その約六カ月前から反乱の計画を練り始め、当初はもっと多くの農民指導者や教員が参加する予定だったが、最終的に蜂起に参加したのは、三名のほか、農民指導者一名と学生が十名ほどだけだった。反乱は数時間後に鎮圧され、バジェホとマイタが命を落としたが、レンテリーアは捕えられて刑務所に送られた。わずか数行とはいえ、『ル・モンド』紙はなぜかこの事件を取り上げたが、地元ペルーの新聞でさえ、これを大々的に取り上げたわけではなく、その詳細はまったく知られなかった。その約二十年後、バルガス・ジョサが『マイタの物語』の執筆に着手した時点では、左翼の活動家でもこの反乱について知る者はほぼ皆無であり、関連文書等がほとんど残っていないばかりか、事件についての証言者を見つけることすら容易ではなかった。

なぜわざわざ苦心して取るに足らない反乱を題材に小説を書くのか？　まさにこの問いが、小説を書くという行為の意味、さらにはフィクションの本質自体に作者の目を向けさせることになる。前作『世界終末戦争』で扱ったカヌードスの乱は、宗教的熱狂、貧困と野蛮、中央と地方の関係、軍事的権威主義など、現在までラテンアメリカを悩ませ続ける諸問題を集約した歴史的事件であることがバルガス・ジョサには始めからわかっていた。その意味では、綿密な文献考証と現地調査を行ったうえで、そうした諸要素が象徴的に浮かび上がるようフィクションを織り交ぜつつ、事件自体の再構築に専念することができた。だが、正体不明の武装蜂起という題材に取り組んだことで、執筆には常に疑念と迷いがつきまとい、作品のテーマは、事件の再現から、事件を小説化することの意味、史実とフィクションの関係、さらには、フィクションの存在意義の探究へと移っていく。自分自身と重なる作家を語り手として作品の中心に据え、証言者からインタビューを取りながら事件を再現するプロセスそのものを物語の一部として取り込む構成は、作者の問いを如実に反映している。バルガス・ジョサ自身の小説理念や創作作法を窺わせる思索が本文中に散見することは、ここで指摘するまでもなく明らかだろう。彼の小説作品でこれほど強くメタフィクション性を打ち出したものは他になく、「これまで私の書いたあらゆる小説のなかで最も文学的な作品」という彼自身の評価は、執筆における手の内を最もわかりやすく曝け出した作品という意味にも理解できるだろう。

本文中でも何度か繰り返されるとおり、『マイタの物語』に着手した時点でのバルガス・ジョサにとって、歴史小説の構築とは、史実を正確に把握した後に想像力でこれを歪めてフィクションに仕上げること、端的に言えば、真実を知ったうえで嘘を書くことにあった。だが、関係者の証言を集めていくうちに彼が直面したのは、そもそも史実を知ることができないという事態だった。悪意のない記憶違いもあれば、意図的な歪曲や誇張、さらには、嘘の自覚すらなくなった嘘もあり、証言がいつも食い違うため、反乱の全貌はいつまで経っても見えてこない。最後の希望となった首謀者ハシント・レンテリーアでさえ、作品の最終章で明かされているとおり、事件についてほとんど何も覚えていない。つまり、ハウハの反乱という史実自体がすでにフィクションとなっていたのだ。

さらにバルガス・ジョサが目をつけたのは、フィクション化した史実の後ろに潜むもう一つのフィクション、すなわち「イデオロギー」の存在だった。一九八四年十一月二十九日にコロンビアの首都ボゴタの国立図書館で行った講演(バランキージャの学術雑誌『ウエジャス』一九八五年四月号に全文が収録されている)の場で『マイタの物語』に触れたバルガス・ジョサは、文学的フィクションや史実のフィクション化と並んでこの小説を貫く要素として、「イデオロギー的フィクション」について論じている。政治的イデオロギー――この場合はマルクス主義――は、特定の視点から現実世界を見ることを強制し、社会やその未来についてフィクションを作り上げる。意図的であれ無意識的であれ、ハウハの反乱を歪めて解釈する左翼の証言者たちのように、イデオロギーが歴史に適応されれば史実の歪曲を引き起こし、他方、武装蜂起に乗り出す若者たちのように、イデオロギー的フィクションに描かれた未来像を真に受ける者は、成功の見込みもない無謀な冒険に乗り出す。同じ講演でバルガス・ジョサは、「今日私は、いかなるイデオロギーもこの種のフィクションなのだと一般化することさえできると思っています」と言い切った。そして、この有害なフィクションに対する解毒剤として立ち現われてくるのが、三つのフィクション――文学、歴史、イデオロギー――のなかで、唯一自らのフィクション性を意識したフィクションであり、「まったく実害のないフィクション」でもある文学だった。

歴史小説としての『マイタの物語』の最大の成果は、「真実を出発点に嘘を作り上げる」プロセス自体を作品内に示しながら、イデオロギーと歴史とフィクションの密接な繋がりを明らかにし、そのうえで文学的フィクションの存在意義を提起したところにあると言えるだろう。作者が、本書の最終章に急遽「本物のマイタ」を取り込んだ理由はここにある。貧民の救済という理想にとりつかれて革命の冒険に乗り出す「フィクションのマイタ」と較べ、昔の偉業を忘れてボロボロの体を引きずったままーしがない商売に明け暮れる「本物のマイタ」の姿は、いかにもみすぼらしい。前者が、フィクションであることを意識したフィクションによって真実を凌駕するフィクションとなったのに対し、後者は、真実に偽装されたフィクション――革命のイデオロギー――を追い求めた結果、フィクションに遠く及ばぬ真実となった。イデオロギー的フィクションやフィクション化した史実に抗して、文学的フィクションの果たす役割を強調しようとするバルガス・ジョサには、二人のマイタをぶつけることがなんとしても必要だったのだ。

こうした創作理念が、彼の思想的転換とも連動していたことは注目に値するだろう。自伝『水を得た魚』(一九九三)でも述べているとおり、国立サン・マルコス大学入学当時のバルガス・ジョサは、社会主義に傾倒し、オドリア独裁政権下で左翼に厳しい弾圧が敷かれるなか、秘密サークルに所属してマルクス主義の教義を学んだ。硬直した組織や不毛な暗記学習に嫌気がさしてすぐに活動からは手を引くものの、一九五九年のキューバ革命勃発にあたってはこれを熱狂的に支持し、何度もハバナを訪れてカストロ体制に協力した。一九六七年、ロムロ・ガジェゴス賞の受賞演説「文学は火である」では、ラテンアメリカにおける作家の社会的責任を論じ、文学作品を通した革命への貢献を模索している。だが、一九七一年のパディージャ事件によって、革命政府による言論統制の実態が明らかになると、カストロ体制を厳しく批判するようになり、マルクス主義や左翼思想一般に対しても懐疑的になった。七〇年代を通じてバルガス・ジョサは、イデオロギー的空白を埋めるべく、それまでと異なる系統の思想や哲学を探究し、なかでも強く惹きつけられたのはイギリスの哲学者カール・ポパーの著作だった。反実証主義や反理知主義、反科学主義、さらに反進歩主義史観に感化されたバルガス・ジョサは、左翼のみならず、あらゆる政治的イデオロギーに疑念を抱き、社会においても歴史においても、絶対的真実の存在に否定的態度を取るようになる。そして、アイザイア・バーリン(イギリス)、フリードリヒ・ハイエク(オーストリア)、ミルトン・フリードマン(アメリカ合衆国)、様々な思想家の著作を読み進めた後、最終的に辿り着いたのが自由主義の理想だった。社会を導く絶対的指針が存在しないとなれば、あらゆる思想信条やイデオロギーを容認し、自由な民主主義体制のもとで、相対的に一番「マシな」道を模索するしかない。自由主義とて一つのイデオロギーにはちがいないが、文学的フィクションがあらゆるフィクションのなかで最も無害であるように、バルガス・ジョサにとって自由主義は最も無害なイデオロギーだった。
実のところ、絶対的視点の否定や真実の相対化といった理念は、早い段階からバルガス・ジョサの文学作品に根を下ろしていた。六〇年代に発表された三つの長編（『都会と犬ども』、『緑の家』、『ラ・カテドラルでの対話』）を見れば明らかなとおり、彼の文学は教訓や説得とは無縁であり、特定の目的に沿って登場人物が動かされることはないし、様々な立場の登場人物が共存するなかで、誰か一人が特権的地位を得ることはない。バルガス・ジョサの自由主義への転向を明解に分析したチリの作家カルロス・フランツは、この点に関して次のように述べている。

自由主義の理想を受け入れたバルガス・ジョサは、かねてから体に染みついていた世界の見方、その表現の仕方に立ち返った。小説家の直感が政治的理性より先行していたということだ。彼の初期の小説はいずれも、若くして学んだマルクス主義より、後に発見した自由主義にしっくり馴染んでいる。
（「現実主義的自由」、セルバンテス文化センター編『バルガス・ジョサ、忘れたくないノーベル賞』二〇一一年所収）

『マイタの物語』において、イデオロギーのフィクション性を強調するのみならず、史実の絶対性、客観性にまで疑問を投げかけたのは、バルガス・ジョサが自由主義への道をさらに力強く踏み出していたことの顕れだった。過去にも未来にも真実がないのであれば、現在においてあらゆる可能性を議論する自由を保証するしかない、八〇年代を通して彼は次第にこの信念を深めていく。作者本人はこの作品の文学性を強調しているが、物語が政治性を孕んでいることは明らかであり、一九八七年から「モビミエント・リベルタッド（自由運動）」を率いて大統領候補として乗り出すことになる政治活動へ向けた伏線も、実はすでに垣間見えていた。

本作の刊行から三十年の歳月が経ち、バルガス・ジョサの思想的・政治的変遷が明らかになりつつある今となっては、こうした見解を打ち出すことも容易だが、発売当時、『マイタの物語』は多くの読者に少なからぬ当惑と反発を引き起こした。社会革命の夢にすがりついて、「知識人たる者、左翼に与するのが当然」という不健全な雰囲気を作り出していた「御用知識人」から総スカンを食ったのは、内容的にみても当然と言えば当然だったが、メタフィクション的要素を持ち込んで歴史とフィクションを意図的に倒錯させる大胆な手法は、それまでバルガス・ジョサの小説を愛読してきた層にまで拒絶されることがあった。批評家たちの困惑はスペイン語圏を越えて世界に波及し、少なからぬ日本のラテンアメリカ文学研究者もこの作品を「誤解」してしまったようで、『マイタの物語』は長らく邦訳されぬまま埋もれることになった。

だが、自伝『水を得た魚』も含め、バルガス・ジョサの主要作品がほとんどすべて日本語で読めるようになった今この時点で、こうして翻訳を終えてみると、実は「結果オーライ」だったような気もしてくる。一九九〇年の大統領選挙でアルベルト・フジモリに敗れたのを機に政治活動からきっぱりと足を洗い、二〇一〇年にノーベル文学賞を受賞した後も文学に情熱を注ぎ続けるバルガス・ジョサの姿を見れば、今さら左翼イデオロギーの色眼鏡をかけて彼の小説を読むことがいかに愚かしいかは明らかであり、今の読者はその分より素直に『マイタの物語』と向き合うことができる。また、歴史とフィクションの倒錯という点に関しても、八〇年代以降、「新歴史小説」の隆盛とともに、歴史と小説の関係をめぐって様々な提起が行われた後では、『マイタの物語』の語りに当惑を覚える読者は少ないだろう。それどころか、セルヒオ・ラミレス（ニカラグア）の『ただ影だけ』（二〇〇二）、ハビエル・セルカス（スペイン）の『サラミスの兵士たち』（二〇〇六）、ファン・ガブリエル・バスケス（コロンビア）の『廃墟の形』（二〇一五）といった作品をみれば、バルガス・ジョサの試みが先駆的役割を果たしていたことがよくわかる。上に挙げた作品では、作者と完全に重なる人物が作中に登場して、文書や証言を集めながら過去の出来事を掘り起し、史実を再現するという体裁でフィクションが展開する。『都会と犬ども』で、多くの場面を並行して展開する斬新な語りの形式を提示して以来、バルガス・ジョサは、ラテンアメリカ文学のみならず世界文学全体で手法的刷新の先鋒を歩んできたが、二十一世紀に入ってからのスペイン語圏文学の動向を見ていると、彼の積み上げてきた成果がいかに大きな影響力を持ったか痛感させられる。バスケス(一九七三―)を筆頭に、ホルヘ・カリオン(スペイン、一九七六―)、エドムンド・パス・ソルダン(ボリビア、一九六七―)など、いわゆる「ブーム」の時代を直接知らない若い世代にもバルガス・ジョサを信奉する作家は多く、今後も彼の残した遺産は長く受け継がれていくことになるだろう。日本の読者には、出版から三十年以上経た後にようやく刊行された『マイタの物語』の邦訳を通して、その遺産の一端を味わっていただきたい。

翻訳の底本としたのは、バルガス・ジョサの序文を収録したサンティジャナ社の普及版(マドリード、二〇〇八年)だが、セイス・バラル社の初版(バルセロナ、一九八四年)を含め、複数の版を適宜参照した。ペルーの細かい地名や方言、独特の風習については、法政大学の芝田幸一郎准教授に様々なアドバイスを受け、原稿のチェックと用語集の作成もお願いした。マドリードで温かく私を迎え、今後の翻訳に向けて励ましの言葉をくれたマリオ・バルガス・ジョサ氏の心遣いに値する訳文に仕上がったことを祈っている。この翻訳を支えてくださったすべての方にこの場を借りてお礼を申し上げる。

二〇一七年十二月十九日

寺尾隆吉

著者／訳者について

マリオ・バルガス・ジョサ

Mario Vargas Llosa

一九三六年、ペルーのアレキパ生まれ。長編小説『都会と犬ども』（一九六三年）によりビブリオテカ・ブレベ賞を受賞して「ラテンアメリカ文学のブーム」の花形となった後、『緑の家』（一九六六年）、『ラ・カテドラルでの対話』（一九六九年）、『世界終末戦争』（一九八一年）、『チボの狂宴』（二〇〇〇年）といった長編や、文学評論集『嘘から出たまこと』（一九九〇年）など、現在まで多数の作品を残している。一九九四年にセルバンテス賞、二〇一〇年にノーベル文学賞を受賞。

寺尾隆吉《てらお・りゅうきち》

一九七一年、愛知県生まれ。東京大学大学院総合文化研究科博士課程修了（学術博士）。現在、フェリス女学院大学国際交流学部教授。専攻、現代ラテンアメリカ文学。主な著書には、『魔術的リアリズム――二〇世紀のラテンアメリカ小説』（水声社、二〇一二年）、『ラテンアメリカ文学入門――ボルヘス、ガルシア・マルケスから新世代の旗手まで』（中公新書、二〇一六年）。主な訳書には、『水を得た魚――マリオ・バルガス・ジョサ自伝』（水声社、二〇一六年）、マリオ・レブレーロ『場所』（水声社、二〇一七年）などがある。

Mario VARGAS LLOSA, Historia de Mayta, 1984.
Traducida por Ryukichi Terao.
Este libro se publica en el marco de la "Colección Eldorado", coordinada por Ryukichi Terao.

Esta obra ha sido publicada con una subvencíon del Ministerio de Educación, Cultura y Deporte de España.

GOBIERNO DE ESPAÑA MINISTERIO DE EDUCACIÓN, CULTURA Y DEPORTE

本書の出版にあたり、
スペイン教育・文化・スポーツ省の助成金を受けた。

フィクションのエル・ドラード

マイタの物語

二〇一八年一月二二日　第一版第一刷印刷
二〇一八年一月二九日　第一版第一刷発行

著者　マリオ・バルガス・ジョサ
訳者　寺尾隆吉

発行者　鈴木宏
発行所　株式会社 水声社
東京都文京区小石川二―七―五　郵便番号一一二―〇〇〇二
郵便振替〇〇一八〇―四―六五四一〇〇
電話［編集］〇四五―七一七―〇五三六　［営業］〇三―三八一八―六〇四〇
ファックス［編集］〇四五―七一七―〇五三七　［営業］〇三―三八一八―二四三七
http://www.suiseisha.net
印刷・製本　モリモト印刷
装幀　宗利淳一デザイン

ISBN978-4-8010-0266-1

フィクションのエル・ドラード

襲撃　レイナルド・アレナス　山辺 弦訳　二二〇〇円
気まぐれニンフ　ギジェルモ・カブレラ・インファンテ　山辺 弦訳　（近刊）
バロック協奏曲　アレホ・カルペンティエール　鼓 直訳　一八〇〇円
時との戦い　アレホ・カルペンティエール　鼓 直訳　（近刊）
方法異説　アレホ・カルペンティエール　寺尾隆吉訳　二八〇〇円
対岸　フリオ・コルタサル　寺尾隆吉訳　二〇〇〇円
八面体　フリオ・コルタサル　寺尾隆吉訳　二二〇〇円
境界なき土地　ホセ・ドノソ　寺尾隆吉訳　二〇〇〇円
ロリア侯爵夫人の失踪　ホセ・ドノソ　寺尾隆吉訳　二〇〇〇円
夜のみだらな鳥　ホセ・ドノソ　鼓 直訳　（近刊）

ガラスの国境	カルロス・フエンテス　寺尾隆吉訳	三〇〇〇円
案内係	フェリスベルト・エルナンデス　浜田和範訳	（近刊）
場所	マリオ・レブレーロ　寺尾隆吉訳	二三〇〇円
別れ	フアン・カルロス・オネッティ　寺尾隆吉訳	二〇〇〇円
犬を愛した男	レオナルド・パドゥーラ　寺尾隆吉訳	（近刊）
帝国の動向	フェルナンド・デル・パソ　寺尾隆吉訳	（近刊）
人工呼吸	リカルド・ピグリア　大西 亮訳	二八〇〇円
圧力とダイヤモンド	ビルヒリオ・ピニェーラ　山辺 弦訳	二三〇〇円
レオノーラ	エレナ・ポニアトウスカ　富田広樹訳	（近刊）
ただ影だけ	セルヒオ・ラミレス　寺尾隆吉訳	二八〇〇円
孤児	フアン・ホセ・サエール　寺尾隆吉訳	二三〇〇円
傷痕	フアン・ホセ・サエール　大西 亮訳	二八〇〇円
マイタの物語	マリオ・バルガス・ジョサ　寺尾隆吉訳	二八〇〇円
コスタグアナ秘史	フアン・ガブリエル・バスケス　久野量一訳	二八〇〇円
証人	フアン・ビジョーロ　山辺弦訳	（近刊）